plaisir d'amour

FSC
www.fsc.org
MIX
Papier aus verantwortungsvollen Quellen
Paper from responsible sources
FSC® C105338

Sawyer Bennett

The Wicked Horse

WICKED LUST

Ins Deutsche übertragen von
Linda Mignani

plaisir
d'amour

Sawyer Bennett
THE WICKED HORSE 2: WICKED LUST
Erotischer Roman

by Plaisir d'Amour Verlag, D-64678 Lindenfels
www.plaisirdamour.de
info@plaisirdamour.de
Übersetzung: Linda Mignani

ISBN Taschenbuch: 978-3-86495-306-4
ISBN eBook: 978-3-86495-307-1

This edition is published by arrangement with Claudia Böhme Rights & Literary Agency, D-30159 Hannover, Germany (www.agency-boehme.com)

Prolog

Cain

Ich folge Woolf aus seinem Büro.

Nein … Korrektur … das ist jetzt Bridgers Büro.

Ich kann einfach nicht glauben, dass Woolf alles an Bridger verkauft hat. Ich meine, es hat immer so gewirkt, als hätte er viel in diesen Club investiert, und das nicht nur aufs Geld bezogen. Da ich der Sicherheitschef und ein langjähriger Freund von Woolf und Bridger bin, wollten sie, dass ich der Erste bin, der es erfährt. Offensichtlich haben sie die Verträge letzte Woche unterschrieben, doch bevor sie es allen mitteilen, mussten sie erst noch ein paar Dinge regeln. Morgen findet eine Personalversammlung statt, in der sie alle informieren wollen. Ich vermute, dass sie auch ein Rundschreiben per E-Mail an die Mitglieder des Sexclubs verschicken.

Aber verdammt …

Woolf Jennings hat sich für sauber und vanilla entschieden.

Ich beobachte, wie er zur Bar hinüberläuft, wo er einen Arm um die Taille von Callie Hayes legt. Ich schäme mich nicht zuzugeben, dass sie ein verflucht hinreißendes Paar abgeben. Ich kenne Woolf seit einer langen Zeit. Ich dachte, er wäre auf dem Gipfel der Glückseligkeit, als wir das *Wicked Horse* eröffnet haben, doch ihn jetzt zu sehen … Die Art und Weise, wie er Callie mit zügelloser Liebe und Ehrfurcht ansieht, lässt mein Herz vor ehrlicher Freude für meinen Freund anschwellen. In diesem Moment erkenne ich, dass er genau das Richtige macht. Ich lächele in mich hinein, denn seitdem ich Woolf dabei erwischt habe, wie er sie draußen am *Silo* gefickt hat, und Zeuge davon wurde, wie er versucht hat, ihre Identität vor mir geheim zu halten, nun … von da an wusste ich, dass er verloren war. Und weißt du was? Das ist großartig für ihn. Jeder verdient eine Chance auf Liebe, denke ich.

Ich meine … wenn das dein Ding ist.

Woolf fängt meinen Blick auf und nickt mir zu. Ich schenke ihm ein weiteres beglückwünschendes Lächeln. Er nimmt Callie an die Hand und führt sie aus dem Club. Ich vermute, dass ich ihn nur noch an den Tagen sehen werde, an denen ich auf der *Double J* arbeite. Seit der Highschool helfe ich immer mal wieder dort aus, da es ein guter Weg ist, um sich etwas dazuzuverdienen. Auch wenn Woolf, ich meine Bridger, mich gut bezahlt, verfolge ich das Ziel, schnellstmöglich schuldenfrei zu sein. Das bedeutet, dass ich mir den Arsch aufreiße und sparsam lebe, da ich es nicht ertragen kann, dass mich finanzielle Verpflichtungen einschränken.

Während ich aus dem Nachtclub laufe, lasse ich kurz den Blick schweifen. Jede Nacht habe ich zwischen vier und sechs Männer der Security eingeteilt, damit alles ordnungsgemäß und sicher abläuft. Man kann sie nicht übersehen in ihrer schwarzen Combatkleidung mit den körperbetonten T-Shirts, die das Wicked-Horse-Logo auf der Vorder- und das Wort SECURITY auf der Rückseite haben. Ich will, dass die Gäste die Männer bemerken, damit sie wissen, dass ich keinen Spaß verstehe, wenn es um die Sicherheit geht, und dass ich diesbezüglich eine Nulltoleranzgrenze besitze.

Heute Abend habe ich meine schwarze Combathose sowie Kampfstiefel an, die ein Überbleibsel aus meiner Zeit bei den Marines sind. Allerdings trage ich nicht das Wicked-Horse-T-Shirt, sondern ein langärmliges schwarzes Sport-T-Shirt, das sich wie ein Handschuh an meine Haut schmiegt, denn mein heutiger Job ist ein bisschen anders als meine Tätigkeit bei der Security. Als ich zur Eingangstür des Clubs laufe, schweift mein Blick ständig vor und zurück. Alte Gewohnheiten – die, bei denen ich auf einen Hinterhalt der Taliban gewartet habe, während ich die Zabul-Provinz in Afghanistan durchforstet habe – sind schwer abzulegen, und ich vermute, dass sie niemals ganz verschwinden werden.

Dann heftet sich mein Blick abrupt auf sie.

Dies ist die dritte Nacht in Folge, in der sie in den Club gekommen ist, und ich mag nicht, wie sehr sie meinen Fokus auf meine Arbeit erschüttert. Ich wünschte, dass ich sagen könnte, was an ihr meine Aufmerksamkeit geweckt hat, doch ich muss beschämt gestehen, dass ich es nicht kann. Es ist ein Schlag gegen mein Ego, dass sowohl meine Intuition als auch mein Intellekt versagen.

Auf jeden Fall ist sie hübsch.

Nicht wunderschön, aber wirklich hübsch. Welliges, blondes Haar, dessen Länge bis zur Mitte zwischen Kinn und Schulter reicht, leuchtend blaue Babypuppenaugen. Sie ist zwar zierlich, hat aber dennoch genügend Kurven. Das habe ich bemerkt, als sie mit ihren drei Freundinnen getanzt hat, die sie begleiten. Sie tanzt nur mit ihnen und hat jede Tanzaufforderung von Männern abgelehnt. Es beschämt mich auch, dass ich das überhaupt registriert habe, da ich Besseres zu tun habe, als ein hübsches Mädchen zu beobachten, das in einer Bar angemacht wird.

Ich glaube, der Grund, warum ich in erster Linie ein Auge auf sie geworfen habe, ist, dass sie genau das wollte. Wenn sie an einem Tisch sitzt und mit ihren Freundinnen herumalbert, streift ihr Blick durchs *Wicked Horse*. Sie schaut den Tänzern oder der Band, falls wir eine haben, zu. Manchmal richtet sie ihre Aufmerksamkeit auch auf andere besetzte Tische, sie lässt ihren Blick aber nie lange auf einer Stelle ruhen. Außer wenn er auf mir landet. Dann hält sie meinen Blick, falls ich sie beobachte, was oft passiert, und gelegentlich schaut sie für einen unerträglich langen Zeitraum nicht weg. Allerdings ist sie jedes Mal diejenige, die den Augenkontakt abbricht, doch stets mit einem wehmütigen Lächeln.

Sie hat mich jedoch noch nie angesprochen, obwohl Frauen das ständig tun, trotz meiner scheiß einschüchternden Narbe, die mir quer übers Gesicht läuft, sowie meines bedrohlichen Blickes. Es ist wahr … ich bin bereits öfters angemacht worden, als ich es mir je hätte träumen lassen, und ich würde lügen, wenn ich behaupten würde, dass dieser Job keine Pluspunkte mit sich bringt.

Obwohl ich während meiner Schichten niemals meinen Job vernachlässige, habe ich sehr viele von diesen Frauen mit zu mir geschleppt, um sie nach der Arbeit zu ficken. Manchmal habe ich sie einfach an der Seite des Gebäudes genommen, nachdem ich alles abgeschlossen habe.

Mein Sicherheitsteam schüttelt immer amüsiert den Kopf über die weibliche Aufmerksamkeit, die ich bekomme. Ich versichere ihnen, dass es weder an meinem Charme noch an meinem guten Aussehen liegt, sondern vielmehr an den Gerüchten – die nebenbei gesagt wahr sind –, dass ich einen riesigen Schwanz habe und ein Gott im Bett bin. Sobald ich darauf hinweise, sagen sie mir, dass ich mich zum Teufel scheren soll. Neidische Arschlöcher!

Auch ich habe die Blonde noch nie angesprochen, obwohl ich vermute, dass sie das möchte. Schließlich arbeite ich, wenn ich auf der Arbeit bin. Dann habe ich keine Zeit, um zu flirten oder um zu vögeln. Aber vielleicht könnte ich am nächsten freien Abend vorbeikommen und mit ihr reden. Herausfinden, was unter diesen hübschen hellen Locken vor sich geht, da sie mich fasziniert. Obwohl ich ständig angebaggert werde, haben Frauen es schwer, meinen Blick zu erwidern, wie sie es tut. Sie geben sich damit zufrieden, meine Füße anzustarren, während sie versuchen, mit mir zu flirten, da meine Augen manchmal zu kalt und meine Narbe zu furchterregend wirken.

Doch diese Frau ist anders. Sie sieht mir direkt in die Augen, und das ist ebenso anregend, wie es auch ein Mindfuck für mich ist.

Ich glaube, dass sie meinen Blick spürt, da ihrer sich von dem Mädchen an ihrem Tisch löst, das gerade ziemlich lebhaft spricht. Ihr Blick fesselt sich an meinen, aber wir tragen das Anstarrduell nur für einen Moment aus, da ich die Eingangstür des *Wicked Horse* erreiche. Hab Dinge zu erledigen … Menschen, mit denen ich mich treffen muss …

Ich nicke Peter zu, einem der Mitglieder im Sicherheitsteam, der mir die Tür öffnet, und trete in eine warme Julinacht in Wyoming hinaus.

***

Durch die Fensterscheiben in der Hintertür schaue ich in das leere Wohnzimmer. Wenn es um ihre Sicherheit geht, sind Menschen manchmal sehr dämlich. Zunächst einmal ist das Verandalicht ausgeschaltet, und in meiner schwarzen Kleidung vermische ich mich mit der Nacht. Zudem haben sie dünne Scheiben, die ich mit Leichtigkeit einschlagen könnte, um dann mühelos hineinzugreifen und die Tür aufzuschließen.

Idioten! Habt ihr noch nie was von Doppelbolzenschlössern gehört?

Doch was ich weitaus unfassbar dämlicher finde, ist, dass die Trottel die Tür nicht verschlossen haben. Ich drehe an dem Knauf und schleiche mich rein. Ich höre Geräusche aus dem Zimmer am Ende des kurzen Flurs - die Spätnachrichten. Vermutlich ist es ein Schlafzimmer, und das blaue Flackern, das in den Flur scheint, teilt mir mit, dass sie wahrscheinlich im Bett liegen und kein Licht eingeschaltet haben.

Vielleicht schlafen sie.

Es ist so verflucht leicht.

Ich lasse meinen Arm locker nach unten hängen und halte die Pistole an meiner Seite, als ich leise durch den Flur laufe. Diese neuen Fertighäuser sind solide gebaut und bestehen nicht aus knarzenden Fußböden. Kurz bevor ich die Tür erreiche, ziehe ich mir die schwarze Strickmaske übers Gesicht, wobei ich sicher bin, dass die Löcher für Augen und Nase meine Identität nicht preisgeben werden.

Ich nehme einen tiefen Atemzug.

Und gehe dann ins Schlafzimmer.

Ehemann und Ehefrau, die Seite an Seite im Bett liegen und fernsehen. Mittvierziger schätze ich. Der Kerl hat einen kleinen Bauch, doch die Frau ist ganz nett anzusehen. Sie trägt ihr dunkelbraunes Haar in einem Bob, und ihre langen Beine schauen aus einem rosafarbenen Seidennachthemd hervor, das kaum das – ich würde drauf wetten – passende Höschen bedeckt.

Ich liebe Dessous und beginne, hart zu werden.

Ich hebe meine Pistole an, die ich seitlich in einer Gangsterpose halte. So sollte eine Waffe natürlich niemals gehalten werden, doch ich finde, dass sie so bedrohlicher wirkt und ihnen zeigt, dass ich es ernst meine.

Die Frau entdeckt mich zuerst und sie schreit leise auf. Der Mann schnellt vom Bett, mit nur einer weißen Boxershorts bekleidet, und stoppt in der Sekunde, als ich die Waffe auf ihn richte. Sofort hält er beschwichtigend seine Hände hoch.

„Schalte das Licht an", krächze ich.

Mit zitternder Hand greift er nach hinten und macht das Nachttischlicht an, das das Zimmer sanft erhellt.

„Fernseher aus", befehle ich. Ich will mich durch nichts ablenken lassen.

Die Frau hat sich in der Zwischenzeit aufgesetzt und atmet hektisch. Das zieht meine Aufmerksamkeit auf ihre Brüste, welche groß und offensichtlich nicht echt sind. Ich sehe ihre harten Nippel, die sich gegen die Seide pressen, sodass mein Schwanz noch weiter anschwillt.

Ich richte die Waffe auf sie und deute ihr damit an, zu mir zu kommen. „Du! Komm her!"

Mit geweiteten Augen sieht sie zu ihrem Ehemann, der sie zu beruhigen versucht. „Es ist okay, Honey. Tu einfach, was er verlangt, und alles wird gut."

Er dreht sich, um mich wieder anzusehen. Seine Stimme zittert. „Bitte … Wir haben Geld … Schmuck. Was immer Sie wollen."

„Was ich will", sage ich finster und spanne die Pistole, „ist, dass deine Frau hierherkommt."

„Okay", kreischt er beinahe und macht sogar eine Bewegung mit der Hand. „Amy, Liebling … Tu einfach, was er verlangt."

Dann sehen seine traurigen Augen wieder in meine Richtung und er bettelt: „Bitte, tun Sie ihr nicht weh."

Leise lache ich und verschwende keinen weiteren Gedanken an ihn, als Amy vom Bett aufsteht und zögerlich auf mich zuläuft. Ihre großen Brüste bewegen sich kaum, und die Umrisse beweisen, dass sie nicht echt sind. Aber fuck, sie sind hübsch.

Sehr hübsch.

Als sie mit zitternder Unterlippe vor mir steht, senke ich die Waffe herab und streichle mit meiner freien Hand über ihre Wange. Zwar zuckt sie zusammen, doch lässt mich ansonsten gewähren. Mit den Fingern gleite ich durch ihr Haar bis an ihren Hinterkopf und packe dann fest zu. „Jetzt, Amy, will ich, dass du vor mir kniest und meinen Schwanz lutschst."

Sie wimmert, als ich sie nach unten drücke.

„Und falls du mich beißt, schieße ich deinem Gatten den Kopf weg." Ich richte die Waffe auf ihn. „Verstehen wir uns?"

Sie nickt heftig und ihre Augen schimmern von Tränen.

„Braves Mädchen", sage ich mit einem grimmigen Lächeln. „Jetzt hol meinen Schwanz raus und fang an."

Sie fummelt mit Knopf und Reißverschluss herum, macht aber schnelle Fortschritte, da ich keine Unterwäsche trage. Mein Schwanz kommt geladen und entsichert hervor, hart und gefechtsbereit. Mein Blick richtet sich kurz auf den Ehemann, doch er hat keinen Muskel gerührt, aus Angst, dass ich ihn abknalle. Ich bin mir nicht sicher, was er denkt, als er zusieht, allerdings scheint er seinen Blick nicht von seiner knienden Frau losreißen zu können. In der Sekunde, als sich diese Lippen um meine Eichel schmiegen, flattern meine Lider ganz kurz und ich stöhne: „Fuck, ja, Baby. Genau so."

Offensichtlich hat Amy Fähigkeiten.

Irre, irre Fähigkeiten.

Auf und ab bewegt sie sich an meinem Schwanz, mit der perfekten Dosis an Reibung und dieser zuckenden Zunge unterhalb meiner Eichel, sodass meine Knie beinahe nachgeben. Als meine Hoden anfangen zu kribbeln, schiebe ich sie weg und bemerke ihre nass glänzenden geschwollenen Lippen.

„Höschen aus und ab aufs Bett mit dir", sage ich barsch. „Spreiz deine Beine, damit ich diese hübsche Pussy sehen kann."

Flehend blickt Amy zu ihrem Mann, doch dieser nickt lediglich. Sie tut, wie geheißen, und schlängelt sich aus dem Fetzen Seide. Sie legt sich auf die Mitte des Betts und spreizt ihre Beine weit für mich, genau wie ich es ihr befohlen habe. Mein Schwanz wippt tatsächlich erwartungsvoll auf und ab, aber ich muss mich zunächst entsprechend schützen. Ich trete nach vorn und lege meine Pistole aufs Bett, genau zwischen ihre Beine. Verschlagen lächele ich sie an und verhöhne sie, als ich in die Gesäßtasche meiner Hose fasse und ein Kondom heraushole. „Wag es ja nicht, nach der Waffe zu greifen. Denkst du, dass du schneller bist als ich?"

Sie kneift die Augen zu und antwortet nicht. Doch ich weiß, dass sie zu feige ist, um es zu versuchen. Während ich die Folie aufreiße, demütige ich sie noch mehr. „Berühr dich selbst, Amy. Zeig mir, ob du nass für mich bist."

Sie reißt die Augen auf und starrt mich tatsächlich wütend an. „Fahr zur Hölle!"

Ich lache sie aus, als ich das Gummi überziehe und meine Waffe hochhebe. Mit der Spitze reibe ich zwischen ihre Schamlippen und sehe sie mir anschließend an. Sie ist nass von ihren Säften, genau, wie ich es angenommen habe.

Angst stoppt nicht den erregenden Nervenkitzel.

Ich verschwende keinen Blick an Amys braven Mann, als ich die Pistole zurück auf die Matratze lege, dieses Mal außerhalb ihrer Reichweite. Ich mache mich bereit, mich auf meine Aufgabe zu konzentrieren, daher kann ich es nicht riskieren, dass sie danach greift. Sobald meine Hände frei sind, packe ich ihre Fußknöchel und ziehe sie brutal zum Rand des Betts. Ich spreize grob ihre Beine, hebe ihre Hüften von der Kante und stoße in sie hinein.

Sie jault vor Schmerz auf, obwohl sie äußerst nass ist, doch ich habe einen verflucht großen Schwanz, und ich weiß, dass das wehgetan hat. Tief bleibe ich in ihr vergraben, sodass sie sich an meine Fülle gewöhnen kann. Ich warte darauf, dass sie ihre Augen öffnet, und sobald sie es tut, fange ich an, sie zu ficken. Tief und gleichmäßig, da es keinen Grund gibt, es unbarmherzig zu tun. Ich werde die süße Amy kommen lassen, hoffend, dass sie sich deswegen in Grund und Boden schämt.

Sie ist so verflucht nass, dass ich leicht rein und raus gleiten kann. Fühlt sich erstaunlich an. Mein Blick richtet sich auf den Ehemann, und meine Augen weiten sich verblüfft, als ich die Beule in seinen Shorts entdecke. Das ist interessant. Offensichtlich macht es Mr. Amy ein wenig an, dass ich seine Frau ficke.

„Komm hier rüber."

Sein Blick huscht zu mir. Vorher hat er meinen Schwanz angesehen, der in seine Frau stößt. Er kommt näher und sieht wieder auf das, was ich mache. Sein Schwanz lugt aus dem Eingriff in seinen Shorts.

„Scheiße, Mann", keuche ich, als ich mich rein und raus bewege. „Es törnt dich an, dass ich deine Frau ficke."

Er läuft rot an, und Amy macht sich nicht einmal die Mühe, zu ihrem Gatten zu schauen. Ihre Augen sind zugekniffen und ihre Finger packen das Laken.

„Hol dir einen runter", befehle ich ihm.

„Was?!"

„Aufs Bett mit dir, knie dich neben den Kopf deiner Frau, und hol dir einen runter, während ich sie ficke."

Er macht ein erstricktes Geräusch, widerspricht aber nicht, da er die Waffe Zentimeter neben meiner Hand nicht vergessen hat.

Er kniet sich neben seine Frau, und ohne weitere Aufforderung von mir zieht er die Boxershorts runter und beginnt, seinen Schwanz zu massieren, während sein Blick auf mein Geschlecht fixiert ist und ich Amy für mich beanspruche. Ja, das ist ziemlich heiß; zwar nicht das, womit ich gerechnet habe, doch ich kapiere, worum es geht.

Ich beginne, sie fester zu stoßen, und jetzt macht sie wimmernde Geräusche. Daher fasse ich nach unten und zupfe an ihrer Klit. Dann presse ich sie, sodass sie auf der anderen Seite dieser süßen Knospe fühlen kann, wie ich mich in ihr bewege.

Sie keucht.

Schreit leise.

Dann schreit sie laut, während sie anfängt zu kommen.

„Oh fuck“, stöhnt ihr Mann, als er ebenfalls kommt, auf ihre großen runden Brüste abspritzt und die schöne Seide durchnässt. Ich stoße sie fester und meine Hoden ziehen sich zusammen. Ich beiße die Zähne aufeinander und meine Halsmuskulatur spannt sich an. Auch ich fange an zu kommen. Hart knalle ich in sie hinein, brutal eigentlich, und sie jault erschrocken auf, als ich mich an ihrem Becken reibe und meine Ladung in das Kondom spritze.

„Fuck, das ist gut“, krächze ich und lobe dann meine Gefangene. „Amy mit der süßen Pussy.“

Nachdem ich den letzten Tropfen aus mir gewrungen habe, ziehe ich mich aus ihr zurück und entledige mich des Kondoms. Amys Mann sackt auf die Matratze, und sie krabbelt zu ihm, sodass sie sich umarmen können.

Uhhh, das ist süß.

Ich werfe das Kondom auf den Boden, packe meinen Schwanz ein und schnappe mir die Waffe vom Bett. Ich nicke den zweien zu und grinse sie breit an. „Kein Wort zu niemandem. Wenn ich auch nur höre, dass ihr es jemandem erzählt, komme ich zurück, und dann bin ich nicht mehr so nett. Habt ihr das verstanden?“

„Ja“, sagen beide gleichzeitig. „Das werden wir nicht.“

Ich starre sie an und mein Blick ist angefüllt mit allerlei Arten von Vergeltung. Als ich überzeugt bin, dass wir uns einig sind, drehe ich mich um und gehe aus ihrem Schlafzimmer, den Flur entlang und aus der Hintertür. Sobald ich draußen bin, ziehe ich mir die Strickmaske vom Kopf und nehme einen tiefen Atemzug von der frischen Nachtluft. Ich kreise meinen Kopf, wobei mein Genick knackt.

Ich fühle mich locker und entspannt.

Ich setze mich auf die unterste Stufe und schaue zu den Sternen, die tief und schwer am Himmel hängen. Wunderschön.

Das Verandalicht geht an und hüllt mich in einen gelben Schein. Die Tür öffnet sich und ich drehe meinen Kopf. Amy steht dort. Sie hält mir lächelnd eine Flasche mit Hoback Hefeweizen hin. „Das war großartig, Cain."

„Ich dachte, dass dies einer meiner besseren Jobs war", sage ich grinsend, stehe auf und nehme das Bier, welches meine Lieblingssorte von der Snake-River-Brauerei ist.

Amys Mann erscheint hinter ihr. „Willst du reinkommen und es drinnen trinken?"

„Gerne", sage ich, trotte die Stufen hoch und gehe zurück in eine der Blockhütten, die zum *Wicked Horse* gehören. Dies war nicht die erste Fantasie von Amy und Charles Mason, bei der ich mitgespielt habe, doch sie war eine besondere. Es ist ihr Hochzeitstag, und da sie Mitglieder im *Wicked-Horse*-Sexclub sind, wollte Bridger ihnen etwas Außergewöhnliches schenken.

Als die Tür sich hinter mir schließt, frage ich mich, ob das blonde Mädchen noch im Club ist. Im Grunde genommen habe ich jetzt dienstfrei, sodass ich kurz darüber nachdenke, es zu überprüfen, sobald ich mein Bier geleert habe. Doch dann fasst Amy mir in den Schritt und reibt meinen Schwanz, welcher sofort eifrig auf sie reagiert, sodass ich weiß, dass die Party noch nicht ganz vorbei ist.

Die Blonde ist vergessen.

Für den Augenblick.

Kapitel 1

Cain

Ich klopfe dreimal kräftig an Bridgers Bürotür, bis ich seine schweren Stiefeltritte auf der anderen Seite höre. Es gibt kein höfliches „Komm rein“, da die Tür mit einem Code gesichert ist, die niemand anders kennt als Bridger höchstpersönlich. Obwohl, wahrscheinlich auch Woolf, denn ich bezweifle, dass jemand sich die Mühe gemacht hat, ihn zu ändern, seitdem der Eigentümerwechsel vor zwei Tagen bekannt gegeben wurde.

Bridger öffnet die Tür, wobei er mir ein angedeutetes Lächeln schenkt. „Danke, dass du an deinem freien Tag vorbeikommst.“

„Keine Ursache“, versichere ich ihm, als ich hineingehe. „Hatte sowieso nichts Besseres zu tun.“ Und das entspricht der Wahrheit. Wenn es nach mir gegangen wäre, hätte ich ein paar Extraschichten, entweder auf der *Double J* oder auf der Baustelle von Walt, eingelegt. Leider hat beides nicht geklappt. Dabei könnte ich das zusätzliche Geld wirklich gebrauchen, da schon wieder so eine scheiß Rechnung hereingeflattert ist, die eigentlich nichts mit mir zu tun hat, und doch ist sie für mich.

Das ist meine Lebensgeschichte. Ich muss arbeiten, um Schulden zu begleichen, die ich zwar nicht verursacht habe, aber dennoch abtragen muss, da das Gesetz mich dazu verpflichtet. Wenn Rachel nicht bereits tot wäre, schwöre ich, dass ich ihr manchmal aus Frustration den dürren Hals umdrehen könnte.

Bridger schließt hinter mir die Tür und deutet auf die Couch. „Setz dich doch.“

Während er zu seinem Schreibtisch läuft, um dahinter Platz zu nehmen, platziere ich meinen Arsch auf dem Ledersofa, das bereits eine Menge Action in diesem Büro miterlebt hat. Ich weiß das, da ich selbst ein paar weibliche Barkeeper hier gefickt habe. Allerdings nur auf Einladung von Bridger oder Woolf, um bei einem Dreier mitzumachen, falls es die Umstände erforderten.

„Wir haben ein Problem, um das du dich kümmern musst“, sagt Bridger geradeheraus.

Das reicht, dass ich meine zusammengesunkene Haltung augenblicklich in eine kerzengerade verwandele. Sein Tonfall beunruhigt mich. „Worum geht es?“

„Wir haben Colton Stokes Mitgliedschaft im *Silo* aufgekündigt“, sagt er ziemlich emotionslos, dennoch bin ich schockiert. Soweit ich weiß, ist noch nie jemand aus dem Club geworfen worden.

„Ich muss wissen, warum.“

Bridger nickt zustimmend. Als Sicherheitschef muss ich Bescheid wissen, ob Regeln verletzt worden sind, damit ich diese Lücke schließen kann. Aus diesem Grund zahlen sie mir ein beträchtliches Gehalt und vierteljährliche großzügige Boni. Ich bin nicht nur für die Sicherheit der Gäste im Nachtclubbereich des *Wicked Horse* zuständig, sondern auch dafür da, das Geheimnis des Sexclubbereichs des *Silos* unter allen Umständen zu bewahren.

„Er hat Gouverneur Hayes über den Sexclub berichtet“, sagt Bridger mit einem harten Glanz in den Augen. „Hat ihm erzählt, dass seine Tochter auf einer Orgie in einer der Blockhütten war, und von Woolfs Beteiligung.“

Plötzlich verstehe ich. Ich weiß, dass Woolf sich wegen Callie aus dem Geschäft zurückgezogen hat, doch ich hatte angenommen, dass das arme Schwein sich verliebt hätte und diesen Lifestyle nicht mehr braucht. Aber jetzt setzt sich alles zusammen. Er hätte nie mit Callie ein Paar sein können, solange die Gefahr bestand, dass diese Informationen an die Öffentlichkeit geraten. Gouverneur Hayes Wahljahr steht bevor, und er kann es gar nicht gebrauchen, dass seine Tochter sich mit einem Sexclubbesitzer getroffen und bei einer Orgie mitgemacht hat.

„Was für ein Scheißkerl“, murmele ich und reibe mit einer Hand über mein kurzes Haar.

„Ganz genau.“

„Und es gibt nichts, was du oder Woolf gegen die gebrochene Verschwiegenheitserklärung tun könnt?“

„Leider ist das eine Sackgasse.“

Jedes Mitglied im Sexclub muss dieses Dokument von Woolf und Bridger unterschreiben und sich damit zur absoluten Geheimhaltung hinsichtlich der Existenz des Clubs und seiner Mitglieder verpflichten. Eine Verletzung dieser Erklärung zieht eine Strafzahlung von mindestens einer schlappen Million Dollar nach sich. Das einzige Problem dabei ist, dass Bridger, als neuer Alleineigentümer, Colton gerichtlich belangen müsste. Und eher friert die Hölle zu, als dass es ein öffentlich zugängliches Dokument gibt, in dem Colton beschuldigt wird, die Tochter des Gouverneurs als Teilnehmerin einer Orgie geoutet zu haben.

Der Wunsch, den Club geheim zu halten, ist nicht aus irgendeinem Schamgefühl von Woolf oder Bridger entstanden. Ganz im Gegenteil. Sie sind stolz auf den Ort, den sie erschaffen haben, damit Menschen in einer sicheren Umgebung ihre verruchten Fantasien erfüllen können. Daher waren sie darauf vorbereitet, einen Vertragsbruch juristisch zu ahnden. Sie haben sogar einen Anwalt, der genau für dieses Problem bereitsteht. Doch da die Tochter des Gouverneurs involviert ist, muss man eine andere Herangehensweise wählen, um das Dilemma zu lösen.

„Wie sieht der Plan diesbezüglich aus?“, frage ich und stehe auf, wobei mein Tonfall ganz deutlich drohend ist, da weder Bridger noch ich das hier einfach unbeachtet lassen können. Der Arsch hat nicht nur meine Freunde bedroht, sondern auch meine Lebensgrundlage. Er wird dafür bezahlen müssen.

„Ich will, dass du ihm heute einen Besuch abstattest.“ Bridger reicht mir über den Schreibtisch einen Umschlag. Er ist dick, und ich weiß sofort, dass er Geld für mich enthält. Sozusagen ein Bonus. „Teile ihm mit, dass er auf dem Grund und Boden der *Double J* nicht mehr länger willkommen ist, und dass er nicht freundlich hinausbegleitet wird, sollte er im *Wicked Horse* oder im *Silo* auftauchen.

Lass ihn außerdem wissen, dass ich ihn nicht wegen Vertragsbruchs anzeigen werde, doch schärfe ihm ein, dass es Konsequenzen geben wird, falls er jemals wieder sein Maul aufmacht."

„Sind diese Konsequenzen beschränkt?", frage ich und mein Blut prickelt vor Aufregung. Ich mochte den Scheißkerl noch nie und ich mag einen Kampf. Noch wichtiger ist, dass ich das Geld in dem Umschlag mag. Und ich will es mir verdienen.

„Bringe ihn nicht um", sagt Bridger mit einem leisen Lachen. „Doch stell sicher, dass es wehtut."

„Mit Vergnügen." Ich stopfe den Umschlag in meine Gesäßtasche und bin im Begriff, mich der Tür zuzuwenden.

„Eins noch."

Ich halte inne und drehe mich wieder Bridger zu.

„Amy Mason hat heute Morgen angerufen."

„Oh, die süße Amy", sage ich grinsend.

„Sie war sehr von deiner Leistung letztens beeindruckt", sagt er mit einem anzüglichen Grinsen. „Sie will einen Nachschlag. In ihrem Zuhause."

„Wann?", frage ich, weil es an einem meiner freien Tage stattfinden muss.

„Übernächste Woche. Ihr Mann wird dann auf Geschäftsreise sein und sie möchte diese Art von Fantasie wiederholen. Du ‚brichst' in ihr Haus ein, doch sie möchte, dass du dieses Mal ein bisschen grober bist. Es ein wenig realistischer gestaltest."

„Weiß Charles, dass sie das vorhat, wenn er nicht da ist?", frage ich zögerlich, weil hier irgendwas faul ist. Amy und Charles Mason erfüllen ihre Fantasien immer gemeinsam.

„Keine Ahnung." Durchdringend sieht er mich an. „Ist das ein Problem?"

Stirnrunzelnd denke ich darüber nach. „Weiß nicht. Kommt mir bloß seltsam vor. Und natürlich ist es immer riskant, so was außerhalb des *Silos* zu machen. Das Letzte, das ich gebrauchen kann, ist irgendeine verrückte Schlampe, die behauptet, dass ich wirklich bei ihr eingebrochen bin, um sie zu vergewaltigen, obwohl es nur die Erfüllung einer Fantasie war, die sie sich gewünscht hat."

„Ich kann das mit einer Fantasy-Vereinbarung abdecken", bietet Bridger mir an. „Wir halten das genaue Szenario schriftlich fest, und sie unterschreibt es im Beisein eines Notars, auch, dass sie wollte, dass es in ihrem Haus stattfindet."

„Möglich", sage ich halbherzig, da der Vorschlag sich immer noch nicht richtig anfühlt. Das hat nichts mit dem Wunsch an sich zu tun. Ich habe viele Frauen gehabt, die eine Fantasie erleben wollten, bei der sie zu etwas gezwungen wurden, doch die Tatsache, dass sie es nicht mit Charles möchte, beunruhigt mich. Ein Großteil der Mitglieder im *Silo* lebt in hingebungsvollen monogamen Beziehungen. Ein gutes Drittel ist verheiratet und sie leben ihre Fantasien mit ihren Ehepartnern aus. Amy und Charles sind genau so ein Paar. In den wenigen Szenarien, die ich mit ihnen hatte, war auf jeden Fall eine enge Verbundenheit zwischen ihnen spürbar. Man muss seinem Partner unglaublich vertrauen, um bei den Ausschweifungen mitzumachen, die im *Silo* vor sich gehen. Ich glaube, dass ihr jetziger Wunsch sich untreu anfühlt, aber ehrlich gesagt ist das nicht mein Problem.

„Willst du, dass ich ihr mitteile, dass du es machst?", fragt Bridger mich mit einer erhobenen Augenbraue.

„Ja", sage ich hastig, ehe ich mich selbst davon überzeuge, es nicht zu tun. Ich werde zwar nicht auf der Stelle zusätzliches Geld verdienen, aber mein vierteljährlicher Bonus beruht darauf, wie oft ich als Fantasy-Erfüller gebucht wurde. Daher will ich meine Kunden zufriedenstellen. „Bereite den Vertrag vor und lass sie ihn unterzeichnen. Danach soll sie mich per E-Mail kontaktieren, sodass wir einen Zeitpunkt ausmachen. Dann haben wir auch das schriftlich."

„Hört sich gut an." Bridger steht auf und deutet mir so an, dass unser Termin vorbei ist und er eine Million andere Dinge zu erledigen hat. „Sollen wir deiner Meinung nach noch mehr tun, um die undichte Stelle zu stopfen, die Colton verursacht hat?“

„Ja, ein Update des Sicherheitscodes am *Silo*. Momentan ist er nur eine fünfstellige Nummer. Ich verschlüssle das Passwort und gebe den Mitgliedern einen Remote-Zugriff zu der Verschlüsselungssoftware, die jeden Tag ein neues Passwort generiert.“

„Gute Idee.“

„Oh, und du solltest auch darüber nachdenken, dass sie getrennt von ihren Mitgliedsbeiträgen einen Geldbetrag auf ein Treuhandkonto einzahlen. Im Falle eines Vertragsbruches wird die Summe automatisch einkassiert. Das solltest du noch zusätzlich zu der Millionen-Dollar-Klausel machen.“

„Genial“, sagt Bridger mit einem verschlagenen Lächeln. „Und wir sollten auch sicherstellen, dass es Begleitpersonen abdeckt, die sie vielleicht als ihre Gäste mitbringen.“

„Auf jeden Fall. Besonders, weil wir keine Zeit haben, jeden mitgebrachten Gast einer Hintergrundprüfung zu unterziehen, da sie diese nicht anmelden müssen. Doch wenn das Portemonnaie der Mitglieder für ihre Gäste haftet, werden sie zweimal darüber nachdenken, wen sie mit in den Club bringen.“ Meiner Meinung nach ist es ein beträchtlicher Schwachpunkt, dass Mitglieder Gäste mitbringen dürfen. Darauf habe ich Bridger und Woolf bereits hingewiesen, bevor wir den Club eröffnet haben. Doch es wurde schließlich entschieden, dass die Mitglieder etwas Freiraum brauchen, besonders, da sie unglaubliche fünfzigtausend Dollar im Jahr für ihre Mitgliedschaft bezahlen. Außerdem sind die meisten reich und können es sich nicht leisten, entlarvt zu werden, daher dachten wir, dass sie ihre Begleitpersonen mit Bedacht auswählen würden. Wahrscheinlich haben sie eigene Verschwiegenheitsvereinbarungen abgeschlossen, um sich zu schützen.“

„Ich beauftrage unseren Rechtsbeistand, einen Entwurf für eine abgeänderte Verschwiegenheitserklärung auszuarbeiten und unsere Mitglieder über das Schadenskonto zu informieren. Hast du über die Summe nachgedacht?“

Ich zucke mit den Schultern. „Die Clubmitglieder sind Multimillionäre. Den Mitgliedsbeitrag zahlen sie aus der Portokasse. Ich würde wenigstens dieselbe Summe für das Schadenskonto nehmen, wenn nicht sogar mehr."

„Dann sollen es Hunderttausend sein."

Ich lächele in mich hinein, da ich genau weiß, dass jedes verdammte Mitglied, ohne mit der Wimper zu zucken, zahlen wird. Die Stinkreichen hegen keinerlei Bedenken, derlei Summen für ihren Kink zu berappen. Ich bin unglaublich dankbar, dass ich nicht nur ein Fantasy-Erfüller für den Club bin, der regelmäßig seinen Spaß auf die verdorbenste Weise haben kann, sondern auch, dass meine Anstellung im *Wicked Horse* eine kostenlose Mitgliedschaft mit sich bringt. Während ein paar ausgesuchte Angestellte silberne Mitgliedschaften bekommen haben, die ihnen zwei Besuche in der Woche erlauben, habe ich eine Platinum-Mitgliedschaft. Mein Job setzt Eigenverantwortung und Autorität voraus. Außerdem kenne ich Woolf schon ewig, da wir zusammen aufgewachsen sind. Ich kann so oft ich will ins *Silo* gehen und ein überwältigender Fick ist mir garantiert. Ich genieße diese Art von Freiheit, ohne Verpflichtung und Verantwortung für einen anderen Menschen, da die letzte Person, bei der ich beides hatte, mein Leben in die reinste Hölle verwandelt hat. Obwohl sie tot ist, schafft sie es noch immer tagtäglich, mir die Existenz zu versauen.

„Okay, Mann", sage ich, als ich mich der Bürotür zuwende. „Ich fahre jetzt zu Stokes. Ich rufe dich nachher an und erzähle dir, wie es gelaufen ist."

„Stell sicher, dass es wehtut", ermahnt mich Bridger, doch ich brauche die Erinnerung nicht. Ich freue mich darauf, ein wenig Cain-Bonham-Gerechtigkeit für meine Freunde und Arbeitgeber auszuteilen. Anschließend komme ich vielleicht zurück ins *Wicked Horse*, um herauszufinden, ob die Blonde wieder auftaucht. Falls dem so ist, wären das fünf Nächte in Folge, da sie auch gestern ihren hübschen Arsch dort hatte, als ich zu meiner Schicht angetreten bin. Wir haben unser kleines Anstarrduell gespielt. Heute jedoch arbeite ich nicht. Falls sie erneut da ist und den Flirt auf die nächste Stufe heben will, bin ich bereit.

Das Spiel kann beginnen.

Kapitel 2

Sloane

Gott, ich kann Countrymusik nicht ausstehen. Man sollte glauben, dass ein Mädchen, das im großartigen Staat Tennessee geboren und aufgewachsen ist, von diesem Scheiß begeistert wäre, doch ich bin es nicht. Mochte es bereits nicht, als ich herangewachsen bin, und fand stattdessen Grunge und Rock gut. Trotz der heißen, tiefen Stimme von Garth Brooks, die aus den Lautsprechern plärrt, stelle ich fest, dass ich das *Wicked Horse* wirklich mag. Der unbehandelte Kiefernboden und die Wände mit den dunklen Paneelen verleihen ihm dieses rustikale Flair. Allerdings sprechen die teuren, mit Rindsleder bezogenen Sitzgelegenheiten, die maßgefertigte Bar mit den Schnitzereien und die auf diesen Style abgestimmte Getränkekarte eigentlich eher ein Publikum an, das auf Westernschick steht. Es ist eine interessante Kombination, jedoch normalerweise keine, die mich veranlassen würde, der Bar einen erneuten Besuch abzustatten.

Nein, ich kehre aus einem anderen Grund die fünfte Nacht in Folge zurück, und das ist der hiesige Sicherheitschef Cain Bonham. Erst gestern habe ich seinen Namen herausgefunden, und falls ich Glück habe, wird er auch heute anwesend sein. Ich werde Abend für Abend wiederkommen, in der Hoffnung ihn anzutreffen, wenn er nicht arbeiten muss. Zufällig weiß ich, dass er sich nicht mit Kunden abgibt, wenn er Dienst hat. Das weiß ich nicht nur, weil ich es beobachtet habe, sondern auch, weil meine Freundin Jasmine, die gerade gegenüber von mir an unserem kleinen Tisch sitzt, es vor ein paar Monaten geschafft hat, ihn abzuschleppen. Sie hat mir versichert, dass er nie einen zweiten Blick an sie verschwendet hat, bis zur Nacht, als er in Jeans, schwarzen schweren Motorradstiefeln, die in einem Country-Western-Nachtclub deplatziert wirkten, sowie einem dunkelgrauen T-Shirt ins *Wicked Horse* gekommen ist. Er hatte sichtbar dienstfrei. Jasmine erzählte mir, dass sie, sobald er zur Bar gegangen ist, um sich ein Bier zu bestellen, ein Auge auf ihn geworfen hat, und auch, dass sie bereits seit ein paar Wochen hinter ihm her war. Allerdings war es kein Geheimnis, dass er akribisch darauf achtete, niemals Arbeit und Vergnügen miteinander zu mischen. An dem Abend hat sie entschieden, sich an ihn ranzumachen. Offensichtlich hat ihr das ein One-Way-Ticket in sein Bett eingebracht. Obwohl sie zugegeben hat, dass sie zwischen ein paar Bieren auf dem Parkplatz gevögelt haben, und zwar gegen die Seite ihres Autos gelehnt. Dennoch behauptet sie, dass es der beste Fick ihres Lebens gewesen ist.

Sie hat mir die Geschichte mit großem Vergnügen erzählt, da Cain Bonham ein einschüchternder Kerl ist. Frauen sind sich wahrscheinlich unsicher, ob sie um ihn herumschwänzeln oder ihn lieber fürchten sollen. Ich finde das vernünftig. Allerdings habe ich vor fast gar nichts Angst, daher würde ich das Herumschwänzeln wählen. Das ist auch keine besonders schwere Entscheidung, wenn ich sein dunkelbraunes Haar, die haselnussbraunen Augen und die scharf geschnittenen Wangenknochen berücksichtige. Er ist groß und wie eine Ziegelmauer gebaut, wobei seine schwarzen Security-T-Shirts sich perfekt um seine Bizepse schmiegen. Die Narbe, die über einen dieser vollendeten Wangenknochen läuft, stößt mich weder ab noch jagt sie mir Angst ein. Sie steht ihm, da er andererseits nur ein hübscher Junge wäre.

Meiner Meinung nach sieht er stattdessen rau, kantig und völlig hinreißend aus.

Jasmine findet mein Interesse an ihm amüsant. Sie hat mir erzählt, dass er sich niemals einen Nachschlag holt. Das sind auf jeden Fall die Gerüchte, die sich um ihn ranken. Daher hat sie nichts dagegen, dass ich meinen Spaß mit ihm habe, sollte ich dazu tendieren.

Und ja, dazu tendiere ich, da Cain Bonham einen Job für mich darstellt. Falls ich Sex mit ihm haben muss, um meine Ziele zu erreichen, dann soll es so sein. Ich verspreche, es nicht allzu sehr zu genießen. Allerdings ist das wahrscheinlich gelogen. Wenn man den Mann nur anschaut, weiß man, dass es explosiv wird.

Cain anzuvisieren hat nicht als Job für mich begonnen. Als ich das erste Mal mit meinen neuen Freundinnen hierhergekommen bin, habe ich zweifelsfrei die Lage sondiert. Mit seinem Aussehen hat er auf der Stelle meine Aufmerksamkeit geweckt, sodass ich von meiner Mission abgelenkt wurde und mich stattdessen in verrückten Anstarrduellen mit ihm gemessen habe, bei denen ich allein mit der Kraft meines Blickes versucht habe ihm mitzuteilen, dass ich empfänglich bin. Es war wie ein Spiel, und da ich eine sexuell aktive und freie Frau bin, habe ich weder ein Problem damit, mich abschleppen zu lassen noch mit One-Night-Stands. Das ist das, woran ich interessiert bin.

Zunächst!

Doch nachdem ich ein paar Abende aus Recherchezwecken im *Wicked Horse* herumgehangen habe, fing ich an zu begreifen, dass mich nichts einfach anspringen würde, damit ich meine Ziele erreichen kann. Und diese sind ziemlich verachtenswert, wenigstens aus der Sicht der Eigentümer des Etablissements. Ich beabsichtige, einen angeblichen geheimen Sexclub zu infiltrieren, der von dem Nachtclub aus geleitet wird, und will beweisen, dass Gouverneur Hayes damit in Verbindung steht.

Daher habe ich mein Augenmerk auf Cain Bonham aus mehr als nur persönlichem Interesse gelegt. Von dem bisschen, was ich über den Sexclub weiß, und das ist ehrlich gesagt wirklich nicht viel, brauche ich jemanden aus dem inneren Kreis, der mir Zugang verschafft. Jedoch habe ich keine Ahnung, ob Cains Verpflichtungen als Sicherheitschef sich auf diesen Geschäftsbereich ausdehnen, doch die Zeitschrift hat mir einen kurzen interessanten Backgroundcheck über sein Angestelltenverhältnis geschickt, der mir ein paar aufschlussreiche Dinge enthüllte. Cain hilft öfters auf der Ranch *Double J* des Eigentümers Woolf Jennings aus. Am wichtigsten jedoch ist, dass

Cain für drei Jahre bei *SDE Enterprises* angestellt war, welche von Driggs in Idaho aus operiert. SDE besitzt viele verschiedene Unternehmen, doch ein besonderes hat meine Aufmerksamkeit erregt.

Ein Sexclub mit dem Namen *Scandalous*.

Das alles hat gereicht, um mich glauben zu lassen, dass Cain wahrscheinlich involviert ist.

Er ist mein „Zugang". Daher beabsichtige ich, mir jede Nacht in dieser Bar den Arsch platt zu sitzen, bis ich die Gelegenheit bekomme, mit ihm eine Verbindung herzustellen, darauf hoffend, dass sie derart unvergesslich ist, dass er mehr haben will und mich geradewegs in die Eingeweide des Unternehmens führt.

Die Gründe, warum ich das tun will, sind vielschichtig und komplex, doch sie basieren hauptsächlich darauf, dass ich eine Reporterin des Magazins *Revealed* bin, das von Washington D.C. aus operiert und es sich zur Aufgabe gemacht hat, korrupte Politiker zu entlarven. Schaut man jedoch tiefer, räche ich jedes Mal meine Mutter, wenn ich einen Widerling zu Fall bringe, der denkt, dass er sein öffentliches Amt missbrauchen kann, um andere zu verraten.

Ich bin vor einer Woche nach Jackson in Wyoming gezogen, und Cain hat sich als Mittel zum Zweck für mich entwickelt, damit ich etwas Druckwürdiges aufdecke. Ich bin immer noch nicht komplett davon überzeugt, ob es hier tatsächlich eine Story gibt. Der „anonyme" Tipp, den die Zeitschrift erhalten hat, ist meiner Meinung nach nicht sehr vielversprechend. Per Telefon habe ich, mit dem Informanten gesprochen. Sarkastisch setze ich „anonym" in Anführungszeichen, da ich die Mobilfunknummer des Anrufers ziemlich leicht, sogar ohne das Anzapfen unserer Quellen, herausbekommen habe. Also habe ich demnach mit irgendeinem Colton Stokes geredet, der immer noch glaubt, dass ich nicht wüsste, wer er ist.

Er war recht verschlossen und wollte mir nur drei Dinge sagen:

Erstens, dass es einen privaten Sexclub gibt, der zum Teil Woolf Jennings gehört, der zufällig auch der President und CEO von *JennCo* ist. Das ist interessant, da Woolf Jennings ein Milliardär ist, der ein beträchtliches Rinder- und Ölimperium besitzt. Allerdings wäre das allein nicht berichtenswert fürs *Revealed*.

Zweitens, dass Woolf Jennings sich mit Callie Hayes trifft, deren Vater der Gouverneur von Wyoming ist.

Drittens, dass Callie außerdem ein Mitglied im Sexclub ist.

Diese Tipps sind meiner Meinung nach nicht vielversprechend. Ich war mir nicht ganz sicher, was er damit bezweckt hat, als er uns die Informationen gegeben hat. Mittlerweile würde ich darauf wetten, dass Colton Stokes irgendwelche verletzten Gefühle hegt, da die bezaubernde Callie Hayes ihm eine Abfuhr erteilt hat und er es ihr heimzahlen will. Ja, ich habe auch ihr hinterherrecherchiert.

Allerdings konnte Colton mir nicht sagen, wie das alles mit Gouverneur Hayes zusammenhängt. Als ich ihn diesbezüglich bedrängt habe, war auch er ratlos, außer, dass Callie wahrscheinlich seine Wahlkampfmanagerin sein würde und er daher vermutet, dass die Finanzierungen der Kampagne mit dem Sexclub verbunden sind. Außerdem habe ich durch zusätzliche Recherche herausgefunden, und das ist weitaus vielversprechender, dass Woolf Jennings den Gouverneur mit beträchtlichen Spenden unterstützt. Das bietet Möglichkeiten. Zwar geringe Möglichkeiten, doch Brant dachte, dass sie Aufmerksamkeit verdienen. Er hat mir in einem nasalen Tonfall mitgeteilt: „Die Menschen wollen nichts über Politiker lesen, die Gelder von Lobbyisten nehmen. Sie wollen Sex. Schmutzigen, verruchten Sex. Geh und spür ihn für mich auf.“

Trotz meiner Bedenken bin ich vor Ort, um den Job zu erledigen. Wenn es etwas aufzudecken gibt, werde ich es finden. Vielleicht entpuppt sich dieser Artikel doch noch als wahre Goldgrube. Und falls Hayes Dreck am Stecken hat und ich dabei helfen kann, ihn zur Strecke zu bringen, kann ich meine Mutter besuchen, um ihr alles darüber zu erzählen. Ob sie meine Beweggründe verstehen wird, ist fraglich, aber ich werde mich auf jeden Fall besser fühlen.

Jasmine tritt mich unterm Tisch und mein Blick schießt zu ihr. Garth Brooks ist inzwischen verschwunden und wurde unbemerkt von mir durch Luke Bryan ersetzt, so sehr war ich in Gedanken versunken. Ich hebe die Augenbrauen und sehe sie fragend an. Sie deutet mit dem Kinn über meine linke Schulter, sodass ich mich langsam umdrehe. Cain Bonham ist gerade hereingekommen und sieht so sündhaft wie eh und je aus. Dunkelbraunes, an den Seiten kurz geschnittenes Haar, jedoch oben etwas länger. Ich habe herausgefunden, dass er bei den Marines gedient hat, und auch wenn es nicht militärmäßig geschoren ist, ist es doch ziemlich kurz. Das setzt seine verfluchten gemeißelten Gesichtszüge noch mehr in Szene, genau wie die Bartstoppeln auf seinem Kinn zu dem verführerisch rauen Aussehen beitragen. Er trägt dunkle Jeans und ein dünnes schwarzes Sweatshirt mit einem Rundhalsausschnitt. Wegen der Menge kann ich nicht erkennen, was für Schuhe er trägt, doch ich vermute Motorradstiefel, wie Jasmine sie erwähnt hat. Sie liebt diese Bikertypen.

Cain sieht nicht zu mir, läuft stattdessen direkt zur Bar, wobei er einigen Gästen zunickt und sie mit einem halbherzigen Lächeln bedenkt. Mein Herz schlägt sehr schnell, als ich mich wieder meinen Freundinnen zuwende.

„Du musst deinen Arsch in Bewegung setzen und mit ihm reden“, sagt Jasmine eindringlich. „Ich begleite dich, wenn du willst.“

Sie ist süß. Wirklich, das ist sie.

Als Teil meiner Tarnung habe ich einen Job in einem kleinen Lederwarenladen, der am Marktplatz liegt, angenommen. Er ist ein eingeforderter Gefallen meines Redakteurs. Für solche Dinge haben die Medien ein Netzwerk, das die USA infiltriert. Um meine Mom zu ehren, habe ich bei meiner Namenswahl ihren Mädchennamen ausgesucht. So wurde aus Sloane Preston Sloane Meyers, eine Angestellte im *Jackson Hole Leather Emporium*. Jasmine arbeitet auch dort und wir haben uns auf Anhieb verstanden. Als Vorteil hat sich außerdem erwiesen, dass sie ständig im *Wicked Horse* ist. Sobald ich mich bei ihr nach dem Club erkundigt habe, hat sie ganz aufgeregt reagiert.

Die andere sind zwei ortsansässige enge Freundinnen von Jasmine, Marilyn und Samantha. Sie sind zwar sehr niedlich, wollen sich jedoch Ehemänner angeln, und dazu kennen sie keinen anderen Weg, als andauernd in einer Bar herumzuhängen. Die Gruppe ist meine perfekte Tarnung, um im *Wicked Horse* zu sein.

Jedes Mal habe ich mit Cain per Blickkontakt geflirtet und mich gefragt, wann ich den ersten Schritt wagen soll. Ich glaube, heute ist die Nacht der Nächte. Aber wie soll ich es anstellen? Ich muss herausstechen, da ich mehr als einen One-Night-Stand mit ihm brauche. Er muss mehr von mir wollen als nur Sex. Allerdings befürchte ich, dass er ein Einzelgänger ist. Daher muss ich entweder seinen Verstand so sehr beschäftigen, dass er an mir als Mensch interessiert ist, oder ihm den besten, schmutzigsten, überwältigendsten Sex liefern, den er sich vorstellen kann, sodass er weitere Nachschläge will.

Ich trinke einen Schluck von meinem Bier und denke darüber nach, wie ich am besten den Köder auswerfen soll.

Kapitel 3

Cain

Ich habe die Blonde in der Sekunde bemerkt, als ich die Tür zum *Wicked Horse* aufgemacht habe, da mein Blick unfreiwillig zum Tisch gehuscht ist, an dem sie mit ihren Freundinnen in den vorherigen Nächten gesessen hat. Das dabei empfundene Hochgefühl ist ungewöhnlich für mich und ein Zeichen, wie sehr ich mich darauf freue, das geheimnisvolle Mädchen zu entschlüsseln.

Ihre Freundin hat mich angestarrt und in meine Richtung genickt, sodass die Blonde sich umgedreht hat. Ich habe sofort den Blick abgewandt, um dann zur Bar zu laufen. Schließlich soll sie nicht auf der Stelle wissen, dass ich wegen ihr hier bin. Ich will, dass sie ein bisschen dafür arbeitet. Wo bliebe sonst der Spaß? Der kurze Austausch hat mir jedoch etwas Wichtiges verraten. Die Kleine hat nicht nur darauf gewartet, dass ich hereinkomme, sondern es auch ihrer Freundin gesagt, deren Verhalten ein monumentales Beweisstück ist.

Ich werde das Mädchen heute Nacht vögeln.

Es ist eigenartig, dass sie mich so stark anzieht, doch ich rede lediglich über ihre oberflächliche Schönheit. Ohne Zweifel hat sie eine gut zusammengesetzte Verpackung, mit ihrem lockigen Haar, das ihr in Wellen bis unterhalb des Kinns reicht, den weit auseinanderstehenden unschuldigen babyblauen Augen sowie den Grübchen neben ihrem Mund, sobald sie lächelt. Sie sieht aus wie ein Stück Apfelkuchen, süß und zuckerig. Welcher heißblütige Mann liebt keine kurvige Blondine?

Das ist jedoch normalerweise nicht mein Ding. Ich mag angriffslustige Frauen, die wissen, was sie wollen. Angesichts meines regelmäßigen schmutzigen Sex sind Vanillafrauen ein bisschen zu langweilig für mich. Das bedeutet nicht, dass ich sie nicht ficken würde, aber ich vergesse sie schneller als die anderen. Doch eines muss ich der Blonden lassen: Sie hat mich nicht scheu angelächelt oder mir verstohlene Blicke zugeworfen. Nein, sie starrt mich wie eine Frau an, die weiß, was sie will, und das steht im Widerspruch zu ihrem naiven Aussehen. Das ist es, was sie so geheimnisvoll macht. Ich frage mich, ob sie zuckersüß vor Lust aufschreit, oder ob sie mir, während sie schreit, dass ich sie härter kommen lassen soll, die Haare an den Wurzeln ausreißt.

Das herauszufinden, wird spannend sein.

Was soll ich anstellen, um in ihr Höschen zu gelangen?

Am besten trinke ich erst einmal ein Bier und denke währenddessen über diese Frage nach. Außerdem ist es noch früh. Ich weiß über die Kleine, dass sie einen Großteil der Nacht hier verbringen wird. Auf jeden Fall hat sie das bis jetzt so gemacht, daher muss ich mich nicht beeilen. Und sollte ich die Gelegenheit mit ihr verpassen, juckt mich das auch nicht weiter. Schließlich wartet das *Silo,* keine zwanzig Meter vom *Wicked Horse* entfernt, auf mich. Ich kann dort mit Leichtigkeit zum Zug kommen.

„Bier?", fragt Ted, der hinter der Theke steht. Er ist ein anständiger Kerl und außerdem ein Fantasy-Erfüller im *Silo*. Er und ich hatten in der Vergangenheit bei so einigen Gruppenfantasien gemeinsame Auftritte. Er fickt einfach jede willige Öffnung, sodass er ein sehr beliebtes Mitglied im Club ist.

Ich nicke ihm zu, setze mich auf einen der wenigen leeren Barhocker und schaue zu, wie er mir meine Lieblingssorte eingießt. Nachdem er das Hefeweizen vor mich gestellt hat, schiebe ich einen Zehndollarschein in seine Richtung, und das ist der ganze Umfang unseres Austauschs. Ich bin generell kein geschwätziger Typ, doch wenn ich hierherkomme, will ich trinken, Leute beobachten und meine Crew im Auge behalten.

Erst nach ein paar Schlucken drehe ich mich um und lasse beiläufig meinen Blick durch den Club schweifen. Für eine Donnerstagnacht ist es bereits ziemlich voll. In einer Stunde allerdings wird es nur noch Stehplätze geben.

Meine Aufmerksamkeit ruht zuerst auf Angel, unserer DJane, die in einer gläsernen Kabine sitzt und Kopfhörer über ihrem glänzenden, roten Haar trägt. Sie ist wahrscheinlich die einzige Frau auf der Welt, die mich einschüchtert. Das liegt daran, dass sie es liebt, Männer zu degradieren und zu entwürdigen. Sie ist eine praktizierende Hardcore-Domina. Unabhängig wie viel verrückten Scheiß ich bereits im *Silo* gesehen habe, finde ich es immer noch absolut irre, dass Menschen dafür bezahlen, durch Schmerz und Demütigung ihre sexuelle Erfüllung zu erhalten.

Aber jedem das Seine.

Ich nehme einen weiteren Schluck und mein Blick wandert zum Tisch der Blonden. Mit Ausnahme ihrer Tasche und der Getränke ist er leer, doch dann entdecke ich sie ein paar Meter entfernt, wie sie mit ihren drei Freundinnen tanzt. Ich muss sagen, dass es heiß ist, ihr beim Tanzen zuzusehen. Heute trägt sie einen Rock mit einem grünen floralen Muster, der ihr bis zur Mitte der Oberschenkel reicht und ihre Kurven umschmiegt. Sie hat einen verdammt köstlich aussehenden Arsch. Außerdem hat sie eine blaue Jeansbluse an, welches sie knapp oberhalb ihrer Hüften verknotet hat, sodass man einen winzigen Streifen Haut von ihrem Bauch erspähen kann. Da es nicht zugeknöpft ist, kann ich ihr Dekolleté erahnen. Ein Paar braune Cowboystiefel vervollständigen ihr Outfit. Es ist ein süßer und sexy Look, welcher zu ihrer dualen Persönlichkeit beiträgt.

Ich habe sie schon öfters beim Tanzen beobachtet. Sie ist verflucht gut, aber auch wählerisch. Bis jetzt war anscheinend kein Mann interessant genug für sie, da sie bisher jede Tanzaufforderung abgelehnt hat. Ich hoffe bei Gott, dass sie nicht auf mich wartet. Obwohl man mir bereits bei vielen Gelegenheiten versichert hat, dass ich unglaubliche Bewegungen mit meinen Hüften machen kann, schwinge ich sie nicht auf einer Tanzfläche.

Sie sieht nicht einmal zu mir und dreht mir jetzt den Rücken zu. Vielleicht tut sie so, als ob sie sich ziert. Sollte das zutreffen, will ich ihr dafür den Arsch versohlen. Ich trinke noch einen Schluck, und mein Blick klebt auf ihren kreisenden Hüften, sodass ich mich frage, wie lange sie das durchhalten würde, wenn sie mich reitet. Sie dreht sich zur Seite. In diesem Moment stellt sich ein Kerl direkt hinter sie. Sie hat keine Ahnung, dass er da ist, er allerdings glotzt anzüglich auf ihren Arsch, beugt die Knie und macht stoßende Bewegungen mit seinem Becken. Er muss betrunken sein, denn keine Frau findet so was jemals erotisch.

Eigenartigerweise ist mein erster Instinkt, vom Barstuhl aufzustehen und auf die Tanzfläche zu marschieren, wo ich ihn in den Schwitzkasten nehme, um ihn von ihr wegzuzerren, ehe er sie berührt. Doch das wäre einfach nur dämlich. Vielmehr sollte ich jemandem aus meinem Team ein Signal geben und auf das mögliche Problem hinweisen. Aber als ich zu Gary blicke, einer der beiden, die für die Tanzfläche zuständig sind, bemerke ich, dass es ihm schon aufgefallen ist und er die Sache im Auge behält. Ich lockere meine Haltung und versuche, mich zu entspannen. Falls nötig, wird er sich darum kümmern. Offensichtlich geschieht das eher früher als später, denn der betrunkene, tanzende Idiot drängt sich näher an die Blonde heran und packt ihre Hüften. Er macht eine seltsame epileptisch wirkende Bewegung und presst seinen Schritt an ihren Hintern.

Ich erhebe mich wieder von meinem Stuhl.

Gary rückt näher.

Wir beiden warten, ob der Kerl es dabei belässt, doch dann wirbelt die winzige Blonde herum, zieht ihren Arm zurück und knallt dem Vollpfosten so hart eine, dass ich das Geräusch sogar trotz der plärrenden Musik hören kann. Ich bin mir sicher, dass Gary ebenso schockiert ist, wie ich es bin. Für einen Moment bin ich förmlich erstarrt. Dem Kerl steht die blanke Wut ins Gesicht geschrieben, als er eine Handfläche an seine Wange presst. Er führt den anderen Arm gegen die Brust, mit der deutlichen Absicht, die Blonde zu ohrfeigen. Ich schnelle auf die Tanzfläche zu. Gary macht dasselbe, doch wir beide sind zu weit weg.

Jedoch bleibe ich abrupt stehen, schon wieder erstarrt, als die Kleine ihr linkes Bein zurückzieht und dem Arschloch, ehe er seinen Arm schwingen kann, genau in die Eier tritt.

Heilige Scheiße!

Als der Kerl sich nach vorn krümmt, ist sie allerdings noch nicht fertig mit ihm. Sie ballt ihre Hand zu einer Faust, die wirklich so winzig ist, dass sie niemals Schaden ausrichten könnte, und schlägt ihm mit einem rechten Haken in die Visage. Er fällt auf die Tanzfläche, eine Hand an den Eiern, die andere am blutenden Mund.

Gary schreitet zur Tat. Offensichtlich braucht der auf dem Boden liegende Mann Schutz, daher umschlingt er von hinten ihren Oberkörper und zieht sie ein paar Meter zurück. Zornig starrt sie auf das Arschloch herunter und schreit etwas, was mich dazu veranlasst, mich wieder in Bewegung zu setzen. Die tanzende Meute steht still und bildet einem engen Kreis um die Kämpfer.

Blondes Mädchen: 1.

Betrunkener Volltrottel: 0.

Eine zweite Runde wird es allerdings nicht geben.

In der Sekunde, als ich die Tanzfläche betrete, hebt sie den Blick, um mir in die Augen zu sehen. Herausfordernd starrt sie mich an, mit einem vor Zorn gerötetem Gesicht.

„Lass sie los", sage ich zu Gary, der dies sofort tut.

Zu meiner Überraschung beugt sie sich über den Kerl, der jetzt zwischen blutigen Zähnen einen Fluch ausstößt, und sagt: „Ich wette, das nächste Mal denkst du zweimal darüber nach, ehe du deinen Schwanz am Hintern eines Mädchens reibst, nicht wahr?"

Der Kerl beginnt aufzustehen und erdolcht sie dabei mit seinen Blicken. „Du scheiß Fotze", stottert er, wobei ihm das Blut aus dem Mund sprüht. „Du hättest einfach Nein sagen können."

Das erzürnt die Blonde, die bedrohlich auf ihn zutritt. Er ist jedoch in dieser Hinsicht kein Narr. Er lehnt sich argwöhnisch nach hinten und streckt einen Arm aus, um sie zu stoppen. Ich muss ein Lachen unterdrücken, als ich ihren Oberarm umfasse. Ich sehe Gary an und deute mit dem Kopf zu dem Kerl. „Bring ihn ohne Zwischenfall nach draußen."

„Klar doch, Boss." Er packt ihn am Kragen und zieht ihn von der Tanzfläche.

„Ich gehe", sagt die Blonde und versucht, meine Hand abzuschütteln. „Es ist nicht nötig, mich rauszuwerfen."

Sie rauswerfen? Nachdem sie eine dermaßen glorreiche Show als Warnung an alle betrunkenen Männer abgeliefert hat, dass sie davon absehen sollten, sich an die falsche Frau ranzumachen? Niemals! Ich werfe sie zwar nicht raus, doch ich werde sie rausbringen.

„Lass uns dich in Ordnung bringen", sage ich zu ihr und ziehe sie mit mir. „Deine Hand blutet." Auch das ist mir aufgefallen. Sie muss sich an seinen Zähnen verletzt haben, als sie ihn mit der Faust geschlagen hat.

Ohne sich zu wehren, folgt sie mir. Als wir an ihrem Tisch vorbeilaufen, hebt sie ihre Tasche hoch und ruft ihren Freundinnen über ihre Schulter zu: „Ich komme wieder."

Na klar! Das wird nicht passieren.

Ich führe sie durch die Bar, auf die Eingangstüren zu. Wir treten in eine milde Julinacht hinaus, direkt hinter Gary, der den Verprügelten zu einem wartenden Taxi bringt. Ein oder zwei warten immer vorm Club, um Touristen zurück nach Jackson zu bringen. Ich wende mich meinem Truck in der entgegengesetzten Richtung zu. Sie zieht an ihrem Arm und ich drehe mich ihr fragend zu.

„Warte", sagt sie verwirrt. „Du sagtest, dass wir meine Hand verarzten."

„Das tun wir." Ich laufe wieder auf den Truck zu. „Ich bringe dich zu dir und mache dich dort sauber. Ich denke, in deiner Dusche wäre es nett."

Auch wenn man es weder meinem sicheren Gang noch der Haltung meiner Schultern ansieht, halte ich angesichts ihrer Reaktion gespannt den Atem an. Das war eine kühne

Aussage von mir, doch ich habe keine Lust, um sie herumzuschwänzeln.

Außerdem bin ich nicht gut im Flirten.

Allerdings sagt sie zu meiner Erleichterung: „Klingt gut."

Angesichts ihrer bereitwilligen Kapitulation beginne ich bereits, hart zu werden.

Kapitel 4

Sloane

Cain fährt einen mitgenommenen dreckigen Truck, der ein Modell aus den späten Neunzigern ist. Die vordere Seite ist eingebeult. Cains Galanterie erstaunt mich jedoch, als er mir die Beifahrertür aufhält und meine unverletzte Hand hält, während ich auf das Trittbett steige.

Wir verlassen den Parkplatz, und nachdem ich Cain mitgeteilt habe, dass ich in Jackson lebe, fahren wir in südlicher Richtung auf die 191. Er schaltet das Radio ein und stellt die Lautstärke auf leise. Ein ungewolltes Lächeln erscheint auf meinem Gesicht, weil ich die süßen Klänge von *Soundgarden* höre.

„Also", sage ich in die Dunkelheit hinein. „Wir duschen demnach zusammen?"

„Natürlich nur, um deine Hand zu säubern", antwortet er in einem beiläufigen Tonfall.

„Natürlich", murmele ich, wobei ich mich, soweit es der Sicherheitsgurt erlaubt, ihm zudrehe. „Ich bin übrigens Sloane. Sloane Meyers." Ich bin stolz auf mich selbst, dass mein falscher Name mir mühelos über die Lippen schlüpft.

„Cain Bonham. Aber ich glaube, ich nenne dich einfach *Rechter Haken.*"

Lachend schaue ich nach vorn und schüttele leicht meine Hand. Wegen des fehlenden Lichts kann ich nicht erkennen, wie sie aussieht, doch sie pocht höllisch. Das wird mich allerdings nicht von meinen Plänen für die heutige Nacht abbringen. Nachdem ich beschlossen habe, dass mehr vonnöten ist, als flirtende Blicke mit ihm auszutauschen oder eine direkte Anmache, damit ich besonders auf ihn wirke, war es, als hätte Gott persönlich mir diese betrunkene Zecke geschickt.

Ich hatte gar keinen richtigen Plan, wusste nur, dass ein Spektakel Cains Aufmerksamkeit auf sich ziehen würde, und habe daher hart und schnell zugeschlagen.

Ich hatte damit gerechnet, dass man mich deswegen aus dem Club wirft und gehofft, dass ich so mit ihm ins Gespräch kommen würde. Aber nicht einmal in meinen wildesten Träumen hätte ich mir ausgemalt, dass er mich nach Hause bringt. Und mir dann auch noch sagt, dass er mit mir duschen will.

Ich presse die Beine aneinander, da ein anderes Pochen in etwas tieferen Regionen beginnt. Ich habe keine Ahnung, ob dieser unausgegorene Plan, mich mit Cain gutzustellen, bei meiner zweifelhaften Reportage hilfreich sein wird, doch eins weiß ich dennoch genau: Es wird eine tolle Nacht.

„Mein Angebot, mit dir zu duschen, scheint dich nicht zu verwundern", sagt er beiläufig.

Ich könnte dies auf hundert verschiedene Weisen durchspielen. Die meisten Frauen in meiner Position würden ihren Stellenwert bei einem solchen Mann untermauern wollen und etwas tun, das ihm für einen langen Zeitraum im Gedächtnis bleibt. Der beste Weg, um das in diesem Moment zu erreichen, wäre, den Sicherheitsgurt zu lösen, zu ihm zu kriechen und seine Jeans aufzumachen. Es ihm mit der Hand oder mit dem Mund zu besorgen, wäre zweifelsfrei einprägsam. Doch ich vermute, dass es für einen Mann wie ihn weder überraschend noch etwas Besonderes wäre. Der Kerl, der Jasmine offensichtlich einen großartigen Gefallen damit getan hat, dass er sie zwischen ein paar Bieren auf dem Parkplatz genommen hat. Ein Mann, der möglicherweise tief in einen Sexclub verstrickt ist, hat vermutlich bereits alles gesehen und auch selbst gemacht.

In diesem Augenblick begreife ich, dass ich mich, obwohl ich im Bett abenteuerlustig bin, vielleicht außerhalb meiner sexuellen Wohlfühlzone befinde. Es gibt wahrscheinlich nichts, was ich tun könnte, damit dieser Mann die Augenbrauen hebt und sagt: „Hey, genau dieses Mädchen hier ist außergewöhnlich.“

Daher antworte ich einfach nur: „Auf jeden Fall ist da eine Anziehungskraft zwischen uns. Deshalb bin ich froh, dass wir keine Zeit mit langweiliger Anmache vergeuden oder du mir billige Biere ausgibst, um mich betrunken zu machen. Ich möchte mich an diese Nacht erinnern.“

Cain lacht heiser und zustimmend. „Oh, du wirst dich an die heutige Nacht erinnern. So viel kann ich dir versprechen.“

Das Pochen zwischen meinen Schenkeln nimmt auf der Stelle zu, sodass ich sie enger aneinanderpresse.

***

Sobald ich den Schlüssel aus dem Schloss ziehe und meine winzige Wohnung betrete, fällt mich eine gewaltige Anspannung an. Soll ich mich einfach ausziehen und mich in die Dusche stellen? Oder wird er über mich herfallen?

„Hast du irgendwas zu trinken da?“, fragt Cain hinter mir und schließt die Tür.

Als ich mich ihm zuwende, sehe ich, dass er den Riegel vorschiebt und die kurzen Jalousien über die Glasscheiben in der Tür herunterlässt, um neugierige Blicke auszusperren.

Ein leichter Schauder läuft durch mich.

„Vielleicht einen Whiskey?“, erkundigt er sich, sodass ich ihn einfach nur anschaue. Als er bemerkt, dass ich verwirrt bin, kommt er auf mich zu und berührt meine Nase mit seinem Zeigefinger. „Hast du gedacht, ich würde dich sofort in der Sekunde anspringen, nachdem wir hereingekommen sind?“

„Der Gedanke ist mir gekommen“, murmele ich und gehe zum Schrank, der über der Spüle angebracht ist. Ich hole eine Dreiviertelliterflasche *Jack Daniel's* raus, denn schließlich bin ich ein Mädchen aus Tennessee.

„Ich brauche auch deinen Erste-Hilfe-Kasten. Wir sollten uns besser früher als später um deine Hand kümmern.

Der Kerl, den du geschlagen hast, sah aus, als hätte er die Tollwut."

„Das befindet sich alles im Badezimmer." Ich stelle die Flasche und zwei Schnapsgläser auf den Küchentisch und wende mich dem Flur zu. Ich höre das Geräusch von Stuhlbeinen, die mir andeuten, dass Cain vorhat, sich hinzusetzen, und stelle mir vor, dass er die Flasche aufmacht, sobald ich das Badezimmer betrete. Nachdem ich das Licht eingeschaltet habe, blicke ich sofort auf meine Hand. Der mittlere Knöchel muss vorgestanden haben, als ich zugeschlagen habe, denn er ist leicht geschwollen. Außerdem ist die Haut aufgeschürft. Das ist jedoch die einzige offene Wunde, die nicht allzu sehr geblutet hat, nur ein einzelner großer Tropfen Blut, der zwischen Mittel- und Zeigefinger gelaufen ist, ehe er geronnen ist.

Als ich nach dem verspiegelten Medizinschränkchen oberhalb des Waschbeckens greife, fange ich meinen eigenen Blick im Spiegel auf. Für einen Moment sehe ich mich an, wobei ich einen Hauch von Entschlossenheit in meinen Augen erkenne sowie leicht erhitzte Wangen, die ein Zeichen großer Aufregung sind. Werde ich das tatsächlich tun? Werde ich wirklich mit einem Mann schlafen, nur um für die verlangte Reportage einen Fuß in die Tür zu bekommen?

Blaue Augen starren mich ohne eindeutige Antwort an. Ich meine, es ist klar, dass ich mit ihm schlafen werde. Er hat mich bereits lange vorher angezogen, ehe ich ihn als Mittel zum Zweck auserkoren habe. Doch will ich wirklich diese Intimität dazu benutzen, um meine Absichten weiter zu verfolgen? Macht es mir etwas aus, wenn er währenddessen verletzt wird? Noch immer sehe ich mich an und weiß, dass ich auf diese Fragen keine Antworten parat habe. Kopfschüttelnd öffne ich das Schränkchen. Nachdem ich Peroxid und Pflaster herausgenommen habe, gehe ich in die Küche.

Cain lehnt sich in dem Stuhl zurück und seine Hände liegen gefaltet über seiner Gürtelschnalle. Es ist kein Gürtel im Country-Western-Style, sondern er ist schlicht, breit und schwarz mit einer unauffälligen Schnalle. Tatsächlich trägt er schwarze Motorradstiefel. Auf dem Tisch steht eine Rolle Küchenpapier von der Halterung über der Spüle, wahrscheinlich um meine Hand zu säubern, denn ich kann mir nichts Kinkymäßiges vorstellen, was wir damit machen könnten. Mein Blick huscht zur Flasche, welche noch immer zu ist. „Ich dachte, du wolltest einen Drink."

„Es gibt eine Menge Dinge, die ich will." Seine Stimme ist eindringlich, tief … grollend. Ich fühle sie bis in meinen Bauch. „Aber es gibt eine richtige Reihenfolge für sie."

„Lass mich raten", sage ich grinsend und setze mich auf den Stuhl neben ihm. „Zuerst meine Hand in Ordnung bringen?"

„Ganz genau", antwortet er mit einem Zwinkern. Er nimmt meine Hand, und zieht sie zu sich heran, um sie zu untersuchen. Er dreht sie, ehe er den geschwollenen Knöchel betastet. „Tut weh?"

„Ein bisschen", teile ich ihm achselzuckend mit.

„Kannst du sie bewegen?" Er hält seine Hand mit der Handfläche nach oben, damit ich meine auf ihr betten kann.

Ich antworte ihm, indem ich die Finger einrolle und strecke. „Alles gut."

Er nickt und reinigt mit dem Peroxid die Wunde. Wir beide schweigen, während ich ihn dabei beobachte, und als er sein Handgelenk dreht, bemerke ich, dass alle vier Knöchel aufgeschürft sind.

„Was ist mit deiner Hand passiert?" Ich fasse nach ihr, nachdem er ein Pflaster über meine Wunde geklebt hat. Sanft streichle ich mit dem Zeigefinger über seine Knöchel, bei denen die vielen kleinen Schnitte bereits verschorft sind.

„Hatte heute auch die Gelegenheit, meinen rechten Haken einzusetzen." Er grinst schelmisch und zieht sie zurück. Er greift zur Flasche, öffnet den Verschluss und gießt uns zwei Shots ein, wobei er einen zu mir schiebt. „Jetzt lass uns einen trinken."

„Auf was trinken wir?“ Ich nehme das Glas und halte es hoch.

„Auf rechte Haken?“, fragt er lachend und unsere Gläser klirren aneinander.

„Auf rechte Haken.“ Ich stürze den Whiskey herunter. Wie erwartet brennt er und ruht anschließend mit einem schönen warmen Glühen in meinem Bauch. Außerdem hilft er, meine Nerven zu beruhigen.

„Weißt du …“, sagt Cain und greift erneut nach dem Jack. Er gießt sich einen weiteren Drink ein. Ich halte ihm mein Glas hin und er füllt es auf. „Du bist ein Rätsel.“

Ich neige den Kopf zur Seite. „Wie das?“

Er stellt die Flasche ab und hebt sein Getränk an, wobei er eine kreisende Bewegung damit macht. „Du hast diese schüchterne und süße Verpackung. Als ob du einen Nachmittagstee mit Freundinnen verbringen willst, bei dem du von einer heilen Welt träumst und mit ihnen über Liebesromane sprichst. Jetzt bin ich mir da allerdings nicht mehr so sicher. Du wirbelst einfach herum und prügelst einem Kerl die Scheiße aus dem Leib.“

„Ich vermute, dass dir das zu schaffen macht.“ Ich kippe mir den zweiten Shot rein und warte auf Cains Reaktion.

Stirnrunzelnd reibt er sein Kinn. „Normalerweise ziehen Frauen wie du mich nicht an.“

Mit zusammengekniffenen Augen starre ich ihn an. „Deine Chancen, mit mir im Bett zu landen, schwinden dahin.“

Cain lacht laut, ehe er seinen zweiten Drink leert und das Glas auf den Tisch stellt. Ich erschrecke mich, da er urplötzlich mein Handgelenk packt. Mit einem festen Ruck zieht er mich vom Stuhl, direkt auf ihn zu. Er lehnt sich nach vorn, lässt mich los und legt stattdessen seine Hände genau unterhalb meines Hinterns auf die Rückseite meiner Beine. Er zerrt mich auf seinen Schoß. Mein Rock besteht hauptsächlich aus Spandex und einem geringen Anteil Baumwolle. Daher dehnt sich das Material zunächst bis aufs Äußerste, ehe es weit hochrutscht.

Cain wirft einen Blick nach unten. Ich weiß, dass er aus diesem Winkel mein Höschen sehen kann. Da dies mein potenzielles Ziel war, habe ich einen sexy schwarzen Stringtanga angezogen. Glücklicherweise hatte ich erst letzte Woche einen Termin für ein Brazilian Waxing. Er rückt mich etwas zurecht, schiebt die Hände unter den Rock, bis er meinen nackten Hintern berührt, und drückt seine Finger in die Muskeln. Ich umfasse seine Schultern, um besser das Gleichgewicht halten zu können, und schaue auf ihn herab. Als er meinen Blick trifft, funkeln seine Augen provokativ. „Ich habe nicht gesagt, dass ich mich nicht von dir angezogen fühle, sondern bloß, dass ich normalerweise nicht von deinem Typ angezogen werde.“

„Du weißt doch gar nicht, was mein Typ ist“, behaupte ich und starre ihn herausfordernd an.

„Es gibt nur einen Weg, um das herauszufinden.“

Mein Puls schnellt unkontrollierbar hoch. Ich lehne mich nach vorn, bohre die Fingerspitzen in seine Schultern und bringe meine Lippen dicht an sein Ohr. Ich werfe den Fehdehandschuh und wispere: „Zeig’s mir!“

Er atmet so schnell aus, dass ich es auf dem Gesicht spüre. Ich setze mich wieder aufrecht hin, um ihn anzusehen. Ich erwarte Lust zu erspähen, denn ich habe gespürt, wie er hart wurde. Und genau das entdecke ich, aber auch etwas anderes, das mich beunruhigt. Sein Blick ist abschätzend, als wollte er mich testen.

„Wir werden es herausfinden.“ Er streichelt über meinen Po. „Schüchtern oder forsch?“

„Ich bin forsch“, antworte ich automatisch, da ich weiß, dass es eine direkte Frage war. Und ich bin bereit, es zu beweisen, indem ich seine Jeans nach unten ziehe, an Bord springe und hoffentlich seine Welt auf den Kopf stelle.

Gott! Ich will seine Welt auf den Kopf stellen. Er ist so verflucht selbstsicher und gewandt, was das hier angeht. Ich glaube, dass die meisten Kerle über ein williges Mädchen hergefallen wären, sobald sie die Wohnung betreten haben, doch er geht langsam vor. Spielt Katz und Maus, sodass ich mich anstrengen muss. Ich vermute, was auch immer es ist, wofür er meine Mühen einfordert, wird sich lohnen.

„Wir werden es herausfinden“, sagt er grinsend. Cain hebt mich hoch und stellt mich vor sich auf die Füße. Sobald er mich losgelassen hat, rückt er seine Erektion zurecht. „Wenn ich von dir verlangen würde, dich auf den Stuhl zu setzen, mit der Hand in deinem Höschen, und es dir selbst zu machen, damit ich dir dabei zusehen kann, würdest du es ohne zu zögern tun?“

Während er auf eine Reaktion wartet, mustert Cain mich eindringlich. Sein Blick huscht sogar zu meinen Wangen, um zu sehen, ob ich erröte. Das tue ich nicht, allerdings rast mein Puls wegen seiner schmutzigen Wünsche immer schneller, obwohl sie mir gefallen.

„Ich habe keine Bedenken.“ Stolz hebe ich das Kinn an. „Hört sich ziemlich heiß an.“

Seine Lippen verziehen sich zu einem Lächeln und er starrt mich zufrieden an. Er nickt Richtung des Flurs und greift nach der Flasche. „Gut. Geh ins Schlafzimmer. Leg dich dort nackt aufs Bett. Ich genehmige mir in der Zwischenzeit noch einen Drink, während du dich schön nass für mich machst.“

Ich bestreite nicht, dass ich für einen Moment völlig vor den Kopf gestoßen bin. Die Frage an sich ist nicht schräg. Vor einem meiner vorherigen Freunde habe ich masturbiert und er fand das sehr heiß. Es überrascht mich allerdings, dass Cain währenddessen in der Küche weitertrinkt. Und dann begreife ich es! Er hat im Augenblick die Kontrolle und will feststellen, wie ich darauf reagiere und ob er mich schockieren kann. Er versucht immer noch einzuschätzen, was für eine Art Frau ich bin. Offensichtlich ist er weiterhin verwirrt. Deswegen fühle ich mich stark. Außerdem erhöht es mein Verlangen nach diesem Mann um das Zehnfache, sodass ich drohe, in Flammen aufzugehen, wenn er sich nicht beeilt und endlich etwas mit mir anstellt. Doch ich reiße mich zusammen, denn schließlich muss ich beweisen, dass ich nicht zu behütet und unschuldig bin, um zu ertragen, was er austeilt.

Ich zwinkere Cain zu. „Du solltest dir nicht zu viel Zeit lassen, da ich ein paar großartige Spielzeuge besitze, die den Job ziemlich schnell erledigen können. Ich würde es wirklich bedauern, wenn du zu kurz kommst.“ Jetzt bin ich diejenige, die ihn mustert. Obwohl es kaum bemerkbar ist, sehe ich es: Er schluckt mühsam, während er darüber nachdenkt, was ich gerade gesagt habe.

Er löst den Blickkontakt, hebt die Flasche hoch und murmelt: „Ich werde früh genug bei dir sein. Der Zug sollte besser nicht ohne mich den Bahnhof verlassen. Und das ist ein Befehl.“

Ich wirbele herum und laufe Richtung Schlafzimmer. Währenddessen knöpfe ich das Jeansoberteil auf. Ich lache aufreizend und rufe ihm über meine Schulter zu: „Sorry, Babe. Doch Gott hat uns Frauen die Fähigkeit gegeben, mehrere Orgasmen zu bekommen. Ich gedenke nicht, dieses Geschenk zu vergeuden.“

Kapitel 5

Cain

Ich gieße mir noch einen ein und kippe ihn hinunter, nur um das Glas direkt wieder zu füllen. Ich reibe über meinen Schwanz, welcher ab der Sekunde geschmerzt hat, als sie die Spielzeuge erwähnte. Hätte man mich vor zehn Minuten gefragt, ob das süß aussehende Mädchen Sextoys in ihrer Wohnung hat, hätte ich das vehement verneint. Ich hätte gewettet, dass sie die Missionarsstellung bevorzugt, und es als überaus sündhaft empfindet, von hinten gefickt zu werden. Doch sie hatte heute Abend bereits ein paar Überraschungen auf Lager, und das hat meine Neugierde erhöht. Jetzt will ich sie noch härter und länger ficken und begrüße daher meine Entscheidung, dass wir zu ihrer Wohnung gefahren sind. Ich bin mir sicher, dass ich uns beide im hinteren Lagerraum des *Wicked Horse* zum Höhepunkt gebracht hätte, doch nun ahne ich, dass ich die ganze Nacht brauchen werde, um all die Schichten von dem Mädchen zu entfernen.

Normalerweise wäre es mir scheißegal, was unter dem hübschen Äußeren liegt. Allerdings kann ich ihrer Anziehungskraft offensichtlich nicht widerstehen. Vielleicht bin ich es leid, dass Frauen ihre Beine einfach für mich spreizen. Möglicherweise langweilt es mich?

Kopfschüttelnd lache ich und leere das Glas.

Gelangweilt von Pussys?

Na klar! Das wird niemals passieren.

Jedoch fasziniert mich ihre besonders.

Als wollte sie meinen Nüssen noch einen weiteren schmerzenden Hieb zufügen, höre ich sie leise aus dem Schlafzimmer stöhnen. Sie hat bereits angefangen. Verflucht! Ich habe geglaubt, dass sie mehrere Minuten brauchen würde, um sich „frisch zu machen“. Habe mir ausgemalt, dass sie ihr Make-up erneuern, ihre Haare bürsten und sich etwas Verführerisches anziehen würde. Anschließend würde sie vorm Spiegel stehen und sich aufmunternde Worte zuflüstern, dass sie es tun könnte … vor einem Mann masturbieren.

Aber sie hat bereits nach nicht einmal dreißig Sekunden angefangen und ist schon auf dem Weg zu einem multiplen Orgasmus. Ich begrüße es, dass sie das in dieser Nacht erreichen will, und habe kein Problem damit, ihr dabei zur Hand zu gehen. Hastig entledige ich mich meiner Stiefel und Socken und lasse sie unterm Küchentisch liegen, wobei ich die gefalteten Strümpfe in die Stiefel lege. Das ist eine alte Gewohnheit aus meiner Zeit als Marine. Während ich den Flur entlanglaufe, öffne ich den Gürtel und fange an, ihn aus den Schlaufen zu ziehen.

Sobald ich den Raum betrete, erstarre ich und glotze einfach nur auf den Anblick vor mir. Ich hätte nicht gedacht, dass es möglich wäre, doch mein Schwanz schwillt weiter an, so sehr, dass es sich anfühlt, als würde er gleich in meiner Hose explodieren. Deutlich spüre ich das Blut, das durch die dicke Vene an der Unterseite gepumpt wird.

Sloane rekelt sich komplett nackt auf einer hellblauen Steppdecke. Ihre Kleidung ist auf dem Boden verteilt, mit Ausnahme des winzigen schwarzen Stringtangas, der auf der Ecke der Matratze liegt. Da ihr Haar nicht besonders lang ist, fächert es wellenartig, beinahe wie ein Heiligenschein, um ihren Kopf. Oder eher wie Sonnenstrahlen.

Ich bin erstaunt, dass das Deckenlicht eingeschaltet ist, da ich damit gerechnet habe, dass sie das romantische Licht einer Tischlampe wählen würde. In der grellen Helligkeit der drei Glühbirnen, die an einem altertümlichen Deckenventilator angebracht sind, kann ich erkennen, dass sie nur sehr wenig Make-up trägt. Ihre Porzellanhaut lässt ihre blauen Augen herausstechen. Ich glaube, sie hat lediglich Mascara aufgetragen. Ihre Wangen sind etwas rosa, doch das rührt bestimmt vom Vibrator zwischen ihren Beinen her. Und ja, das ungeschminkte Gesicht und ihr frecher Haarschnitt haben dazu beigetragen, dass ich diese unschuldigen und süßen Vibes von ihr empfangen habe.

Mein Blick gleitet über ihren Körper – sie hat wirklich fantastische Titten – und bleibt an dem kleinen pinkfarbenen Vibrator zwischen ihren Schenkeln hängen. Langsam schaue ich wieder hoch und sie starrt mich unter halb geschlossenen Lidern mit einem sexy Lächeln an. Über ihrem Kopf liegt ihr freier Arm lässig auf dem Kissen. Ein Bein ist gestreckt und das andere leicht angewinkelt. Ihre Fußnägel schmückt ein blasser rosafarbener Nagellack.

Die Show, die sie mir bietet, ist verflucht überraschend. Offensichtlich erwischt sie geraden einen guten Punkt, da sie aufstöhnt und ihre Hüften anhebt. Das bringt mich in Bewegung. Ich reiße den Gürtel aus den restlichen Schlaufen und werfe ihn ans Ende des Betts. Hastig zerre ich mir das T-Shirt runter, lasse es zu Boden fallen und öffne den Knopf meiner Jeans. Die ganze Zeit beobachtet Sloane mich aus halb geschlossenen Augen, während sie den Vibrator um ihre Klit kreist. Ihr Stöhnen ist leise und atemlos. Da ihre Bewegungen langsam sind, weiß ich, dass sie nicht auf einen schnellen Orgasmus abzielt, sondern genauso feucht werden will, wie ich es ihr befohlen habe.

Ich stelle mich ans Fußende, beuge mich über sie und schiebe einen Finger zwischen ihre Schamlippen, genau unterhalb des Sextoys. Ich dringe tief ein und entlocke ihr ein lang gezogenes Stöhnen.

Und verflucht, sie ist nass. Ich meine pitschnass.

Dies wird sich so gut anfühlen.

Da sich mein Schwanz anfühlt, als würde er erwürgt, ziehe ich mich von Sloane zurück und hole ein Kondom aus der Brieftasche. Ich reiße die Verpackung geschickt auf, da ich sehr geübt darin bin, befreie mich von der Jeans und knie mich anschließend zwischen ihre Schenkel. Langsam entrolle ich das Gummi und massiere meinen Schaft ein paarmal genüsslich, bevor ich ihn loslasse.

„Fühlst du dich gut?“ Mein Blick huscht zum Vibrator und dann wieder hoch.

Sie nickt, ehe sie meinen Schwanz ansieht, der steif und gerade zwischen meinen Beinen absteht. „Ich vermute, dass du den einsetzen willst, damit ich mich noch besser fühle?“

Meine Antwort ist einfach und beweist das absolute Vertrauen darin, was ich mit besagtem Schwanz anstellen kann. Ich entreiße ihr das Spielzeug so schnell, dass sie erschreckt keucht, und werfe es durchs Zimmer. Nachdem es auf dem Teppich gelandet ist, höre ich noch immer das leise Surren, doch ich verschwende keinen weiteren Gedanken daran. Stattdessen umfasse ich ihre Hüften und drehe sie um, sodass sie mit einem „Umpf“ auf dem Bauch landet.

Ich gewähre mir einen Moment, um die Schönheit vor mir zu bewundern. Die Rückseite einer Frau ist für mich sehr reizvoll, angefangen von den Schulterblättern bis zu dem Tal des unteren Rückens und der Schwellung des Arsches. Es ist wundervoll, und ich mag es, hier Zeit zu verbringen. Sloane ist einfach perfekt. Ihr Hintern ist gerundet und erscheint fest. Ich prüfe diese Annahme, indem ich der rechten Pobacke einen leichten Klaps gebe. Sloane zuckt zusammen und presst das Gesicht in die Matratze, wobei sie seufzt.

Gott! Das ist sexy, besonders weil ich darauf wetten würde, dass all das hier neu und aufregend für sie ist. Sie sagt zwar, dass sie forsch ist, und zweifelsfrei hat sie mich mit ihrer Masturbation überrascht, doch ich weiß, dass es eine Million Dinge gibt, die ich ihr antun könnte, die sie bis aufs Äußerste schockieren würden. Und genau aus dem Grund habe ich sie auf den Bauch gedreht. Ich will diese Theorie überprüfen.

„Ich werde dich fesseln“, sage ich urplötzlich und packe ihre Arme, die ich nach oben und hinten ziehe, um sie dann mit einer Hand über ihrem Gesäß zu halten. Ihr Kopf schnellt hoch und sie dreht den Hals, damit sie mich über ihre Schulter hinweg ansehen kann. Für einen Moment befürchte ich Angst zu erkennen, vermutlich Misstrauen, was völlig normal ist. Sie kennt mich nicht im

Geringsten, und sie weiß, dass ich ihr einen abgefahrenen Scheiß aufzwingen könnte, sobald ich sie fixiert habe.

Doch ich denke, das macht das Ganze noch aufregender, nicht wahr?

Ehe sie protestieren kann, packe ich meinen Gürtel. Mit geübten Bewegungen umschlinge ich ihre Handgelenke mit dem Leder, welches fest durch die Schnalle gezogen ist, und sichere den Dorn mit einem extra dafür gestanzten Loch, ungefähr fünfzehn Zentimeter von der Schnalle entfernt. Dies ist nicht das erste Mal, dass ich ihn dazu benutze, um eine Frau zu fesseln, doch es auf jeden Fall das erste Mal, dass ich das Folgende frage: „Bist du okay?"

Sie nickt und flüstert: „Ja."

„Braves Mädchen." Als ich ihren Arsch erneut klapse, stöhnt sie. „Das hier wird vielleicht ein bisschen grob werden." Ich habe keine Ahnung, warum ich versuche, sie zu erschrecken, aber auf jeden Fall will ich herausfinden, wie viel Rückgrat sie hat. Vielleicht ist das der Augenblick, in dem sie verlangt, dass ich sie losbinden soll, doch sie hebt stattdessen ihre Hüften in der stummen Aufforderung vom Bett, dass ich sie ficken soll.

Gott! Das ist heiß, und jetzt muss ich genau das tun. An den Hüften ziehe ich sie nach oben und spreize ihre Beine mit meinen. Ihr Gesicht bleibt auf der Unterlage, wobei sie ihre linke Wange auf die Matratze presst. Ihr Haar ist nach vorn gefallen und verdeckt ihr Antlitz. Und das ist nicht tolerierbar. Ich will ihre Augen sehen. Mit einer schnellen Bewegung streiche ich ihr die Strähnen aus dem Gesicht, hinter ihr Ohr, und finde es außerordentlich eigenartig, dass ich überaus fasziniert davon bin, wie weich ihre Wange ist.

Ich schüttele den Kopf, um zu Verstand zu kommen, denn es ist unverständlich, warum ich über die samtige Beschaffenheit ihrer Haut grübele, während ich diesen fantastischen, emporgereckten Arsch vor mir habe und mein Schwanz danach lechzt, in sie einzudringen.

Eines der Dinge, die mich wirklich bei Sloane anmachen, ist, dass sie offensichtlich ihre Pussy wachst. Sie ist blank, glatt und ohne Rasurbrand, wie ich es oft bei Frauen sehen kann, die den einfachen Weg wählen. Ich hoffe, dass mich das nicht zu einem Perversen degradiert, doch diese haarlose Pussy trägt noch zu dem unschuldigen Eindruck bei, wobei Sloane die sonderbarsten Dinge tut, um ihn zu zerstören. So wie jetzt, als sie sich nach hinten schiebt, um mich zu berühren. Ihr stummes Flehen erfüllt seinen Zweck, denn ich umfasse meinen Schwanz, drehe leicht die Hüften und bringe mich in Stellung.

Ich fange an, in sie einzudringen, und nasse Wärme begrüßt mich. Es war keine Lüge, als ich behauptet habe, dass ich groß bin, sodass ich normalerweise vorsichtig vorgehen muss. Doch sobald ich ganz drin bin, werde ich mich nicht zurückhalten.

Nicht bei dieser Frau.

Ich will herausfinden, ob sie formbar oder zerbrechlich ist oder ob sie alles wie ein Champ erträgt. Mit jedem Zentimeter, den ich erobere, stockt ihr Atem. Vielleicht dehne ich sie zu sehr. Daher ziehe ich mich ein wenig zurück und dringe dann vorsichtig wieder ein, sodass ihre Nässe das mögliche Brennen lindert. Es ist eine langsame Vorgehensweise, doch ich will ihr nicht wehtun. Vor langer Zeit habe ich gelernt, dass einige der besten Orgasmen die sind, die sich gemächlich aufbauen.

Sie ist so eng. Tatsächlich kommt sie mir beinahe jungfräulich vor, mit ihrer cremigen, blassen Haut, ihren großen blauen Augen, der blanken Pussy und dem süßen Lächeln. Und fuck … der bloße Gedanke, dass ich jemanden beflecken könnte, der wirklich ziemlich unschuldig ist, ist das, was mich bei ihr so sehr antörnt. Natürlich ist es auch aufregend, dass ich sie nicht entschlüsseln kann. Aber das soll sie bei mir ebenso wenig schaffen. Außerdem will ich ihr zeigen, wie gut es ist, schmutzig zu sein.

Ich rutsche mit den Händen nach innen über ihren Arsch und benutze meine Daumen, um ihre Pobacken auseinanderzuziehen, damit ich eine bessere Sicht darauf bekomme, wie ich in sie eindringe. Mein Schwanz ist wegen des gesteigerten Blutflusses dunkler als sonst und das Kondom glänzt nass von ihrer Pussy. Ihr innerer Kanal lockert sich ein wenig, fast als würde sie um mich herum zerschmelzen, und ich schaffe es, zu drei Vierteln in ihr zu sein, ehe ich innehalte.

„Alles okay?" Ich neige mich zur Seite, damit ich ihr Gesicht sehen kann.

Sie hat ihre Unterlippe zwischen die Zähne gezogen und ihre Stirn ist gerunzelt. Als ich noch einen weiteren Zentimeter vorstoße, hält sie den Atem an und keucht: „Du bist wirklich groß."

„Ich bin fast ganz drin", sage ich mit angespannter Stimme, da es mir immer schwerer fällt, mich zurückzuhalten. Mein Schwanz lechzt danach, richtig loszulegen, und dieses langsame Rein und Raus ist nervtötend.

„Würdest du mich einfach nur ficken?", fragt sie röchelnd, als ich mich zur Hälfte zurückziehe, bloß um sogleich genauso weit in sie einzudringen.

Um ihre Forderung zu unterstreichen, kreist sie mit den Hüften und presst sich gegen mich. Um sie stillzuhalten, festige ich den Griff an ihrem Arsch und schließe die Augen, wobei ich mir einrede, dass sie das nicht wahrhaftig so meint. Obwohl ich sie wie eine Sub gefesselt habe und sie bereit ist, dass ich ihr mein Schlimmstes antue, weiß ich nicht, ob sie wirklich aus dem Holz geschnitzt ist, all das zu ertragen.

Doch mit einem simplen kleinen Wort macht sie meine Überlegungen zunichte. Äußerst naiv fleht sie mich an. „Bitte."

„Gott", murmele ich und ziehe mich fast ganz zurück, ehe ich mich bis zum Anschlag in ihr versenke. Ich spüre, wie ihr zartes Fleisch nachgibt, höre den erstaunten Ausruf, der aus ihrer Kehle kommt, und kann im wahrsten Sinne des Wortes meinen Körper nicht davon abhalten, es noch einmal zu tun.

Habe ich ihr wehgetan?

Macht es mir was aus?

Offensichtlich nicht, denn ich bewege mich vor und zurück, während ein animalisches Knurren über meine Lippen kommt, als unsere Haut aufeinanderklatscht.

Ich sollte langsamer vorgehen.

Sie fragen, ob sie okay ist.

„Fühlt sich … gut an“, keucht sie.

Dem Himmel sei Dank!

Also bewege ich mich schneller.

Ich richte meinen Blick nach unten, während ich in sie ramme und an diesem Punkt jegliche Finesse komplett außer Acht lasse. Ich ziehe ihre Arschbacken wieder auseinander und reibe mit einem Finger über ihr enges Loch, sodass sie erzittert. Das lässt mich lächeln, schwächt aber nicht die Gewalt ab, mit der ich sie nehme. Ich bringe den Finger an meinen Mund, benetze ihn mit Speichel und berühre anschließend damit ihren Anus. Langsam reibe ich darüber und vögele sie weiter. „Bist du jemals hier gefickt worden?“

Zwischen dem Keuchen und Stöhnen schüttelt Sloane heftig den Kopf. Ich presse meine Fingerspitze in ihren Arsch und sie kreischt vor Lust auf.

„Fuck!“, ächze ich stumm. Es gibt so viele verruchte Dinge, die ich ihrem Körper antun will. Ich will, dass sie vor Verlangen schreit, vielleicht sogar mit einem Hauch Schmerz in der Stimme. Ich will, dass sie vor Verlegenheit über die Dinge errötet, die ich mit ihr anstellen könnte, und dann noch stärker, wenn sie kommt.

Eigentlich will ich, dass sie sofort kommt.

Obwohl es mich ein wenig aus dem Rhythmus bringt, schaffe ich es, mit dem anderen Arm um sie zu greifen, während ich die Fingerkuppe in ihrem Hintern lasse. Mit Leichtigkeit finde ich ihre Klit, die ich sogar im Dunklen nicht verfehlen könnte. Sanft führe ich meinen Finger in ihrem Anus ein und aus, niemals tiefer als bis zum ersten Fingerknöchel. Schließlich will ich ihr heute nicht all meine Tricks zeigen.

Warte! *Was?*

Das würde bedeuten, dass ich eine zweite Nacht mit ihr will.

Hier bin ich! Hab bis jetzt nicht mal abgespritzt, weiß nicht einmal, ob es gut sein wird, und denke bereits daran, sie ein weiteres Mal abzuschleppen?

Verflucht! Das wird nicht geschehen!

Kapitel 6

Sloane

Ich bin mir nicht sicher, ob ich hiermit klarkomme.

Ich meine, ich bin eine halbwegs erwachsene, abenteuerlustige und draufgängerische Frau, die frei ihren Sex auslebt. Obwohl mir bisher kein Kerl den Finger in den Arsch gesteckt hat, kann ich zweifelsfrei sagen, dass es sich besser anfühlt, als ich es mir je vorgestellt hätte.

Und ich habe es mir schon früher vorgestellt. Ich habe mir eine Menge schmutziger Dinge ausgemalt, über noch weitaus schmutzigere gelesen, allerdings stets gedacht, dass diese Praktiken nicht möglich sind, da ich nicht daran geglaubt habe, dass es Männer gibt, die darauf stehen.

Schienen Erfindungen zu sein.

Erfundene Geschichten für einen Roman.

Ungeachtet meiner wilden und lebhaften Vorstellungskraft und der Tatsache, dass ich nicht davor zurückschrecke, neue und kühne Dinge auszuprobieren, denke ich zutiefst, wahrhaftig und ernsthaft, dass ich nicht mit dem Orgasmus klarkomme, der sich gerade in mir aufbaut. Auch wenn meine Finger taub wegen des Gürtels werden, meine Schultern von der Position schmerzen und ich einen hämmernden Schwanz in mir habe, bin ich in diesem Augenblick weitaus geiler, als ich es je zuvor gewesen bin. Ich bin so nass, dass ich spüre, wie es bei jedem Stoß aus mir tropft. Dennoch will ich, dass er mich noch härter und tiefer nimmt. Und als er seine Finger auf meine Klit presst, weiß ich, dass es um mich geschehen ist. Dann beginnt er wieder mit seinem Dirty Talk und der Orgasmus fängt an zu brodeln.

Ja, du würdest es lieben, wenn man dich in den Arsch fickt, Sloane.

Muss dich allerdings erst darauf vorbereiten. Zunächst ein paar verschiedene Plugs bei dir ausprobieren.

Hast du schon mal einen Buttplug getragen?

Ich keuche, dass ich das nicht habe.

Du wirst es lieben. Ich werde dich füllen und deine Pussy lecken. Der Orgasmus wird dir das Gehirn wegblasen, besonders wenn ich ihn herausziehe, während du kommst.

Und das war's dann für mich. Ich stöhne wie ein verwundetes Tier, als der Höhepunkt beginnt. Ein Wonneschauer nach dem anderen packt meinen Körper, hält mich gefangen mit pulsierender Lust, bis sie sich schlussendlich losreißt, sodass ich Cains Namen schreie. Ich presse das Gesicht ins Kissen, um die Lautstärke einzudämmen.

„So heiß, Sloane", knurrt er und fickt mich härter. „So sexy, wenn du kommst, während ich in dir bin, fast als würdest du meinen Schwanz würgen."

Die Gewalt meines Orgasmus scheint Cain noch weiter aufzuheizen. Sein Unterleib klatscht wie im Rausch gegen meinen Po. Inzwischen umfasst er meine Hüften mit beiden Händen, um mich an Ort und Stelle zu halten. Er rammt so unerbittlich in mich, dass er meinen Körper auf die Matratze knallt, dann innehält, ehe er sein Gesicht an meinen Rücken drückt und anfängt, sich in mir zu entladen.

Mit einem lang gezogenen zufriedenen Stöhnen lässt er alles raus und reibt sich an meinem Arsch, während ich ihn leerpumpe. Er liegt jetzt auf mir und presst das Metall der Gürtelschnalle in meine Handgelenke. Sein Gewicht schnürt mir den Atem ab. Doch nur für einen Moment, da er dann von mir herunterrollt und seinen immer noch harten Schwanz aus mir zieht. Ich bleibe leicht wund und leer zurück.

Ich höre, dass er sich des Kondoms entledigt, und ich habe keine Ahnung, was er damit macht. Anschließend öffnet er den Gürtel und massiert schnell meine Handgelenke. Als er mich loslässt, ziehe ich die Arme nach vorn und rolle mich auf die Seite, sodass ich ihm zugewandt bin. Er streicht mir das Haar aus dem Gesicht. Auch er liegt auf der Seite, wobei sein Kopf auf seiner Handfläche ruht. Sein Blick ist träge und sein Lächeln gesättigt, als er mich anstarrt. Ich stütze mich auf einen Ellbogen und kopiere Cains Position. Dann sehe ich auf die blaue Steppdecke herunter. Ich versuche, meine Gefühle zu sortieren, bin allerdings unsicher, wie ich mit der peinlichen Stimmung umgehen soll. Ich hatte gerade den atemberaubendsten Sex meines gesamten Lebens, doch es gab fast keine Intimität. Es ging hauptsächlich darum, was sich gut und dekadent anfühlt, dennoch kann ich nichts gegen die Empfindung tun, dass etwas gefehlt hat.

„Sieht so aus, als ob ganz schön ernste Gedanken in deinem hübschen Kopf herumgehen", sagt Cain leise und ich blicke ihm in die Augen.

„Du hast mich nicht einmal geküsst." Mit einem verlegenen Lächeln unterbreche ich den Blickkontakt. Ich fühle seine Finger unter meinem Kinn. Er hebt es an, bis ich ihn ansehe. Seine Augen wirken nicht gerade gütig, aber sie strahlen ein wissendes Mitgefühl aus. Ich denke, dass ich ihm leidtue, da ich das hier nicht als das erkenne, was es ist.

Lediglich heißer, schmutziger Sex.

„Streich das", sage ich hastig, völlig beschämt, dass ich das überhaupt angesprochen habe. Ich bin aus der Bahn geworfen und muss mich daran erinnern, dass ich einen Job erledigen muss. Cain Bonham ist sicherlich niemand, der mit einer rehäugigen Unschuld süße Küsse austauschen will, während sie sich lieben. Ich rolle von ihm weg und versuche, das Thema zu wechseln. „Ich hole eine Flasche Wasser. Möchtest du auch eine?"

Ich schaffe nicht einmal eine komplette Drehung, denn innerhalb einer Nanosekunde liege ich auf dem Rücken. Cain ist auf mir und bedeckt meinen Körper mit seinem. Er stützt das Gewicht seines Oberkörpers auf die Ellbogen, doch ich kann seinen halb harten, nassen Schaft am Bauch spüren.

Intensiv schaut er mich an. „Das war definitiv ein Versehen meinerseits." Er beugt sich runter und streift mit den Lippen über meine, ehe er sich wieder aufrichtet, um mich anzusehen. „Du hast die weichsten Lippen, die ich eigentlich schon die ganze Nacht küssen wollte. Allerdings war ich zu sehr damit beschäftigt, dich zu ficken."

Meine Lider flattern zu, und mein Herz klopft rasend, angesichts der süßen verführerischen Worte. Sein Mund presst sich auf meinen, bis ich ihn öffne. Cain küsst mich langsam und gründlich, wobei ich merke, dass es ihm sehr gefällt. Ich fasse an sein Haar und reibe über die Stoppeln auf dem Hinterkopf, doch dann zieht er sich zurück.

„Eigentlich gibt es eine Menge Stellen, an denen ich dich küssen möchte."

„Wo genau?", flüstere ich, wobei ich kaum genug Luft einatmen kann, um die Worte hinauszubekommen.

„Am besten zeige ich es dir." Er berührt mit seinen Lippen mein Kinn, gleitet mit ihnen bis zu meinem Ohr. Sanft beißt er mich. Dann zurück zu meinem Kinn, bis zum Schlüsselbein, wo er leicht saugt. Cain rutscht nach unten, küsst mich zärtlich auf die Mitte meiner Brust, ehe er über den Nippel leckt. Danach beißt er mich in die andere Brustwarze. Meine Hände schnellen zu seinem Kopf und ich schreie laut auf. Er rutscht weiter runter und bedeckt meinen Bauch mit sanften Küssen, die mich zittern lassen. Er hält kurz inne und sieht mich an.

„Du hast etwas von multiplen Orgasmen gesagt. Wir haben noch einiges zu erledigen."

„Oh Mann", murmele ich, bevor sein Mund wieder auf meinem ist. In der Sekunde, als Cain sich aus mir zurückgezogen hat, vermisste ich heftig etwas Simples wie einen intimen Kuss. Jetzt jedoch, während er sich seinen Weg nach unten küsst, leckt und knabbert, bin ich völlig verwirrt und habe keine Ahnung, was ich davon halten soll.

Als er seine Finger in mich hineinschiebt und sein Gesicht zwischen meinen Beinen vergräbt, um mir weitere Höhepunkte zu schenken, weiß ich nicht, ob das hier reine physische Anziehung ist und es nur um körperliche Erfüllung geht, oder ob Cain eventuell ein bisschen mehr möchte.

Vielleicht eine tiefere Verbindung zu mir?

Als seine Zunge gegen mich flattert, mein Blut zu rasen beginnt und sich ein Pulsieren zwischen meinen Schenkeln aufbaut, stelle ich mir die Frage, ob das überhaupt wichtig ist. Ich bin unsicher, ob ich mich darüber sorgen soll, denn schließlich will ich diesen Mann nur benutzen. Doch ich kann weder die Auswirkung des ersten Kusses noch der Aussage, dass er mich bereits die ganze Zeit küssen wollte, verleugnen.

Ich bin total verwirrt.

Daher beschließe ich, mich einfach in dem Gefühl zu verlieren und mich fallen zu lassen, während Cain Bonham mich leckt.

***

In der Sekunde, als ich aufwache, weiß ich, dass Cain gegangen ist. Ich hebe den Kopf an und schaue angestrengt auf die Uhr. Sobald mir die Zahlen nicht mehr vor den Augen verschwimmen, erkenne ich, dass es kurz nach eins ist. Ich rolle mich auf den Rücken und ächze wegen der schmerzenden Muskeln.

Nacken, Schultern und unterer Rücken tun weh.

Meine Handgelenke brennen von dem scheuernden Leder.

Zwischen den Beinen pocht es, was mich auch nicht verwundert. Schließlich konnte ich mich von der Qualität seines Schwanzes persönlich überzeugen, ehe ich daran gesaugt habe. Ich wette, dass das Wundsein für ein paar Tage anhält. Ich lasse meinen Kopf zurück auf das Kissen sacken und lächele, da sich der Schmerz gelohnt hat. Fast vier Stunden lang waren wir zugange. Wir haben zwar nicht die ganze Zeit gevögelt, doch wir haben uns berührt, geküsst, geleckt und betatscht, um für weitere Runden bereit zu sein.

Kein Wunder, dass ich mich jetzt so fühle. Falls nicht Cains Schwanz in mir war, dann waren es seine Zunge oder Finger. Er hat die Herausforderung mit den multiplen Orgasmen wörtlich genommen und mich bei der ersten Runde so lange geleckt, bis ich dreimal gekommen war. Das letzte Mal war ein Kampf für mich, da ich viel zu sehr darüber nachgedacht habe, ob er sich unwohl fühlt, ermüdet oder sich langweilt. Doch fleißig hat er mir den Höhepunkt abgerungen und anschließend triumphierend gelächelt, sobald ich aufgehört habe zu beben. Bis dahin war er wieder hart und hat mich zum zweiten Mal gefickt. In dieser Runde lag ich auf dem Rücken, mit den Beinen über seinen Schultern.

Die restliche Zeit verschwimmt. Sein Gesicht war zwischen meinen Schenkeln, meine Lippen um seinen Schwanz und sein Finger erneut in meinem Arsch. Meine Nippel brennen, da er sie so sehr gekniffen hat. Und ich war sogar mutig genug, mit den Fingern durch seine Pospalte zu gleiten. Er hat gestöhnt, und wenn ich ein wagemutigeres Mädchen wäre, hätte ich mehr getan.

Vielleicht nächstes Mal.

Falls es ein nächstes Mal gibt.

Ich erinnere mich nur noch daran, dass ich, nachdem wir das letzte Mal Sex im Doggy-Style hatten, völlig erschöpft auf den Bauch geplumpst und bereits eingeschlafen bin, ehe er sich aus mir zurückgezogen hat. Ich habe keine Ahnung, ob er mit mir gekuschelt oder sich sofort angezogen hat, um zu gehen. Doch heute ist ein neuer Tag, und ich muss herausfinden, wie ich mit ihm umgehen soll. Er ist die einzige Spur, die ich zu dem angeblichen Sexclub und Gouverneur Hayes möglicher Verstrickung habe, sofern ich nicht Colton Stokes aufspüren will, um zusätzliche Informationen aus ihm herauszubekommen. Ich muss zugeben, dass es mir nicht gefällt, Cain auf diese Weise zu benutzen. Allerdings sagt es mir ebenfalls nicht zu, ihn nicht mehr wiederzusehen. Wenn ich weiter an ihm dranbleibe, kann ich sowohl die Bedürfnisse der Story als auch meine eigenen erfüllen.

Cain fasziniert mich. Dazu trägt auch die Vermutung, dass er im Sexclub involviert ist, bei. Schließlich hat er mir heute Nacht genügend schmutzige Dinge zugeflüstert, dass mein Verstand sich vor Möglichkeiten förmlich überschlägt. Davon hält mich nicht mal mein wunder und gesättigter Zustand ab, denn ich lechze danach, noch mehr zu lernen.

Ich bin mir sicher, dass er mir eine Menge beibringen kann.

Vielleicht sollte ich einfach gelassen tun und warten, ob er mich kontaktiert. Wir haben zwar keine Nummern ausgetauscht, doch in den kurzen Ruhepausen geredet, sodass er weiß, wo ich arbeite. Oder ich könnte auch im *Wicked Horse* abhängen, um herauszufinden, ob ich ihn noch einmal in Versuchung führen kann. Aber eines ist sicher: Ich kann nicht zu Brant gehen mit einer fetten Entschuldigung, dass ich nichts herausfinden konnte. Entweder liefere ich den Beweis für eine Story oder dafür, dass es keine gibt.

Wie auch immer, ich muss den Job erledigen.

Kapitel 7

Cain

„Wie lange dauert das noch?“, frage ich und lehne mich links neben der Eingangstür an die Betonwand des *Silos*.

Luke Colson bringt die letzte der Schrauben an der neuen Sicherheitsanlage an. Wenn es um Sicherheit geht, ist er einer der Besten in der Umgebung. Da ihm zusätzlich zu seiner normalen Bezahlung ein Bonus versprochen wurde, falls er die Arbeit heute erledigt, ist er beinahe mit dem Passwortbedienfeld fertig, das geschätzte Mitglieder hereinlässt und unerwünschten ehemaligen Mitgliedern den Zutritt verweigert.

„Ich brauche noch ungefähr fünfzehn Minuten für die Programmierung. Anschließend muss ich all die Schlüssel aktivieren, die du haben wolltest.“ Er zieht die Schrauben an. Luke fragt nicht, wieso wir einhundertfünfzig Remote-Keys bestellt haben. In seinem Job lernt man, dass man besser keine unerwünschten Fragen stellt, sondern einfach nur den Auftrag erledigt.

„Und es macht keine Probleme, die gleiche Art Bedienfeld am neuen Tor anzubringen?“

„Nee“, sagt er mit Überzeugung. „Ihr installiert das Tor mit den Spezifikationen, die ich euch gegeben habe, und dann kann ich mit Leichtigkeit ein Schließpanel anbringen. Dieselben Schlüssel gewähren auch dort Zugang.“

Das ist eine Erleichterung, da es zwar leicht war, die Sicherheit am *Silo* zu erhöhen, doch wir mussten uns außerdem um die Fantasy-Blockhütten sorgen. Insgesamt gibt es dreizehn Stück hinterm *Silo*. Vom Parkplatz des *Wicked Horse* führt eine unbefestigte Straße zu ihnen. Bis jetzt konnte jeder Neugierige sie entlangfahren. Woolf hat uns einige seiner Rancharbeiter geliehen, die heute das Tor aufbauen, und Luke wird die Arbeiten mit dem Bedienfeld abschließen. Dann müssten wir mit dem Thema durch sein.

„Ich komm in ein paar Minuten zurück", sage ich zu Luke. Er braucht es wirklich nicht, dass ich neben ihm herumlungere, und außerdem ist etwas im *Silo*, das ich haben muss. Nachdem ich die Tür geöffnet habe, betrete ich den kühlen Flur, der von einigen schummrigen Wandfackeln beleuchtet wird. Von außen scheint das *Silo* genau das zu sein, was die Bezeichnung beschreibt. Ein großes, rundes Gebäude mit Zementstützen, einem weißen kuppelartigen Dach und einem außen angebrachten Getreideaufzug. Im Inneren jedoch erinnert gar nichts an ein Silo, sondern es sieht genauso aus, wie man sich einen Fantasy-Sexclub vorstellt.

Er hat einen Durchmesser von ungefähr fünfzig Metern und sieben Zimmer. Ein kleiner Flur unterteilt ihn und führt zudem vom Eingang nach rechts und links an allen Zimmern vorbei. Betonwände trennen zwar die Räume voneinander, doch die Innenwand ist aus solidem Glas gemacht, sodass die Mitglieder freie Sicht auf die Ausschweifungen im Inneren haben.

Einige von ihnen sind für spezielle Neigungen eingerichtet: Gangbang, BDSM, Swinger, Ménage-à-trois. Es gibt einen Performanceraum mit einem einzelnen Bett gehüllt in schwarze Seide, das jeder benutzen kann, der in der Stimmung ist, um ein Star in seiner eigenen Fantasy-Show zu sein. Verflucht! Einmal habe ich mich aus Langeweile daraufgelegt und mir einen runtergeholt, während man mir dabei zugesehen hat. Zum Glück habe ich keine Probleme damit, einen hochzukriegen, denn das wäre peinlich gewesen.

Ich lege die kurze Strecke zum Mittelpunkt des *Silos* zurück. Es ist ein offener Bereich mit einer runden, schwarz lackierten Bar, die sich genau im Zentrum befindet. Niemand steht zurzeit dahinter, da es nicht viele Gäste gibt, die um zehn Uhr etwas trinken wollen. Aber jemand wird ab der Mittagszeit für sie zuständig sein. Obwohl zwischen 2 Uhr morgens und 12 Uhr mittags weder Essen noch Alkohol serviert werden, hat das *Silo* 24/7 für all die Mitglieder geöffnet, die einen Platz suchen, an den sie sich flüchten und wo sie ficken können.

Gedämpftes Stöhnen dringt zu mir vor, sodass ich meine Aufmerksamkeit auf einen der Gruppensexräume richte. Ein einzelnes Licht an der Decke erhellt deutlich die Teilnehmer. Da ich bereits alles gesehen habe, ist das nicht der Grund, warum mir ein wenig die Kinnlade herunterfällt, sondern wen ich erblicke.

Angel, Rand und Logan.

Okay, die Anwesenheit von Rand und Logan ist nicht wirklich außergewöhnlich. Beide sind sehr aktive Mitglieder des Clubs und ficken gelegentlich gemeinsam herum. Sie sind zwar nicht schwul, jedoch abenteuerlustig, und würden einfach alles ausprobieren. Soweit ich es beurteilen kann, mögen sie beinahe jede Sexpraktik, die sie Woche für Woche im *Silo* und den Blockhütten testen.

Was mich überrascht, ist unsere DJane Angel. Die Frau hat eine derart rauchige Stimme, dass sie wahrscheinlich allein mit ihr einen Mann oder eine Frau zum Orgasmus bringen könnte. Das ist eine der Gründe, warum Bridger und Woolf sie ursprünglich angeheuert haben. Außerdem ist sie eine herausragende Spielerin im *Silo*. Sie ist nicht nur eine geschätzte Fantasy-Erfüllerin, sondern auch eine Hardcore-Domina. Das Ungewöhnliche ist daher nicht ihre Anwesenheit. Ich bin stattdessen erstaunt, sie mit weit gespreizten Beinen auf dem Rücken vorzufinden, während Rand sie fickt und ein Halsband festhält, das eng um ihren Hals liegt.

Nicht in einer Million Jahren hätte ich es für möglich gehalten, dass diese Frau die Kontrolle abgibt, besonders weil ich weiß, dass sie es liebt, Männer mit einem Strap-on in den Arsch zu vögeln und sich von ihnen die Füße lecken zu lassen. Mein Geschlecht zuckt, als ich sie beobachte. Rand ist bis zum Anschlag in ihr vergraben und Logan hat derweil seinen Schwanz in Rands Arsch. Die drei stöhnen und grunzen vor hemmungsloser Lust. Es ist höllisch heiß, wie sie sich winden und zustoßen. Müsste ich nicht anderswo sein, und gäbe es keine Leute mit denen ich mich treffen müsste, würde ich meine Jeans öffnen und mir, angesichts der spektakulären Show, einen runterholen. Da ich jedoch etwas erledigen muss, laufe ich an der Bar vorbei zu einem Lagerraum, der sich zwischen den BDSM- und Fetisch-Themenzimmern befindet. Er enthält Utensilien, die genauso regelmäßig hierher geliefert werden wie Alkohol, Bier und Lebensmittel. Bridger hat ein paar wirklich freakige Spielzeuge entdeckt und versucht immer neue abenteuerliche Wege zu finden, wie er sich mit anderen vergnügen kann. Letztens hat er mir erzählt, dass er einen Vibrator im Industriedesign gekauft hat, der wie ein altmodischer Presslufthammer in eine Frau hineinstößt. Ich kann es kaum erwarten, ihn in Aktion zu sehen.

Ich fische den Schlüsselbund aus meiner Hosentasche, wähle den richtigen Schlüssel aus und öffne den Schrank. Ich schalte das Licht ein, laufe zwischen den deckenhohen Metallregalen hindurch und entdecke, was ich brauche. Ich nehme die beiden Schachteln und schließe ab. Ich muss daran denken, Bridger die Sachen zu bezahlen, wenn ich ihn das nächste Mal sehe.

Als ich durch das *Silo* gehe, durchquere ich es nicht, sondern trete an die Glaswand, hinter der Angel, Rand und Logan sind. Ich klopfe kurz mit den Knöcheln dagegen, und die drei drehen sich mit zusammengekniffenen Augen um, damit sie mich in der Dunkelheit des Inneren erkennen können. Nachdem sie mich erkannt haben, lächeln sie und Logan ruft: „Komm rein, Mann. Ich hämmere dir in den Arsch, wenn du willst."

Er unterstreicht das Gesagte, indem er hart in Rand stößt, sodass dieser in Angel hämmert. Rand zischt zwischen zusammengebissenen Zähnen vor Lust, und Angel keucht entzückt auf, ehe ihre Augen vor Ekstase nach hinten rollen. Gott verdammt!

Das ist heiß. Mein Schwanz schwillt an. Dennoch schüttele ich den Kopf und winke ihnen kurz zu. „Nein danke. Ich mag meinen Arsch genau so, wie er ist."

Und das ist die Wahrheit. Obwohl ich gestern Nacht gewollt habe, dass Sloane ihren schlanken Finger einführt, um meiner Prostata eine gute Massage zu verpassen, ist das alles, was jemals mein Hintertürchen erkunden wird. Nicht, dass ich eine Abneigung hätte, mit einem Kerl Sex zu haben. Jedoch keinen Analsex. Ich werde sicherlich keinen Blowjob von einem geschickten Kerl verschmähen, allerdings bevorzuge ich eine wunderschöne Frau mit großen Titten.

Ich lache über mich selbst und verlasse das Silo. Als ich an Luke vorbeigehe, um zu meinem Truck zu gelangen, der auf dem Parkplatz des *Wicked Horse* steht, sage ich ihm: „Wenn du fertig bist, hat Bridger einen Scheck für dich."

„Hört sich gut an." Er sieht nicht einmal zu mir hoch.

Ich überquere den Schieferweg, der vom *Silo* zum *Wicked Horse* führt, und denke kurz darüber nach, Bridger einen Besuch abzustatten. Nachdem ich Colton aufgesucht habe, haben wir gestern noch telefoniert. Ich habe es genossen, ihm von der Begegnung zu erzählen, und er hat zustimmend gelacht. Colton war stur, allerdings bloß für ein paar Minuten. Er hat abgestritten, dass er derjenige war, der uns an Gouverneur Hayes verraten hat. Aber nach nur einem Faustschlag gegen sein Kinn und einem in den Magen hat er es zwischen keuchenden Atemzügen zugegeben.

Ich habe ihm die Nachricht überbracht und diese mit einem weiteren Hieb gegen seinen Mund bekräftigt. Dabei habe ich mir die Knöchel aufgeschürft. Doch das ist es wert gewesen, besonders weil er mit panischer Stimme und einem blutgefüllten Mund versprochen hat, zukünftig die Klappe zu halten.

Braver Junge!

Ich entscheide mich gegen Bridger, da ich heute Wichtigeres zu tun habe. Der erste Punkt auf meiner Liste ist, nach Jackson zu fahren und im *Jackson Hole Leather Emporium* das Geschenk aus dem *Silo* abzuliefern. Die Idee dazu hat mich überfallen, kurz nachdem ich das letzte Mal in

Sloane gekommen bin. Das arme Mädchen ist in einen tiefen Schlaf gesunken, sobald ich mich aus ihr zurückgezogen habe. Mein Schwanz hat zwar geschmerzt, doch er war ein fröhlicher Schwanz. Während ich mich angezogen habe, habe ich sie beobachtet. Ich dachte über all die schmutzigen Dinge nach, die ich ihr angetan habe, und die noch schmutzigeren Dinge, dich ihr noch antun wollte. Und da hat mich die Idee überfallen.

Für einen Ex-und-Hopp-Kerl, wie ich es bin, ist die Vorstellung, sie wiederzusehen und ein solches Präsent abzuliefern, eine Besonderheit, doch es geht nicht anders. Ich bin in das Mädchen vor Lust verschossen. Ich meine richtige Lust, nicht nur die allgemeine Geilheit, weil man jemanden ficken will. Und besagte Lust ist nicht weniger geworden, nicht einmal, nachdem ich das letzte Mal in sie gespritzt habe. Sogar zu diesem Zeitpunkt dachte ich darüber nach, wann und wo ich es erneut mit ihr tun könnte. Mir ist bewusst, dass ich noch nie der Lust verfallen bin. Rachel zählt da nicht. Sie wird nie wieder zählen. Niemand hat bis jetzt meine Aufmerksamkeit nach einer flüchtigen leidenschaftlichen Nacht behalten.

Niemand hat mich so angezogen, wie Sloane es tut. Niemand, und ich meine niemand, hat bisher ein derartiges Rätsel für mich dargestellt. Sie ist süß, dennoch keck. Ziemlich unschuldig, trotzdem fasziniert von der Sünde. Behauptet, kühn zu sein, wird aber rot, wenn ich ihr sage, dass ich sie in den Arsch ficken will. Sie ist so vielschichtig, dass sie mich aus dem Gleichgewicht bringt.

Die meisten würden sagen, dass das nichts Gutes ist, aber ich behaupte das Gegenteil. Dieses Gefühl, als würde meine Welt sich ein bisschen neigen, sodass ich in ein unbekanntes Territorium abdrifte. Es erscheint beinahe gefährlich und ich fühle mich dadurch lebendig. Sloane bringt mich auf eine positive Weise aus dem Gleichgewicht und ich mag den Sinnesreiz.

Doch hauptsächlich rührt meine Lust für Sloane von dem brennenden Verlangen her, ihr all die verdorbenen Dinge zu zeigen, die sich so gut für sie anfühlen.

Sie ist abenteuerlustig und mutig, so viel kann ich bereits sagen. Ich freue mich darauf, ihre Welt auf den Kopf zu stellen, und zwar mit Taten, die sie sich selbst in ihren perversesten Träumen nicht ausmalen kann.

Ich kann es kaum abwarten, ihr mein Universum zu zeigen und sie vielleicht ein wenig zu verderben.

Ich kann es nicht abwarten, den Ausdruck auf ihrem Gesicht zu sehen.

Mit den Geschenken werde ich beginnen.

Kapitel 8

Sloane

„Hier ist Ihr Beleg“, sage ich zu der elegant gekleideten Frau auf der anderen Seite der Theke. Ich verschließe die Kleiderhülle und reiche sie ihr anschließend vorsichtig. Zum Glück ist das Kleidungsstück komplett eingepackt, da ich sonst möglicherweise auf den wunderschönen, karamellfarbenen Wildledermantel, mit einem Futter aus Schafswolle und mit Fuchspelz verbrämt, gesabbert hätte. Da er unfassbare dreitausendzweihundert Dollar kostet, ist er ein Luxus, den ich mir mit meinem Reportergehalt niemals leisten könnte.

Die Frau grinst breit, ehe sie ihrem Mann den Mantel reicht, der ihr anschießend aus der Tür folgt.

„Touristen“, murmelt Jasmine und stellt sich neben mich. Sie beugt sich vor und stützt ihre Ellbogen auf den Tresen. „Eine der wenigen Orte auf dieser Welt, an denen man gewöhnliche Urlauber trifft, die eine dermaßen hohe Summe für einen Mantel bezahlen, den sie wahrscheinlich mit nach West Palm Beach schleppen, um ihn ganz hinten in ihrem Schrank zu verstauen.“

Lachend nehme ich die gleiche Position wie sie ein. „Der Laden ist ein kostspieliger Ort.“

Jasmine nickt. „Deswegen will ich mir eines Tages einen Sugar Daddy angeln. Ich habe schon mit vielen geschlafen, doch einer wird sicherlich hängen bleiben.“

Kopfschüttelnd grinse ich sie an. „Ist das alles, wonach du strebst und was du sein willst?“

Völlig ernst sieht sie mich an. „Nun, ja, ich meine, was ist falsch daran, sich einen reichen Mann zu angeln, der für einen sorgt?“

Ich zucke mit den Achseln und fühle mich unwohl, da ich sie wahrscheinlich beleidigt habe. Dennoch kann ich nicht anders, als ehrlich zu sein. „Nichts, vermute ich. Es ist nur … darin liegt keine Sicherheit."

„Keine Sicherheit?", fragt sie mich hochgezogener Augenbraue. „Hast du den Teil mit dem ‚reich' gehört?"

„Aber er könnte dich jederzeit fallen lassen und wo würdest du dann stehen?"

„Wieder hier und überteuerte Lederwaren an Touristen verkaufen. Genau wie du."

Klar! So was von nicht wie ich.

Ich bin ehrgeizig und verfolge eine Karriere. Das hier ist nur ein Fakejob. Sobald die Reportage steht, fahre ich zurück nach D.C. und habe dann hoffentlich einen erstaunlichen Artikel geschrieben, der sich ganz oft verkauft und mir eine Beförderung einbringt. In meiner Welt wird alles in Ordnung sein.

Das silberhelle Läuten der Türglocken kündigt den nächsten Kunden an, und ich sehe hoch, um ihn zu begrüßen. Er füllt den Türrahmen beinahe aus, sodass er im Gegenlicht der Morgensonne den Schatten eines gut gebauten Mannes wirft.

Und dann erkenne ich augenblicklich die Form des Oberkörpers, die Breite der Schultern und sogar die Oberschenkel, die sich gestern Nacht angespannt haben, als er sich in meinem Körper bewegt hat. Meine Körpertemperatur steigt sofort, sodass ich mich überall heiß anfühle. Sobald er ein paar Schritte hineingemacht hat, kann ich sein Gesicht deutlich sehen. Ich muss hart auf meine Unterlippe beißen, um ein Seufzen zu unterdrücken, weil er so fantastisch aussieht.

Jasmine rammt mir einen Ellbogen in die Rippen, als sie sich aufrichtet und dann ihren Rock mit zitternden Händen glättet. Sie hebt ihr Kinn an. „Hallo, du Hengst", schnurrt sie, während er auf die Theke zuläuft.

Er hat seine Aufmerksamkeit auf mich geheftet, doch er schenkt ihr einen kurzen Seitenblick und nickt ihr zu, ehe er wieder mich ansieht. Ich bemerke aus den Augenwinkeln, dass die Abfuhr sie hart trifft, da ihre Schultern nach unten sacken. „Brauchst du eine Pause?“, fragt er mich mit dieser tiefen Stimme.

Pause? *Was?* Verwirrt starre ich an, da ich völlig erstaunt darüber bin, dass er hier ist. Ich meine, natürlich wollte ich, dass er mich besuchen kommt, da ich das – was auch immer es ist – fortführen will.

Eine Liebesaffäre?

Ein egoistisches Mittel zum Zweck für mich?

Mit der ganzen Wortgewandtheit einer total verdatterten Frau frage ich: „Höh?“

„Eine Pause, *Rechter Haken*“, sagt er mit einem lässigen Lächeln. „Ich habe etwas für dich.“

Erst jetzt bemerke ich die Tüte in seiner Hand.

„Geh ruhig“, sagt Jasmine schnell und schubst mich sogar an der Schulter. „Ist sowieso nichts los und ich decke dich. Der alte Stephenson kommt immer am späten Nachmittag, also ist alles im grünen Bereich.“

Ich weiß, warum sie mich drängt. Obwohl Cains brüske Art ihr gegenüber kaltherzig erscheint, verstehe ich, dass es sie nicht überrascht hat. Schließlich hat sie mir selbst gesagt, dass er sich nie einen *Nachschlag* holt. Jasmine ahnt nicht, dass er bereits letzte Nacht von mir *genascht* hat. Natürlich ist sie heute Morgen sofort über mich hergefallen, als ich im Laden erschienen bin, während ich den Schmerz zwischen meinen Beinen wie ein schmutziges Geheimnis genossen habe. Sie hat mich förmlich um Einzelheiten angefleht.

Ich habe sie allerdings unverblümt angelogen und behauptet, dass nichts passiert wäre. Cain hätte mich nur zum Taxi begleitet und wäre dann gegangen. Mit einem mitleidigen Blick hat sie das akzeptiert. Jetzt glaubt sie bestimmt, dass er die Lage sondiert, um herauszufinden, was für Möglichkeiten er hat. Jasmine schubst mich erneut. Nervös schiebe ich mir eine Haarsträhne hinters Ohr und stolpere geradezu hinter der Kasse hervor.

„Habt ihr einen Pausenraum?“, fragt Cain.

Ich nicke und drehe mich zur Tür, auf der *Privat* steht. Der Eigentümer, Leonard Stephenson, hat dort eine kleine Küche mit einem Tisch für vier Personen eingerichtet. Wir dürfen eine halbe Stunde Pause machen, doch ansonsten erwartet er, dass wir vorn sind, um den Kunden zu helfen.

Jasmine und ich sind zurzeit die einzigen Verkäuferinnen und sie wird uns nicht stören. Cain folgt mir durch die Tür, und in der Sekunde, als sie hinter uns ins Schloss fällt, umfasst er meinen Ellbogen. Die Küche ist direkt vor uns, doch er führt mich nach links zum Unisexwaschraum der Angestellten. Er zieht die Tür auf und schiebt mich sanft hinein. Dann schaltet er das Licht ein und sogleich sind wir eingeschlossen.

„Was soll das?", frage ich und drehe mich ihm zu.

Er umfasst meinen Nacken und küsst mich auf den Mund. Es ist ein tiefer, harter Zungenkuss, und Cain stöhnt leise.

Und zur Hölle …! Meine Knie geben nicht nur beinahe unter der Empfindung nach, sondern auch, weil er mir die nötige Privatsphäre gewährt, um mich zu küssen. Ich hebe die Arme an und gleite mit den Händen über seinen harten Brustkorb, seine Schulter und lege sie dann um seinen Hals.

Aber er zieht sich augenblicklich zurück und schenkt mir ein teuflisches Grinsen. „Ich wollte nicht noch einmal die Möglichkeit eines Kusses vernachlässigen."

Ich falle fast in Ohnmacht, doch er lässt mich nicht, da er mich sofort erneut aus dem Konzept bringt.

„Umdrehen", befiehlt er mir und greift in die Plastiktüte. Er holt zwei kleine Kartonagen heraus, die beide in seine Hand passen.

„Stütz dich am Rand des Waschbeckens ab und beug dich vor."

„Was?", brülle ich und glotze auf die Kartons. „Auf keinen Fall."

„Doch."

Ich verschränke die Arme vor der Brust und starre ihn wütend an. „Nicht, bis du mir sagst, was in den Schachteln ist und warum ich das tun soll."

Angesichts meiner Weigerung ist Cain nicht sauer, aber er umfasst meinen Nacken und küsst mich hart. Er lacht an meinem Mund und lässt mich los. „Aufmüpfig. Das mag ich. Eigentlich sollte ich dir den Arsch dafür erhitzen. Allerdings wird er auch so empfindlich genug sein …"

„Was ist in den Kartons?", unterbreche ich ihn, wobei ich versuche, einen Blick auf die schlichten weißen Verpackungen zu erhaschen, auf denen lediglich ein paar Wörter aufgedruckt sind.

Sein selbstherrliches Benehmen lasse ich außer Acht, da mich seine Drohung, mir den Po zu versohlen, mehr als nur ein bisschen anmacht. Zudem bin ich total neugierig und sogar geringfügig ängstlich, warum mein Arsch empfindlich sein wird. Aber hauptsächlich törnt es mich an. Einen Karton legt er auf den Rand des Waschbeckens, den anderen öffnet er und holt den Inhalt heraus.

Es ist ein Buttplug.

Das erkenne ich sofort, und zwar nicht aus eigener Erfahrung, sondern wegen der Recherche, die ich betrieben habe, ehe ich nach Wyoming gekommen bin. Schließlich hatte ich keine Ahnung davon, was in einem Sexclub genau vor sich geht, doch habe vermutet, dass Spielzeuge dazugehören. Auf bekannten Seiten habe ich ausführliche Nachforschungen angestellt, wobei ich manchmal eigenartig fasziniert von dem Gesehenen war und manchmal völlig perplex. Falls Urin im Spiel war, war ich auch abgestoßen.

„Ich will deinen Arsch auf meinen Schwanz vorbereiten", sagt er leise.

Mein Blick springt förmlich zu seinem und ich zucke wegen seines sexy Tonfalls zusammen.

„Jetzt?", frage ich halb hysterisch.

„Den Plug sofort. Meinen Schwanz jedoch nicht." Er hört sich so beiläufig und ruhig an. Ich dagegen spüre, dass meine Welt angesichts seiner Erläuterungen aus den Fugen gerät.

An erster Stelle steht, dass er mir seinen großen Penis in den Po stecken will. Ich hatte allerdings bereits Schwierigkeiten, ihn an der Körperstelle aufzunehmen, die dafür vorgesehen ist, und das hat auch bloß geklappt, da er vorsichtig vorgegangen ist. Der Gedanke, dass er Analsex will, erregt und ängstigt mich zur selben Zeit halb zu Tode.

An zweiter Stelle steht, und das ist ebenso bedeutend, dass er noch an mir interessiert zu sein scheint. Ich meine, wenn er mich mit einem Buttplug aufwerten will, bedeutet das eine weitere gemeinsame Nacht, nicht wahr?

„Leg deine Hände aufs Waschbecken und beug dich vor.“ Seine haselnussbraunen Augen sind einen Ton dunkler, als ich sie im grellen Licht meines Schlafzimmers in Erinnerung habe, und im Moment mehr braun als grün, sodass ich mich frage, ob das an der Art unserer Konversation liegt. Mein Blick huscht nach unten, und ich bemerke seine Erektion, also wird meine Vermutung richtig sein.

„Sloane“, sagt er sanft.

Ehe ich mich rausreden kann, drehe ich mich dem Waschbecken zu, lehne mich vor und strecke den Po raus.

„Sehr schön“, knurrt er und tritt hinter mich.

Ich schaue in den Spiegel und sehe, wie er mit unverfälschter Lust meinen Arsch betrachtet.

„Halte das.“ Er drückt mir das Toy in die Hand. Es ist schwer, aus poliertem Edelstahl gemacht und nicht besonders groß, nicht dicker als mein Zeigefinger. Es hat einen gerundeten Kopf, der erst etwas breiter wird, ehe er wieder schmaler wird. Ich habe genug darüber gelesen, um zu wissen, dass ihn dies davon abhält rauszufallen, nachdem er meinen Muskelring überwunden hat. Das breite Ende verhindert, dass er eingesaugt wird.

Verdammt! Ich bin nervös, aber dennoch unglaublich erregt. Ich fühle mich den Tränen nah. Cain zieht mir den Rock nach oben, bis über die Hüften. Er ist pastellblau und fließend und ich habe ihn mit einer weißen schulterfreien Bluse sowie Sandalen kombiniert. Mein Höschen ist schlicht und aus weißer Spitze. Ich glaube, dass es ihm gefällt, da er ein zustimmendes Geräusch tief in seiner Kehle macht, sobald er es sieht.

Ich bin mir unsicher, was ich erwarte … vielleicht, dass er es einfach tut und mir anschließend den Kopf tätschelt. Doch er überrascht mich, indem er mir mit einem Finger von hinten zwischen die Beine schlüpft, genau unter den Rand des Slips, wo er ihn vor- und zurückbewegt.

„Ich wollte mich nur vergewissern", sagt er triumphierend. „Wollte herausfinden, ob es dich anmacht."

„Und wie fällt dein Urteil aus?", keuche ich, als er ihn ganz einführt.

„Du bist pitschnass." Er zieht ihn heraus und presst die Spitze an meine Klit. „Ich werde dich wirklich zügig zum Höhepunkt bringen, sodass du dich besser entspannen kannst."

Ich lasse den Kopf nach unten fallen und starre das Waschbecken an, während ich reflexartig den Plug packe. Cains raue Finger sind geschickt und umkreisen mich, schneller und schneller. Da ich so nass bin, gleiten sie mühelos über mich. Der Ort, an dem ich mich befinde, erhöht die Erregung um einiges. Nach kürzester Zeit komme ich mit einem befreiten Schluchzen, wobei ich meine Hüften unkontrolliert bewege.

„Verflucht wunderschön." Ein letztes Mal, klopft er gegen meinen Kitzler und zieht dann seine Hand zurück. Ich schnappe nach Luft und hebe den Kopf an.

Cain zerrt mein Höschen runter und sagt: „Spreize deine Beine."

Ich fühle mich so benebelt und tue daher, was er will, bis mein Slip, der in der Mitte meiner Oberschenkel sitzt, mir in die Haut schneidet. Cain greift den zweiten Karton und öffnet ihn. Erleichtert bemerke ich die Tube Gleitgel. Ich treffe seinen Blick im Spiegel und er zwinkert mir zu. „Es wird sich gut anfühlen. Ich verspreche es."

Und ich glaube ihm, weil sich bisher alles, was er mit mir gemacht hat, besser als alles andere angefühlt hat, was ich je in meinem Leben erlebt habe. Ungelogen! Cain richtet seine Aufmerksamkeit auf sein Vorhaben. Da ich nicht sehen kann, was vor sich geht, schließe ich die Augen und atme tief ein. Ich konzentriere mich auf die Geräusche und meine Empfindungen.

Zunächst streichelt er meinen Po. Dann höre ich ein Klicken und vermute, dass es der Verschluss ist. Sein schlüpfriger Finger presst sich zwischen meine Arschbacken und reibt darüber. Etwas Kühles tropft auf meinen Hintern und er verteilt mehr Gel auf mir.

„Gib mir den Plug", sagt er mit rauer Stimme.

Ich reiche ihn Cain. Meine Lider bleiben geschlossen.

„Atme tief ein, Sloane." Mit einer Hand drückt er auf meinen unteren Rücken.

Ich tue, was er verlangt.

Die winzige Spitze des Toys berührt meinen Anus, und ich zwinge mich dazu, stillzuhalten. Langsam atme ich aus, als er anfängt, ihn hineinzuschieben. Da er so klein ist, tut es nicht weh. Eigentlich fühlt es sich sogar gut an.

Verdammt gut.

Wer hätte das geahnt?

Er dehnt mich etwas, als er ihn ganz reinschiebt. Ich fühle, wie sich meine Muskeln erst um den Stahl spannen und dann nachgeben. Cain klopft gegen das Ende, sodass der Plug in mir vibriert, und ich keuche auf.

„Angenehm, nicht wahr?"

Langsam öffne ich meine Augen. „Eigentlich ja."

Cain zieht mein Höschen nach oben. Ich richte mich auf, spüre, wie sich das Toy bewegt und mir anpasst. Mein Rock fällt nach unten, und Cain streicht sogar den Stoff glatt, ehe er mich an den Schultern umfasst, um mich umzudrehen.

„Ich will, dass du ihn den ganzen Tag drinbehältst. Du wirst den Plug nicht entfernen."

„Aber …", fange ich an zu diskutieren, da dies unmöglich für mich ist. Ich werde mich nicht konzentrieren können.

„Wann hast du Feierabend?"

„Höh?"

„Deine Arbeit, Sloane", sagt er geduldig.

„Um 16 Uhr." Der schnelle Themenwechsel verwirrt mich, besonders da ich noch immer entschlossen bin, zu protestieren.

„Ich warte an deiner Wohnung auf dich." Er beugt sich vor, um mich flüchtig zu küssen. „Meine Schicht beginnt um 19 Uhr, also haben wir ein paar Stunden zum Spielen zur Verfügung. Ich werde deine Pussy lecken und den Plug herausziehen, wenn dein Höhepunkt einsetzt. Vertrau mir, du wirst mir später dafür danken."

Ich schwöre, dass ich beinahe hier und jetzt komme. Ungläubig fällt mir die Kinnlade runter, doch Cain gibt mir lediglich noch einen kurzen Kuss, ehe er den Waschraum verlässt.

Ist das wirklich gerade passiert?

Kapitel 9

Cain

Ein letztes Mal hämmere ich in Sloane hinein. Meine Rückenmuskeln spannen sich herrlich, meine Hoden ziehen sich zusammen und dann explodiere ich heftig in ihr.

Fuck! Das fühlt sich gut an.

So verdammt gut.

Von dem Moment an, als ich sie im Waschraum zurückgelassen habe, bin ich beinahe den ganzen Tag mit einem Ständer herumgelaufen. Fast hätte ich sie angesprungen, sobald sie mit dem Auto vor ihrer Wohnung angehalten hat. Ich wusste nicht, was ich erwarten sollte, doch ich war unglaublich erleichtert, als sie mich reingescheucht und gezischt hat: „Hol dieses verfluchte Ding aus mir. Ich sollte besser den angekündigten heftigen Orgasmus bekommen, oder du wirst dafür geradestehen müssen, was ich heute erleiden musste."

Genau dann hatte sie die volle Aufmerksamkeit meines Schwanzes. Wir rasten die Treppe hoch, durch den Korridor und rissen uns gegenseitig die Klamotten vom Leib. Ich tat, was ich versprochen hatte und leckte fest ihre Pussy, bis sie in Ekstase geriet. Es hat nicht einmal eine Minute gedauert, bis ihr Höhepunkt einsetzte.

Als sie sagte: „Ich komme", habe ich an dem Plug gezogen, fühlte den Widerstand, und sobald er freikam, hat sie tatsächlich vor Lust gekreischt. Ihre Hüften schnellten vom Bett, sodass sie mein Kinn mit ihrem Schambein so hart getroffen hat, dass mir der Kopf in den Nacken geflogen ist.

„Verdammt, Rechter Haken", sagte ich lachend, als ihr Arsch zurück auf die Matratze fiel.

Sie erzitterte, während sie mich mit lustverhangenen Augen angesehen hat. „Tut mir leid", murmelte sie, ehe ein erneutes Beben sie erfasste.

„Mir nicht“, sagte ich wahrheitsgemäß. Ich riss die Folie eines Kondoms auf, das ich aus der mitgebrachten Jumbopackung genommen habe. Ich zog es über, und da sie nach dem Orgasmus so herrlich entspannt war, konnte ich mit einem Stoß in sie eindringen.

Es war verflucht perfekt.

Mein andauernder Höhepunkt ist verflucht perfekt. Ich atme ein paarmal keuchend aus, als er nachlässt, und sauge dann wieder Luft in meine Lungen, um meinen Herzschlag zu beruhigen. Ich denke, dass ich sie noch ein weiteres Mal vögeln kann, vielleicht zweimal, falls ich sie dazu überreden kann, meinen überbeanspruchten Schwanz zu lutschen. Ich entferne das Kondom, verknote das Ende und lasse es auf den Boden fallen. Wenn ich nachher gehe, werde ich es zusammen mit den anderen aufheben und entsorgen.

Ich plumpse auf den Rücken und liege neben Sloane. Ich glaube, dass wir beide darüber nachdenken, was gerade zwischen uns passiert ist. Auf jeden Fall erstklassiger Sex.

Eigentlich der erstklassigste Sex überhaupt. Ich bin mir nicht sicher, ob ich je einer Frau dabei zugesehen habe, während sie so heftig gekommen ist. Die Tatsache, dass ich dafür verantwortlich war, lässt meine Brust mit albernem Stolz anschwellen. Natürlich liebe ich es, Frauen zum Höhepunkt zu bringen, allerdings ist mir die Art ihres Orgasmus unwichtig. Einer ist so gut wie der andere, und darum geht es beim Sex schließlich, oder? Wie du mir, so ich dir.

Doch als ich letzte Nacht mit Sloane zusammen gewesen bin, habe ich definitiv nicht so gefühlt. Ich wurde dazu getrieben, sie so oft zum Orgasmus zu stimulieren, wie es ich schaffen konnte, sogar als sie mich angefleht hat, sie in Ruhe zu lassen. Ich möchte das erneut tun und eigentlich …

„Wieso weißt du so viel über Buttplugs und Analsex?“, fragt Sloane mich.

Ich fühle, wie die Matratze nachgibt. Als ich mich ihr zuwende, sehe ich, dass sie sich auf die Seite gelegt hat.

Ihr Kopf ruht auf einem der Kissen und ihr Arm liegt angewinkelt darunter. Sie sieht gut durchgevögelt und vollkommen entspannt aus.

Ich zucke mit den Schultern, nehme ihre freie Hand und verschränke die Finger mit ihren. „Ich bin nur abenteuerlustig." Sicherlich werde ich ihr nicht erzählen, dass ich meine Einführung in diese Welt dadurch bekommen habe, dass ich in einem Sexclub in Driggs gearbeitet habe. Auch wenn sie sehr aufgeschlossen diesbezüglich ist, würde sie ausflippen.

Eventuell.

Verdammt! Da ich nicht weiß, wie sie wirklich zu all dem hier steht, bin ich ratlos.

„Was hältst du davon?" Wir starren uns an. Sie ist sich darüber klar, dass ich den Plug meine.

„Ich mochte es", sagt sie lächelnd. Sie schaut kurz nach unten, ehe sie wieder meinen Blick trifft, wobei ihre Wangen gerötet sind. „Das war der intensivste Orgasmus, den ich je hatte."

Zustimmend nicke ich und drücke ihre Hand. „Es war wunderschön, dir dabei zuzusehen. Kann es kaum abwarten, dass du meinen Schwanz dort aufnimmst."

Schockiert keucht sie. Ich liebe es, wenn meine schmutzigen Worte das verursachen. Kopfschüttelnd sagt sie: „Ich weiß nicht, Cain. Ich glaube nicht, dass ich dich dahinten aufnehmen kann."

„Mit der richtigen Vorbereitung kannst du das", erkläre ich ihr selbstsicher.

„Du hast diesbezüglich eine Menge Erfahrung?", fragt sie sarkastisch und vielleicht auch ein wenig eifersüchtig.

Das lässt mich lachen und ich muss sie einfach kurz küssen. „Ich habe ein bisschen Erfahrung mit Analsex, jedoch bisher nur mit Frauen, die es mögen und daran gewöhnt sind. Du bist mein erster jungfräulicher Arsch."

„Das bedeutet, dass du dich weiterhin mit mir treffen möchtest." Ihr Tonfall ist zögerlich. „Ich meine, du hast gesagt, dass es Zeit braucht."

„Das ist allerdings wahr.“ Mehr sage ich nicht, denn ich bin mir vollkommen im Klaren, dass ich sie wiedersehen und noch öfter ficken möchte. Doch darüber hinaus bin ich mir nicht sicher, was ich will.

„Und falls du dich weiterhin mit mir treffen möchtest, willst du dann auch andere Frauen zur selben Zeit vögeln?“, fragt sie unsicher und zögernd.

Überrascht sehe ich sie an, da meine spontane Antwort beinahe „Fuck, ja“ gewesen wäre. Aber irgendwas hält mich davon ab. Vielleicht sind es ihre Augen, die mich aufrichtig anstarren, oder ihr Vertrauen, aufgrund dessen sie mir erlaubt hat, sie während ihrer Arbeitszeit mit dem Toy zu versehen, daher schüttele ich den Kopf. „Mein Schwanz ist allein für dich. Wie hört sich das an?“

Sie schneidet eine Grimasse. „Das bedeutet, dass du keine Mädchen auf dem Parkplatz des *Wicked Horse* vögelst?“

„Woher weißt du das?“

„Jasmine.“

„Jasmine?“ *Wer zum Teufel ist Jasmine?*

„Jasmine“, sagt sie betont. „Meine Kollegin. Du hast sie kürzlich auf dem Parkplatz gevögelt.“

Scheiße … Ich wusste doch, dass das Mädchen vertraut aussah, aber nicht, warum. Jetzt schon. Ich erinnere mich zwar nicht an die Einzelheiten, allerdings ergibt es Sinn. Ich drücke Sloanes Hand. „Ich verspreche dir, dass ich nur dich ficke. Und du versprichst mir deinen Arsch. Lass mich einfach alles tun, um dich dorthin zu bekommen, und du wirst die Einzige sein.“

Angesichts meiner vulgären Ausdrucksweise verzieht sie das Gesicht, aber fuck … Was kann ich sonst sagen? Schließlich entspricht jedes Wort der Wahrheit.

„Warum ist Analsex so wichtig für dich?“

„Ist er nicht, dein Arsch jedoch ist es.“

„Mein Arsch?“, fragt sie sichtlich verwirrt.

„Du bist süß und unschuldig, aufgeschlossen und abenteuerlustig. Ich will deinen Arsch entjungfern. Es ist meine Fantasie. Und zwar seit letzter Nacht.“

Ahhhh! Ist das nicht niedlich? Sie errötet schon wieder und sieht weg. Bestimmt, weil ich zugegeben habe, dass es im Moment nur um ihr Hintertürchen geht. Lächelnd ziehe ich sie in die Arme und kann dem Reiz nicht widerstehen, sie auf die Stirn zu küssen. Ich halte sie und genieße das Gefühl. Natürlich habe ich das bereits vor ihr gemacht, doch eigentlich bloß, damit sich das Mädchen hinterher gut fühlt und die schnelle Verabschiedung nicht so wehtut. Aber mit Sloane fühlt es sich einfach richtig an. Mir missfällt es sogar, sie loszulassen. Außerdem brauche ich noch ein paar Minuten, um mich aufzuladen, ehe wir erneut loslegen können. Daher provoziere ich ihre Verlegenheit. „Was ist deine Fantasie?"

Sie zuckt leicht zusammen und zieht ihren Kopf zurück, um mich anzusehen. „Fantasie?"

„Ganz genau. Welcherart sind deine schmutzigen Fantasien, die dich anmachen?"

„Ich habe keine."

Das kam ein wenig zu schnell.

„Oh, natürlich nicht." Ich presse sie auf den Rücken, rolle mich auf sie und spreize ihre Beine mit meinen auseinander. Sobald mein Unterleib sie berührt, fange ich an, hart zu werden. Das ging verdammt rasant, doch ich bleibe auf Kurs. „Du wirst dieser Frage nicht ausweichen. Jeder Mann und jede Frau haben Fantasien. Etwas, woran sie denken, wenn sie masturbieren. Etwas, das sie heftig kommen lässt, während sie mit sich selbst spielen oder in einem langweiligen Fick feststecken. Da muss es etwas geben, Sloane."

Sie sieht erst nach rechts, wobei sie ihre Unterlippe zwischen die Zähne saugt, und trifft dann meinen Blick mit ihren großen, runden, babyblauen Augen. „Nun, da gibt es was, aber …" Ihre Stimme erstirbt und sie wird knallrot.

Ich beuge mich runter und streife mit den Lippen über ihre. Als ich mich zurückziehe, lächle ich sie aufmunternd an. „Du kannst es mir sagen. Ich garantiere dir, dass es mich geil machen wird und ich dich ficken will."

„Nun", sagt sie langsam. „Ich bin mir nicht sicher, ob so ein Zeug im realen Leben wirklich passiert. Doch ich träume von einem Gangbang."

Es gibt nichts, was Sloane hätte sagen können, das mich mehr überrascht hätte. Dieses Szenario ist zwar aufreizend heiß, dennoch brauche ich eine gewisse Aufklärung. „Ein Gangbang?"

„Ja."

„Sloane, weißt du eigentlich, was das bedeutet?", frage ich vorsichtig ... sanft.

„Ja. Mehrere Kerle, ein Mädchen, jede Menge Sex." Eigensinnig hebt sie das Kinn an. „Du verurteilst mich, obwohl du mir versichert hast, dass du das nicht tun würdest."

„Nein, das tue ich nicht. Es ist nur so, dass in Pornos und dergleichen ein Gangbang ziemlich grob ist. Es kann brutal sein, und falls du nicht auf Schmerzen und Demütigung stehst, ist es nichts, wovon ich glaube, dass es dich zum Höhepunkt bringt."

Ihre Augen weiten sich, als sie begreift, und sie schüttelt heftig den Kopf. „Oh Gott, nein. Das ist nicht meine Fantasie. Ich meinte nur mehrere Kerle, die alle darauf aus sind, mir Vergnügen zu bereiten. Definitiv keine Schmerzen und Erniedrigungen."

Ich bin erleichtert, dass meine Instinkte mich nicht im Stich gelassen haben, was Sloane betrifft, und atme hastig aus. Sie hat wirklich keine Erfahrung mit diesen Praktiken, und das macht mich richtig an. Ich küsse ihren Hals. „Also willst du von mehreren Männern verwöhnt werden?"

„Ja", stöhnt sie, als ich mich ein wenig tiefer schiebe und mit den Zähnen über ihren Hals streife.

„Wäre eine weitere Frau in deiner Fantasie?" Die Vorstellung, wie eine andere Frau Sloane leckt, törnt mich gehörig an.

Kichernd sagt sie: „Nein, ausschließlich Männer."

Verdammt!

„Wie viele?“ Ich will, dass sie mir die ganzen Details beschreibt, da ich weiß, dass es ihr jetziges Verlangen steigern wird. Auf jeden Fall tut es das bei mir.

„Drei“, sagt sie atemlos. Sie fasst an meinen Kopf, als ich mich zu ihren Brüsten vorarbeite. „Nein, warte. Es sind vier. Ich glaube, ich will vier.“

„Die genauso bestückt sind wie ich?“

„Gott, nein“, keucht sie, da ich um ihren Nippel lecke. „Bei so vielen großen Schwänzen auf einmal würde ich sterben.“

„Würdest du drei Kerle auf einmal nehmen?“ Ich sehe zu ihr hoch, um ihre Reaktion zu erfassen.

Sie starrt mich an, und ich komme beinahe gegen die Matratze, als sie flüsternd zugibt: „Ich weiß nicht, ob ich das könnte. Aber weil es zu meiner Fantasie gehört, würde ich es auf jeden Fall versuchen.“

Fuck!

Fuck! Fuck! Fuck!

Warum habe ich überhaupt damit angefangen, diesen Weg einzuschlagen? Wieso habe ich sie etwas gefragt, das exakt zu diesem Moment führen würde, in dem ich begreife, dass ich die Macht habe, ihr genau diese Fantasie zu erfüllen? Es wäre so verflucht einfach, es zu arrangieren.

Es wäre so verflixt heiß, ihr dabei zuzusehen, wie jede ihrer schmutzigen Träume verwirklicht wird. Das ist eines der Dinge, die ich am meisten daran liebe, ein Fantasy-Erfüller des Clubs zu sein. Den Mitgliedern Träume zu schenken, die sie nie für möglich gehalten hätten. Ihnen die ultimative Lust zu schenken.

Jetzt muss ich Sloane jedoch ficken, da es erscheint, als wäre ihre Fantasie gerade zu einer von meinen geworden. Ich löse mich von ihr, greife nach einem weiteren Kondom und reiße die Verpackung auf.

Eigentlich wollte ich sie noch einmal lecken, doch ich bin zu geil dafür. Ich muss in sie eindringen. Und dann muss ich entscheiden, ob ich ihr geben werde, was sie will.

Kapitel 10

Sloane

Sex.

Große Schwänze.

Gangbangs.

Gott! Auf was hat sich meine Welt bloß reduziert?

Heute Morgen bin ich ziemlich mürrisch aufgewacht wegen Cain und den unzähligen Emotionen der letzten Tage. Ich fühle mich zu einem Mann hingezogen, der sich völlig außerhalb meiner Wohlfühlzone befindet und den ich benutze, um an subversive Informationen für meine zukünftige Karriere zu gelangen. Um das zu erreichen, begebe ich mich willentlich in eine kinky Sexwelt. Als ich die Entscheidung gefällt habe, einen Collegeabschluss in Journalismus zu machen, war ich mir der Grenzen, die Reporter ständig verschieben, wenn sie die Wahrheit aufdecken wollen, bewusst. Sie begeben sich in Kriegsgebiete, tauchen tief in ihre Undercover-Identitäten ein und riskieren ihre Freiheit, um ihre Quellen zu schützen. Zu der Zeit wusste ich das alles, ich weiß es jetzt, doch ich kämpfe noch immer damit.

Ich habe ein flaues Gefühl im Magen, sobald ich mich frage, wie weit ich bei all dem gehen werde, besonders da ich bisher nicht einmal den Anflug einer richtigen Geschichte habe. Ich kann einfach keine Verbindung zwischen einem Sexclub, der übrigens völlig legal ist, und einem korrupten Politiker erkennen. Dabei will ich wirklich aufdecken, dass Gouverneur Hayes korrupt ist. Ich will es beweisen und ihn zu Fall bringen. Er wird die erste Kerbe in meinem Pfosten der Justiz sein, den ich ganz allein wegen meiner harten Arbeit zu Fall gebracht habe.

Ich vermute, dass das auch der Grund ist, der mich hier bei der Stange hält, da ich mit mir selbst einen Kampf über mein moralisches Dilemma ausfechte. Wie weit werde ich es mit Cain treiben? Werden irgendwann unsere

Herzen im Spiel sein, wenn wir unsere Intimität zueinander ausreizen? Zweifelsohne spürte ich so was wie eine Verbindung zu ihm, sobald ich ihm erlaubt habe, mir einen Plug in den Po zu stecken, als ob ich ihm gehören würde. Gestern Nachmittag ist er aus meinem Bett gerollt, hat sich über mich gebeugt und mich liebevoll geküsst. Der Ausdruck in seinen Augen war warm, gesättigt und triumphierend. Ich lag auf der Matratze wie eine bebende zufriedene Masse. Er sagte: „Du bist erstaunlich." Mein Herz fing auf der Stelle an, schnell zu schlagen, die einzige Körperstelle, die noch ein wenig Widerstandskraft besaß.

Aber selbst das lässt jetzt nach.

Mein Telefon vibriert auf dem Küchentisch neben der leeren Kaffeetasse. Es liegt mit dem Display nach oben, sodass ich Brants Nummer erkennen kann. Ich ziehe eine Grimasse und hebe es hoch, um den Anruf anzunehmen.

„Hi, Brant."

„Wir brauchen ein Update, Preston", verlangt er brüsk. Er benutzt meinen Nachnamen, als wäre ich ein Kadett beim Militär. „Du bist dort bereits seit drei Wochen."

Leise seufzend fahre ich mit dem Finger über den Rand der Tasse. „Die erste Woche habe ich damit verbracht, meine Undercover-Identität aufzubauen und Kontakte zu knüpfen."

„Dann hattest du noch zwei Wochen, um etwas auszugraben. Wir können deinen Urlaub nicht ewig finanzieren."

„Ich bin mir nicht sicher, ob es hier überhaupt eine Story gibt", sage ich energisch und ignoriere die Bemerkung wegen des Urlaubs. „Ich habe bis jetzt keinen Ansatzpunkt."

„Komm schon, Preston", sagt er in einem harten Tonfall. „Es ist ein Sexclub und ein Politiker. Du musst es nur richtig zusammenbringen."

Ich sträube mich gegen diese Worte, da wir nicht der verfluchte *National Enquirer* sind. Wir haben es nicht nötig, irgendwelchen Mist zu erfinden oder ihn aufzubauschen. In unserer Regierung gibt es auch so genügend Korruption, ohne dass wir eine schmutzige Geschichte wie diese verfolgen. Dennoch lasse ich Vorsicht walten, als ich sage: „Ich habe Kontakt zum Sicherheitschef des Clubs. Ich habe die Saat ausgebracht, und ich glaube, dass ich nah dran bin, eine Einladung zu erhalten. Sobald ich einen Fuß in die Tür bekomme, kann ich die Situation besser einschätzen."

„Das ist gut", schnurrt er fast ins Telefon, sodass ich zusammenzucke. Bei dem anzüglichen Tonfall kann ich mir beinahe vorstellen, wie er sich einen runterholt. „Du tust einfach alles, was nötig ist, um den Schatz zu heben. Hast du mich verstanden?"

„Ich tue alles, was ich kann, ohne mich selbst in Gefahr zu bringen. Wenn du nicht bereit bist, mich das hier so erledigen zu lassen, dass ich meine Sicherheit nicht gefährde, dann brauchst du jemand anderes vor Ort."

„Natürlich steht deine Sicherheit an vorderster Stelle", sagt er hastig und in einem beruhigenden Tonfall. „Allerdings muss ich dich wohl nicht daran erinnern, dass es manchmal nur eine winzige Kleinigkeit ist, über die man stolpert, die den Faden zur Story darstellt. Bleib einfach weiterhin dran. Diese Geschichte wird deiner Karriere auf die Sprünge helfen."

„Ich verstehe."

„Ruf mich Ende der Woche an, um mich auf dem Laufenden zu halten. Wir brauchen die Story, also werde ich dich aufs Äußerste antreiben. Sind wir uns da einig?"

„Sind wir", antworte ich zwar, jedoch macht sich ein bleiernes Gewicht in meinem Magen breit.

„Ich gebe dir noch einen Ratschlag mit auf den Weg. Such dir zusätzlich zu deiner jetzigen Quelle einen weiteren Ansatzpunkt."

Darüber habe ich auch schon nachgedacht, da ich mich immer miserabler fühle, je näher ich Cain kennenlerne. Es macht mir sehr zu schaffen, ihn auf diese Weise zu benutzen. Colton Stokes ist natürlich auf meiner Liste. Ich werde ihn heute aufspüren und zudem versuchen, einen Ausgangspunkt bei Callie Hayes zu finden. Da ich einige

Nachforschungen über Gouverneur Hayes und sein politisches Programm angestellt habe und seine Kampagne bald offiziell an den Start geht, kenne ich die richtige Vorgehensweise, um bei ihr zu landen.

***

Ehe ich nach Jackson gezogen bin, war es Teil meiner Recherche, alles über Colton Stokes zu erfahren. Er ist einunddreißig, war nie verheiratet, hat im Moment auch keine Beziehung und fährt einen nagelneuen Chevy Suburban. Er arbeitet als Operations Manager im Viehbetrieb seines Vaters. Da seinem Dad das Unternehmen gehört, ist er nicht besonders vermögend, hat aber Zugriff auf einen bescheidenen Treuhandfonds. Zudem weiß ich, dass er jeden Montag-, Mittwoch- und Freitagmorgen im Fitnessstudio trainiert. Deshalb warte ich geduldig darauf, dass er herauskommt, während ich an einem Kaffee nippe. Der Tag beginnt sich schön aufzuwärmen, und nicht eine Wolke ist am blauen Himmel. Nachdem ich mich um Stokes gekümmert habe, will ich den restlichen Tag freinehmen. Ich bin noch unschlüssig, was ich nachher mit mir anstellen soll. Vielleicht fahre ich ein wenig durch die Gegend und sehe mir die Landschaft an. Idealerweise würde ich Zeit mit Cain verbringen. Allerdings hat er mir mitgeteilt, dass er einiges an Arbeit zu erledigen hat, ehe seine Schicht heute Nacht im *Wicked Horse* beginnt.

Den Drang, einen gründlicheren Hintergrundcheck bei Cain durchzuführen, der über seinen Job hinausgeht, habe ich unterdrückt. Um irgendwelche Überraschungen zu vermeiden, sollte ich das eigentlich tun. Allerdings fühle ich mich bereits schuldig genug, ihn als Eintrittskarte zum Club zu benutzen. Er hat mir keine Einzelheiten verraten, nur dass er noch zwei Teilzeitjobs hat, denen er nachgeht, falls Arbeit anfällt. Aber er hat mich gefragt, ob ich heute Abend ins *Wicked Horse* komme. Ich habe mich jedoch nicht festgelegt und mit einem „Möglicherweise“ geantwortet. Seine Erwiderung darauf war: „Während meiner

Schicht kann ich keine Zeit mit dir verbringen. Ich will nicht, dass du darüber enttäuscht bist."

Ich dachte, dass seine Erklärung süß war, doch ich habe ohnehin Verständnis dafür. Schließlich habe ich aus erster Hand gesehen, wie ernst er seine Tätigkeit nimmt. Ehrlich gesagt werde ich mir die Mühe sparen, die Bar aufzusuchen, da er der einzige Grund ist, warum ich das tun will. Ich habe keine Lust, ihn den ganzen Abend sabbernd anzustarren.

Die Tür zum Fitnessstudio schwingt auf und fängt dabei das Leuchten der Sonne ein. Colton Stokes kommt heraus und setzt eine Sonnenbrille auf. Auf der Stelle bemerkt er mich, da ich mich, mit verschränkten Armen, mit dem Hintern an die vordere Stoßstange seines Suburban lehne und ihn anstarre. Während er langsam auf mich zukommt, lächelt er unsicher. „Kann ich Ihnen irgendwie helfen?"

Ich schiebe die eigene Sonnenbrille nach oben und richte mich auf. Dann halte ich ihm die Hand hin und sage: „Sloane Preston."

Er schüttelt sie und offensichtlich erkennt er mich nicht. Es ist ein bisschen riskant, ihm meine Identität zu offenbaren. Ich vermute zwar, dass eine kleine Chance existiert, dass er mich an Bridger Payne oder Woolf Jennings verrät, doch ich glaube es nicht. Die Tatsache, dass er *anonym* sein wollte, als er den Hinweis gegeben hat, beweist mir, dass er unbemerkt bleiben will.

„*Revealed*", sage ich, sodass seine Augenbrauen förmlich nach oben schießen, während er mich loslässt. „Vor ein paar Wochen haben wir telefoniert. Ich bin hier, um der Story über Gouverneur Hayes nachzugehen."

Nervös blickt Colton nach links und rechts, ehe er näher an mich herantritt und zischt: „Nicht über Gouverneur Hayes. Ich habe Ihnen über Woolf Jennings und seinen Sexclub erzählt."

„Und dann haben Sie seine Tochter erwähnt, die sich mit Woolf Jennings trifft", erinnere ich ihn. „Wir sind eine politisch orientierte Zeitschrift, Mr. Stokes. Was haben Sie denn geglaubt, was passieren würde, wenn sie mit dem Köder vor unserer Nase herumwedeln?"

Colton nimmt die Sonnenbrille ab und streicht mit einer Hand fahrig durch sein braunes Haar. Augenblicklich bemerke ich den Bluterguss an seiner linken Schläfe, der bis unter sein Auge reicht. Als ich näher hinsehe, fallen mir auch die blauen Flecken an seinem Kinn auf.

„Was ist denn mit Ihnen passiert?", frage ich angesichts der Verletzungen mit zusammengekniffenen Augen.

Er beugt sich zu mir und murmelt: „Die Eigentümer des *Wicked Horse* haben mir eine Nachricht überbracht. Woolf und Bridger waren nicht sehr zufrieden mit mir."

„Die wissen, dass Sie mich kontaktiert haben?" Furcht steigt in mir auf.

„Nein", sagt er laut, ehe er die Stimme senkt. „Nein, sie haben keine Ahnung, dass ich einen Reporter angerufen habe. Falls sie das herausfinden, würden sie mich wahrscheinlich umbringen. Sie sind bereits wütend, da ich Gouverneur Hayes von dem Club erzählt habe."

„Und sie haben Sie verprügelt?", frage ich skeptisch.

Er stößt ein Lachen aus. „Sie machen sich nicht selbst die Hände schmutzig. Sie haben einen ihrer Lakaien vorbeigeschickt."

Und plötzlich ziehe ich die richtigen Schlüsse: die Wunden auf Cains Hand. Er hat Colton Stokes vermöbelt, weil er gegenüber Gouverneur Hayes den Sexclub enthüllt hat und die Rolle seiner Tochter darin. Und dann trifft es mich aus heiterem Himmel. „Moment! Wenn Sie Gouverneur Hayes über den Club erzählt haben und Woolf und Bridger deswegen sauer sind, bedeutet das, dass Hayes gar nichts darüber gewusst hat?"

Achtlos zuckt er mit den Schultern. „Ich weiß es nicht. Er hat überrascht getan. Höllisch angepisst."

„Fuck!" Mein Blick huscht über den Parkplatz. Die Story geht gerade den Bach hinunter. Falls der Gouverneur nichts über den Club gewusst hat, hat er keine Straftat begangen. Er ist nicht korrupt. Das Einzige, was Bestand hätte, wäre, wenn das Geld, das Jennings Hayes gegeben hat, aus dem Club stammt. Doch selbst das ist wertlos, sollte der Gouverneur ahnungslos sein.

All meine Pläne, weitere Informationen aus Stokes zu pressen, lösen sich in Luft auf. Dennoch frage ich, um sicherzugehen. „Gibt es irgendeine Verbindung zwischen dem Gouverneur und dem Club, von der Sie wissen?"

„Nur dass seine Tochter dorthin geht und sexuell mit einem der Eigentümer verkehrt, und zwar mit Woolf Jennings. Sie hat dort an einer Orgie teilgenommen. Der Gouverneur weiß das jetzt. Also vermute ich, dass er diesen Lifestyle irgendwie billigt."

„Ich habe das *Wicked Horse* vorher überprüft. Die Besitzurkunde ist auf Bridger Payne ausgestellt und war es von Anfang an, seitdem der Club gebaut wurde. Sind Sie sicher, dass Woolf Jennings auch ein Eigentümer ist?"

„Auf jeden Fall." Er setzt die Sonnenbrille wieder auf. „Und der Club befindet sich auf dem Land von den Jennings."

Das stimmt. Das habe ich bereits kontrolliert, aber nur, weil Paynes Name allein auf der Besitzurkunde des Gebäudes steht, bedeutet das nicht, dass er der Alleineigentümer ist. Soweit ich weiß, könnten es sogar mehrere sein. Doch all das steht nicht in den öffentlich zugänglichen Papieren. Ich habe keine Ahnung, was ich mit all dem hier anfangen soll. Also werde ich Brant anrufen müssen, um ihn auf den neuesten Stand zu bringen.

Das ist einfach verflucht perfekt!

„Wenn Sie mich entschuldigen würden, Miss Preston. Ich muss los." Er schiebt sich an mir vorbei und greift nach der Fahrertür. Aber dann starrt er mich durchdringend an. „Und ich würde es begrüßen, wenn Sie meinen Namen für sich behalten."

„Ich schütze meine Quellen", sage ich geradeheraus. Obwohl ich ihn nicht mag, werde ich seine Identität bewahren. Irgendwie fühle ich mich ihm gegenüber jetzt verpflichtet. Ich würde es wirklich hassen, sollte Cain herausfinden, dass Stokes geplappert hat, da er ihm zweifelsohne etwas antun würde. Allerdings bestätigen mir die

Neuigkeiten auch, dass Cain auf jeden Fall mit dem Sexclub zu tun hat, genau wie ich es vermutet habe.

Ich trete vom Fahrzeug zurück, hole mein Telefon aus der Handtasche und beobachte, wie Colton einsteigt und davonfährt. Sobald er außer Sichtweite ist, laufe ich auf mein Auto zu und wähle Brants Mobiltelefonnummer.

Er meldet sich nach dem zweiten Klingeln. „Was gibt's, Preston?"

„Ich hatte gerade eine Unterredung mit unserer hiesigen Quelle. Er hat mir gesagt, dass der Gouverneur keine Ahnung vom Sexclub hatte, also denke ich, dass es auch keine Verbindung gibt."

„Fuck!"

Obwohl ich mich dafür verachte, dass ich Cain benutze, bin ich auf einmal traurig, dass ich wahrscheinlich morgen früh abreise, da die Story endgültig gestorben ist. Das bedeutet, dass es keinen Cain mehr für mich gibt. Zwar kenne ich ihn erst seit ein paar Tagen, dennoch trauere ich bereits jetzt um die zarte Verbindung, die wir miteinander haben. Sie ist vorhanden und real, dessen bin ich mir sicher, und auch, dass sie nicht überleben wird, sobald ich quer durchs Land nach Hause zurückgehe.

„Wir brauchen einen anderen Ansatzpunkt", sagt Brant barsch. „Schlachte die Tochter bezüglich des Sexclubs aus."

„Was?", frage ich erstaunt.

„Die Tatsache, dass sie im Sexclub gewesen ist und seine Kampagnenmanagerin ist, reicht völlig aus. Wir bauen die Story auf der Moralschiene auf und spielen die Trumpfkarte der Sittenlosigkeit aus."

„Aber es ist nicht verwerflich, Mitglied in einem Sexclub zu sein", platzt es aus mir.

„Nicht für dich oder mich", sagt er mit einem leisen Lachen. „Doch die Millionen Konservativen da draußen wollen niemanden wählen, an dem Dreck klebt."

„Also vernichten wir die Karriere eines Mannes wegen etwas, das seine Tochter getan hat und von dem er keine Kenntnis hatte. Und das ist nicht einmal illegal?"

„Wir vernichten nicht irgendjemandes Karriere, Preston“, belehrt er mich. „Wir berichten lediglich über die Wahrheit. Außerdem weißt du nicht mit absoluter Sicherheit, dass er nicht darin verwickelt ist, nicht wahr?“

„Nein, aber …“

„Und du wirst dafür bezahlt, exklusiv herauszufinden, was dort wirklich vor sich geht“, überfährt er mich. „Also kremple die Ärmel hoch, schleich dich rein und finde etwas heraus, womit du arbeiten kannst. Zumindest solltest du eine Stellungnahme zum moralischen Aspekt haben, und wenn du ganz viel Glück hast, gräbst du irgendwas Konkretes über Hayes aus.“

„Brant, ich fühle mich einfach …“

„Tu es.“ Seine Stimme ist eiskalt. „Oder du kannst dir einen neuen Job suchen. Das ist dir doch klar.“ Er unterbricht die Verbindung.

Ich bleibe noch eine halbe Stunde im Wagen sitzen und spiele den Gedanken durch, was ich mit meinem Leben anstellen könnte, falls ich kündige. Darauf finde ich keine Antwort. Also bleibt mir nichts anderes übrig als weiterzugraben. Vielleicht bringt mir das auch etwas Klarheit, was für mich bezüglich meiner Karriere wichtig ist. Denn im Moment fühle ich mich ziemlich desillusioniert.

Kapitel 11

Cain

Ich lehne mich an die Wand neben der Tür im Inneren des *Wicked Horse* und habe ein scharfes Auge auf meinen Bereich. Meine Leute sind alle auf ihren Posten und beobachten wachsam die Menge. Die Barkeeper haben ihre Kunden mit Leichtigkeit im Griff. Es gab noch keine größeren Störungen, mit Ausnahme von Billy Stooks, der wie ein Verrückter auf dem Herrenklo kotzte, wie immer, wenn er von Bier zu Schnaps wechselt. Wir haben ihn in ein Taxi gepackt und nach Hause geschickt. Ich habe bereits drei Rundgänge im *Silo* gemacht, nicht aus Sicherheitsgründen, sondern weil ich nicht aufhören kann, über Sloane und ihre Fantasie nachzudenken. Sie hat zwar dargelegt, wie sie es sich vorstellt, doch bei mir schleichen sich ständig diese Gedanken ein. Falls das Mädchen einen richtigen Gangbang miterleben würde, würde sie ausflippen. In der Sekunde, in der man sie ohrfeigt, ihre Nippel brutal kneift, ihr mit einer Hand die Kehle zudrückt, um ihre Protestschreie abzuwürgen, würde sie wahrscheinlich vor Panik das Bewusstsein verlieren.

Gott! Allein die Vorstellung dreht mir den Magen um, obwohl mich dieses Szenario früher bei unzähligen Frauen angemacht hat. Allerdings sind sie, im Gegensatz zu Sloane, auf Angst und Schmerzen abgefahren. Nachdem ich das dritte Mal durchs *Silo* gelaufen bin, erkannte ich, dass ich die verschiedenen Mitglieder begutachtete. Sie einschätzte. Mich fragte, ob sie willens wären, Sloane genau die ersehnte Fantasie zu erfüllen, ohne irgendwelche Grenzen zu überschreiten. Diese Gedanken behagen mir.

Wie Sloane von vier Männern gefickt wird, während wir alle dabei zusehen, wie sie bei jedem Stoß errötet. Allein bei der Vorstellung werde ich hart. Das gehört jetzt eindeutig ebenfalls zu meinen Fantasien.

Doch es gibt ein Problem.

Sosehr ich es auch möchte, sosehr ich auch weiß, dass es das Heißeste überhaupt wäre, sie in eine der Fantasy-Hütten zu packen und die ganze Nacht ihre Lust herausschreien zu lassen, stelle ich mir jedoch die Frage, ob es vernünftig wäre. Stelle mir die Frage, ob es fair wäre, ihre Welt derart zu verändern, sogar wenn sie hinterher völlig befriedigt und begeistert wäre. Denn sie wäre nicht mehr dieselbe Person.

Ich befürchte, ich ebenfalls nicht.

Da ich so durcheinander bin, beschließe ich, einen der weisesten Menschen aufzusuchen, die ich kenne, sofern es um Sex und Kink geht. Daher mache ich mich Richtung Bridgers Büro auf. Er ist dort, da er das *Silo* vor einer kurzen Weile verlassen hat, nachdem er eine unglaubliche Show mit einem der Mitglieder der ersten Stunde abgeliefert hat. Über Bridgers Vorgeschichte weiß ich nichts, lediglich dass er vor etwas mehr als zehn Jahren in die Gegend gezogen ist, als Woolf vom College zurückgekommen ist. Er hat auf der *Double J* gearbeitet, und er und Woolf sind beste Freunde. Es hat mich nicht überrascht, dass Woolf und Bridger einen Sexclub eröffnet haben, doch ich war sehr verblüfft, dass Woolf diesen Lifestyle mag. Zu der Zeit habe ich im *Scandalous* in Driggs gejobbt, und der Arsch kam eines Tages mit Bridger rein, während ich einen Blowjob auf der Hauptbühne bekam. Es endete damit, dass wir uns nach ein paar gemeinsamen Bieren das Mädchen teilten, das mir den Schwanz gelutscht hat. Und wie man so schön sagt, ist der Rest Geschichte. Obwohl ich nicht viel über Bridger weiß, glaube ich dennoch, dass er einen ziemlich abgefahrenen Scheiß in seiner Vergangenheit erlebt hat. Ich habe bereits einigen Hardcore-BDSM gesehen, doch nichts hält dem Vergleich mit dem Schmerz stand, den er austeilen kann. Er macht es nur selten, und es gibt auch bloß eine Handvoll an Clubmitgliedern, die ertragen können, was er austeilt, da sie es brauchen, was er austeilt. Ihre sexuelle Befriedigung hängt davon ab.

Bridger zu beobachten, ist wie der Besuch einer Ausstellung. Er geht methodisch und überlegt vor. Vom anderen Ende des Raumes kann er mit dem Peitschenende einen Nippel treffen und beinahe symmetrische und präzise Muster in einen Rücken schnitzen. Ich habe schon beobachtet, wie er Männer und Frauen ausgepeitscht hat, bis sie vor Schmerzen geschrien und ihr Safeword dennoch nicht benutzt haben, und wenn er sie schließlich kommen lässt, ist es der befreiendste und eindringlichste Moment, den man sich vorstellen kann. Bei diesen Gelegenheiten vögelt Bridger selten. Falls ich raten müsste, würde ich behaupten, dass das meiste Zeug ihn nicht wirklich anmacht. Obwohl es auf eine eigenartige Weise faszinierend ist, dabei zuzusehen, bin ich mir absolut sicher, dass mich wahrer BDSM, bei dem Pein und manchmal auch Blut nötig sind, um eine Person zum Höhepunkt zu bringen, nicht antörnt.

Viele Clubgäste tun so, als würden sie auf so einen Scheiß stehen, aber was sie ausleben, ist nur eine abgeschwächte Version. Wir haben einen reichhaltigen Bestand an weichen Wildlederfloggern mit breiten, flachen Strippen, die kaum die Haut erröten. Eigentlich fühlen sie sich ziemlich gut an, da sie gerade genug Brennen verursachen, um den Genuss zu steigern.

Doch wenn Bridger eine Peitsche schwingt, kann man sich sicher sein, dass sie wehtut. Oft benutzt er eine lederne mit geflochtenen Schnüren, die an den Enden verknotet sind. Aber wenn er das Äußerste an Schmerzen austeilen will, nimmt er eine aus Pferdehaar, die er in seinem Büro unter Verschluss hält. Zwar sieht sie weich und flauschig aus, verursacht jedoch ein herrliches intensives Brennen. Einmal habe ich den Fehler begangen, mich über sie lustig zu machen. Daraufhin hat mir Bridger auf dem Handrücken eins übergezogen, sodass ich aufgejault habe. Er hat sich halb totgelacht. Von da an hatte ich einen Riesenrespekt vor der Person, die am empfangenden Ende dieses Utensils ist.

Ich überquere die Tanzfläche und erreiche den Flur, der zu seinem Büro führt. Sobald ich vor der Tür stehe, klopfe ich dreimal. Da die Musik so laut ist, kann ich nicht hören, ob er in dem Raum ist. Doch nach ein paar Sekunden öffnet sich die Tür und er winkt mich hinein.

Er sieht müde aus, und ich vermute, dass diese Aufführungen anstrengend sind. Wenn er jemanden auspeitscht, ist das eine schweißtreibende Angelegenheit.

„Was gibt's?", fragt er, setzt sich hinter seinen Schreibtisch und rückt einige ausgedruckte Tabellen zurecht, die auf der hölzernen Tischplatte liegen.

„Ich brauche deinen Ratschlag", sage ich ihm geradeheraus. Ich lasse mich auf die Couch fallen und lege einen Fußknöchel über mein Knie.

„Ich höre."

„Ich habe da dieses Mädchen …"

„Du hast ein Mädchen?", fragt er erstaunt.

„Nicht wie eine Freundin oder so was. Wir ficken und …"

„Mehr als einmal?"

„Ja, mehr als einmal", sage ich irritiert, sodass Bridger grinst. „Wie auch immer, sie fantasiert darüber, dass sie von mehreren Kerlen gevögelt wird."

„Verdorbene Kleine", sagt Bridger amüsiert. „Du weißt, wie du sie aussuchen musst."

„Eigentlich nicht", erkläre ich ihm nüchtern. „Sie ist süß, irgendwie naiv, was dieses Zeug angeht, jedoch abenteuerlustig. Ich habe mir gedacht, dass ich die Mittel habe, um ihr zu geben, was sie will."

„Du willst sie verderben." Die Behauptung ist so akkurat, dass ich mich nach hinten lehne.

„Warum sagst du das?", frage ich überrascht, da ich irritiert darüber bin, dass er mein innerstes Dilemma zielgenau erkannt hat.

„Es ist eine klassische Fantasie." Bridger zuckt mit den Schultern. „Du kannst mir glauben, dass der Prinz Schneewittchen nicht nur mit einem Kuss aufwecken wollte, sondern ihr die Unschuld aus dem Leib vögeln."

Kopfschüttelnd pruste ich los. „Jetzt hast du den Film und meine Kindheit ruiniert.“

„Es ist doch so, dass in unserem Metier Reinheit wie eine Einstiegsdroge ist. Sobald man jemanden findet, der keine Ahnung von unserer Welt hat, jedoch nur das kleinste bisschen Neugierde zeigt, sind die Möglichkeiten endlos. Du tust ihr etwas geringfügig Böses an, beobachtest, wie sie lauter kreischt als jede andere, mit der du bisher zusammen gewesen bist, und schon zappelst du am Haken. Du willst mehr davon.“

Heilige Scheiße! Dieser Kerl ist beängstigend aufmerksam. Ich vermute, dass ich in der Sekunde, als ich den Plug in Sloanes Arsch geschoben habe, süchtig nach ihr wurde. Als ich ihn während ihres Orgasmus rausgezogen, ihr dabei zugesehen habe, wie sie gestrampelt und gezuckt hat unter den Auswirkungen des großartigsten Höhepunkts überhaupt, bin ich der Vorstellung verfallen, ihr noch mehr anzutun.

„Also soll ich ihr die Fantasie erfüllen?“ Ich brauche seine Bestätigung.

„Ich mag einen guten Gangbang“, sagt Bridger lachend. „Einfach genug, einen zu arrangieren.“

„Das genau können wir nicht tun.“ Mit einem verlegenen Lächeln kratze ich mich am Kopf.

„Wieso das?“

„Nun … Ich glaube nicht, dass sie wirklich mit so etwas umgehen könnte. Wir müssten es abschwächen.“

„Das ist kein Problem. Wir müssen nur die richtigen Leute auswählen.“

„Ich hatte da an Rand und Logan gedacht.“

Bridger nickt zustimmend. „Falls Sloane auf ein bisschen Action zwischen Kerlen steht, bin ich mir sicher, dass die beiden ihr freudig den Gefallen erweisen werden.“

„Das glaube ich sofort“, sage ich trocken. „Sie würden eine Wassermelone ficken, wenn das Sloane anmachen würde.“

„Möchtest du, dass ich mitmache?“

Erstaunt sehe ich ihn an. Bridger bietet selten an, irgendwo mitzumachen, mit Ausnahme von den paar BDSM-Mitgliedern. Davon abgesehen fickt er im Privaten, und zwar hier in seinem Büro.

„Ich will dich nicht nerven“, sage ich hastig. „Doch ich werde es für Anfang nächster Woche arrangieren.“

„Kein Problem. Hört sich nach Spaß an.“

Klar! Bridger und Spaß passen irgendwie nicht zusammen. Dennoch lasse ich mir die Gelegenheit nicht entgehen. Er ist nicht nur ein Meister mit der Peitsche, sondern auch die Person mit der besten Intuition, die ich jemals getroffen habe, wenn es um sexuelle Wünsche geht. Ich will, dass es gut für Sloane wird. Sie wird richtig abgehen bei dem, was wir ihr antun werden, aber Bridger wird es zum höchsten Genuss für sie steigern.

„Wirst du die Führung übernehmen?“, frage ich ihn, da diese Situationen schnell außer Kontrolle geraten können. Ich weiß, dass Bridger Sloane wie ein offenes Buch lesen kann, um ihr zu geben, was sie braucht.

„Natürlich“, sagt er lächelnd. „Doch sobald du mir die Kontrolle überlässt, werde ich sie nicht aufgeben.“

Sein Tonfall ist fest, hat jedoch einen ominösen Klang, sodass ich leicht erschaudere.

„Alles klar, Boss.“ Ich klopfe mir auf beide Oberschenkel und stehe auf. „Sollte mich besser wieder an die Arbeit machen.“

„Nimm dir den restlichen Abend frei.“ Bridger schaut auf die Tabellen. „Geh und triff dich mit deinem Mädchen.“

„Sie ist nicht wirklich mein Mädchen.“ Ich fühle mich genötigt, das klarzustellen.

Bridger schmunzelt, ohne hochzusehen. „Geh und triff dich mit deinem Mädchen“, befiehlt er mir. „Betrachte es als einen Extrabonus für die exzellente Arbeit bei Mr. Stokes.“

„Aber es ist Samstagnacht.“

„Geh und triff dich mit deinem Mädchen“, faucht er mich an.

Ich öffne den Mund, um weiter mit ihm über die Art meiner Beziehung zu Sloane zu diskutieren, doch dann stelle ich sie mir eingekuschelt in ihrem Bett vor. Vielleicht trägt sie sogar das biedere Nachthemd, das es wirklich verdient hätte, dass ich es ihr vom Körper reiße. Daher kann ich nicht anders, als Bridgers „Dein-Mädchen"-Äußerung zu ignorieren und nicke ihm dankend zu. Allerdings bemerkt er das nicht, da er sich auf seine vor ihm liegende Arbeit konzentriert und mich bereits vergessen hat.

Kapitel 12

Sloane

Irgendetwas Schweres auf mir reißt mich aus dem Schlaf.

Eine Hand über meinem Mund und eine andere zwischen meinen Beinen verursachen eine rasende Angst in mir, sodass ich vollständig wach bin. Für eine Sekunde bin ich orientierungslos, bis ich sowohl die eingeschaltete Nachttischlampe als auch den Mann auf mir bemerke, der gerade dabei ist, seine Finger in mein Höschen zu schieben. Adrenalin flutet mich und ich versuche ihn abzuwerfen, doch dann erkenne ich, dass es Cain ist, der auf mich heruntergrinst.

„Ich bin's", flüstert er.

„Knnnn Schßßß", brülle ich gegen seine Hand und er zieht sie zurück. Ich stelle meinen Standpunkt in einer angemesseneren Tonlage klar. „Kein Scheiß!"

Lachend beugt er sich runter, um mich zu küssen. „Überraschung."

„Wie bist du reingekommen?" Ich versuche, wütend zu klingen, doch keuche stattdessen lustvoll, da ein Finger sein Ziel findet.

„Dein Schloss war lächerlich einfach mit meinem Führerschein zu knacken." Für einen Moment hält er den Finger in mir still. „Eigentlich wollte ich anklopfen, aber ich konnte dem Überraschungseffekt nicht widerstehen."

„Du hast Glück, dass ich nicht mit einer Waffe unterm Kopfkissen schlafe."

„Habe ich zuerst überprüft." Er winkelt seinen Finger an.

Ich stöhne und hebe das Becken an, sodass Cain erneut lacht, dieses Mal triumphierend.

„Was machst du hier?", frage ich mit erstickter Stimme, da mein Verstand anfängt, sich von mir zu lösen, und stattdessen mein Körper die Kontrolle übernimmt. Das ist klar ersichtlich, da ich mit den Hüften kreise.

„Ich bin hier, um dich kommen zu lassen." Er rollt sich neben mich und stützt sich auf den Ellbogen ab, während seine andere Hand zwischen meinen Beinen verbleibt. Er sieht gelassen aus, absolut entspannt und leicht schelmisch.

„Du müsstest doch arbeiten." Meine Augen rollen förmlich nach hinten, sobald er seinen Finger herauszieht und über meine Klit reibt.

„Halt die Klappe, Sloane." Seine Stimme klingt zwar amüsiert, sein Blick ist jedoch entschlossen. „Lass mich dich zum Höhepunkt bringen, und dann können wir reden."

Okay, wenn ich muss!

Ich schließe die Lider, damit er mit mir tut, was immer er auch will. Mein Verlangen gewinnt die Oberhand über meine Neugierde, warum er nicht auf der Arbeit ist.

***

„Sloane, wach auf."

„Komm schon, Sloane. Es ist an der Zeit aufzustehen."

Ich höre die Stimme, bin aber so warm, gesättigt und übernächtigt, dass ich sie ignoriere. Starke Arme umschlingen mich, doch der süße Schlummer ruft nach mir und zieht mich zu sich. Hände bewegen sich auf mir, gleiten über meine Rippen, zu meiner Brust - *angenehm* -, und ich bin mir unsicher, ob dies real oder ein Traum ist. Ein festes Kneifen meines Nippels, gefolgt von einem harten Drehen und ich schreie vor Schmerz überrascht auf. Ich schnelle aus dem schläfrigen Zustand, geradewegs von der Matratze.

Ich bin verwirrt, als Cain mich zurückpresst und seinen Mund auf die geschundene Brustwarze legt, um sie sanft und lindernd zu lecken. Und heilige Scheiße, fühlt sich das gut an, zusammen mit dem kribbelnden Brennen, das noch immer bemerkbar ist.

Cain hebt den Kopf an und grinst. „Hatte dir gesagt, dass du aufstehen sollst."

„Das hat wehgetan", jammere ich leise und betaste meinen wunden Nippel.

„Ich weiß." Seine Augen haben einen triumphierenden Glanz. „Aber du mochtest es. Gib es zu."

„Nein", sage ich launisch, allerdings steckt da nicht viel dahinter, da es sich verdammt geil angefühlt hat.

„Doch."

„Nein."

Seine Hand umklammert mein Handgelenk und zerrt mich aus dem Bett, sodass mir vom abrupten Wechsel der Kopf schwirrt. „Geh duschen. Ich nehme dich heute mit zur *Double J.*"

„Was?", frage ich verwirrt. Ich stolpere, als er mich aus dem Schlafzimmer und den Flur hinunterzieht.

„Die Ranch von meinem Freund Woolf. Ich muss dort ein paar Arbeiten erledigen, und ich will, dass du mich begleitest, da ich auch Zeit habe, mit dir auszureiten."

„Warte … Ich kann nicht." Ich stemme mich gegen seinen Griff, jedoch macht das keinen Unterschied und er befördert mich ins Badezimmer. „Ich muss um zehn auf der Arbeit sein."

„Dann melde dich krank." Er stellt die Dusche an.

„Aber ich bin nicht krank!"

Da wir beide nackt in dem kleinen Raum stehen, bin ich mir seiner unwiderstehlichen Sexualität bewusst. Ich zwinge mich dazu, den Blickkontakt beizubehalten und nicht auf seinen Schwanz zu starren, der gestern Nacht eine Menge Zeit zwischen meinen Beinen verbracht hat. Nachdem ich über den Schock seines Einbruchs hinweggekommen bin, habe ich mich sofort seinem sündhaften Vorgehen unterworfen. Er hat mich mit seinen Fingern kommen lassen. Danach war ich so fertig, dass wir uns nicht unterhalten haben. Stattdessen hat er mich zu seinem Vergnügen bespielt. Das beinhaltete einen etwas größeren Buttplug, auf den er bestanden hat. „Es wird sich fantastisch anfühlen, wenn ich dich von hinten ficke."

Allein bei dem Gedanken daran erröte ich, da es sich anders als alles Bisherige angefühlt hat. Jeder Stoß in meinen Körper hat das Toy in mir bewegt, sodass es all die Nerven aktiviert hat, von deren Existenz ich vor Cain Bonham keine Ahnung hatte.

„Hmmmmm", brummt Cain tief in seiner Kehle, als er an mich herantritt. „Woran denkst du? Dein Gesicht ist rot angelaufen."

„Nichts Besonderes." Ich räuspere mich. „Nur die Arbeit …"

Er kommt noch näher, und ich fühle, dass seine Erektion meinen Bauch streift.

Ich werde nicht nach unten sehen.

Ich werde nicht nach unten sehen.

Ich werde nicht nach unten sehen.

Cain packt urplötzlich meine Hand und zieht sie zu sich. Genau zu seinem Schwanz. Er drapiert meine Finger darum und zwingt mich, ihn hart zu pressen. Er stöhnt und bewegt unsere Hände rauf und runter. Seine Lider flattern zu und er lässt mich los. „Ja, genau so, Sloane."

Sofort blicke ich nach unten, und meine Hand sieht so zart aus, wie sie seine Länge umfasst. Ich drücke fester zu und erhöhe die Geschwindigkeit der Stimulation, fasziniert von der Flüssigkeit, die aus der Spitze kommt, meine Finger benetzt und seine Haut geschmeidig macht. Ein Prickeln bricht überall auf meinem Körper aus, als ich dem sexy Mann einen runterhole. Ich will ihm dabei zusehen, wie er abspritzt, will, dass sein Samen warm meinen Bauch trifft und er währenddessen laut stöhnt.

„Nimm dir heute frei", sagt er mit heiserer Stimme. Seine Hand liegt wieder auf meiner. Er fasst hart zu und stoppt meine Bewegungen, sodass ich absolut stillhalte. Sein Geschlecht zuckt, doch er ignoriert es.

Hastig schaue ich ihn an. Trotz des Verlangens in den Tiefen seiner Augen erkenne ich dort auch etwas anderes. Fast ein Bedürfnis, das nicht durch meine Berührungen gestillt werden kann. Meine Arbeitsmoral ist sehr hoch. Obwohl der Job nur meiner Tarnung dient, mag ich es dennoch nicht, jemanden im Stich zu lassen. Noch nie in meinem Leben habe ich mich krankgemeldet, sofern ich es nicht war. Aber als Cain mich eindringlich ansieht, mich um irgendwas anfleht, von dem ich mir nicht einmal sicher bin, was es ist, und er vermutlich ebenfalls nicht, ändert sich was in mir. Bis jetzt konnte ich nicht festlegen, was genau zwischen Cain und mir vorgeht, da es bis zu diesem Moment eigentlich nur um Sex ging. Doch nun verändert es sich, und ich muss eine Entscheidung treffen, wie ich damit umgehen soll.

Wenn ich zustimme, könnte ich die Anstellung beim Lederwarengeschäft verlieren. Letztlich wäre das kein Problem, da die Zeitschrift alle Ausgaben zahlt. Ich würde einen zusätzlichen Nutzen daraus ziehen, da ich wahrscheinlich einen festeren Stand in Cain Bonhams Welt bekommen würde. Den brauche ich, um den Job zu erfüllen, den Brant von mir verlangt. Allem Anschein nach scheint das die beste Vorgehensweise für meinen Undercover-Einsatz zu sein. Das ist jedoch der Teil, der Zweifel in mir verursacht. Ich will nicht den Tag mit Cain verbringen, bloß um herauszufinden, wie ich ihn benutzen kann. Ich will ihn besser kennenlernen, seine Lebensgeschichte erfahren und eine Verbindung zu ihm aufbauen, die nicht nur auf Sex beruht. Da er mich eingeladen hat, vermute ich, dass er das auch möchte.

„Warum tust du das?", flüstere ich plötzlich. Wenn ich rauskriegen will, was ich machen soll, muss ich seine Beweggründe kennen.

„Was tu ich?", fragt er überrascht.

„Mich bitten, den Tag mit dir zu verbringen." Ich höre mich leicht skeptisch an. „Ich dachte, dass wir etwas rein Sexuelles miteinander haben."

„Wer sagt, dass ich dich nicht auf der *Double J* ficken werde?" Er lächelt mich verschmitzt an.

„Weil das hier nur Sex ist, richtig?" Er soll es bestätigen, und ich schließe mich seiner Belustigung nicht an.

Das Lächeln verschwindet von Cains Gesicht und seine Augen nehmen einen ernsten Ausdruck an. Er schlägt meine Hand von seinem Geschlecht, rückt näher heran und beugt sich zu mir herunter, um den Größenunterschied zwischen uns auszugleichen. „Nicht nur Sex, Sloane. Verfluchter genialer Sex. Umwerfender Sex. Du kannst mir glauben, wenn ich dir sage, dass ich zurückkommen werde, um mehr davon zu bekommen.“

Sofort schmerzt mein Herz, dass er nicht die Verbindung fühlt, die ich mir zusammengesponnen habe. Doch dann breitet sich Erleichterung in mir aus, da ich mich einfach nur auf den Job konzentrieren und Cain zu meinem Vorteil benutzen kann.

Allerdings versetzt er mir einen weiteren heftigen Stich, als er kurz meinen Mund mit seinem berührt. „Darum geht es heute nicht. Ich dachte, dass du mehr von Wyoming sehen möchtest, und dazu gibt es keinen schöneren Ort als die *Double J*. Ich muss nur schnell einige Dinge für Woolf erledigen und dann können wir ausreiten.“

Scheiße!

Verdammte Scheiße! Verdammte Scheiße!

Ich hatte zwar bereits vorher Zweifel, doch sobald er die Worte sagt, erkenne ich, dass an Cain Bonham mehr dran ist als lediglich unglaubliche Orgasmen. Ich weiß, dass von meiner Seite aus ein paar ganz erhebliche Gefühle mit von der Partie sind. Andernfalls würde die Aufregung darüber, Zeit mit diesem komplexen Mann zu verbringen, nicht derart in Konflikt damit stehen, wie sehr ich ihn schlussendlich benutzen werde.

Kapitel 13

Cain

„Du bist unglaublich still“, sage ich, als unsere Pferde nebeneinander hertrotten.

Sloane dreht mir das hübsche Gesicht zu, von dem ich immer denke, dass es auf eine süße Weise unschuldig ist, und lächelt mich so breit an, dass es beinahe wehtut. Diese beiden Grübchen bezaubern mich, da sie die eigenartigsten Dinge mit mir anstellen, sodass ich genauso zurücklächeln möchte.

„Es ist einfach so wunderschön.“ Sie schaut zur Teton-Gebirgskette. „Ich meine … Die Berge in Tennessee sind schön, aber das hier ist unvergleichlich.“

Das ist wohl wahr. An diesem herrlichen Sommertag ist die Farbenpracht auf den Bergen atemberaubend. Dunkelgrünes Gras und Bäume, blaue Felsformationen aus Schiefer und schneeweiße Gipfel. Ich werde es nie leid.

Sloane hat in der Scheune herumgehangen, während ich ein paar kleinere Reparaturen an den Stalltüren gemacht haben. Sie waren zwar nicht dringend, aber Woolf versorgt mich immer mit Arbeit, wenn er es kann, und ich bin sehr dankbar dafür. Ich habe nur eine Stunde gebraucht und dann zwei Pferde gesattelt. Da Sloane eine unerfahrene Reiterin ist, habe ich sie auf das fetteste Tier in Woolfs Bestand gesetzt und ihr versichert, dass es sich nicht schneller als eine Schnecke bewegen würde. Zuerst war sie nervös, doch sobald sie erkannt hat, dass es nur ein entspannter Ritt über ein paar ausgetretene Pfade ist, hat sie sich dem Zauber der Landschaft ergeben. Ich glaube, sie hat sogar vergessen, dass sie auf einem Pferd sitzt, obwohl sie sich an dem Sattelhorn festklammert, als würde ihr Leben davon abhängen.

„Du bist also so etwas wie ein Cowboy?“, fragt sie unvermittelt und starrt noch immer die Berge an.

„Die *Double J* beschäftigt eine Menge Leute. Ich habe während der Highschool hier gearbeitet und in Teilzeit zwischen anderen Jobs."

„Und du warst bei den Marines?"

„Das Tattoo ist ziemlich eindeutig." Ich lächele.

„Wenn du auf mir bist, starrt es mich sozusagen an", sagt sie steif, sodass mein Lächeln sich in ein richtiges Lachen verwandelt.

Sie hat allerdings recht damit. Ich war achtzehn, hatte gerade das Boot Camp bestanden, und dann haben meine Kumpels und ich in einem Moment der absoluten Dummheit beschlossen, uns tätowieren zu lassen, um zu zeigen, dass wir stolz sind, Marines zu sein. Meine Entscheidung fiel auf einen Devil Dog auf dem rechten Brustmuskel. Eine tough aussehende Bulldogge mit einem erheblichen Unterbiss und einem Marine-Corps-Halsband um den dicken Hals. Sie starrt wütend von meiner Brust mit den darunter gestochenen Buchstaben U.S.M.C in Rot und Gold.

„Ich hatte mich für sechs Jahre verpflichtet und gebe zu, dass das Tattoo ein Fehler war."

„Was hast du bei den Marines gemacht?"

„Infanterie", sage ich vereinfachend. „Deswegen bin ich wieder in Wyoming gelandet, nachdem meine Zeit dort zu Ende war. Es gibt nicht viele umsetzbare Fähigkeiten, die man beim MOS lernt."

„MOS?"

Ich ziehe leicht an den Zügeln, um mein Pferd näher an ihres zu lenken. „*Military Occupational Speciality*. Ich war ein *MOS 0351 Infantry Assaultman* und habe hauptsächlich eine Panzerabwehrwaffe bedient."

„Warst du in Afghanistan?" Sie sieht mich mit ernüchterter Neugierde an.

„Zweimal."

„Hast du da die Narbe her?"

Erstaunt starre ich sie an. Keine Frau, mit der ich bisher zusammen gewesen bin, hat mir je diese Frage gestellt. Zugegeben … Es ist Ewigkeiten her, dass ich ein Date hatte. Meistens habe ich sie nur hart im *Silo* gefickt, und dort gibt es keine Gelegenheiten für Fragen. Doch die direkte Weise, in der sie es getan hat, erwischt mich unvorbereitet. Es ist keine morbide Neugierde, stattdessen möchte sie mich besser kennenlernen. In ihrem Blick erkenne ich die Richtigkeit meiner Annahme, da sie mir weiterhin in die Augen sieht.

Ich schüttele den Kopf. „Ich befürchte, die Story ist nicht ganz so glamourös. Ich habe drüben in Idaho in einer Bar gearbeitet. Ein eifersüchtiger Mann kam rein, auf der Suche nach seiner Ehefrau. Er hat versucht, sie an den Haaren rauszuschleifen. Ich hatte etwas dagegen, und er hatte etwas dagegen, dass ich etwas dagegen hatte. Hat mich mit einer zerschlagenen Bierflasche erwischt."

„Heilige Scheiße!" Ihr Mund steht offen. „Wurde er verhaftet?"

„Nö." Ich grinse schadenfroh. „Aber danach habe ich ihm gehörig in den Arsch getreten. Mit dem Resultat war ich höchst zufrieden."

„Du bist so krass", sagt sie mit einem Glucksen.

Fuck! Ich liebe das Geräusch. So jung, so sorglos, dass ich das Kichern in ein lustvolles Stöhnen verwandeln möchte. Allerdings wird das hier draußen wahrscheinlich nicht geschehen, daher ziele ich auf ein Erröten ab.

„Weißt du, was ich hätte machen sollen?" Ich greife dicht am Zaum nach den Zügeln ihres Pferdes, damit ich es anhalten kann.

Sie dreht sich mir zu, wobei sie sich immer noch am Sattelhorn festklammert. „Was denn?"

„Ehe ich dich auf das Pferd gesetzt habe, hätte ich dir den Analplug reinschieben sollen. Du kannst dir nicht vorstellen, wie gut sich das bei jeder Bewegung angefühlt hätte."

Sie wird knallrot und ich grinse sie deswegen an. Heftig schüttelt sie den Kopf. „Auf keinen Fall. Das hätte ich dir nicht erlaubt."

„Hättest du doch", sage ich selbstsicher.

„Hätte ich nicht."

„Sollte ich dich jetzt vom Pferd ziehen, um dich auf die Wildblumen zu werfen, würdest du zulassen, dass ich dich ficke.“ Ich nicke Richtung Boden, in der Hoffnung, dass sie noch mehr errötet.

„Das wird nicht passieren“, sagt sie nachdrücklich. „Wir sind im Freien. Jeder könnte uns sehen.“

„Hier ist weit und breit keine Menschenseele.“

„Elche könnten uns beobachten oder ein Bär könnte sich anschleichen.“

Ich zwinkere ihr zu. „Da hast du nicht ganz Unrecht. Ich glaube, einen Bären oder Elch könnte ich nicht abwehren.“

Nachdem ich die Zügel ihres Pferdes losgelassen habe, mache ich ein schnalzendes Geräusch und treibe meins mit den Absätzen an, damit es sich in Bewegung setzt. Da ihres nicht nur fett ist, sondern auch ein schlichtes Gemüt hat, folgt es automatisch.

„Dienstagabend habe ich frei“, sage ich aus dem Nichts, hoffend, dass es beiläufig klingt. „Interesse daran, mit mir abzuhängen?“

„So wie bei einem Date?“, fragt sie mit aufgerissenen Augen.

Hmmm. Bin mir unsicher, ob das Arrangieren von mehreren Männern, die sie als Überraschung vögeln sollen, als ein Date durchgeht. Aber warum eigentlich nicht? „Ja, so was in der Art.“

„Hört sich toll an.“ Ihr Lächeln mit den Grübchen taucht wieder auf.

Fuck! Die bringen mich noch um.

„Du arbeitest ganz schön viel“, sagt sie nachdenklich. „Ist das bei dir immer so?“

„Meistens.“ Ich mustere die Umgebung und halte Ausschau nach einer Stelle, an der wir eine längere Pause machen können. Sie behauptet, dass ich sie hier draußen nicht ficken darf, doch ich wette, dass ich ihre Meinung ändern kann. Und das ist eigentlich allein ihre Schuld, wenn sie mir ständig diese Grübchen zeigt.

Ich bringe mein Pferd zum Stehen, steige ab und lasse die Zügel auf den Boden fallen, da ich weiß, dass das Tier nicht wegläuft. Anschließend reiche ich Sloane die Hand, um ihr herunterzuhelfen.

„Warum halten wir an?“ Unsicher schaut sie mich an, wobei sie noch immer das Sattelhorn umklammert und die Zügel einklemmt.

Verflucht entzückend!

„Die Pferde brauchen eine Pause“, lüge ich frei heraus.

Sie akzeptiert das Gesagte und löst ihren Griff. Sloane schwingt ein Bein über den Sattel, ignoriert meine Hilfe und beginnt abzusteigen. Doch ich umfasse ihre Taille und stelle sie vorsichtig auf den Boden.

„Danke.“ Sie streicht ihr Haar hinter die Ohren. Mir ist aufgefallen, dass dies eine nervöse Handlung von ihr ist, und mir gefällt, dass ich sie irritiere.

Ich fasse nach den Zügeln von beiden Pferden und führe sie auf ein Gestrüpp zu, das dicht am Pfad wächst. Dort werfe ich die Zügel über ein paar Äste und nehme eine aufgerollte Satteldecke, die ich anschließend ausschüttele.

Der Weg, dem wir gefolgt sind, ist auf einer Seite mit Wacholder, Birken und Pinien bewachsen, und auf der anderen Seite grenzt eine große, flache Weide an. Ungefähr einen Kilometer entfernt würden wir auf den Snake River treffen. Ich habe diesen Weg nicht nur gewählt, da er an der Gebirgskette entlangläuft, um Sloane mit der Aussicht zu beeindrucken, sondern hauptsächlich, da es hier kein Vieh von der Ranch gibt, und daher auch keine Cowboys.

Ich fische zwei Flaschen Wasser aus den Satteltaschen. „Folge mir.“ Ich habe zwei Möglichkeiten zur Auswahl. Entweder kann ich die Decke auf dem Gras ausbreiten oder in den Wald gehen, um einen Fleck zu suchen, auf dem nicht zu viel Grünabfall herumliegt. Zwischen den Bäumen wäre ideal, da das mehr Privatsphäre bietet und somit hoffentlich ihre Hemmungen lockert. Da ich Herausforderungen liebe, wähle ich jedoch die Weide. Außerdem gibt es nichts Besseres, als auf einem Feld unter einem strahlend blauen Himmel zu vögeln. Ich finde einen schönen Platz, der circa sieben Meter vom Pfad entfernt ist, und breite die Decke dort aus. Das Gras ist ziemlich karg und Ansammlungen von Salbeisträuchern versüßen die ohnehin reine Luft. Ich setze mich, strecke die Beine aus und deute neben mich.

„Entspann dich, Rechter Haken."

Sie lacht leise und lässt sich neben mich plumpsen. Dann schlägt sie die Beine übereinander, pflückt etwas Salbei ab und hält ihn an ihre Nase. Tief atmet sie ein. „Mhmmm. Das riecht gut."

„Ich werde den Geruch nie leid." Damit die Sonne mein Gesicht wärmen kann, neige ich den Kopf nach hinten. Da ich meinen Cowboyhut nicht bei mir hatte und mein Haus zu weit weg ist, um kurz dort vorbeizufahren, habe ich mit einer Baseballmütze vorliebgenommen, die ich im Handschuhfach hatte. Glücklicherweise ist die Sonne heute nicht zu brutal. Dennoch werde ich Sloane nicht zu lange hier draußen lassen, da ihre empfindliche Haut von der blassen Sorte ist.

„Also, warum arbeitest du so hart?" Ihre Stimme reißt mich aus den Gedanken. „Du arbeitest Vollzeit und packst deine Freizeit mit zusätzlichen Jobs voll. Auf mich wirkt das, als ob du ein Ziel verfolgst."

„Jetzt habe ich mir doch freigenommen, oder nicht?", sage ich zwinkernd und lehne mich zu ihr. Ich lege eine Hand auf ihren Oberschenkel und neige den Kopf, um sie zu küssen.

Sie weicht jedoch nach hinten aus und presst ihre Hände auf meinen Brustkorb. „Ernsthaft! Warum arbeitest du so viel?"

Seufzend drücke ich ihr Bein und lege mich rücklings auf die Decke. Mit den Füßen auf dem Boden, den Händen auf dem Bauch starre ich in den blauen Himmel mit den weißen Wolken. Es dauert nur eine Sekunde, bis Sloane die gleiche Position einnimmt.

„Ich war verheiratet." Das hört sich simpel an, aber an dieser Geschichte ist nichts Simples und ich habe sie noch nicht oft erzählt. „Vor fünf Jahren. Meine Frau hatte einige Abhängigkeiten. Meistens Kokain, da sie es liebte zu feiern. Doch sie frönte auch ihrer Shoppingsucht und hat ihre Kreditkarten mit fünfzigtausend Dollar überzogen, die ich jetzt begleichen muss."

Sloane hebt den Kopf und dreht sich auf die Seite, damit sie mich ansehen kann. Ich wende ihr nur das Gesicht zu. Ihre Stirn ist gerunzelt. „Aber werden die Schulden nicht nach einer Scheidung aufgeteilt? Warum musst du alles übernehmen?"

„Weil wir nicht geschieden sind." Schockiert weiten sich ihre Augen, sodass ich sie schnell aufkläre. „Sie ist tot. Das ist ungefähr drei Jahre her und die Karten waren auf uns beide ausgestellt."

Sloane berührt meinen Brustkorb und ihr Gesicht drückt ihre Bestürzung aus. „Das tut mir so leid."

„Mir nicht", sage ich in einem kühlen Ton, als ich mich aufsetze und Sloanes Hand herunterfällt. Verwirrt und besorgt knabbert sie auf ihrer Unterlippe herum. „Ich bin froh, dass sie tot ist. Sie hat es nicht verdient zu leben.

Sloane zuckt zurück und sieht mich befremdet an, als könnte sie nicht glauben, dass ich so etwas Grausames von mir geben konnte. Sie öffnet den Mund, schließt ihn genauso schnell wieder, und in dieser Sekunde erkenne ich in ihren Augen, dass sie anfängt, sich von mir zurückzuziehen.

Das geht einfach nicht! Ich habe ihr die Wahrheit gesagt, jedoch nicht alles. Ich bin allerdings nicht bereit, noch etwas an die zerstörerische Kraft zu verlieren, die alles umgibt, was Rachel Bonham anbelangt. Ich umfasse ihre Hand mit meiner und halte sie fest, ehe sie sich weiter von mir entfernen kann.

„Sie hat unser Kind getötet", sage ich harsch. Ich weiß, das ist ein bisschen dramatisch, doch ich will, dass Sloane versteht, dass es ungeachtet der Drogen, Täuschungen und astronomischen Rechnungen, die ich mir nicht leisten konnte, nur einen wirklichen Grund gibt, warum ich froh bin, dass sie tot ist.

„Was?“ Sloane geht auf die Knie und bewegt sich langsam auf mich zu, wobei sie sehr besorgt dreinschaut.

Ich atme tief ein, abgehackt wieder aus und erzähle ihr, was bloß wenige Menschen über mich wissen. „Sie war in der zwölften Woche schwanger. Ich hatte keine Ahnung und sie hat das Baby hinter meinem Rücken abgetrieben. Das habe ich auf einer verfickten Kreditkartenabrechnung entdeckt.“

Bestürzt keucht sie auf und flüstert: „Diese Bitch! Diese bösartige Bitch!“

„Sie stand unter Drogen, und ich bin mir nicht sicher, ob es sie überhaupt interessiert hat, was sie gemacht hat. Drei Wochen später ist sie an einer Überdosis gestorben.“

„Darüber bin ich froh“, sagt Sloane, doch ich weiß, dass sie das nicht wirklich so meint. Sie kennt weder Rachel noch mich. So abscheulich mein Leben auch gewesen ist und sosehr Sloane mitfühlt, kann ich dennoch sagen, dass sie ein weiches Herz hat und niemandem den Tod wünscht. Ich wünschte, ich könnte ebenso verzeihen, aber sich an den Schmerz und das Elend zu erinnern, ist gut für mich. Es hilft dabei, alle auf Abstand zu halten, damit ich nie wieder auf so einen Scheiß reinfalle.

Manch einer würde mich in der momentanen Situation kopfschüttelnd und amüsiert ansehen, da ich auf einer sonnigen Weide mit einem hübschen Mädchen sitze. Allerdings irren sie sich, wenn sie glauben, dass ich Sloane verfalle. Nein, ich mag es, Sex mit ihr zu haben. Sie ist cool und so. Es macht Spaß, mit ihr abzuhängen, aber das ist alles. Es geht nur um schmutzigen Sex mit einem engelsgleichen Mädchen. Sobald ich sie beschmutzt habe, lasse ich sie laufen, dessen bin ich mir sicher.

Kapitel 14

Sloane

„Wohin gehen wir?“, habe ich Cain gefragt, als er bei meiner Wohnung aufgetaucht ist, um mich für unser Date abzuholen. Ich war mir nicht sicher, was ich anziehen sollte, da ich außer der kurzen Textnachricht: *‚Ich hole dich um 20 Uhr ab‘* seit unserer Zeit auf der *Double J* nichts mehr von ihm gehört habe.

Seine Antwort?

Er hielt lediglich einen schwarzen Seidenschal hoch und sagte: „Es ist eine Überraschung.“

In der Sekunde hat ein Adrenalinstoß meinen Körper geflutet, gemischt mit Angst und Erregung, da ich vermutete, dass Cain mich in den Sexclub bringt. Bereitwillig habe ich es zugelassen, dass er mir mit dem Schal die Augen verbindet, um mich in absolute Dunkelheit zu hüllen. Er küsste mich und flüsterte: „Ich hoffe, dass es dir gefällt.“

Und das war das Letzte, das er zu mir gesagt hat. Er hat mich zu seinem Truck gebracht, mir hineingeholfen und den Sicherheitsgurt geschlossen. Ungeachtet meiner Fragen und meines nervösen Plapperns blieb er stumm. Absichtlich ignorierte er mich, und das hat sowohl die Furcht als auch die Erregung zu einem beinahe schmerzhaften Krampf der Anspannung in meinem Bauch und zwischen meinen Beinen gesteigert. Ich habe keine Ahnung, wie lange es gedauert hat, bis wir unser Ziel erreicht haben. Mein Verstand überschlug sich mit all den Möglichkeiten, während ich in absoluter Stille, Dunkelheit und Spannung gefangen war. Daher habe ich die Umgebung völlig ausgeblendet.

„Wir sind da.“ Seine tiefe Stimme unterbricht die Lautlosigkeit wie ein Peitschenknall. Ich zucke zusammen und fasse an den Schal.

„Nimm ihn nicht ab“, befiehlt er mir. „Noch nicht.“

Ich lasse die Hand fallen und höre, dass er aussteigt. Ein paar Sekunden später öffnet sich die Beifahrertür und kühle Luft berührt mich. Ich löse den Gurt. Der Wetterbericht hat Temperaturen um die zwölf Grad Celsius vorausgesagt. Da ich nicht wusste, ob legere oder elegante Kleidung erforderlich ist, habe ich ein Outfit gewählt, das dazwischenliegt: einen mitgrünen Tellerrock, der bis zur Mitte meiner Oberschenkel reicht, an der Taille plissiert ist und dann weiter wird. Ich habe ihn mit einem engen Rollkragenpullover, Strumpfhosen und hochhackigen Stiefeletten, alles in Schwarz, kombiniert.

Ein Schal mit einem Leoprint um meinen Hals, silberne Kreolen und ein Hauch von Mascara sind die einzigen Accessoires. Ich sehe ziemlich süß aus, etwas, von dem ich glaube, dass es Cain anmacht. Doch die High Heels fügen genügend Sex-Appeal hinzu, damit er nicht die andere Seite vergisst, die er aus mir rausgekitzelt hat.

Cain packt meine Taille und hebt mich raus. Als meine Füße auf den Boden treffen, spüre ich festgetretene Erde. Cain legt mir eine Hand auf den unteren Rücken, umfasst mit der anderen meine und führt mich zum großen Unbekannten. Mein Herz flattert mir wild in der Brust, schlägt schneller und schneller, während er mich zu etwas bringt, von dem ich mir sicher bin, dass es meine Welt für immer verändern wird. Es geht drei Stufen hinauf, die hohl klingen und knarren, als wir auf sie treten, sodass ich vermute, dass sie aus Holz sind. Vier weitere, dann eine Pause, in der ich höre, dass Cain einen Türknauf dreht.

Ist das hier der Sexclub?

Wir gehen hinein und die Luft fühlt sich wärmer an. Die Tür fällt hinter uns ins Schloss. Ich bin ein wenig desorientiert, da ich mit der Geräuschkulisse eines Sexclubs gerechnet habe: Stimmen, möglicherweise Musik und Stöhnen. Ich hatte sehr viel Stöhnen erwartet. Stattdessen kämpfen meine Ohren mit der Stille, und zusammen mit der Dunkelheit lässt dies meinen Puls unkontrolliert rasen.

Cain stellt sich dicht neben mich, das weiß ich, da ich ihn riechen kann und sich die Luft um mich herum ändert. Er zieht mir die Binde vom Kopf.

Ich blinzele mehrere Male gegen das grelle Licht an, bis ich etwas wie ein großes Wohnzimmer erkenne. Zu meiner Rechten befindet sich eine Couch, über der ein gerahmtes Bild hängt. Verwirrt sehe ich Cain an, doch dann weckt ein raschelndes Geräusch meine Aufmerksamkeit. Ich schaue an Cain vorbei und entdecke einen Mann, der lässig an der Wand neben einem dunklen Flur lehnt. Mit über dem massiven Brustkorb verschränkten Armen steht er da. Sein dunkelbraunes Haar ist länger und unordentlich, seine Augen sind whiskeyfarben. Er ist beeindruckend, aber es ist das dünne, weiße Seil in seiner Hand, das mich unvorbereitet trifft.

Ein leises Husten lässt mich herumwirbeln.

Zwei Männer stehen dort und beide starren mich an, weder unfreundlich noch lächelnd. Doch einer von ihnen wirkt amüsiert. Sie sind groß, nett gebaut und äußerst gutaussehend. Der Blonde trägt sein Haar an den Seiten rasiert, aber oben lang, sodass es ihm beinahe bis zum Kinn reicht. Er hat einen dichten Bart und ein Augenbrauenpiercing. Der andere hat dunkles kurzes Haar, seine Augen sind fast ebenso dunkel und er hat einen Kinnbart, der volle Lippen umrahmt. Er fasst sich zwischen die Beine und reibt sich, während er mich mustert, und wow, einfach … wow.

„Sloane“, sagt Cain leise.

Ich schnelle zu ihm herum, wobei ich mich fühle, als ob mir das Herz gleich aus der Brust springt. Er umfasst sanft mein Gesicht, sodass ich mich auf ihn konzentriere. „Das hier ist für dich. Deine Fantasie.“

„Aber …“, fange ich an zu fragen.

So viele Fragen.

Wo sind wir?

Wer sind diese Männer?

Was werden sie mir antun?

Werde ich vor Lust sterben?

Oder ist das ein schrecklicher, schrecklicher Fehler?

„Kein Aber“, unterbricht er mich. „Ich will bloß wissen, ob du dabei bist oder nicht. Ich verspreche dir, dass man dir nicht wehtun wird. Ich verspreche dir, dass es phänomenal wird und du immer wieder kommen wirst. Wenn du mitmachen willst, dann fangen wir an und du kannst uns nur durch ein Safeword stoppen, okay?“

„Ein Safeword?“, murmele ich, wobei ich mich fühle, als würden meine Gedanken im Schlamm ertrinken.

„Du sagst es und wir hören sofort auf. Normalerweise ist es dazu da, um den Einsatz von Schmerz zu stoppen, falls er zu viel wird. Doch das wird hier nicht geschehen. Du erinnerst dich daran, dass ich dir gesagt habe, dass du nicht für einen Gangbang gemacht bist? Wir ändern das Szenario. Schenken dir eine softere Version, okay? Aber wenn es dich überfordert, zu intensiv wird, sagst du das Wort und wir hören auf. Du kannst allerdings nicht das Wort ‚Stopp‘ auswählen, da wir es ignorieren werden. Ich erwarte, dass du es des Öfteren stammeln wirst, wenn die Dinge heftig werden. Also wähle es mit Bedacht.“

Mir dreht sich der Kopf, als ich versuche, die drei Männer im Blick zu behalten und herauszufinden, ob es noch mehr gibt.

„Wer sind diese Kerle? Wo sind wir?“, will ich wissen, hauptsächlich, um mich zu erden, aber auch, weil ich durcheinander bin. Sind wir in dem Haus von irgendjemandem? Das hier ist kein Sexclub.

„Das Einzige, was du zu wissen brauchst, ist, dass das hier Privatgrund ist und dass ich mit den Jungs arbeite und ihnen vertraue.“

Ich luge auf den großen Mann mit dem Seil hinter Cain. Er wirkt etwas beängstigend mit seiner eindringlichen Ausstrahlung. „Wirst du mich vorst…?“

„Sloane“, sagt Cain fest, sodass mein Blick auf ihn rammt. „Das hier ist keine gesellige Runde. Du wirst von Fremden gefickt werden, und von mir natürlich. Es ist unnötig, sie kennenzulernen. Sie werden mit dir tun, was immer sie auch wollen. Schließlich gehört das zu deiner Fantasie, nicht wahr?“

„Aber du machst doch mit?“

Verständnisvoll lächelt er mich an. „Das würde ich für nichts auf der Welt verpassen.“

„Und … ähm … Ich glaube, ich bin nicht bereit für …“ Ich verstumme beschämt, da mir bewusst wird, dass die Männer uns zuhören.

„Keine Schwänze in deinem Arsch in der heutigen Nacht“, versichert Cain mir mit einem Schmunzeln. „Ich habe ihnen vorab mitgeteilt, dass er allein mir gehört. Jedoch bedeutet das nicht, dass es keine anderen Dinge gibt, die sich nicht ihren Weg dort hinein suchen.“

Seine Worte verursachen ein starkes Zittern. Cain ist amüsiert und das ändert seine Augenfarbe. Sie werden dunkler, da das Grün verschwindet und das Braun in den Vordergrund tritt.

Nun ist die Stunde der Wahrheit gekommen. Ich kann ein großes Mädchen sein, mir einreden, dass das alles hier förderlich für meine Karriere ist, damit ich an bessere Informationen herankomme. Ich versuche, mich davon zu überzeugen, dass ich, falls ich es durchziehe, Cain beweise, wie sehr ich es liebe – sogar, wenn ich es vortäuschen muss –, sodass er mich in den Club einladen wird. Ich wecke weiterhin sein Interesse an meiner abenteuerlustigen Unschuld, schlängele mich rein und finde dann genau, was ich brauche, um den Artikel zu schreiben.

Oder ich kann ehrlich zu mir selbst sein, dass ich das möglicherweise aus anderen Gründen mache. Vielleicht, weil ich etwas bei Cain fühle, das ich vorher noch nie gefühlt habe. Etwas ist in mir erwacht und es scheint nach mehr zu betteln. Und wenn ich es zugebe, was bedeutet das für Cain und mich? Sobald das hier aus und vorbei ist, wird er mich dann immer noch auf dieselbe Weise ansehen? Falls nicht, wird es gesteigertes Verlangen oder Abscheu sein?

Das beunruhigt mich.

„Cain", wispere ich und lehne mich zu ihm, bis ich mich mit den Händen an seiner Brust abstütze, unsere Gesichter nah beieinander. „Was ist mit uns?"

„Was mit uns ist?", fragt er leise, während er mir in die Augen sieht und um Klarstellung bittet.

„Nun ... Was fühlst du wegen anderen Männer mit mir? Ich meine, eher friert die Hölle zu, als dass ich dir das mit vier Mädchen erlaube. Das alles ergibt keinen Sinn für mich."

Verständnis füllt seine Augen und sie erhellen sich ein wenig. Er lächelt mitfühlend und küsst mich sanft. „Sloane, diese Fantasie von dir macht mich verflucht an. Nur daran zu denken, und dir dabei zuzusehen, wie du befriedigt wirst ... Seitdem du mir davon erzählt hast, bin ich von dieser Vorstellung besessen. Glaub mir, das hier ist genauso für mich wie für dich. Du hast dir bestimmt schon zusammengereimt, dass meine Vorlieben eher auf der kinky Seite liegen, nicht wahr?"

Ich nicke, da ich genau das vermutet habe.

Allerdings habe ich keine Ahnung, ob dieses Szenario Cain wirklich anmacht oder unsere Beziehung beendet. Ich muss ihm vertrauen, wenn er behauptet, dass er das hier locker nimmt, und auch seinem Versprechen, dass man mir nicht wehtun wird. Ich lege mein Leben und einen Teil meiner Seele in seine Hände, denn diese Erfahrung wird mich verändern. Daran gibt es keinen Zweifel. Ich atme tief ein und gebe ihm die Erlaubnis, dass das Spiel beginnen kann. „Mein Safeword ist Tennessee."

Sein Mund kracht auf meinen, und er küsst mich leidenschaftlich und besitzergreifend, während er mein Kinn festhält und seinen Körper an meinen presst. Mir wird schwindlig, und ich versuche, seine Arme zu umklammern, doch er zieht sich zurück und lässt mich los. Dann tritt er einen Schritt nach hinten und zur Seite, sodass der Mann mit dem Seil ganz erkennbar ist. Er sieht wirklich großartig aus, sowohl sein Body als auch sein Gesicht. Außerdem ist er größer als Cain und die beiden anderen Kerle. Muskeln wölben sich unter einem engen dunkelblauen T-Shirt und ausgeblichenen Jeans. Sein Blick ist auf mich gerichtet, sobald er auf mich zuschlendert, wobei er mit einer Hand das Seil hält und mit der anderen die seidig aussehenden Fasern streichelt.

„Zieht sie aus", sagt er mit einer rauen Stimme, die so befehlsgewohnt ist, dass ich beinahe selbst an meinen Kleidern ziehe. Doch dann sind überall Hände auf mir. Cain steht vor mir, die beiden Männer hinter mir und sie entkleiden mich rasch. In dem Moment, als mein Höschen über meine Beine rutscht, habe ich einen kurzen panischen Augenblick, da ich nackt vor drei Fremden und Cain stehe, den ich erst seit ein paar Tagen kenne.

„Cain", sagt der große Mann, als er das Seil auf den Boden fallen lässt, ohne ein einziges Mal seine Aufmerksamkeit von mir zu lösen. „Mach, dass sie richtig schnell kommt. Lasst sie uns ein wenig auflockern."

Es überrascht mich, dass Cain weder widerspricht noch zögert, sondern vor mir auf die Knie fällt und dann die Außenseiten meiner Oberschenkel streichelt. Er sieht zu mir hoch. Dunkle Wimpern rahmen seine Augen, die jetzt mehr grün als braun sind. „Ich werde dich mit der Zunge ficken, Sloane."

Von dem starken erotischen Klang des Tonfalls geben meine Beine fast nach, doch ich werde durch den blonden und den dunkelhaarigen Mann davor bewahrt, da sie sich dichter an mich pressen. Ich bin fassungslos, als der Blonde mich von hinten umarmt und sein Hände bis zu meinem Venushügel rutschen. Er zieht meine Schamlippen direkt vor Cains Augen auseinander.

Hitze kriecht mir übers Gesicht, den Hals hinunter und bis zum Brustkorb, als Verlegenheit mich überflutet. Das lässt Cain leise lachen, und seine Hände gleiten höher, um meinen Po zu packen. Und dann spüre ich seinen Mund auf mir. Auf der Stelle macht er ernst, und das ist nicht überraschend, da er das bereits zuvor gemacht hat. Der Mann ist ein Könner mit der Zunge.

Die Lust ist erlesen und trifft mich genau zwischen den Schenkeln, dennoch scheint mein ganzer Körper in Empfindungen zu baden. Der Blonde hält mich für Cains Vergnügen, und die Hände des dunklen Mannes legen sich auf meine Brüste. Der große Mann verblüfft mich, als er sein T-Shirt auszieht und eine gewaltige definierte Brust zum Vorschein kommt. Auf seinen Rippen sind fliegende Amseln tätowiert.

All das erfasse ich rasch, doch dann flattern meine Lider zu, da Cain mich intensiv leckt. Die dekadente Sündhaftigkeit dieser letzten Sekunden überwältigt meine Sinne. Ich spüre, dass sich ein Orgasmus tief in mir aufbaut. Cain züngelt mich hart und ich komme mit einem lang gezogenen Stöhnen. Er zieht sich zurück und lächelt mich träge an. Ich erwidere es und muss mich davon abhalten, nach ihm zu greifen, um ihm Dankbarkeit und Zuneigung zu zeigen. Für einen kurzen Moment ist niemand anders mit uns in diesem Raum. Es sind nur er und ich, die eine Erfahrung teilen, die allein uns gehört. In dieser Zeitspanne, in der alles andere ausgeschlossen ist, habe ich beinahe so etwas wie eine Erleuchtung, dass dies nicht bloß mich verändern wird, sondern auch Cain. Ich kann nicht sagen, wie und warum ich das weiß, doch ich spüre, dass wir an einem Abhang stehen und uns auf den Sprung vorbereiten, bei dem wir entweder fallen oder fliegen werden. Was immer es sein wird, es wird unser Leben verändern.

„Gott verdammt, das war heiß“, sagt der Blonde, der mich weiterhin zwischen den Beinen berührt. Er streift mit den Fingern über mein Geschlecht, und ich bin beschämt darüber, wie nass ich bin.

Cain zieht die Stirn kraus, als wäre er bestürzt, dass unser Augenblick zerstört ist. Der große Mann mit den Amseln lenkt meine Aufmerksamkeit auf sich, indem er in die Hocke geht und das Seil aufhebt, es durch seine Hände gleiten lässt, ehe er sich gerade hinstellt. Cain steht auch auf und tritt einen respektvollen Schritt zurück, sobald der große Kerl anfängt, mich zu umkreisen. Die beiden anderen tun es Cain gleich.

Argwöhnisch drehe ich den Kopf, um den riesigen Mann dabei zu beobachten, wie er mich umrundet. Mein Herz wummert, teils aus Angst vor diesem Kerl, der aussieht, als könnte er Legionen von Kriegern befehligen, und teils aus Erregung, was er möglicherweise mit mir anstellen wird. Als Reaktion auf meine Gedanken werden meine Nippel hart. Sobald er vor mir steht, betrachtet er sie, und er grinst zufrieden, als wüsste er, was ich gedacht habe, und hätte damit gerechnet.

„Rand, fessle sie und nimm sie dir", sagt er plötzlich und wirft dem Blonden das Seil zu.

Wenigstens kenne ich jetzt seinen Namen. Dennoch bin ich mir unsicher, ob das gut oder schlecht ist.

„Ist mir ein Vergnügen", sagt Rand, ehe er mir die Arme hinter dem Rücken zusammenbindet. Das Seil ist weich, außer als er es festzieht, da es ein heftiges Brennen verursacht. Das Wimmern halte ich zurück, da ich instinktiv weiß, dass man ihnen gesagt hat, mich nicht zu hart anzupacken, und ich nicht wie ein Schwächling wirken möchte.

Ich kann hiermit umgehen!

Mein Blick huscht zu Cain, der mich wie ein Falke beobachtet. Ich will ihn gerade anlächeln, doch dann ist eine Hand an meinem Kopf, die sich in meinen Haaren verkrallt und schmerzhaft an ihnen zieht. Der Dunkelhaarige bleibt mit einem lüsternen Grinsen vor mir stehen. Der große Mann tritt nach vorn, um mein Kinn zu umfassen, und drückt leicht auf die Kiefergelenke, sodass mein Mund sich öffnet. Er beugt sich vor, bringt sein Gesicht dicht an meins und flüstert: „Ich will, dass du Logans Schwanz lutschst. Und mach es gut, verstanden?"

Mein Blick huscht zu Logan und sein Lächeln wird wärmer. Er zwinkert mir sogar verschwörerisch zu. Der große Mann küsst mich zart auf die Wange, ehe er mich loslässt. Er verblüfft mich weiter, als er Logans Jeans geschickt öffnet, und ich bin mehr als schockiert, da er sie ein wenig herunterzieht und den geschwollenen Schwanz herausholt.

Es ist solch eine intime Handlung, völlig kinky, dass ich nicht anders kann, als ihn anzusehen. „Wie ist dein Name?", platzt es aus mir.

Beiläufig massierte er Logans Geschlecht mit seiner Hand, sodass Logan stöhnt, und lacht leise. „Bridger, Schätzchen. Freut mich, dich kennenzulernen."

Ich lächele ihn an und bin unheimlich erleichtert, dass ich jetzt seinen Namen kenne. Das macht ihn etwas weniger einschüchternd – bis er sagt: „Knie dich hin. Du musst vier Männer befriedigen."

Kapitel 15

Cain

Irgendwas in Bridgers Tonfall erwischt mich unvorbereitet. Das Ausziehen und Lecken von Sloane vor drei Fremden hat mich bereits schmerzhaft hart gemacht. Und dabei zuzusehen, wie Rand sie gefesselt und Logan ihr Haar gepackt hat, hat diesen Zustand noch verschlimmert.

Doch die Art, wie Bridger gerade gesprochen hat, oder vielleicht waren es die Wörter an sich, beunruhigen mich ein wenig. Ich will nicht, dass Sloane Angst hat, auch wenn sie sich bis jetzt tapfer gehalten hat. Das hier ist ein verflucht großes Unterfangen für sie. Menschen wachen nicht eines Tages morgens auf und denken sich: *Hey, heute werde ich von vier Kerlen gefickt.*

So funktioniert das einfach nicht. Sie muss bereits mit dem Schock fertigwerden, dass ich sie mit der Situation überfallen habe. Ich bin natürlich absichtlich auf diese Weise vorgegangen, damit sie sich schnell entscheiden muss, ob sie es durchziehen will oder nicht. Hätte ich es ihr vorab mitgeteilt, hätte sie wahrscheinlich ewig die Pros und Kontras abgewägt. Ich habe keine Ahnung, wie ihre Wahl schlussendlich ausgefallen wäre. Das bestätigt allerdings meine Vermutung, dass in dem Mädchen viel Mumm steckt, und ich will ihn heute Nacht aus ihr kitzeln. Doch ich will auf keinen Fall, dass sie sich fürchtet.

Bridger dreht sich einem kleinen Tisch zu, auf dem eine Schale steht, greift hinein und holt eine Handvoll Kondome heraus. Er wirft jedem von uns eines zu. Logan nutzt den Griff in Sloanes Haaren, um sie auf die Knie zu bringen. Erleichtert stelle ich fest, dass sie es willig tut und mit einem aufgeregten Funkeln in den Augen. Um sich das Gummi überzustreifen, lässt er sie kurz los. Geduldig wartet sie, als Rand und ich unsere Schwänze rausholen. Ihre Augen sind geweitet und ihr Blick huscht zwischen uns hin und her. Gott helfe mir … Sie leckt sich einmal die Lippen.

Logan wird zuerst bedient und er verschwendet keine Zeit. Er packt sich erneut eine Faustvoll von ihrem Haar. Mit der anderen Hand fasst er sein Geschlecht und hält es vor ihr Gesicht. „Mund auf, Baby."

Ohne zu zögern tut sie es, sodass ich das Stöhnen zurückhalten muss, als ich dabei zusehe, wie der Schwanz zwischen ihren Lippen verschwindet. Ich weiß, wie gut ihr Mund ist. Jetzt, als ich darüber nachdenke, ist er sogar phänomenal. Als ihre Wangen sich nach innen wölben, um Logan zu saugen, gebe ich mich dem Verlangen hin und streichele meinen schmerzenden Schwanz.

Rand fällt hinter Sloane auf die Knie, legt seine Hände auf die Innenseiten ihrer Schenkel und drängt sie dazu, ihre Beine ein wenig zu spreizen. Sie tut es unbeholfen, wegen der gefesselten Hände und Logans Geschlecht in ihrem Mund. Rand belohnt sie, indem er zwei Finger in sie schiebt, sodass sie mit den Hüften ruckt und lustvoll stöhnt. Logans Schwanz rutscht heraus und Bridger lacht dunkel auf. Ich trete ein paar Schritte näher. Bridger schenkt mir einen Blick, der aussagt: *Wir fangen gerade erst an.*

Das jagt mir einen Schauder über die Wirbelsäule. Ich will, dass es gut für Sloane wird. Allerdings verstehe ich jetzt auch, was Bridger vorhat. Er beginnt mit einem Mindfuck, damit sie denkt, dass es nur um die Männer geht. Er hat das getan, um sie aus der Bahn zu werfen, hat ihr jegliche Sicherheit genommen, die ich ihr gegeben habe, indem ich ihr sagte, dass wir es locker angehen. Nun weiß sie nicht mehr, was sie erwartet. Bridger wollte ihre Ängste schüren, da dies ihr sexuelles Vergnügen vergrößern wird.

Logan stöhnt langgezogen, weil Sloane ihn tief aufnimmt. „Fuck, ist das gut."

Sie bewegt sich schneller.

„Sie soll sich vorbeugen, Logan", sagt Rand rau, während er sie mit den Fingern vögelt und sie mit den Hüften kreist, da sie mehr will. Sie muss gefickt werden, und zwar sofort.

Logan zieht sich aus ihrem Mund zurück, geht auf die Knie und setzt sich mit dem Arsch auf seine Fersen. Mit beiden Händen zieht er sie runter, bis ihr Po sich nach oben streckt.

„Perfekt“, sagt Rand schroff, als seine Finger aus ihr gleiten. Mit einem Stoß nimmt er sie von hinten. Sloane keucht überrascht auf und ihre Lider flattern vor Lust zu. Alle halten inne. Rand mit seinem Schwanz tief in ihrer Pussy, Sloane mit der Penisspitze von Logan in ihrem Mund, während Bridger und ich sie beobachten und gespannt sind, was passieren wird.

Es ist Sloane, die sich zuerst rührt. Sie schiebt sich etwas von Rand weg, rotiert ihre Hüften, ein stummes Flehen, dass er sie ficken soll. Dann bewegt sie ihren Kopf auf Logans Schwanz, der wieder in ihr Haar fasst, um sie zu leiten. Rand fängt an, sie langsam zu stoßen, damit er sie nicht bei ihrem Blowjob stört.

Rand und Logan tauschen einen Blick aus. Sie haben eine wunderschöne, nackte, gefesselte Frau zwischen sich und vögeln sie von zwei Seiten. In diesem Moment stelle ich fest, dass ich unfassbar eifersüchtig bin.

„Nimm sie tiefer“, sagt Bridger leise. Jeder von uns, ausgenommen Sloane, weiß, dass Bridger Logan meint. Er hat Sloanes Fähigkeiten studiert und glaubt, dass sie noch mehr kann. Logan hebt seine Hüften, sodass sein Glied sie weiter penetriert, und sie würgt. Schnell zieht er ihren Kopf hoch und sie schnappt nach Luft, ehe er wieder tief eindringt.

„Genau so, süßes Mädchen“, murmelt Logan, und sie würgt erneut, sobald er ihre Kehle trifft. „Du magst es, auf meinem Schwanz zu ersticken, nicht wahr?“ Er zieht sich zurück, und ich sehe, dass Sloanes Augen tränen. Ich bin mir nicht sicher, ob es wegen des Sauerstoffmangels oder aus Furcht ist, aber das ist mir scheißegal, da es sofort aufhören wird.

„Schalte gefälligst einen Gang runter, Logan", knurre ich und trete einen Schritt auf ihn zu. Rand stößt hart in sie hinein und hält dann inne, wartet, was passieren wird. Logan umfasst Sloanes Gesicht, und anstatt mir zu antworten, dreht er sich Bridger zu, der zu meiner großen Erleichterung zustimmend nickt.

Logan schenkt Sloane ein sanftes Lächeln, beugt sich zu ihr, um ihr einen zärtlichen Kuss zu geben. „Tut mir leid, süßes Mädchen. Das war mein Fehler."

Sloane sieht auf der Stelle erleichtert aus, was wiederum mich erleichtert. Ich würde es mir nie verzeihen, wenn sie das hier als schlechte Erfahrung verbuchen würde.

„Lass uns etwas anderes ausprobieren", sagt Bridger und kniet sich neben Sloane. Rand hört nicht auf, sie zu vögeln, doch er macht es bedächtig, als wollte er sie nicht verunsichern. Bridger öffnet den Knoten, löst das komplizierte Muster des Seils und entfernt es. „Stellt sie hin."

Rand zieht sich aus ihr zurück, und sein nasser Schwanz hüpft auf und ab, während Logan ihr hochhilft. Auch Bridger erhebt sich. Er ist noch immer erregt und wartet auf seinen Einsatz. „Streck die Arme aus, Schätzchen."

Sie gehorcht. Bridger bindet diesmal ihre Hände vor dem Körper zusammen und lässt ungefähr sechzig Zentimeter am Seilende übrig. Logan nutzt die Gelegenheit, um Wiedergutmachung zu leisten, weil er sie zum Würgen gebracht hat. Er reibt ihre Klit. Sloane stöhnt, ihr Kopf fällt in den Nacken und sie drängt ihm die Hüften entgegen. Sie sieht mich an, und ich lächele sie an, während ich gedankenverloren meinen Schwanz massiere, um mir etwas Erleichterung zu verschaffen.

Nach nicht einmal einer Minute zieht Bridger an dem Seil und Logan tritt von ihr zurück. Bridger führt sie auf die Mitte des Wohnzimmers zu, das sich in einer der neueren Fantasy-Hütten befindet. „Halte deine Arme hoch."

Sloane tut es bereitwillig, da sie nicht versteht, was gleich passieren wird. Bridger nimmt das lose Seilende, greift nach oben und sieht zur Decke. Sloanes Augen weiten sich, als sie beobachtet, wie er das Seil an einen großen, in der Decke eingelassenen Haken bindet. Er zieht daran, bis es straff ist, sodass sie sogar etwas auf den Zehenspitzen stehen muss. Ich weiß, dass es in ihre Haut schneidet, aber auch, dass sie es ertragen kann.

Bridger geht zur Seite und sagt: „Rand, Logan, nehmt sie euch. Fickt sie gut und anschließend werden Cain und ich ihr den Rest geben.“

Kapitel 16

Sloane

Rand bleibt vor mir stehen. Er sieht zunächst auf den Haken und dann mich mit einem verschmitzten Leuchten in den Augen an. „Na, na, na … Wir können dir jetzt alle möglichen Dinge antun“, sagt er in einem spielerisch ominösen Tonfall.

Ich bohre meine Zehen in den Teppich und wappne mich gegen alles, was auch geschehen mag. Ich muss gestehen, dass mich noch nie so viele Emotionen zur selben Zeit überflutet haben. Aufregung, Angst, Lust, Schmerz, Besorgnis, Dankbarkeit, Geilheit, Nervosität. All das bringt mich vollkommen aus dem Gleichgewicht. Als Logan seinen Schwanz zu tief reingeschoben hat, bin ich fast in Panik ausgebrochen. Nicht, weil ich mich wirklich vor ihm gefürchtet habe – ehrlich gesagt mochte ich die raue Behandlung sogar ein wenig –, sondern weil ich ernsthaft gedacht habe, dass ich nicht atmen könnte, wenn er weitermacht.

Was mich allerdings am meisten irritierte, war der bedrohliche Tonfall in Cains Stimme, als er Logan befohlen hat aufzuhören. Obwohl meine Vernunft mir sagt, dass das hier lediglich eine sexuelle Erfahrung ohne Emotionen und Intimität ist, hat mich die Art, wie Cain vorgeprescht ist, um mich zu beschützen, bis ins Mark getroffen. Daher hatte ich noch einen weiteren Moment voller Zweifel, ob das hier nicht falsch ist. Dass es alles zwischen Cain und mir für die Zukunft ruinieren könnte. Doch dann musste ich mich schnell daran erinnern, dass es keine gemeinsame Zukunft gibt. Ich benutze ihn nur für meine Undercover-Mission. Also schob ich meine Bedenken beiseite und entschied, diese Erfahrung durchzuziehen.

„Wie wäre es mit einem Kuss, ehe ich dich ficke?“, fragt Rand. Er hat die hübschesten grünen Augen, eingerahmt von langen, blonden Wimpern. Aus dem Halsausschnitt seins Shirts lugen Tattoos, und sein Haarschnitt im Punkstyle sowie der Nasenring verleihen ihm einen sehr coolen Touch.

„Klar doch“, sage ich mit einem kecken Lächeln, um die spielerische Stimmung beizubehalten. Ich warte darauf, dass er seinen Mund auf meinen presst, und ich erspähe tatsächlich etwas Silbernes, als er mich anlächelt, sodass ich vermute, dass er ein Zungenpiercing hat. Allerdings schockiert er mich aufs Äußerste, indem er vor mir auf die Knie geht und besagte gepiercte Zunge genau zwischen meine Beine steckt. Ich bin so überrascht, dass ich sogar von der sinnlichen Invasion aufschreie, als er sie in mich hineinschiebt, sie rauszieht und über meine Mitte leckt. Dann steht er auf und grinst mich an, leckt über seine Unterlippe und sagt: „Verdammt köstlich.“

Rand beugt seine Knie, packt mich unterm Po und hebt mich hoch. Meine Schenkel spreizen sich, und er dringt mit seinem Schwanz in mich ein, der nicht so dick wie Cains ist, allerdings genauso lang, da er irgendwas tief in mir berührt. Ich stöhne und sacke im Seil zusammen, sodass es mir stärker in die Haut schneidet. Aber das ist mir egal.

„Oh süße Sloane.“ Rand bewegt sich in mir. „Du bist verflucht perfekt.“

Vage nehme ich wahr, dass Logan um mich herumläuft. Er umschlingt meine Taille von hinten mit einem Arm und presst mir mit seinem Schwanz, der noch immer nass von meinem Speichel ist, gegen den Po. Dann greift er mir zwischen die Beine, um meine Klit sanft zu zwicken und zu reiben. Rand vögelt mich hart, stößt schnell zu und berührt dabei jedes Mal meinen G-Punkt. Wir stöhnen beinahe zeitgleich mit jedem Stoß. Auf seiner Stirn bildet sich ein Schweißfilm. Ein zweiter Orgasmus baut sich in mir auf und jetzt tut Logan das Unvorstellbare: Er packt Rands Schwanz an der Peniswurzel und massiert ihn, während er sich in mir bewegt.

„Ja“, ächzt Rand und schließt die Augen vor Lust.

„Fuck, ja.“

Oh, ist das heiß, einen Mann dabei zu beobachten, wie er einem anderen einen runterholt, der mich gerade vögelt.

Mein Höhepunkt schlägt zu.

Ich schreie auf – ein seltsamer, gurgelnder Laut, der jedoch von Rand übertönt wird, der in mich hineinknallt, den Kopf in den Nacken wirft und anfängt zu zittern. „Oh, das ist gut."

Ich fühle sein Geschlecht in mir, als er sich in das Kondom entlädt. Logan zupft weiterhin an meiner Klit. Ich keuche, um genügend Sauerstoff in die Lungen zu bekommen, wobei mein Herz beinahe explodiert, und sage zu mir selbst: *Einer liegt am Boden, drei stehen noch.*

Logan lässt Rands Penis los, zieht mich an den Hüften zurück, sodass Rand aus mir gleitet, und hält meine Beine weiter fest. Kaum ist Rand verschwunden und ohne dass ich es in der Zwischenzeit schaffe, mich zu sammeln oder einzuatmen, dringt Logan von hinten in mich ein. Überrascht schreie ich auf. Mein Blick huscht über Rands Schulter zu Cain, der mit verhangenen Augen und aufeinandergepressten Kiefern das eigene Geschlecht umfasst. Starr sieht er auf meinen Unterleib, beobachtet, wie ich bei jedem Stoß durch Logan rucke.

„Ganz ruhig", murmelt Logan mir ins Ohr. „Ich hab dich." Er rammt in mich hinein, sein Atem abgehackt, und das steht im starken Widerspruch zu seinen zärtlichen Worten. Ich schließe die Lider, gebe mich den Empfindungen hin, dass mich ein zweiter Kerl in der heutigen Nacht fickt, wissend, dass es noch nicht vorbei ist und dass es das Intensivste ist, das ich jemals erlebt habe.

„Mach Platz", höre ich Cain sagen, und als ich die Augen öffne, schiebt er Rand zur Seite. Cain nimmt meine Beine und stellt sie auf den Boden. Ich fühle, wie Logan seine Position anpasst, dennoch kommt er nicht aus dem Rhythmus. Allerdings kann er durch den geänderten Winkel nicht mehr ganz so tief eindringen.

Cain lehnt sich zu mir und gibt mir einen kurzen Kuss. „Ich will dich noch einmal schmecken."

Oh Gott.

Das wird er nicht tun.

Nicht, während Logan …

Cain geht auf die Knie und hebt eines meiner Beine über seine Schulter. Logan passt sich erneut an und offensichtlich beugt er die Knie, da er mich härter fickt. Dann ist Cains Mund auf meiner Pussy. Auf der Stelle fange ich an zu zucken, da er auch Logan leckt; dort unten ist nicht genug Platz, um es anders zu machen. Stöhnend versuche ich, den Orgasmus zurückzudrängen, doch begehe den Fehler, auf Cains Kopf zu schauen, und ich verliere den Kampf. Es ist einfach zu viel. Das Verlangen bahnt sich von innen nach außen seinen Weg und ich schreie von der Gewalt der empfundenen Lust.

„Wer ist der Nächste?", fragt Logan, während er sich noch schneller bewegt. Cain steht auf und wischt sich mit dem Handrücken über den Mund.

„Ich bin dran", sagt Bridger schroff, sodass mein Blick sich pfeilschnell auf ihn richtet. Er ist derjenige, über den ich mir am meisten Gedanken mache. Er ist zwar derjenige, der mich am meisten ängstigt, aber ich bin davon überzeugt, dass er es schaffen wird, mich genau in die richtige Richtung zu schubsen.

„Mach dich bereit", keucht Logan. „Ich komme gleich."

Logan fickt mich wie ein Presslufthammer und es fühlt sich so gut an. Mit aufgerissenen Augen sehe ich, dass Bridger an mich herantritt. Seine Jeans steht auf und ist bis knapp unter seine Hüften gezogen. Er ist gewaltig. Hat ungefähr dieselbe Größe wie Cain und die Eichel ist mit einem Barbell gepierct. Mit einer Hand massiert er sich grob, während er mit den Zähnen die Verpackung eines Kondoms aufreißt.

„F-u-u-c-k", flucht Logan, als er mich rammt und mir die Finger so hart in die Hüften bohrt, dass ich kurz den Bodenkontakt verliere. Er lehnt sich nach vorn und beißt in meine Schulter, während er kommt. Das noch immer spürbare Prickeln des letzten Höhepunkts flackert wieder auf, und ich bekomme am Rande mit, dass Bridger sein riesiges Glied mit dem Gummi bestückt. Ich sacke weiter in der Fesselung zusammen und habe kein Gefühl mehr in den Händen.

Logan zieht sich zurück, sodass ich mich eigenartig leer fühle. Dann hebt Bridger mich mit starken Armen von dem Haken. Meine Knie geben nach, und er ist überraschend sanft, als er mich auf den Teppich stellt. Ich sehe zu Cain, der halbherzig lächelt und gemächlich seinen Schwanz streichelt.

Bridger dreht mich herum, befördert mich auf die Knie. Meine gefesselten Handgelenke schnellen nach vorn im Versuch, meinen Oberkörper zu stützen. Aber Bridger schubst härter, sodass ich auf den Ellbogen lande. Mein Hintern ragt in die Luft, und er schiebt ein Bein zwischen meine und bringt mich dazu, sie weiter zu spreizen.

„Gleitgel" ist alles, was er sagt, und er klingt wie ein Chirurg, der während einer Operation um ein Skalpell bittet. Die Haut in meinem Nacken kribbelt und Angst durchfährt meinen ganzen Körper. Ich versuche, den Kopf zu drehen, um zu sehen, was vor sich geht, doch meine Position lässt das nicht zu. Ich fühle Hände auf meinem Po, die meine Arschpacken auseinanderziehen, sodass kaltes Gel punktgenau auf die Mitte trifft.

„Nicht", protestiere ich, als ich mich aufrichten will. Allerdings presst Bridger mir mit einer Hand auf den Rücken, um mich an Ort und Stelle zu halten. Mit der anderen schlägt er mir gerade so fest auf den Hintern, dass ich verstumme.

„Ich weiß, dass du keinen Schwanz in deinem Arsch willst, Schätzchen, also hör auf, dich deswegen anzustellen." Das verringert nicht meine Bedenken, da ich weiß, dass da hinten etwas vor sich geht.

„Entspann dich", sagt Cain und ich atme ein. Ich muss einfach darauf vertrauen, dass er es nicht zulassen wird, dass dieser große Mann mir wehtut.

Bridgers Finger schlüpfen mir zwischen die Pobacken, reiben gegen die Öffnung, wandern tiefer und verteilen das Gel über meine Pussy. Er schiebt seine Finger in mich und massiert mich dort. Stöhnend lasse ich den Kopf nach vorn fallen und starre kurz auf den Teppich, ehe ich die Lider schließe, um mich ausschließlich auf das Gefühl zu konzentrieren. Er nimmt seine Hand von mir. Stattdessen fühle ich seine Eichel. Sogar durch den Latex des Kondoms spüre ich die Feinheiten des Piercings an meinem Fleisch, sodass ich nichts gegen das Erschauern tun kann. Er dringt nur mit der Spitze in meine Pussy ein, und ich atme tief ein, um mich für die Invasion zu wappnen. Allerdings schlägt er mir erneut auf den Po, und dieses Mal so fest, dass es sich wie ein Peitschenknall anhört.

„Scheiße", schreie ich und schnelle mit dem Kopf hoch. Und dann rammt er in mich hinein, sodass mein ganzer Körper nach vorn ruckt. Gott, fühlt sich das gut an, trotz des Brennens auf der Haut und des empfindlichen Gewebes, das er gerade stark gedehnt hat. Bridger nimmt einen gleichmäßigen Rhythmus auf, seine Atmung laut und abgehackt. Ich schaue zu Rand und Logan, die auf der Couch sitzen und uns beobachten. Sie haben sich der Kondome entledigt. Ihre Glieder liegen schlaff an ihren Bäuchen. Rand zwinkert mir zu, ehe er mich schockiert, indem er Logans Penis umfasst und mit dem Daumen über die Eichel reibt. Rand seufzt zufrieden auf und lehnt sich mit geschlossenen Augen nach hinten. Auf der Stelle schwillt sein Geschlecht an.

Es ist einfach zu viel. Daher lasse ich den Kopf hängen, um mich ganz auf Bridger einzulassen. Und gerade, als ich davon überzeugt bin, dass meine Empfindungen das Limit erreicht haben, fängt Bridger mit Dirty Talk an.

Er bohrt mir die Fingerkuppen in meine Arschbacken. „Magst du das, Sloane? Magst du es, von mehreren Kerlen gevögelt zu werden?"

Ich brumme meine Zustimmung.

„Ist deine Pussy schon wund? Ohne dass es wehtut, ist es kein guter Fick."

Ich kann nicht darauf antworten, da ich meiner Stimme nicht traue. Allerdings gehe ich auch nicht davon aus, dass er eine Erwiderung erwartet, da er weiterredet. „Nächstes

Mal wirst du drei von uns auf einmal nehmen und es lieben."

Himmel! Ich schätze, dass er recht hat. Ich glaube, dass ich das tun würde. Jedoch bin ich zu diesem Zeitpunkt völlig berauscht.

„Man hat mir erzählt, dass du Cains Schwanz in deinem Arsch willst", sagt Bridger nachdenklich, wobei er den Takt seiner Stöße nicht unterbricht. „Ich denke, dass ich das etwas beschleunigen werde."

Das ist alles an Warnung, die ich bekomme, ehe er einen Finger in mich schiebt, und zwar nicht auf die sanfte Weise, wie Cain es getan hat. Er dringt sofort tief ein, bis zum dritten Knöchel, und ich kreische vor unerwarteter Lust auf. Er gleicht den Rhythmus seines Fingers dem seines Schwanzes an. Das fühlt sich gut an, sodass ich sage: „Hör nicht auf", als er den Finger das nächste Mal ganz herauszieht. Doch schon presst er zwei hinein und ich schreie auf.

Das Eindringen brennt und meine Augen tränen. Aber das hört schnell auf, da die Fülle die Stimulation seiner Stöße steigert. Mir ist schwindlig von der Überlastung meiner Sinne und ich stöhne lauthals.

Dann ist Cain vor mir. Er kniet sich hin und senkt seinen Hintern auf seine Fersen. Er legt mir eine Hand unters Kinn und hebt meinen Kopf an, hält mich fest, als mein Körper hin und her ruckt von der Kraft, mit der Bridger mich nimmt. Er sieht mich mit einer Mischung aus Besorgnis und Lust an. Sein geschwollenes Geschlecht schimmert dunkel durch das Kondom.

„Bist du okay?", fragt er. Ich nicke und keuche auf, da mein Arsch wieder anfängt zu brennen. Vermutlich, weil Bridger einen dritten Eindringling hineingepresst hat. Ich weiß es nicht genau, da ich nahe daran bin, das Bewusstsein zu verlieren, wegen der Lawine von Gefühlen, die mich überrollt.

„Ich wette, dass sie dich dort hinten jetzt aufnehmen könnte", sagt Bridger, doch Cain schüttelt den Kopf.

„Wie du willst." Bridger zieht seine Finger heraus und umfasst mit beiden Händen meine Hüften, sodass er mich noch härter nehmen kann, bis unsere Haut aufeinanderklatscht. Er trifft mich so tief, dass es fast wehtut. Mein Mund steht offen, als ich vor Lust stumm aufschreie.

„Komme gleich."

Ich bin überrascht, als er sich zurückzieht. Ich höre das schnappende Geräusch des Kondoms und dann spritzt eine warme Flüssigkeit auf meinen Rücken. Ich drehe mich um und sehe Bridger, der den Kopf zurückneigt und die Augen zukneift. Er holt sich selbst einen runter, während er die letzten Tropfen auf mir entlädt. Obwohl es mich verblüfft, stelle ich es nicht infrage. Es ist irgendwie verrucht und macht mir nichts aus.

Drei liegen am Boden und der Beste steht noch.

Cain hilft mir in eine kniende Position, indem er mich an den Schultern packt. Bridgers Samen läuft mir den Rücken hinab und tropft auf meinen Hintern. Als könnte er Gedanken lesen, zerrt Cain sich das T-Shirt vom Körper, greift um mich herum und wischt die Sauerei auf, ehe er es zur Seite wirft. Dann umfasst er mein Gesicht und gibt mir den süßesten Kuss, den er mir jemals geschenkt hat. Er ist völlig ohne Lust, obwohl Cain eine mächtige Erektion hat, die das Gegenteil beweist. Das erleichtert mich.

„Du bist die sexieste Frau, mit der ich je zusammen gewesen bin", murmelt er und küsst mich erneut. „Ich kann es kaum erwarten, dich zu ficken, während die anderen dabei zusehen."

Ich habe keine Gelegenheit, um zu antworten – nicht, dass ich gewusst hätte, was ich darauf erwidern soll. Doch ich weiß, dass ich bei dem Gedanken, dass Cain mir das Beste geben wird, um diese Nacht unvergesslich zu machen, noch nasser werde. Mit einer Hand packt er meine gefesselten Handgelenke, die andere legt er mir auf die Schulter, um mir sanft auf den Rücken zu drücken.

„Ich brauch ein bisschen Hilfe", sagt er.

Rand und Logen stehen auf, mit halb erigierten Schwänzen, die aus ihren offenen Hosenschlitzen ragen. Cain richtet sich auf und beginnt, sich auszuziehen. Das erstaunt mich, da die anderen vollkommen angezogen geblieben sind. Dieses Vorgehen war heiß und hat sich einerseits verrucht angefühlt, andererseits habe ich mich verletzlich gefühlt. Es berührt mich, dass Cain nackt sein will, während er mich nimmt. Rand und Logan knien sich jeweils auf eine Seite von mir.

„Sie ist bereit, hart gefickt zu werden", sagt Logan leise.

„Cain wird es deiner Pussy so richtig zeigen, Sloane", behauptet Rand.

Ich erschauere, da ich weiß, dass sie wegen mir so schmutzig daherreden. Rand legt sogar eine Hand zwischen meine Beine und schlüpft mit einem Finger hinein.

„Sie ist pitschnass für dich." Er zieht ihn raus und streichelt sanft meine Klit.

„Sie ist so verflucht wunderschön", murmelt Logan.

Ich stöhne und kreise mit den Hüften, bettle stumm nach mehr.

Cain sieht auf mich herab, wobei sein Blick intensiv ist und die Narbe stark hervorsticht, sodass er gefährlich und noch sündhafter erscheint. Dann schaut er kurz zu Bridger, der hinter mir ist. Ich neige den Kopf und sehe, dass er mit überkreuzten Beinen auf einem Sessel sitzt. Sein Schwanz ist verstaut. Den Ellbogen hat er auf die Lehne gestützt und sein Kinn ruht auf der Handfläche. Er lächelt mich amüsiert an.

Ein dumpfes Geräusch lenkt meine Aufmerksamkeit auf Cain, der zwischen meinen Schenkeln kniet. Ohne Aufforderung packen Rand und Logan meine Beine, heben sie hoch und spreizen mich weit. In diesem Moment begreife ich, dass ich nicht das erste Mädchen bin, mit dem sie spielen. Sie sind zu sehr aufeinander abgestimmt. Ein Stich Eifersucht durchfährt mich, da vermutlich auch Cain mitgemacht hat.

Cain kriecht über mich, wobei meine Hüften nicht den Boden berühren und meine Pussy weit offen auf ihn wartet. Er packt sein Geschlecht, bringt sich in Stellung, dringt in mich ein und stützt sich neben meinen Brustkorb ab.

„Gott, fühlt sich das gut an.“ Kurz schließt er die Augen. Als er sie wieder öffnet, gehe ich wegen des Ausdrucks darin beinahe in Flammen auf.

Lust.

Fürsorge.

Entschlossenheit.

Er will, dass ich noch einen Orgasmus bekomme.

Cain beginnt, mich hart zu nehmen, sodass meine Wirbelsäule auf dem Teppich scheuert. Zwar schmerzt es, doch das, was zwischen meinen Beinen vorgeht, fühlt sich zu fantastisch an, um mich zu beschweren. Ein Schweißtropfen rollt über Cains Schläfe und landet auf meiner Brust. All das erfasse ich auf einmal.

Drei Männer, die mich festhalten. Einer, der mich beiläufig beobachtet, als wäre es das Normalste auf der Welt. Alle haben mich gefickt. Ich bin bereits dreimal gekommen. Als Logan mit einer Hand zwischen meine Schenkel schlüpft, bekomme ich einen Höhepunkt, sobald er meine Klit berührt.

„Ja, Sloane“, stöhnt Cain, während er immer fester in mich hineinhämmert. „Ich kann dich um meinen Schwanz spüren, wie du zuckst, wenn du kommst.“ Meine Hüften schnellen nach oben, damit Cain mich noch tiefer nehmen kann. Ich zerre die Beine frei, schlinge sie um Cains unteren Rücken und presse meine Fersen dagegen, um den physischen Kontakt auf das Äußerste zu erhöhen. Ich lege die gefesselten Hände über seinen Kopf, sodass ich ihn runterziehen kann. Ich sehe, dass er lächelt, ehe seine Lippen meine berühren. Er dringt mit der Zunge ein und ich erwidere den Kuss leidenschaftlich.

Das ist der Moment, in dem ich fühle, wie sein ganzer Körper sich verkrampft. Er stöhnt laut, als er sich an mir reibt, während er kommt. Sein Orgasmus scheint Ewigkeiten anzudauern, wobei er die Hüften kreist und sich mit dem Becken an mich presst.

Logans Hand ist zwischen uns eingeklemmt. Das verursacht ein weiteres Beben, und für eine Sekunde denke ich, dass ich das Bewusstsein verliere.

Kapitel 17

Cain

In der Minute, als ich auf den Highway fahre und ein paar Meilen zwischen uns und die Blockhütte gebracht habe, ziehe ich die Augenbinde von Sloanes Kopf. Da sie sich darüber gewundert hat, warum sie sie auf dem Weg nach draußen tragen musste, war es nötig, zu lügen. Daher habe ich ihr schlichtweg gesagt, dass wir in Bridgers Haus waren und er nicht möchte, dass irgendjemand weiß, wo er wohnt.

Mein Magen dreht sich deswegen um, und er dreht sich noch mehr um, als sie fragt: „Woher kennst du Männer, die bei so was mitmachen?"

Auf der Suche nach einer Ausrede läuft mein Verstand auf Hochtouren, aber sie bohrt bereits weiter. „Ich meine … Offensichtlich seid ihr ein eingespieltes Team. Hast du das schon mit vielen Mädchen gemacht?"

Ihre Stimme klingt neugierig, dennoch erfasse ich einen verletzlichen Unterton, den eine einfache Lüge nicht besänftigen wird.

„Sloane, ich kenne die Jungs seit Ewigkeiten. Wir haben so einigen kinky Scheiß zusammen ausprobiert. Allerdings nicht so wie vorhin."

„Ich verstehe es trotzdem nicht. Macht es dir nichts aus, mich mit anderen Männern zu sehen?"

Endlich kann ich die Wahrheit sagen. „Hat es bis jetzt noch nie. Doch heute hatte ich Probleme."

„Welche wären das?"

„Eifersucht", bekenne ich geradeheraus. „Neid. Zweifel."

„Zweifel wegen was?"

Ich atme tief ein und langsam wieder aus. „Ob es richtig war, dich dorthin zu bringen. Ob ich überhaupt das Recht dazu hatte, dich um so etwas zu bitten."

Anstatt mir zu antworten, schaut sie aus dem Beifahrerfenster, obwohl sie absolut nichts erkennen kann, da der Highway um Mitternacht leer und dunkel ist. Nach drei weiteren Meilen verlangsame ich das Tempo und schalte den Blinker ein, um links in meine Auffahrt einzubiegen.

„Wo sind wir?", fragt sie.

„Mein Haus", sage ich, als der Truck den unbefestigten Weg entlangpoltert. „Es ist spät und ich will nicht die ganze Strecke nach Jackson fahren. Ich bringe dich morgen früh zu dir."

Und ja, das ist definitiv etwas Neues, da ich noch nie eine Frau zu mir mitgenommen habe. In der Stadt habe ich zusammen mit Rachel gelebt, doch nach dem Shitstorm, den ich wegen ihr erleiden musste, habe ich entschieden, dass ich Abgeschiedenheit mag. Daher habe ich ein kleines Blockhaus gemietet, das näher am *Wicked Horse* liegt. Ich parke an der Seite des Hauses, und die Scheinwerfer erhellen meine Harley, die ich bald wegen des Winters abdecken muss. Wortlos steigt Sloane aus und folgt mir auf die Veranda. Nachdem ich die Tür aufgeschlossen und aufgemacht habe, schalte ich das Licht ein und deute ihr an, mir hineinzufolgen. Sie tut es und schaut sich um. Es ist nicht viel, aber ich brauche auch nicht viel. Außerdem kann ich mir nichts anderes leisten. Es ist eine Blockhütte mit Pinienböden, einem größeren vorderen Zimmer, das ein kombiniertes Wohnzimmer mit Küche ist, einem kurzen Flur, von dem zwei Schlafzimmer abgehen, die durch ein gemeinsames Badezimmer voneinander getrennt sind. Der Eigentümer vermietet die Hütte normalerweise an Touristen, war jedoch äußerst zufrieden damit, es ein Jahr lang an mich zu vermieten.

„Es ist hübsch." Sloane stellt ihre Tasche auf den Beistelltisch.

Ich schalte das Licht im Küchenbereich ein und gehe zum Kühlschrank. „Möchtest du was trinken?"

„Nein danke." Sie läuft zum Bücherregal, das neben dem Schreibtisch an einer Wand des Wohnbereiches steht. Der Raum ist so klein, dass ich nicht einmal eine Couch habe, nur einen schäbigen alten Fernsehsessel. Sie betrachtet die Fotografien auf einem der Regale. „Familie?“

Ich geselle mich zu ihr und deute auf einen der Rahmen. „Das sind meine Mom und mein Stiefvater Walt.“

„Seit wann sind sie verheiratet?“

„Fast mein ganzes Leben. Mein Dad ist abgehauen, als ich klein war. Er hat bei Rodeoveranstaltungen mitgemacht. Walt ist wie mein richtiger Vater.“

„Und wer ist das?“ Sie zeigt auf eine hübsche Brünette, die einen Arm um einen großen, stämmigen Kerl geschlungen hat. Zwei dunkelhaarige Kinder stehen vor ihnen.

„Das sind meine Schwester Claudia, ihr Mann J. C., meine Nichte Carrie und mein Neffe Tucker.“

Sie sieht sich noch ein paar andere Fotos derselben Personen an, da sie die einzigen sind, die wichtig genug für mich sind, um ihnen hier einen Platz zu geben. Auf einigen bin auch ich, meistens mit einem breiten Grinsen. Was soll ich sagen? Ich stehe auf meine Familie.

Ich stopfe meine Hände in die Hosentaschen, unsicher, was ich tun soll. Normalerweise fällt es mir schwer, die Finger von Sloane zu lassen, wenn ich mit ihr zusammen bin. Eine Unterhaltung stand nicht oben auf unserer Liste, und ich bin mir nicht einmal sicher, wie ich mit einer Frau abhängen soll.

„Möchtest du fernsehen?“, frage ich einfallslos.

Ihr Blick richtet sich zunächst auf den Sessel; er und der Schreibtischstuhl sind die einzigen Sitzgelegenheiten. Dann wandert er weiter zu dem Fernseher, der aus Platzmangel auf dem Schreibtischrand steht. Schließlich sieht sie mich grinsend und mit einer hochgezogenen Augenbraue an.

„Ich meinte, in meinem Schlafzimmer. Lass uns duschen gehen und anschließend unter die Decken kriechen. Ich bin mir sicher, dass wir irgendwas finden, das wir uns ansehen können.“

„Okay", stimmt sie leise zu, während sie auf den Boden schaut. Wahrscheinlich fühlt sie sich genauso unsicher, wie ich mich gerade fühle.

Ich nehme die Hände aus den Taschen, umfasse Sloane an den Schultern und ziehe sie zu mir, um sie zu umarmen. Dann küsse ich sie auf den Scheitel. „Die heutige Nacht war fantastisch und vermutlich die beste sexuelle Erfahrung meines Lebens."

„Also hat es dir gefallen?", fragt sie zögerlich.

„Gefallen?", frage ich gespielt beleidigt. „Dir dabei zuzusehen, wie du immer wieder gekommen bist? Wie du befriedigt wurdest, bis ich glaubte, dass du das Bewusstsein verlieren könntest? Zur Hölle! Dich so hart zu ficken, dass ich geglaubt habe, dass ich das Bewusstsein verliere?" Ich rede leiser und drücke sie fester an mich. „Dir dabei zuzusehen, wie du etwas dermaßen Kühnes und Mutiges und Verruchtes getan hast?"

„Du mochtest es", schlussfolgert sie mit erstickter Stimme, da ihr Gesicht gegen meinen Brustkorb gedrückt ist.

„Ich habe es geliebt." Und das habe ich. Bei Gott, ich habe es geliebt, obwohl ich ein paar eifersüchtige Tendenzen besiegen musste. Wenn ich früher mit den Jungs so was gemacht habe, spielte die Frau eine untergeordnete Rolle. Ich wollte nur, dass sie es genießt, und habe alles dafür getan, dass es auch so war. Aber um ehrlich zu sein, drehte sich alles hauptsächlich um mich und darum, dass meine Freunde eine gute Zeit haben. Doch heute ging es lediglich um Sloane, und ich hoffe, dass sie das erkennt.

„Komm." Ich nehme ihre Hand, um sie ins Badezimmer zu bringen. „Lass uns duschen gehen und dann stecke ich dich ins Bett. Ich weiß, dass du erschöpft bist."

Sie folgt mir. „Du brauchst nicht so süß zu mir zu sein, Cain. Ich bin ein großes Mädchen."

„Das ist mir bewusst. Doch bei dir kann ich einfach nicht anders."

Sie lacht leise, als ich das Licht im Badezimmer einschalte. Das Bad hat eine Wanne, eine Dusche und einen

Waschtisch neben der Toilette. Es wird eng für uns beide werden, jedoch freue ich mich darauf, sie gründlich einzuseifen. Ich mache das Wasser an, reguliere die Temperatur und drehe mich Sloane zu. Sofort macht sie sich an meiner Gürtelschnalle zu schaffen und öffnet sie, genauso wie den Knopf sowie den Reißverschluss meiner Jeans. Dann fasst sie hinein, um meinen schlaffen Schwanz zu ergreifen, der augenblicklich zum Leben erwacht. Ich stöhne, als sie ihn presst. „Was tust du da, Sloane?"

„Dir einen Blowjob schenken."

Er schwillt noch weiter an, dennoch schüttle ich den Kopf. „Du bist erschöpft. Du musst ins Bett."

„Ich bin zwar erschöpft, aber nicht so sehr, dass ich das nicht für dich tun kann."

„Für mich?"

„Ja, für dich. Weil du das alles für mich heute Nacht getan hast."

„Das ist nicht nötig …", beginne ich zu sagen, doch dann streichelt sie mein Geschlecht und die Wörter verlassen nie meine Lippen. Es ist unmöglich, ihr Angebot auszuschlagen.

***

Sloane schlummert tief und fest, mit ihrem Kopf auf meiner Brust und einem Arm über meiner Taille. Sie hat nicht lange gebraucht, um nach unserer Dusche einzuschlafen. Verflucht! Nach diesem fantastischen Blowjob sollte es mir ebenso gehen, doch mein Verstand läuft auf Hochtouren.

Beschäftigt sich mit allem, was Sloane Meyers angeht.

Warum zum Teufel habe ich sie hierhergebracht? Warum bin ich so zufrieden, mit ihr in meinem Bett zu liegen? Und warum zur Hölle habe ich ihr gesagt, dass wir früh aufstehen, sodass ich mit ihr irgendwo frühstücken kann?

Frühstück!

Ich gehe nicht mit Frauen frühstücken. Ich schleiche mich aus ihren Schlafzimmern, hoffend, dass sie nicht aufwachen. Und da ich schon dabei bin, darüber nachzudenken, wie sehr diese Frau meinen Verstand übermannt hat, kann ich es kaum fassen, dass ich mich gegen Bridger aufgelehnt habe. Er hat unser Szenario choreografiert und Logan gebeten, dass er sie Deepthroat nehmen soll. Das bedeutete, dass Logan es so tief machen sollte, bis sie es nicht mehr aushalten konnte. Es bedeutete auch, dass ich zum Zuschauer degradiert wurde, während ich mich selbst massierte. Aber ich habe mich direkt gegen seine Anweisung aufgelehnt und Logan aufgefordert, sich zu bremsen. Ihr Würgen zu hören und die Tränen in ihren Augen zu sehen … Ich war bereit, Logan auf der Stelle eine reinzuhauen, falls er es nicht getan hätte.

Was zum Geier ist los mit mir?

Ihren weichen Körper zu spüren und ihr Shampoo zu riechen, hilft mir nicht, diese Fragen zu beantworten, daher rutsche ich vorsichtig unter ihr hervor. Ich gebe dem Impuls nach, ihr die Decke über die Schultern zu ziehen, doch ich halte mich davon ab, ihr das Haar aus dem Gesicht zu streichen. Ganz so eine Pussy bin ich nicht, was dieses Mädchen anbelangt.

Noch nicht!

Nackt laufe ich ins Wohnzimmer, durchquere es und gehe in die Küche, um mir ein Bier aus dem Kühlschrank zu holen. Nachdem ich den Verschluss entfernt und weggeworfen habe, trinke ich einen tiefen Schluck, dann einen zweiten. Vielleicht sollte ich mich betrinken, damit ich mit der Besessenheit ihretwegen aufhöre und auch, darüber zu sinnieren, wie heftig ich in ihr gekommen bin. Es ist, als hätte ich mich in einen Höhlenmenschen verwandelt, als ich dabei zugesehen habe, wie Rand, Logan und Bridger sie fickten. Ich musste sie einfach härter und besser vögeln. Musste sie länger kommen lassen. Musste mich bis zum Anschlag in ihr vergraben, um die größtmögliche Ladung in ihr abzulassen. Und dann war da dieser Moment, in dem ich mir gewünscht habe, kein Kondom zu tragen, damit ich mich in ihrer Pussy entladen könnte, um ihr Inneres als mein zu markieren.

Was zur Hölle?
Seufzend gehe ich in den Wohnbereich und setze mich auf den kalten Plastikstuhl am Schreibtisch. Ich berühre das Touchpad des Laptops, um es aus dem Schlafmodus zu wecken. Oft benutze ich es nicht. Manchmal surfe ich nach Pornos, aber meistens, um meine E-Mails zu checken. Ich rufe meinen Account auf und überprüfe die Betreffzeilen. Dabei lösche ich die Spamnachrichten. Dann entdecke ich die Betreffzeile ‚Freitagnacht'. Die Absenderin ist Amy Mason. Ich öffne die Mail.

Cain,
ich habe heute den Fantasy-Vertrag von Bridger unterschrieben. Er hat gesagt, dass er dir eine Kopie schicken wird. Ich freue mich wirklich auf das, was du mit mir vorhast. Ich schlage übernächsten Freitag vor. Geht das für dich in Ordnung?
Amy

Mist!
Ich habe Amy vergessen, auch die Bestätigung an Bridger, dass ich Amy eine Vergewaltigungsfantasie in ihrem Haus erfülle. Die meisten meiner Bedenken sind durch den Vertrag, der das Szenario umreißt, ausgeräumt worden. Jedoch habe ich diese Entscheidung gefällt, ehe ich Sloane kennengelernt und ihr Monogamie versprochen habe, während wir zusammen sind.
Scheiße!
Ich streiche mir mit der Hand übers Haar, da die Stoppeln auf dem Hinterkopf vor Anspannung kribbeln. Kann ich Amy als Teil des Jobs fürs *Wicked Horse* vögeln und trotzdem das Versprechen an Sloane halten? Mein Bauchgefühl brüllt ein eindeutiges Nein, da keine Frau das als eine akzeptable Ausnahme der Abmachung anerkennen würde. Was noch schwerer wiegt, ist allerdings, dass ich Amy Mason unter keinen Umständen ficken will. Klar … sie hat eine großartige Pussy und all das, und fuck ja, diese Szenarien sind wirklich heiß. Aber der bloße Gedanken daran ist mir aus irgendeinem Grund beinahe zuwider.

Dennoch habe ich einen Job zu erledigen. Außerdem ist Sloane Meyers vor nicht einmal einer Woche in meinem Leben aufgetaucht. Vielleicht bin ich nur in sie vernarrt und ich kann etwas derart Flüchtiges nicht meine gewohnte Welt zerstören lassen. Ich kann weder den Gig noch das Geld aufgeben, das damit zusammenhängt. Schnell tippe ich eine Antwort, obwohl sich mir der Magen mit jedem Wort verkrampft, das auf dem Bildschirm erscheint.

Amy,
übernächsten Freitag passt. Doch schick mir als weitere Absicherung die Einzelheiten deiner Wünsche. Ich weiß, dass du den Vertrag unterschrieben hast, aber ich würde mich besser fühlen, wenn ich diese E-Mail von dir erhalte, besonders, da Charles nicht an der Fantasie beteiligt sein wird.

Ich setze nicht einmal meinen Namen darunter und klicke auf Senden, ehe ich es mir anders überlege. Ich werde die Verpflichtung ihr und Bridger gegenüber erfüllen, weil ich es zugesichert habe. Es ist lediglich ein Job für mich, nicht mehr.

Allerdings weiß ich auch, dass Sloane das völlig anders sehen wird. Da es mir die Brust zuschnürt, muss ich das Ganze vorher mit ihr beenden. Nur wann?

Ich habe anderthalb Wochen, um sie aus meinem Organismus zu kicken. Möglicherweise reicht es, wenn ich sie jede Nacht ficke, sodass sich die Fantasievorstellungen über dieses Mädchen und was sie mit mir anstellt in Luft auflösen. Dann kann ich sie gehen lassen und Amy Mason mit einem reinen Gewissen vögeln.

Wenigstens glaube ich, dass es sich so abspielen wird.

Kapitel 18

Sloane

Als wir im hellen Tageslicht aus Cains Einfahrt auf den Highway 191 fahren, finde ich sofort meine Orientierung wieder. Die Augenbinde in der letzten Nacht hat sie mir geraubt. Ich erkenne den Sleepy Indian Mountain im Osten, und da wir Richtung Jackson unterwegs sind, müssen wir gestern in der Nähe des *Wicked Horse* gewesen sein. Definitiv waren wir nicht in dem Gebäude, das Colton das *Silo* genannt hat, aber vermutlich auf dem Grundstück. Wer weiß das schon so genau. Vielleicht war es Bridgers Haus, vielleicht auch nicht.

Ungeachtet der Tatsache, dass ich die intensivste, sinnlichste und erotischste Erfahrung erlebt habe, die ich mir je hätte vorstellen können, weiß ich noch immer einen Scheißdreck über den Sexclub. Ich hatte gehofft, dass meine vorsichtigen Erkundigungen nach Cains Beziehung zu Rand, Logan und Bridger etwas hervorbringen würden, wo ich ansetzen könnte. Doch Cain war diesbezüglich kurz angebunden und ehrlicherweise kann ich es ihm nicht verdenken. Er ist dafür angeheuert worden, ein Geheimnis zu bewahren. Außerdem ist klar ersichtlich, dass er starke freundschaftliche Gefühle für die Jungs hat. Ich bin unwichtig für ihn und absolut nicht vertrauenswürdig.

Daher habe ich vorm Einschlafen begriffen, dass ich mich stattdessen an Callie Hayes heranmachen muss. Dennoch werde ich weiter an Cain festhalten, um einen Fuß in die Tür zu bekommen, damit ich eine Story aufdecken kann, von der ich nicht glaube, dass sie überhaupt existiert. Ich kämpfe um Job und Karriere, und das auf Kosten eines Mannes, den ich bereits nach wenigen Tagen sehr schätze.

Und ja, ich mag ihn unglaublich gern.

Niemals könnte ich eine derartige Erfahrung mit jemandem teilen und keine Verbindung zu ihm fühlen.

Niemals hätte ich in seinen Armen schlafen oder seine Lippen für einen Gutenmorgenkuss auf meinen spüren können, wenn ich nichts für ihn empfinden würde. Und das Problem dabei ist, dass ich zu viel für ihn empfinde. So viel, dass ich mich vielleicht nach einem neuen Job umsehen muss, um all diesen Schmutz hinter mir zu lassen. Eventuell könnte ich das restliche Leben im Ledergeschäft arbeiten, sodass Cain mich jede Nacht ficken kann, darauf hoffend, dass es sich zu etwas Tieferem entwickeln würde. Kopfschüttelnd versuche ich, mich wieder auf die richtige Spur zu bringen, und starte daher eine berechnende Unterhaltung, die im Idealfall Früchte trägt. „Was hast du nach dem Frühstück geplant?"

Cain nimmt seinen Blick nicht von der Straße, sagt aber: „Eigentlich nicht viel. Ich hatte gehofft, dass Walt Arbeit für mich hat. Er besitzt eine Baufirma, hat jedoch in den Sommermonaten selten Teilzeitjobs zu vergeben. Willst du was unternehmen?"

Ich atme tief ein und spucke meine Lüge aus. „Leider kann ich nicht, da ich ab mittags im Laden sein muss. Allerdings wollte ich im lokalen Büro von Gouverneur Hayes vorbeischauen, und hoffe dort jemanden zu finden, mit dem ich reden kann."

Cain zuckt tatsächlich zusammen und sieht kurz zu mir. „Gouverneur Hayes?"

Ich lache mädchenhaft, stecke mir eine Haarsträhne hinters Ohr und fahre fort, meine Geschichte auszubauen. „Ja. Ich habe mich über die Lokalpolitik aufs Laufende gebracht und darüber gelesen, dass sein Büro hinter einem Gesetzentwurf steht, der die Verschreibung von Schmerzmitteln durch Ärzte stärker kontrolliert."

Jetzt dreht er sich mir ganz zu und zieht seine Augenbrauen überrascht hoch. „Und was willst du damit erreichen, wenn du in seinem Büro auftauchst?"

Nach einem weiteren albernen Lachen sehe ich ihn verlegen an. „Nun, ich will ehrenamtlich bei seiner Kampagne mitmachen. Ich habe mich schon immer für Politik interessiert, besonders auf der lokalen Ebene. Ich habe als Page im Senat von Tennessee gearbeitet, bei Wahlkampagnen mitgemacht, so ein Zeugs eben."

Stumm verdaut Cain das Gesagte. Ehe er Löcher in diese Geschichte bohrt, beschließe ich, ihm etwas Wahres zu sagen, um mein Gewissen ein wenig zu beruhigen. „Ich habe ein berechtigtes Interesse in dieser Angelegenheit."

„Welcherart ist dein Interesse?"

Ich atme ein, schließe für eine Sekunde die Augen und bitte meine Mom um Vergebung, dass ich sie auf diese Weise missbrauche. „Meine Mom war abhängig von Schmerzmedikamenten. Sie hat eine Überdosis genommen … absichtlich."

„Was?" Er starrt mich zweifelnd an.

Ich halte den Blick. „Vor sechs Jahren. Sie hatte viele Medikamente im Haus, die ihr von verschiedenen Ärzten verschrieben wurden. Es war so leicht für sie, die Macht darüber zu haben, sich selbst das Leben zu nehmen."

„Das tut mir leid", sagt er leise, löst eine Hand vom Lenkrad und fasst nach meiner. Er führt sie an seinen Mund und küsst mich aufs Handgelenk, ehe er sie loslässt. „Das ist unvorstellbar."

„Rachel starb an einer Überdosis, also kannst du dir das vorstellen."

Er nickt zwar verständnisvoll, doch stellt klar: „Das ist nicht dasselbe. Das waren illegale Drogen und sie war einfach nur dumm. Es hört sich so an, als wäre deine Mom sehr verloren gewesen."

Ich bin den Tränen nah, da Cain meine Mutter perfekt beschrieben hat.

Sie ist völlig verloren.

Eine Träne tropft warm meine Wange hinunter und ich wische sie hastig weg. Cain bemerkt es dennoch. Erneut packt er meine Hand und dieses Mal lässt er sie nicht los. Er hält sie, sodass wir den Kummer teilen können, und erlaubt mir gleichzeitig, weiter zu trauern, falls ich das möchte. Ich verspüre das überwältigende Verlangen, mich in seine Arme zu werfen. Ihn dazu zu bringen, den Truck an die Seite zu fahren, um auf seinen Schoß zu kriechen und mich an ihn zu schmiegen. Er soll die Arme um mich schlingen, mir versichern, dass er jede Dummheit verzeiht, die mit meinen schrecklichen Lügen einhergeht, und was noch wichtiger ist, dass ich die hässliche Wahrheit benutze, um an diese dämliche, verfickte Story zu kommen.

Das Klingeln von Cains Mobiltelefon, das neben ihm auf dem Sitz liegt, zerschneidet die Stille, und er lässt mich los, um danach zu greifen. Nach einem Blick auf das Display erhellt ein Lächeln sein Gesicht.

„Hey, Mom“, sagt er, nachdem er das Gespräch angenommen hat. Er lächelt auch mich kurz an. Er hört seiner Mutter zu und antwortet dann: „Ja, ich bin fast in Jackson. Ich bin gleich da und sehe es mir an, doch ich kann nicht lange bleiben. Ich habe jemanden bei mir und wir wollen frühstücken gehen.“ Er lauscht wieder und schüttelt amüsiert den Kopf. „Ja, es ist eine Frau, und ja, du kannst sie kennenlernen.“ Er lacht laut. „Bye, Mom.“

Als er die Verbindung unterbricht, kann ich sie noch immer reden hören. Nachdem er das Telefon zurück auf den Sitz geworfen hat, überschlägt sich mein Herz, wie bei einem Welpen, der seinen Bauch gekrault bekommt, da er meine Hand nimmt und sie drückt.

„Ich hoffe, dass es dir nichts ausmacht, kurz im Laden meiner Mom vorbeizuschauen. Der Wasserboiler funktioniert nicht, und ich wette, dass lediglich die Zündflamme eingeschaltet werden muss.“

„Wow“, sage ich grinsend. „Ich lerne deine Mom kennen. Das geht mir ein wenig zu schnell.“

Cain lacht. Bei den nächsten Worten spüre ich ein Sehnen zwischen den Beinen. „Das bezweifle ich. Nicht nachdem du all meine Träume in der letzten Nacht erfüllt hast.“

Ich laufe rot an, wissend, dass er mich neckt. Es ist kein arrangiertes Treffen mit seiner Mom, sondern lediglich ein Zufall.

„Hör mal." Sein Tonfall ist jetzt ernst. „Ich kenne Gouverneur Hayes' Tochter. Wir sind zusammen zur Schule gegangen und sie ist mit meinem Freund Woolf liiert, dem die *Double J* gehört. Ich könnte dich ihr vorstellen, falls du das möchtest. Callie wird seine Kampagne leiten und sie wird sich sicherlich über deine Hilfe freuen."

Und einfach so gibt Cain mir genau das, worauf ich abgezielt habe.

Dass er mich Callie vorstellt.

Und ich fühle mich so schrecklich deswegen, dass mir zum Kotzen zumute ist.

***

„Ich muss dich vorwarnen", sagt Cain, ehe er die Glaseingangstür zu *Mollys Dream Nails* aufzieht. „Meine Mom kann ein bisschen überwältigend sein. Also leg nicht jedes ihrer Worte auf die Goldwaage, okay?"

„Oookaaaay." Ich bin mir nicht sicher, was ich erwarten soll.

Cain öffnet die Tür und winkt mich hinein. Ich betrete ein sehr elegantes und trendy Nagelstudio mit sechs kleinen Tischen aus schwarzem und pinkfarbenem Lack sowie zwei kuschligen cremefarbenen ledernen Ruhesesseln an denen Fußbecken für Pediküren stehen. Drei der Tische sind mit Angestellten besetzt, die der Kleidung nach Einheimische sind, aber ich entdecke Cains Mom nicht unter ihnen. Cain schreitet an den jungen Frauen vorbei, die ihn bewundernd anstarren, genau wie eine circa sechzigjährige Kundin. Er nickt ihnen zu, zeigt diese Grübchen und sagt: „Ladys."

Sie alle kichern, lächeln und klimpern mit den Wimpern. Das entlockt mir fast ein Augenrollen, doch stattdessen eile ich hinter Cain her, der auf eine geschlossene Tür zuläuft.

Ehe er sie aufmacht, stupse ich an seinen Ellbogen und grinse ihn amüsiert an. „Hinterlässt du in deinem Fahrwasser immer eine Ansammlung von kichernden Frauen, die sich Luft zufächeln?"

Cain starrt mich überrascht an und deutet auf sein Gesicht. „Mit der hässlichen Visage? Das kann ich mir nicht vorstellen."

„Hässlich?", frage ich bestürzt. „Du hast eines der schönsten Gesichter, die ich je gesehen habe. Ehrlich gesagt will ich mir die meiste Zeit Luft zufächeln, wenn ich mit dir zusammen bin."

Er sieht mich wieder an, ungläubig und verblüfft. Er hebt sogar eine Augenbraue und bedenkt mich mit einem skeptischen Grinsen.

„Was?", frage ich verärgert. „Du weißt sicherlich, wie heiß du bist? Du brauchst mich nicht, um dir das zu bestätigen. Außerdem ist dein Ego auch so groß genug, ohne dass ich es streichle und …"

Cains Lippen auf meinen schneiden mir effektiv das Wort ab. Seine Zunge in meinem Mund und seine Hände auf meinem Po lassen mich stöhnen. Ich glaube, dass ein paar der Frauen verträumt seufzen. Der Kuss ist viel zu kurz, doch er wollte bloß seinen Standpunkt verdeutlichen. Er fügt noch ein unsichtbares Ausrufezeichen hinzu, als er dicht an meinem Ohr flüstert: „Wenn wir kein Publikum hätten, würde ich dir weitaus mehr antun, als dich nur zu küssen."

„Vielleicht gibt es eine Toilette", schlage ich atemlos vor, da mir „weitaus mehr" gerade recht kommt. Zur Hölle mit einem Frühstück, seiner Mom und all den Frauen, die uns anstarren.

Cain schmunzelt. „Lass uns dieses Thema im Moment nicht weiterverfolgen. Ich brauche keinen Ständer vor meiner Mom und sie ist auf der anderen Seite der Tür."

Als er sich aufrichtet, schimmern seine Augen belustigt. Es macht ihn noch atemberaubender und meine Zunge scheint sich zu verknoten. Daher nuschele ich nur ein „Okay".

Cain nickt und öffnet die Tür. Er läuft zuerst rein. Ich kann kurzfristig lediglich seinen breiten Rücken sehen, doch dann beugt er sich vor. „Mom, steh sofort auf.“ Er streckt die Hand aus, geht ein wenig in die Hocke und richtet sich auf, um seiner Mutter aufzuhelfen.

„Was hast du gemacht?“, fragt er in einem liebevollen, aber auch verärgerten Tonfall.

„Wollte nur herausfinden, ob die Zündflamme aus ist.“ Sie klopft den Staub von ihrer Jeans.

„Du weißt gar nicht, wo …“, beginnt er, doch sie ignoriert ihn, da sie sich mir zuwendet.

Cains Mom ist klein, vielleicht drei Zentimeter kleiner als ich. Sie hat Cains haselnussbraune Augen und das dunkle Haar, das sie kurz und fransig trägt. Wenn ich raten müsste, würde ich sie auf Anfang fünfzig schätzen, allerdings nur, weil ich weiß, dass Cain dreißig ist. Sie würde für viel jünger durchgehen.

„Sieh mal einer an“, sagt sie und tritt mit ausgebreiteten Armen nach vorn. Sie mustert mich von oben bis unten. Und ich trage noch immer dasselbe Outfit, das ich zu meinem vermutlich einzigen Gangbang getragen habe. Zum Glück ist es nicht allzu verknittert und es ist wenigstens schick und stylish. Sie umarmt mich und strahlt mich an. „Du bist einfach nur hinreißend. Ich darf doch Du sagen?“

Ich erröte und sie dreht sich Cain zu, ohne ihren festen Griff zu lösen. „Ist sie nicht hinreißend?“ Sie lächelt mit purer Freude, dass ihr Sohn eine Frau mitgebracht hat.

Belustigt schüttelt Cain den Kopf und sieht mich an. Sein Blick hält mich gefangen und mein Magen schlägt Purzelbäume, sobald er sagt: „Absolut hinreißend.“

Seine Mutter lächelt noch breiter und sie seufzt sogar. Ich unterdrücke das eigene Seufzen, doch es ist schwer, da es so entzückend war. Sie gibt mir einen Schubs und führt mich zur Tür, durch die wir gekommen sind. Sie hakt einen Arm bei mir unter. „Ich bin Molly Bonham, Cains Mutter, aber das hast du dir bestimmt schon gedacht.“

„Ich bin Sloane Meyers“, sage ich, als wir durch die Tür gehen und Cain zurücklassen. Ich kenne Cains Mutter seit gerade mal einer Minute und musste sie bereits anlügen, indem ich ihr den falschen Nachnamen genannt habe.

Molly führt mich zu ihrem Tisch und die anderen Frauen sehen neugierig zu uns. Molly deutet auf den Kundenstuhl und ich setze mich hin. Sie nimmt gegenüber von mir Platz, streckt die Arme aus und schnippt mit den Fingern als Zeichen, dass sie meine Hände möchte. Unsicher halte ich sie ihr hin. Molly ergreift sie, um sie zu mustern, wobei sie sie von links nach rechts dreht.

„Du hast wundervolle Hände. Beim nächsten Mal kriegst du eine Maniküre, doch jetzt muss eine Massage reichen, während wir reden."

Molly nimmt sich von der Lotion, die auf dem Tisch steht, und verteilt sie anschließend auf meiner Handfläche. Ihre Finger graben sich in die Muskeln. Verdammt, fühlt sich das gut an.

„Also, wie lange triffst du dich bereits mit Cain?", fragt sie mit einem munteren Lächeln. „Und lass bitte keine Details aus. Schließlich ist das beispiellos. Nun, nicht seit …"

„Rachel", platzt es aus mir.

Molly starrt mich erstaunt an und schüttelt angewidert den Kopf. „Gott, nein. Er hat mir Rachel nie vorgestellt, als sie sich getroffen haben. Ich dachte da an seinen Schatz aus der Highschool. Wie war noch ihr Name? Jedenfalls war er verrückt nach ihr, aber sie war eine Herzensbrecherin. Hat die Herzen von allen Jungs gebrochen, soweit ich mich erinnere. Doch das war Herzschmerz zu Highschoolzeiten. Und dann ist er den Marines beigetreten und hatte kaum Zeit, um nach Hause zu kommen, und seit Rachel hat er wenig Interesse gezeigt …"

Molly redet weiter und weiter von Cain. Mir dreht sich schon der Kopf, um mit ihr Schritt zu halten. Dieses kleine Kraftpaket von einer Frau, die mir energisch die Hände massiert und Cains Dating-Historie vor mir ausbreitet, ist absolut liebenswert. Ich höre zu, absorbiere alles über diesen mysteriösen Mann.

Ein Mann, der seine Arbeit ernst nimmt.

Der Frauen auf Parkplätzen fickt.

Der kinky Gruppensex mit seinen Freunden hat.

Der mir einen Buttplug auf der Arbeit verpasst.

Zur Hölle! Molly ist so verflucht normal und mütterlich, dass mir das eine ganz neue Sichtweise auf Cain gibt. Es ist fast so, als könnte ich ihn mir als gewöhnlichen Kerl vorstellen.

„… und dann arbeitet er so hart zwischen seinen Jobs im *Wicked Horse*, auf der *Double J* und für meinen Walt. Ich mache mir Sorgen um ihn, und er braucht ein Mädchen, das ihn zurück auf einen guten Weg bringt. Er muss lernen, dass das Leben noch mehr bietet als Arbeit, um all die Schulden abzutragen, die Rachel ihm hinterlassen hat."

„Sie scheint eine ganz miese Person gewesen zu sein."

„Sie war die schlimmste", sagt Molly leise und lehnt sich zu mir. „Sie hat Cain betrogen, hat sich völlig zugedröhnt mit allem möglichen Abschaum abgegeben. Hat all die Kreditkarten überzogen. Ehrlich gesagt, obwohl ich es hasse, wenn jemand stirbt, konnte ich nicht anders als erleichtert zu sein, als sie aus Cains Leben verschwand. Und jetzt bist du auf einmal da, das erste Mädchen, an dem er seit ihr Interesse zeigt."

Ich finde es bedeutsam, dass Molly Rachels Abtreibung nicht erwähnt hat. Möglicherweise, weil sie es als unpassend empfindet, einer Fremden gegenüber etwas Derartiges zu erwähnen. Allerdings wette ich, dass sie es nicht weiß. So gut kenne ich Cain bereits, denn er würde seiner Mom nicht noch weiter wehtun wollen.

„Also wie habt ihr euch kennengelernt?" Sie nimmt sich von der Lotion und verteilt sie auf meiner anderen Hand, um sie anschließend zu massieren.

„Öhm … im *Wicked Horse*", sage ich ihr mit einem verschmitzten Grinsen. „Ich habe einem Kerl in die Nüsse getreten, der versucht hat, mich auf der Tanzfläche zu betatschen, und Cain hat mich hinausbegleitet."

„Und seitdem trefft ihr euch." Molly seufzt romantisch.

Ja … nun, eigentlich sind das keine Dates.

Wir ficken, Molly. Reines Ficken.

Um genau zu sein, hat dein Sohn mich letzte Nacht ins Haus eines Fremden gebracht, um mich dort mit drei seiner Kumpels zu vögeln.

Es ist schwierig, diese Erinnerung mit mir in Einklang zu bringen. Und jetzt sitze ich hier und unterhalte mich mit Cains Mom. Das fühlt sich surreal an. Die Tür zum Hinterzimmer geht auf, sodass ich mich umdrehe. Cain kommt heraus. Er lächelt mich kurz an und rollt mit den Augen, als er bemerkt, was seine Mom macht.

„Okay, Mom. Lass Sloane los. Wir müssen gehen. Der Brenner war aus und ich habe ihn wieder eingeschaltet."

Molly tätschelt mich. „Es war mir eine Freude, dich kennenzulernen, Sloane, und ich würde dich gerne bald wiedersehen."

Ich drücke ihre Hand, als ich aufstehe. „Ich habe mich auch sehr gefreut, dich kennenzulernen, Molly, und würde dich auch gerne bald wiedersehen."

„Wenn das so ist: Wie wäre es mit Sonntag?", schlägt Molly mit einem listigen Lächeln vor, das sie auf ihren Sohn richtet. „Cain kommt normalerweise sonntags zum Mittagessen zu uns. Seine Schwester samt Familie werden da sein. Du kommst mit Cain, okay?"

Ich wende mich Cain zu, der vermutlich wegen des Vorschlags mit den Zähnen knirscht. Stattdessen beugt er sich vor und küsst sie auf die Wange. „Wir sind gegen 13 Uhr da."

Ich bin verblüfft, dass er mich mit zu einem Familienessen nehmen möchte. Wir hatten gerade wilden Sex und jetzt begleite ich ihn in sein Elternhaus. Allerdings fasse ich mich schnell und frage Molly. „Soll ich etwas mitbringen?"

„Nur dich selbst, Liebes." Sie blinzelt Cain zu. „Ich mag das Mädchen. Du musst sie behalten."

Dieses Mal geht er nicht darauf ein. Stattdessen beißt er fest die Zähne aufeinander. Er nickt und sagt: „Wir sehen dich am Sonntag, Mom."

Ich folge Cain aus dem Studio und hege keinen Zweifel daran, was ich gerade auf seinem Gesicht erkannt habe.

Vor seiner Mom mag er vielleicht süß und schmachtend gewesen sein, doch Cain Bonham plant nicht, mich für längere Zeit um sich zu haben. Das war sehr, sehr deutlich.

Kapitel 19

Cain

Cain Bonham hat ein Date.

Ein Doppeldate, um genau zu sein.

Wette, das hat niemand kommen sehen.

Allerdings muss ich zugeben, dass es nicht so grauenvoll ist, wie ich es mir vorgestellt habe. Ich glaube, mein letztes Date war mit Rachel, nachdem wir frisch zusammen waren. Wir haben nicht mit einer Verabredung angefangen, sondern mit wildem Sex hinten in meinem Truck, und sind anschließend zum Essen ausgegangen. Doch mit ihr war es bloß Sex und noch mehr Sex, wobei ich Sex damals mit Liebe verwechselt habe.

Jetzt jedoch nicht.

Jetzt bin ich vernünftig und halte meine Sinne beisammen. Ich weiß, was auf dem Spiel steht. Sloane Meyers gehört langfristig nicht in mein Leben. Tatsächlich werde ich nächste Woche um diese Zeit Amy Mason vögeln und Sloane wird lediglich eine Erinnerung sein. Mein Magen dreht sich bei diesem Gedanken um, aber ich ignoriere es. Stattdessen schaue ich zu Sloane und Callie, die sich unterhalten.

Die Frauen verstehen sich und ich meine das wörtlich. Sie haben nicht aufgehört zu reden, seitdem wir das Restaurant betreten haben, sodass Woolf und ich uns miteinander begnügen müssen. Wenigstens haben wir Sport als Thema. Sloane hat nicht übertrieben, als sie ihr Interesse an Politik bekundet hat. Ich bin erstaunt über ihr Wissen und ihre Beteiligung auf Landesebene in Tennessee. Sie hat bei zwei Kampagnen mitgemacht, eine davon war für einen US-Senator. Offen gesagt langweilt mich dieser Scheiß, doch am Anfang der Unterhaltung habe ich gebannt zugehört, da Sloane Callie mehr über ihre Mutter erzählt hat.

„Also, warum willst du beim Wahlkampf meines Vaters mitmachen?", hat Callie gefragt, während sie an ihrem Wein genippt hat und wir alle an den überteuerten Shrimp-Cocktails herumgepickt haben.

„Er unterstützt den Gesetzentwurf 137", sagte Sloane.

Callie nickte. „Er verlangt, von Ärzten eine Datenbank zu prüfen, ehe sie Medikamente verschreiben, die zu Abhängigkeiten führen."

„Unter anderem. Aber ja, das ist der wichtigste Teil an diesem Gesetz."

„Cain sagt, dass du neu in der Gegend bist. Woher das Interesse, sich an der Lokalpolitik zu beteiligen?"

Sloane hat Callie von ihren Erfahrungen berichtet, wobei sie todlangweilige Einzelheiten ausgegraben hat, die Woolf und mich zu einer angeregten Diskussion über Baseball getrieben hat. Doch meine Aufmerksamkeit wurde wieder geweckt, als Sloane sagte: „Es ist sehr persönlich für mich. Und da dies in der nächsten Zeit mein Zuhause ist, würde ich mich liebend gern politisch engagieren."

„Warum ist es persönlich?", hat Callie leise gefragt.

Sloanes Stimme war gefestigt, als sie weiter ins Detail gegangen ist als bei mir vor ein paar Tagen. „Meine Mom wurde am unteren Rückenbereich operiert. Man hat ihr ein ganz schön süchtig machendes Zeug verschrieben. Sie konnte nicht mehr davon loskommen. Obendrein litt sie unter starken Depressionen. Sie hat zu viel genommen … eine Überdosis. Ich habe sie kurz nach der Einnahme gefunden und konnte rechtzeitig Hilfe anfordern."

„Oh Gott." Callie hat sich bestürzt die Hand vor den Mund gehalten und ihre andere schnell über Sloanes gelegt. „Das tut mir so leid. Geht es ihr jetzt gut?"

„Das war vor ein paar Jahren." Sloane hat mit einem Finger den Rand des Glases umkreist und auf den Rotwein gestarrt, um Callies Blick zu vermeiden. „Sie nimmt keine Schmerzmittel mehr, aber sie hat noch immer Probleme."

Glücklicherweise kam der Kellner, um unsere Bestellung aufzunehmen, sodass Sloane von weiteren Fragen verschont wurde. In der Sekunde, als er ging, habe ich die Unterhaltung auf Sloanes Bitte, als ehrenamtliche Helferin zu arbeiten, gelenkt. Die Mädchen nahmen ihre Diskussion sofort wieder auf.

Woolf und ich redeten über Football.

Schließlich hörten sie auf, über Politik zu sprechen, und wir hatten eine schöne Zeit miteinander. Es war noch nie schwierig zwischen Woolf, Callie und mir, da wir uns seit Jahren sehr gut kennen. Es hat mich wirklich nicht überrascht, dass Sloane so gut zu uns passt. Sie ist genauso entspannt wie wir, ist jedoch blitzgescheit und hat einen tollen Sinn für Humor. Nach dem Dessert blieben wir für eine weitere Stunde und haben uns unterhalten und gelacht. Es war beinahe 22:30 Uhr, als wir das Restaurant verlassen haben. Bis zum Ende des Abends haben Callie und Sloane sich bereits für den nächsten Tag verabredet, um gemeinsam shoppen zu gehen und über Politik zu reden. Es scheint, als würde Sloane nicht nur in eine Beschäftigung zurückfinden, die sie geliebt hat, sondern auch, dass sie eine neue Freundschaft geschlossen hat. Ich bin froh darüber und hatte vermutet, dass die beiden sich mögen würden. Ehrlich gesagt erleichtert das mein Gewissen, dass sie vielleicht eine Freundin hat, auf die sie sich stützen kann, wenn ich sie nächste Woche abservieren muss. Callie wird mir zwar deswegen die Hölle heißmachen, aber wenigstens wird sie es verstehen, da sie alles über den Sexclub weiß. Und sie wird Sloane etwas Trost spenden.

Normalerweise würde ich an einem Samstagabend um diese Zeit entweder im *Wicked Horse* arbeiten oder irgendjemanden im *Silo* oder in einer der Fantasy-Hütten ficken. Aber nachdem wir uns von Woolf und Callie auf dem Parkplatz des Restaurants verabschiedet haben, frage ich Sloane, was sie machen möchte.

Sie zuckt mit den Schultern. „Keine Ahnung. Wieder zu mir fahren?“

In den letzten beiden Nächten habe ich zwar gearbeitet, doch das hat mich nicht von ihr ferngehalten. Ich bin den ganzen Weg zurück nach Jackson zu ihrer Wohnung gefahren, zufrieden, sie dort wartend und nackt vorzufinden. Jetzt allerdings will ich sie in mein Bett zerren.

„Oder zu mir", trompete ich los. Das ist das zweite Mal, dass ich sie zu mir einlade. Es ist dämlich, da es den Beigeschmack einer stärker werdenden Bindung hat, und das ist total scheiße, da ich keine Absichten hege, dies für eine längere Zeit am Laufen zu halten.

„Einverstanden", sagt sie mit einem Lächeln.

Ich fasse nach ihrer Hand, und wir gehen zum Truck, wobei sich mir schon der Kopf dreht mit all dem, was ich mit ihr machen möchte, sobald wir angekommen sind.

***

Sloane sitzt rittlings auf mir und reitet meinen Schwanz.

Ich halte ihre Hüften, helfe ihr dabei, auf und ab zu hüpfen.

Fantastische wippende Titten.

Mit den Fingern einer Hand reibt sie ihre Klit.

Sloane, die sich fallen lässt und aufschreit, als sie kommt.

Das ist alles, was ich brauche. Ich ziehe sie runter, presse die Fußsohlen auf die Matratze und bewege die Hüften schnell nach oben. Mein Schwanz dringt tief ein, und sie keucht überrascht auf, noch während sie bebt und zittert. Ich entlade mich heftig in ihr, beiße dabei die Zähne hart aufeinander, und die empfundene Lust ist so intensiv, dass sie beinahe irreal auf mich wirkt.

Sloane sackt auf mir zusammen, wobei ihr Körper ebenso schweißüberströmt ist wie meiner. Ich umarme sie und lege meine Hände auf ihren bebenden Rücken, während sie nach Luft schnappt.

„Bin ich verrückt?", fragt sie zwischen den Atemstößen. „Oder war das wirklich, wirklich gut?"

„Du bist dreimal gekommen", sage ich genauso atemlos. „Ich glaube, dass mein Schwanz geplatzt ist. Also ja, das war wirklich, wirklich gut."

Sloane kichert und schmiegt ihr Gesicht an meinen Hals.

Und ich liebe dieses Geräusch und das Gefühl, und fuck … das werde ich sicherlich schmerzlich vermissen. Plötzlich beginnt *Bullet With Butterfly Wings* zu spielen, und Sloane zuckt zusammen, ehe sie sich gerade aufsetzt und ihre auf dem Boden liegende Tasche anschaut. Sie kriecht von mir runter, sodass mein Schwanz herausrutscht und sich jetzt völlig kalt und vernachlässigt anfühlt. Sie zieht die Decke vom Bett und wickelt sie sich um den Körper, bevor sie in ihre Tasche greift und das Telefon herausholt, das sie zum Ohr führt. Sie räuspert sich und sagt: „Mom, bist du okay?"

Ich stütze mich auf den Ellbogen ab und bemerke ihren besorgten Gesichtsausdruck, während sie aufmerksam zuhört. Sie sucht meinen Blick, sieht mich entschuldigend an und hält einen Finger hoch. Aufmunternd nicke ich ihr zu, und sie läuft aus dem Zimmer, damit sie die Privatsphäre hat, um die sie gerade stumm gebeten hat. Seufzend rolle ich aus dem Bett, entferne das Kondom und werfe es in den Mülleimer, der auf der anderen Seite des Nachttisches steht. Ich habe kein Problem, mit blankem Arsch herumzulaufen, doch dass Sloane sich bedeckt hat, um mit ihrer Mom zu sprechen, ist sehr aufschlussreich. Denn es bedeutet, dass die Unterhaltung entweder aufwühlend oder schmerzhaft ist, sodass sie eine schützende Ummantelung braucht, auch wenn es nur etwas ist, das ihre Nacktheit vor mir verbirgt. Aus Rücksicht auf sie ziehe ich mir meine Jeans über, ohne Unterwäsche, und setze mich aufs Bett.

Mein Haus ist so klein, dass ich Sloane hören kann, obwohl sie leise spricht. Allerdings glaube ich nicht, dass sie das Gesagte vor mir geheim halten will, denn ihre Worte sind zwar leise, aber deutlich.

Es tut mir leid, dass du eine schlimme Nacht hast. Hast du versucht, Kent anzurufen?

Eine lange Pause, in der sie zuhört.

Ich weiß, dass du es nicht magst, wie du dich wegen ihnen fühlst, doch du musst dranbleiben.

Eine kürzere Pause.

Ja, Mom. Es ist wichtig.

Und dann, mit einer noch leiseren Stimme: *Ich versuche, bald nach Hause zu kommen. Das müsste in einer Woche oder so möglich sein.*

Eine sehr lange Pause.

Es wird alles gut, Mom. Du weißt, dass du Dr. O'Loughlin anrufen sollst, wenn es schlimm wird, nicht wahr?

Kurze Pause.

Okay. Ich muss jetzt auflegen. Ich liebe dich und rufe dich morgen an, um zu sehen, wie es dir geht.

Da ich vermute, dass sie gleich zurück ins Schlafzimmer kommt, warte ich ein paar Minuten. Jedoch tut sie es nicht. Ich stehe auf und laufe ins Wohnzimmer. Sie sitzt mit angezogenen Beinen auf meinem Fernsehsessel und ist fest in die Decke eingewickelt. Sie starrt auf das Telefon und flucht unterdrückt, ehe ihre Daumen über das Display fliegen, als sie mit wutverzerrtem Gesicht einen Text schreibt. Das Geräusch der ausgehenden Nachricht ertönt, doch sie sieht noch immer das Telefon an.

„Alles in Ordnung?"

Sie zuckt zusammen und schaltet es aus. Ich erwarte, Sorge oder Erschöpfung bei ihr wegen der Unterhaltung zu sehen, stattdessen wirft sie mir einen schuldbewussten Blick zu. Ich frage mich, wen sie direkt nach dem Gespräch mit ihrer Mutter angetextet und warum sie deswegen erst wütend und dann schuldig gewirkt hat.

Ihre Mimik entspannt sich und sie schenkt mir ein Lächeln. „Alles gut. Das war nur meine Mom. Sie fühlt sich etwas deprimiert und wollte mit mir reden."

„Ist irgendwas passiert?" Ich gehe zu ihr und bleibe vorm Sessel stehen.

Gedankenverloren streichelt sie mit dem Daumen über den Rand des Telefons. Sie atmet einmal tief ein und aus. „Meine Mom wurde vor einem Monat aus dem Krankenhaus entlassen. Es war eine psychiatrische Klinik, in die sie sich selbst eingewiesen hat, da sie einen Zusammenbruch hatte."

Ich gehe vor ihr auf die Knie, sodass sich meine Augen auf einer Höhe mit ihren befinden, und lege die Hände auf ihre Oberschenkel, um sie zu drücken. „Es tut mir leid. Das wusste ich nicht."

„Ist ja auch nichts, das man einfach so einem Fremden erzählt", sagt Sloane mit einem humorlosen Lachen.

„Wir sind keine Fremden."

„Wir kennen uns erst seit einer Woche."

„Aber bedenke die Dinge, die wir in dieser Woche getan haben", entgegne ich mit einem Lächeln und einem bedeutungsvollen Blick. „Und hier bist du und erzählst mir all deine dunklen Geheimnisse."

Ein weiterer Anflug von Schuld huscht durch ihre Augen, sodass ich erkenne, dass sie nicht ihre ganzen Geheimnisse mit mir teilt.

„Geht es deiner Mom jetzt gut?", frage ich, zu dem Zweck, dass sie nicht dichtmacht.

„Ja." Sie schiebt ihre Beine nach vorn. Ich lasse sie los, damit sie ihre Füße auf beiden Seiten von mir auf den Boden stellen kann. „Sie wird es schaffen. Manchmal will sie nur meine Stimme hören. Ich glaube, das erdet sie irgendwie."

„Hört sich so an, als würdest du einen Besuch planen", sage ich beiläufig und lege die Hände zurück auf ihre mit mehreren Lagen bedeckten Oberschenkel. Erstaunt sieht sie mich an, sodass ich klarstelle: „Ich habe gehört, was du gesagt hast."

„Oh", erwidert sie abwesend, und ich kann förmlich sehen, wie sich die Rädchen in ihrem Kopf drehen, als sie versucht, sich daran zu erinnern, was genau sie gesagt hat. Sie verbirgt auf jeden Fall etwas vor mir.

„Wem hast du eine Nachricht geschickt?" Ich kann mir die verfluchte Frage einfach nicht verkneifen, denn ich habe gerade herausgefunden, dass Sloane sich große Sorgen um ihre Mom macht, die am anderen Ende des Landes lebt. Sloane ist aufgebracht und hat zudem ihrer Wut mit einer Textnachricht Luft gemacht. Es treibt mich in den Wahnsinn, dass ich nicht weiß, worum es geht, besonders da ich ihr jetzt helfen möchte, egal, was es ist.

„Meinem Bruder“, antwortet sie schnell.

Zu schnell, und ich weiß, dass es eine Lüge ist.

„Deinem Bruder?“

„Ja. Kent. Er ist vier Jahre älter als ich und lebt in derselben Stadt wie Mom. Ich will, dass er nach ihr sieht.“

Nun, scheiße … Das hört sich nachvollziehbar an, aber dennoch glaube ich nicht, dass es wahr ist. Der Tonfall, mit dem sie über ihren Bruder spricht, ist sanft, liebevoll. Es gibt echte Zuneigung zwischen ihnen. Sie ist nicht sauer auf ihn, zumindest nicht heute Nacht. Doch ich beschließe, es für den Moment gut sein zu lassen. Ich habe kein Recht, in Sloanes dunklen Geheimnissen herumzustochern. Besonders nicht, weil ich mich in ein paar Tagen von ihr trennen will, und deswegen ist mein Interesse belanglos. Daher tue ich etwas, von dem ich weiß, dass wir es beide lieben, und halte an dieser Verbindung fest. Ich schiebe das Laken über ihre Beine, streife mit den Fingern über ihre nackte Haut. Sobald ihre Pussy zugänglich ist und die Decke sich um ihre Taille bauscht, lege ich meine Hände unter ihre Oberschenkel und wuchte ihre Beine über meine Schultern.

Ich presse den Mund auf sie und lecke sie. Sie schreit auf und umfasst hart meinen Kopf.

Ja … Auch das werde ich vermissen.

So verflucht sehr.

Kapitel 20

Sloane

Callie Hayes ist eine der erstaunlichsten Personen, die ich jemals kennenlernen und mit der ich Zeit verbringen durfte. Sie ist wunderschön, klug und witzig. Sie ist äußerst mitfühlend und ebenso leidenschaftlich, sobald es um Dinge geht, auf die es ankommt. Und das erhöht die Bürde der Schuld, die mir auf den Schultern lastet, um einiges. Sie fühlt sich wie ein Betonstein an, der auf meiner Brust liegt, und das wird noch schlimmer, da diese großartige, ahnungslose Lady jetzt mein Ziel ist. Ich muss irgendeinen Schmutz bei ihr finden, weil sie zufällig die Tochter eines Politikers ist und meine Zeitschrift einen Vorteil aus der Situation ziehen will.

„Wie wäre es mit einer Margarita?", fragt Callie, als wir zu einem Tisch im hinteren Teil von *Merry Piglets* gebracht werden, um dort mittagzuessen. Den Morgen haben wir damit verbracht, in den Läden am Stadtplatz herumzustöbern. Dabei wollten wir nicht unbedingt shoppen, sondern uns entspannt kennenlernen.

Der Gedanke an Alkohol oder etwas zu essen, dreht mir den Magen um, sodass ich den Kopf schüttele. „Zu früh für mich."

Callie prustet und sagt: „Es ist nie zu früh für eine Margarita." Dann schnappt sie sich eine der Kellnerinnen, die vorbeilaufen, indem sie an der Schleife ihrer Schürze zupft. „Kimmy, bitte zwei Classic Margaritas."

„Klar doch, Callie", entgegnet die junge Frau augenzwinkernd und geht zur Bar.

„Du bist hier beliebt." Ich hebe die Augenbrauen und grinse sie an.

„Während der Highschool habe ich hier gearbeitet. Unsere Familie kennt die Besitzer, die Sanchez´, seit Ewigkeiten und mein Dad hat politische Kundgebungen auf der Bartheke gehalten."

„Das ist cool", sage ich bewundernd, da ich mir nicht vorstellen kann, dass mein Dad je so etwas tun würde. Zu den Zeiten, als er Tennessee im US-Senat vertreten hat, war er stocksteif. Natürlich hat er sich inzwischen geändert.

„Ab wann könntest du mir für die Kampagne zur Verfügung stehen?" Callie entrollt das Besteck aus der Serviette und legt diese auf ihren Schoß.

„Ich arbeite ungefähr fünfunddreißig Stunden in der Woche, und das ab morgens, und habe jedes zweite Wochenende frei. Normalerweise habe ich um 16 Uhr Feierabend, also kannst du mich zu meinen freien Zeiten einteilen, wann immer du möchtest."

Callies Augen glitzern schelmisch. „Du weißt gar nicht, was du gerade angeboten hast. Es ist zwar leicht genug, Leute zu kriegen, die sehr engagiert sind und darauf brennen zu helfen, aber es ist nicht so leicht, jemanden mit deiner Erfahrung und deinem Wissen zu finden. Hätte ich das Geld, würde ich dich einstellen, anstatt dich darum zu bitten, es ehrenamtlich zu tun. Doch für die nächsten Monate kann ich es mir nicht leisten, Angestellte zu haben. Erst wenn die Kampagne offiziell beginnt."

Es fällt mir schwer, nicht zusammenzuzucken, da dies mein Vergehen um einiges verschlimmert. Und fuck, ich hasse es, so vorzugehen.

Hasse es, hasse es, hasse es.

Hasse Brant, dass er mich zwingt, es zu tun. Ich hasse meine Karriere und Handlungen, meinen verfluchten Vater, der mich überhaupt dazu gebracht hat, diesen Weg einzuschlagen. Ich hasse einfach alles und verspüre den unwiderstehlichen Drang, aus dem *Merry Piglets* zu rennen, mit dem Leihwagen zum Flughafen zu fahren, um dort den ersten möglichen Flug zu buchen, egal, wohin er geht. Alles hinter mir lassen. Woanders neu anfangen.

Allerdings ist der Gedanke, Cain heute Abend nicht zu sehen, unerträglich, ebenso wie der, ihn morgen nicht zum

Dinner zu seiner Mom zu begleiten. Er hat bereits an diesem Punkt unserer sehr frischen Beziehung genügend Macht über mich, dass ich ständig einen inneren Kampf mit mir ausfechte, um zu entscheiden, was ich machen soll. Der vernünftige Teil in mir, der Teil, der noch immer integer ist, will dem *Revealed* sagen, dass es mich am Arsch lecken kann, ehe ich verschwinde. Der andere Teil jedoch, der alles dafür tun würde, um seine Mutter zu beschützen, auch wenn es bedeutet, jemanden zu erpressen, ist der Teil, der das Zerwürfnis zu diesem Zeitpunkt gewinnt.

Ja, jetzt läuft es auf Erpressung hinaus.

Nachdem ich gestern das Gespräch mit meiner Mom beendet habe, habe ich meine Textnachrichten überprüft. Magensäure hat in meiner Kehle gebrannt, als ich die von Brant gelesen habe.

‚Du arbeitest nicht schnell genug. Gleich morgen früh will ich ein Update von dir und ich brauche endlich etwas Handfestes.'

Arschloch!

Als wir das letzte Mal miteinander gesprochen haben, hat er mir zwei Wochen zugesichert, von der eine vorbei ist. Ich hatte gehofft, dass ich in den nächsten Tagen mit einer wunderbaren Lösung daherkomme, die das alles hier beseitigt, sodass ich in Cain Bonhams Bett bleiben kann, möglicherweise auch in seinem Herzen, und das für immer.

Ich habe Brant lediglich eine wütende kurze Antwort geschickt.

‚Du hast mir zwei Wochen gegeben.'

Dann ist Cain ins Wohnzimmer gekommen und ich schaltete das Telefon aus. Am nächsten Morgen fand ich folgende Nachricht von Brant: *‚Ruf mich um 9 Uhr an oder du bist gefeuert.'*

Für einen Moment habe ich mit dem Gedanken gespielt, die Kündigung zu akzeptieren. Es wäre so einfach und mein Gewissen wäre beruhigt. Danach könnte ich entscheiden, was ich mit meinem Leben anstellen soll. Doch der Gedanke nagte an mir, dass wenn ich ihn anrufe, um ihm zu sagen, dass es keinen Ansatz für eine Story gibt, er das Ganze sein lassen würde und mich stattdessen auf einen anderen Fall ansetzt.

Also habe ich ihn sofort angerufen, nachdem mich Cain nach einem kurzen Frühstück nach Hause gebracht hat und vom Grundstück gefahren ist. Es war 8:55 Uhr, als ich auf die Kurzwahltaste gedrückt habe. Die Unterhaltung ging schnell den Bach runter, und jede Hoffnung, dass ich meine Würde behalten und Cain und Callie retten könnte, wurde zerstört. Er meldete sich trotz meiner Anrufer-ID mit: „Brant."

Arschloch!

„Hier ist Sloane."

„Fass dich kurz."

Ich antwortete nicht und ließ das Schweigen wirken.

„Ich will sofort irgendwelche Fortschritte. Offensichtlich stellen die Investoren das Überleben der Zeitschrift infrage, da die Verkäufe in den letzten beiden Quartale rückläufig waren. Wir brauchen etwas Schlüpfriges, um das Interesse neu anzufachen."

„Ich habe nichts", sagte ich ihm, wobei ich versuchte, nicht allzu weinerlich zu klingen. „Mit dem Sexclub komme ich nicht weiter, aber ich habe mich mit Callie Hayes getroffen. Ich hoffe, dass ich bald bei der Wahlkampagne des Gouverneurs mitmachen kann, doch ich brauche noch ein paar Wochen, um etwas zu finden."

Meine Hoffnung, dass er die Sinnlosigkeit des Ganzen erkennen würde, war vergeblich.

„Dann wanz dich an die Tochter ran. Bring sie zum Reden, bis sie dir anvertraut, wie sie involviert ist. Ich bin mir sicher, dass einige Flaschen Wein ihr dabei helfen werden."

Ich seufzte, da ich wusste, dass er recht hat. Callie und ich haben uns beim Dinner auf Anhieb gut verstanden. Manchmal hat man sofort eine Verbindung zu jemandem. Ich weiß, dass nicht nur ich es gespürt habe, sondern sie auch. Wenn ich nicht mit betrügerischen Absichten hier wäre, hätte sie das Zeug, meine beste Freundin zu werden.

Mein Herz hat sich so schmerzhaft zusammengezogen, dass ich mit den Worten herausgeplatzt bin, die schlussendlich mein Schicksal besiegeln werden. „Ich kann das nicht machen, Brant. Diese Menschen sind einfach zu nett. Sie haben nichts Falsches getan und wir können dem Gouverneur nichts anlasten. Es ist nicht richtig."

„Du wirst nicht für deine Moralvorstellungen bezahlt, Preston", hat er mich angebrüllt. Zurzeit hast du dich etabliert und Kontakte zu zwei Schlüsselfiguren geknüpft. Du wirst dranbleiben und die Story aufdecken. Hast du das verstanden?"

„Oder was?", zischte ich ihn an, wobei ich mir wünschte, dass er vor mir steht, damit ich ihm in die Nüsse treten kann. Angesichts seines Mangels an Integrität, der zwei Menschen zerstören könnte, für die ich etwas empfinde, war ich so wütend, dass es mir egal war, ob er mich feuerte. Eigentlich wappnete ich mich schon dafür.

„Falls du nicht tust, was ich dir befehle", sagte er mit einer eiskalten, tödlichen Stimme, „werde ich die nächstbeste schlüpfrige Story veröffentlichen, die ich finden kann."

Ich hatte keine Ahnung, wovon er da redete, doch sein Tonfall war so bedrohlich, dass ich mühsam schluckte.

„Willst du wissen, von wem die Story handelt, Preston?" Er lachte tief und heiser, als würde es ihn anmachen. „Sie ist über einen Senator, der seinen Schwanz nicht in der Hose behalten konnte und ein heißes junges Ding gevögelt hat, als er auf einer Brasilienreise war. Er hat sich verliebt. Hat mit Steuergeldern seine Dienstreisen bezahlt, um der illegalen Affäre zu frönen. Offensichtlich wusste jeder in Washington davon, mit Ausnahme der armen nichts ahnenden Gemahlin, der Tochter und des Sohnes. Und als das Ganze an die Öffentlichkeit kam, hat besagte Ehefrau, die – nebenbei gesagt – von verschreibungspflichtigen Schmerzmitteln abhängig war, versucht, sich umzubringen. Ist das nicht einfach ein großartiger politischer Skandal?"

Ich packte das Telefon so fest, dass ich befürchtete, es würde zerbrechen. Meine Zähne knirschten so hart aufeinander, dass Schmerz durch meinen Unterkiefer geschossen ist. Meine Stimme bebte vor beinahe unkontrollierbarem Zorn, als ich flüsterte: „Das ist vor langer Zeit geschehen. Das sind uralte Nachrichten."

„Aber es sind frische Nachrichten, dass deine Mom einen weiteren Zusammenbruch erlitten hat und erneut in der Psychiatrie gelandet ist. Wir nähern uns dem fünften Hochzeitstag deines Vaters mit seiner heißen, jungen brasilianischen Frau. Es wäre eine interessante Reportage, über einen in Ungnade gefallenen Senator zu berichten, der lieber an einem Strand in Rio mit seiner neuen Frau und seinen Zwillingstöchtern lebt, während die Ex ständig in psychiatrischen Kliniken verkehrt."

Mein Blutdruck stieg so hoch, dass mir kurz schwindlig wurde. Der erste Gedanke, der mir durch den Kopf geschossen ist, was der, einen Mord zu begehen. Ich wollte in einen Flieger nach Washington hüpfen, um Brant dort in seinem Büro aufzulauern und dann eine ganze Magazinladung an Kugeln in sein schwarzes Herz abzufeuern.

Doch der Plan löste sich in Rauch auf, sobald er in einer ruhigen, geschäftsmäßigen Stimme sagte: „Du hast eine Woche, um etwas aufzudecken, oder ich werde das bedauernswerte, wenn auch hübsche Gesicht von Delilah Preston auf dem Titelblatt präsentieren. Hast du mich verstanden?"

„Ich verstehe", stieß ich hervor. Tränen bildeten sich in meinen Augen und tropften mir dann die Wangen hinunter. Ohne ein weiteres Wort habe ich die Verbindung unterbrochen und versuchte, einen Plan zu schmieden, wie ich Callie Hayes am besten dazu bringen konnte, sich innerhalb von einer Woche wohl genug mit mir zu fühlen, dass sie mir beichtet, mit ihrem Freund, der außerdem ein geheimer Eigentümer ist, an einer Orgie in seinem Sexclub teilgenommen zu haben.

Die Bedienung kommt zurück und stellt zwei eisgekühlte Gläser mit einem Salzrand und himmlisch hellgrüner Margarita vor uns ab. Callie schaut zu ihr hoch und lächelt sie dankend an. Ich lehne mich vor, nehme den Strohhalm in den Mund und sauge, um Kraft suchend, an dem alkoholischen Getränk.

„Whoa", sagt Callie mit einem Lachen. „Ich dachte, es wäre zu früh für einen Drink?"

„Offensichtlich nicht", antworte ich mit einem leichten Husten. Das Getränk ist stark, sodass mir die Augen tränen.

„Hey", sagt Callie und runzelt besorgt die Stirn. „Alles in Ordnung?"

Ich setze bereits an, den Kopf zu schütteln, da ich so viele Dinge habe, über die ich zurzeit traurig bin, doch dann schlägt ein schrecklicher, berechnender und schmutziger Einfall zu. Ich schaue sie an und verziehe den Mund. „Ich weiß nicht." Meine Antwort ist vage, und ich sehe mich gehetzt um, um sicher zu sein, dass niemand uns hören kann. „Es ist nur … Ich bin mir nicht sicher."

Callie beißt an, beugt sich zu mir und flüstert: „Erzähl mir, was los ist, Sloane. Manchmal hilft es, darüber zu reden."

Ich lasse meinen Blick noch einmal schweifen, ehe ich sie ansehe. „Gott, eigentlich sollte ich nicht davon sprechen. Es geht um meine Beziehung zu Cain."

„Er ist verrückt nach dir." Sie nickt zuversichtlich und lächelt zufrieden.

„Auch ich bin verrückt nach ihm." Ich mustere die Tischplatte. „Aber …" Meine Stimme nimmt einen unsicheren Klang an.

Callie zieht stärker an dem Köder. „Aber was?"

Mit heuchlerischen Augen glotze ich sie an. Völlig klare und ernste farngrüne Augen starren solidarisch und unterstützend zurück. *Ich gebe dir Deckung*, drücken sie aus.

Und das, obwohl ich ihr in den Rücken stechen will.

Als mir dieser Gedanke durch den Kopf schießt, stürme ich beinahe aus dem Restaurant, doch der Anblick meiner Mom in einem Krankenhausbett, während sie bis zum Limit betäubt wurde, damit sie sich nicht selbst etwas antun kann, leuchtet wie ein Bild vor mir, sodass ich weitermache und die Falle weiter ausbaue.

„Also … Cain mag wirklich so ein kinky Zeug.“ Mein Gesicht läuft rot an, und das ist nicht vorgespielt. Ich war noch nie gut darin, dieserart von Geheimnissen zu teilen, und das, was Cain und ich getan haben, kann nur schwer beschrieben werden.

Callie sagt zwar nichts, doch sie verurteilt mich auch nicht. Eigentlich ist da sogar ein wissendes Schimmern, und das macht es einfacher, alles auszubreiten.

„Er hat sich nach meinen Fantasien erkundigt, und ich dachte, wir würden … du weißt schon … nur Blödsinn austauschen. Daher habe ich ihm gesagt, dass ich gerne Sex mit mehreren Kerlen auf einmal hätte.“

Callie hebt leicht ihre Augenbrauen an. „Frauen haben ebenso Fantasien wie Männer. Daran ist nichts Verwerfliches.“

„Er hat mir allerdings die Gelegenheit gegeben, meine zu erfüllen“, sage ich geradeheraus. „Und ich habe sie angenommen.“

„Oh“, sagt Callie und ihre Augen weiten sich erst überrascht und dann verständnisvoll. „Wow, das muss heftig gewesen sein.“

„Du hast ja keine Ahnung.“ Das ist die reine Wahrheit zwischen all den Lügen, die ich in letzter Zeit von mir gegeben habe. „Das hat irgendwie mein Leben verändert.“

„Du wirkst hin- und hergerissen.“

Da ich genau das erreichen wollte, ist ihre Beobachtung ein gutes Zeichen.

Ich starre das Margaritaglas an und spiele mit dem Strohhalm herum. „Es ist nur … Es hat sich so gut und richtig angefühlt, und Cain hat mich dazu gebracht, dass ich mich selbstsicher deswegen fühle, doch ich kann nicht damit aufhören, darüber zu grübeln, dass es falsch war. Mit anderen Männern rumzumachen, obwohl Cain und ich uns gegenseitig versprochen haben, monogam zu sein, während wir zusammen sind. Ich meine … niemals hätte ich ihm erlaubt, das zu tun. Das ist eine entsetzliche Doppelmoral. Ich hätte Nein sagen sollen, nicht wahr? Mich nie darauf einlassen. Und was, wenn es ihn irgendwann doch anekelt? Mich in seinen Augen zu einer billigen Hure abstempelt?“ Ich höre auf zu reden und atme tief ein, da das ein ganz schöner Happen ist, und ich erkenne, dass das meiste davon der Wahrheit entspricht. Seit der wilden, unfassbaren Nacht haben mich diese Zweifel und widersprüchlichen Gedanken geplagt.

Callie sieht sich schnell um, ehe sie mir einen mitfühlenden Blick schenkt. Sie streckt ihren Arm aus und bedeckte meine Hand mit ihrer. „Du hast nichts Falsches getan, Sloane. Wenn Cain behauptet, dass er damit umgehen kann, dann stimmt das. Alle Beteiligten haben eingewilligt und verstehen die Auswirkungen. Es ist nichts Verwerfliches daran, bei etwas mitzumachen, das außerhalb der Norm liegt.“

„Für dich ist das leicht zu sagen.“ Ich stoße ein nervöses Lachen aus, das zu diesem Zeitpunkt gestellt ist. „Du bist so süß und normal. Ich bin diejenige, die hier sitzt und sich so fühlt, als ob sie das Brandzeichen der Stadthure verdient hat.“

Callie verengt die Augen und klapst mir auf die Hand, ehe sie sie wieder festhält und drückt. „Hör zu, Sloane. Du bist keine Hure. Du bist eine erwachsene Frau, die ihre Zustimmung gegeben hat, genau wie jeder andere, der in dieser Nacht mitgemacht hat. Wenn jeder sich gut gefühlt hat und sich darüber im Klaren war, was geschieht, wo liegt dann das Problem?“

Sie gibt mir immer noch nicht, was ich brauche. Sie macht lediglich genügend Andeutungen über ihre persönlichen Erfahrungen, die ich mittlerweile für wahr halte. Ich wollte mich auch nicht allein auf Colton Stokes Behauptungen verlassen. Leider hält sie die Details zurück, die ich Brant mitteilen muss, damit er meine Mutter in Frieden lässt.

Also bohre ich weiter. „Du hörst dich so an, als ob du über solche Dinge Bescheid wüsstest.“

Callie wird zwar rot, weicht jedoch nicht meinem Blick aus und hebt ihr Kinn beinahe verteidigend an. „Das tue ich auch. Ich weiß ein wenig darüber. Ich habe bei einem

Dreier mit Woolf und seinem besten Freund mitgemacht. Und es war die erotischste Erfahrung meines Lebens. Gott helfe mir! Doch ich würde es wieder tun, sollte sich die Gelegenheit ergeben. Es hat mich allerdings genauso fertiggemacht wie dich. Aber Woolf hat mir geholfen zu verstehen, dass das, was ich mit dem anderen Kerl gemacht habe, bloß ein sexueller Akt war, und dass er es sehr genossen hat, dabei zuzusehen. Es hat nichts an unseren Gefühlen füreinander verändert, außer vielleicht, dass es unsere Verbindung und das Vertrauen zueinander gestärkt hat."

Heilige Scheiße!

Callie ist mit Bridger zusammen gewesen! Sie muss ihn mit „Woolfs bester Freund" meinen. Falls man Stokes Glauben schenkt, gehört ihnen gemeinsam das *Wicked Horse*.

Und plötzlich empfinde ich eine neue und andere Art von Respekt gegenüber Callie. Dass sie mutig genug war, etwas außerhalb ihrer Wohlfühlzone auszuprobieren, besonders mit jemandem, der so einschüchternd wie Bridger ist. Wenn es nicht um diese verfluchte, blöde Story gehen würde, die ich brauche, um meine Familie zu beschützen, würde ich es genießen, mit ihr zusammenzusitzen, um alle möglichen Geheimnisse miteinander zu teilen.

Es wäre schön, eine Freundin zu haben, die die Konflikte versteht, die damit einhergehen, sobald eine Fantasie auf die Realität trifft.

„Jetzt", sagt Callie mit einem dramatischen Unterton und hebt die Speisekarte hoch, „lass uns was zum Essen bestellen. Ich verhungere."

Und einfach so ist unsere Unterhaltung vorbei, und ich habe nur eine Bestätigung, dass sie bei einem Dreier mitgemacht hat.

Das ist viel zu wenig, um Brant zu beschwichtigen.

Kapitel 21

Cain

Mit Ausnahme von Rachel, und das auch nur, weil wir für einige Jahre zusammen waren, habe ich noch nie eine Frau so oft gevögelt wie Sloane. Obwohl wir uns seit nicht einmal zwei Wochen kennen, überrascht die Häufigkeit, mit der wir es getan haben, selbst den geilen Kerl in mir. Und jedes Mal wird es besser.

Die Orgasmen stärker.

Die Verbindung tiefer.

Das bedeutet, dass ich am Arsch bin.

Die Harley grollt unter mir, als ich verlangsame und in die Einfahrt von Mom und Walt einbiege. Sie wohnen etwas außerhalb von Jackson, gegenüber dem Elk Refuge, ungefähr zwanzig Minuten von mir entfernt.

Ich kann mir einfach nicht vorstellen, dass sich in meinem Leben jemals wieder etwas richtiger anfühlen wird, als Sloane jetzt hinter mir auf dem Motorrad zu haben. Es ist der perfekte warme Augusttag für eine Fahrt, und ich wollte, dass Sloane sich an mich presst. Ich möchte jede Gelegenheit nutzen, um sie zu spüren, da unsere gemeinsame Zeit bald zu Ende ist. Fünf weitere Tage, und ich will nicht eine einzige Sekunde davon verschwenden. Wenn ich nicht in ihr sein kann, will ich, dass sie mich wenigstens berührt. Wenn sie mich nicht berühren kann, will ich sie wenigstens ansehen. Deswegen habe ich sie auch letzte Nacht gebeten, während meiner Schicht im *Wicked Horse* abzuhängen, ein klarer Regelverstoß dagegen, niemals Arbeit und Vergnügen miteinander zu vermischen.

Und es war ein Vergnügen, dass ich sie immer betrachten konnte, sobald ich es wollte, wenn ich meinen Blick durch den Club schweifen ließ, um nach Ärger Ausschau zu halten. Natürlich bin ich nicht rüber ins *Silo* gegangen.

Stattdessen habe ich einen aus der Crew dazu verdonnert, dort ein paar Runden zu drehen. Ich habe es überhaupt nicht vermisst. Normalerweise finde ich es aufregend, es im Laufe meiner Schicht zu tun: der Leidenschaft zuzuhören, die die Luft durchdringt, den Körpern dabei zuzusehen, wie sie sich aneinander reiben, wissend, dass ich erst nach getaner Arbeit mitmachen kann. Und das würde mich für die ansteigende Lust entschädigen. Eine aufgeschobene Befriedigung hat ihren eigenen Reiz, doch letzte Nacht war es mir scheißegal. Ich war vollkommen damit zufrieden, Sloane beim Tanzen zu beobachten. Zwar wollte ich warten, bis wir im Haus waren, um sie zu nehmen, allerdings verlor ich die Kontrolle, sobald wir aus meinen Truck ausstiegen. Sloane hat nicht einmal protestiert, als ich sie über die heruntergelassene Heckklappe gebeugt und ihr den Rock nach oben geschoben habe, um sie im Schatten zu ficken.

Als könnte sie meine Erinnerungen spüren, presst sie sich noch enger an mich und drückt meine Taille mit ihren Armen. Ich parke das Bike neben J. C.'s Truck, klappe den Ständer herunter und schalte den Motor ab.

„Das hat so viel Spaß gemacht." Sloane stellt sich unbeschwert hin, schwingt ein Bein über den Sattel und steigt ab, während sie sich Halt suchend an meinen Schultern abstützt. Ich hasse die Dicke der Lederjacke, die das Gefühl dämmt. Wir nehmen die Helme ab, legen sie auf den Sitz und laufen zum Haus. Sie nimmt meine Hand, und auch das mag ich, obwohl ich mir eigentlich nichts aus Liebesbekundungen mache. Mit Rachel habe ich nie Händchen gehalten, doch mit Sloane fühlt es sich richtig an. Wir erklimmen die Stufen. Ich öffne die Vordertür, ziehe Sloane hinein, durch das Wohnzimmer und direkt nach hinten in die Küche, denn dort sind wir meistens. Der Duft von gebratenem Hähnchen hängt in der Luft, sodass mein Magen knurrt. Mom ist eine verteufelt gute Köchin, und ich versuche sonntags immer, am Mittagessen teilzunehmen, nachdem sie in der Kirche waren.

Mom, Walt, Claudia, J. C., Carrie und Tucker gehen stets zu den Sonntagsmessen in der Methodistenkirche.

Ich normalerweise nicht, da ich bis spät in die Nacht arbeite und zu müde bin, um so früh aufzustehen. Außerdem fehlt mir die Verbindung dazu. Dennoch frage ich mich für einen Augenblick, als ich alle in ihren Sonntagskleidern sehe, wie es wäre, wenn Sloane und ich zusammen teilgenommen hätten. Wir würden gemeinsam mit meiner Familie auf einer Kirchenbank sitzen und uns vermutlich die ganze Zeit an den Händen halten, während wir dem Pfarrer zuhören und Lieder singen. Ich kann nicht glauben, dass ich überhaupt über so was nachdenke und schiebe den Gedanken zur Seite. Schließlich würde das etwas Tieferes und Langlebigeres bedeuten und meine Hoffnungen diesbezüglich bei Weitem überschreiten, und Sloane kann nicht diejenige sein, mit der ich es haben könnte.

Nicht an diesem Punkt in meinem Leben.

„Cain, Sloane", sagt Mom fröhlich, sobald sie uns bemerkt. „Kommt rein. Das Essen ist fast fertig."

Meine Schwester sitzt mit Carrie an einer und Tucker auf der anderen Seite des Tischs. Sie fuchtelt mit den Händen herum und zeigt Tucker so, dass er die Serviette auf den Schoß legen soll. Auch Carrie versteht die Nachricht und macht das Gleiche. J. C. tranchiert auf der Arbeitsfläche das Hühnchen und Walt holt gerade ein Bier aus dem Kühlschrank. Sie alle wenden sich uns zu und lächeln uns warm an.

„Das hier ist Sloane. Sloane, meine Mom kennst du bereits. Das sind J. C., der im Hähncheneinsatz ist, mein Stiefvater Walt, und Claudia sitzt zwischen den niedlichen Hosenscheißern Carrie und Tucker."

Sloane lässt ihren Blick durch die Küche schweifen und nickt lächelnd. Dann geht sie zum Tisch und nimmt gegenüber von Claudia Platz. Sie strahlt Carrie an und sagt: „Hi Süße, ich mag dein Kleid."

Carrie schenkt ihr zwar ein zahnloses Grinsen, aber sieht schüchtern nach unten.

Sloane wendet sich Tucker zu und ich will gerade einspringen. „Tucker ist tau…“

Doch ich verstumme abrupt, weil Sloane schnelle Handbewegungen macht und in Gebärdensprache sagt: *„Hi Tucker, ich bin Sloane. Ich freue mich, dich kennenzulernen.“*

Tucker macht das Zeichen für „Hallo“.

„Du kannst Gebärdensprache?“, frage ich.

Sie antwortet mir, aber zeigt es auch Tucker. *„Mein Bruder Kent ist taub, deswegen kann ich Gebärdensprache. Allerdings bin ich etwas eingerostet.“* Dann sagt sie zu mir: „Mit zwölf hat er ein Innenohrimplantat bekommen, daher haben wir sie anschließend nicht oft benutzt, außer wenn seine Freunde anwesend waren.“

„Du kannst sie perfekt“, meint Claudia und reicht Sloane über den Tisch die Hand. „Es ist wirklich schön, dich kennenzulernen.“

Verblüfft starre ich Sloane an. Nicht, dass die Beherrschung der Gebärdensprache etwas Außergewöhnliches wäre, da viele Menschen es können, aber ich entdecke ständig neue Facetten an ihr, die ihre Anziehungskraft auf mich verstärken. Sie zeigen deutlich, dass uns doch viel mehr verbindet als nur Sex. Ich verliebe mich heftiger in sie, da sie sich mit meinem Neffen unterhalten kann.

Das Familienessen ist genauso wie immer, vielleicht sogar noch besser. Es ist besser, weil Sloane da ist. Tucker hat schnell Zutrauen zu ihr gefasst. Normalerweise ist er oft von Gesprächen mit neuen Bekanntschaften ausgeschlossen, einfach da sie sich nicht mit ihm verständigen können. Wir sitzen für ein paar Stunden zusammen am Tisch, wobei das Essen rasch verzehrt ist, aber die Diskussionen, das Lachen und die Witzeleien brauchen viel länger, um nachzulassen.

Erst am späten Nachmittag sind wir gegangen. Ich musste in drei Stunden auf der Arbeit sein und wollte vorher noch etwas allein mit Sloane sein. Meine Bitte, doch mit ins *Wicked Horse* zu kommen, hat sie abgelehnt, da sie sich ausschlafen wollte, ehe sie morgen Früh ihre Schicht antritt. Allerdings konnte ich sie überreden, mit zu mir zu kommen, und wir haben sogar eine Tasche mit dem Wichtigsten für sie gepackt. Wenn es nach mir geht, wird sie diese Woche jede Nacht in meinem Bett verbringen.

Bis ich sie fortschicke.

***

„Was tun wir hier?", fragt Sloane, als ich das Motorrad anhalte und den Motor ausschalte. Ich betätige den Ständer, aber mache mir nicht die Mühe abzusteigen.

„Wir beobachten den Sonnenuntergang. Das hier ist ein großartiger Ort, um dabei zuzusehen, wie die Sonne hinter den Tetons versinkt."

„Ohhhh." Sie kreischt mädchenhaft, als sie runterhüpft und am Helmriemen zieht. „Ich wusste, dass du ein Romantiker bist."

Ich fasse nach ihr und zerre sie an der Taille zu mir heran. Das mache ich so schnell, dass sie den Helm auf die unbefestigte Straße fallen lässt, die sich an zwei großen Hügeln entlangschlängelt. Es ist zwar eine öffentliche Straße, die von Anglern benutzt wird, um zum nahe gelegenen Fluss zu kommen, doch im Moment sind wir allein.

Perfekt.

„Rauf mit dir", sage ich schroff und ziehe sie auf meinen Schoß, sodass sie mit dem Gesicht zu mir rittlings auf mir sitzt. Für einen besseren Halt presse ich zusätzlich zum Ständer meine Stiefel auf den Boden.

Weder widerspricht Sloane, noch verschwendet sie Zeit. Sie schlingt ihre Beine um meine Taille, löst den Kinnriemen meines Helms und lässt diesen auf die Erde fallen. Anschließend streicht sie mit den Daumen über mein Kinn. „Machen wir rum, während wir den Sonnenuntergang beobachten?"

Rummachen hört sich gut an und würde mit ihren dummen Gedanken, dass ich romantisch bin, einhergehen. Doch unsere Zeit läuft ab, und ich habe nicht die Geduld oder die innere Kraft, mich bei ihr nur mit einem

Kuss zufriedenzugeben. „Ich dachte eher daran, dich zu ficken." Ich starre ihr direkt in die Augen.

Ihre Lippen formen ein kleines „O", aber ihr Blick ist glühend, sodass ich erkennen kann, dass ihr die Idee sehr zusagt. Dieses Wissen lässt meinen Puls ansteigen. Sie sieht sich nach links und rechts um, wobei sie bemerkt, dass uns lediglich jemand erwischen könnte, der die gewundene Straße benutzt, ansonsten ist weder ein Haus noch ein Mensch in Sicht.

„Hier?" Sie knabbert an ihrer Unterlippe herum. „Jetzt sofort?"

„Zunächst müssen wir dir Jeans und Höschen ausziehen, und genau das habe ich vor." Ich unterstreiche meine Worte, indem ich Sloane an den Hüften fasse und auf meine Erektion presse, die seit der Sekunde vorhanden ist, als sie auf meinen Schoß war. Ich erwarte, dass Sloane darüber nachdenkt oder sogar mit mir diskutiert. Manchmal braucht sie ein wenig Überzeugungskraft, was auch sehr vergnüglich sein kann. Stattdessen klettert sie sofort von mir runter, wobei sie fast das Gleichgewicht verliert. Doch sie fängt sich, klatscht eine Hand auf meine Schulter, damit sie ihre Turnschuhe von den Füßen kicken kann. Jetzt steht sie im Staub mit reinweißen Strümpfen, die nicht lange so sauber bleiben werden. Das ist ihr jedoch egal. Blitzschnell öffnet sie ihre Hose und zieht sie zusammen mit dem Höschen ihre geschmeidigen Beine herunter. Ich schaue ihr fast tranceartig zu, während ich beinahe in Lust ertrinke, als ich begreife, was sie für mich tut, dass sie sich im Schatten der Tetons im Nirgendwo bereitwillig von mir vögeln lässt. Ich starre ins Nichts, im Versuch mich zu sammeln, denn schließlich muss ich auch etwas erledigen. Ich stelle mich hin, ziehe meine Brieftasche hervor und fische ein Kondom raus. Ich stopfe die Folie in meine Hosentasche, und öffne mit einem Ruck den Hosenschlitz, der eine Knopfleiste hat.

„Genau so!", sagt Sloane mit heiserer Stimme, sodass ich ihr einen Blick zuwerfe.

Ihr Unterkörper ist nackt, und meine Knie geben beinahe nach, da sie zwischen ihre Schenkel fasst. „Hol deinen Schwanz raus, Cain. Ich will einen Ritt.“

Stöhnend zerre ich an der Jeans, gerade genug, dass mein Geschlecht herausspringt, und setze mich zurück auf den Sitz. Meine Hände greifen nach meinem Schaft und streicheln ihn ein paarmal, während ich Sloane beobachte, wie sie sich bespielt. Ich bin mir nicht sicher, ob ich je etwas Heißeres gesehen habe, und ich habe bereits eine Menge gesehen. Ich ziehe das Gummi geschickt über, sodass ich in Nullkommanichts einsatzbereit bin. Dann halte ich Sloane in einer stummen Einladung meine Hand hin. Sie fasst nach ihr, wobei ihre Finger nass und glitschig sind. Mit der anderen stützt sich auf mir ab und ich zerre sie zurück auf meinen Schoß. Inzwischen umfasst sie meine beiden Schultern und fängt an, sich herabzulassen.

„Noch nicht!“, sage ich bestimmend und fasse zwischen ihre Beine. „Wir sollten dich erst auflockern.“

Sie stöhnt, als ich mit zwei Fingern eindringe, und verdammt, sie ist bereits klatschnass. Ich bin mir nicht sicher, ob der Ritt auf dem Motorrad sie angemacht hat oder dass ich sie jetzt ficken will, doch auf jeden Fall braucht sie nicht viel Vorbereitung, ehe sie meinen Schwanz aufnehmen kann. Mittlerweile kenne ich ihren Körper sehr gut. Daher weiß ich genau, wie ich sie berühren muss, um maximale Lust zu erzeugen. Ich reibe ihre Klit feste und schnell mit dem Daumen und lasse die beiden Finger in ihr.

Sie neigt den Kopf zurück und ihre Haare fallen nach hinten. Ich starre auf ihren schlanken Hals und will meine Zähne darin vergraben. Sloane kreist mit den Hüften und beginnt, mich im Gleichklang mit den Bewegungen meiner Hand zu ficken. Ich werde noch härter, als ich die leisen Seufzer höre, ehe sie keucht: „Ich komme, Cain.“

Und sie hat einen wunderschönen Orgasmus. Ihre Pussy zieht sich zusammen. Sie erschauert und ich presse erst meine Lippen, dann die Zunge gegen ihren Puls an ihrem Hals. Es fühlt sich wie die Flügel eines Kolibris an, so schnell schlägt er. Als ihr Höhepunkt abebbt, ziehe ich meine Finger raus und umfasse sie an der Hüfte.

Sie hebt den Kopf an, um mich mit einem verschleierten Blick anzusehen, und sagt: „Ich werde dich jetzt ficken."

„Nein, Baby", erkläre ich, als ich ihr helfe, sich auf meinen schmerzenden Schwanz herabzulassen. „Ich werde dich ficken. Halt dich einfach nur fest, okay?"

Da sie zu gesättigt ist, um zu diskutieren, nickt sie und umschlingt mich mit den Armen. Ich nutze meine Hände an ihren Hüften und stemme mich mit den Stiefeln auf dem Boden hoch, um in sie zu stoßen. Sie stöhnt lange und abgehackt, und es scheint nie zu enden, als ich sie vögele. Ich wuchte mich nach oben, um das tiefst mögliche Eindringen zu erreichen, während ich versuche, Sauerstoff einzusaugen, damit ich nicht das Bewusstsein verliere, da es sich so verflucht gut anfühlt. Ich will das die ganze Nacht machen, morgen und auch übermorgen. Ich will für die Ewigkeit genau an diesem Ort bleiben, in diesem Stück privaten Himmel, mit der Sonne, die hinter den Tetons untergeht und der besten Pussy, die ich jemals gehabt habe. Ich will meinen Job verleugnen und obendrein, dass das *Silo* bis auf die Grundmauern abbrennt, da ich es im Moment inbrünstig hasse, weil es mir schlussendlich dieses wunderschöne Geschöpf aus den Armen reißen wird.

Ich wünsche, dass ich ihr die Wahrheit sagen könnte.

Ich wünsche, dass ich ihr von dem Job erzählen könnte, den ich am Freitag zu erledigen habe, auch, dass es nicht mehr als ein Job ist. Eigentlich wünsche ich mir, dass Sloane mir für dieses eine Mal ihre Erlaubnis erteilt, damit ich das Versprechen gegenüber Bridger und der Kundin erfüllen kann. Danach würde ich keine weiteren Jobs für das *Silo* annehmen, nur noch der Arbeit als Sicherheitschef nachgehen und meinen Schwanz wegsperren, damit er allein Sloane gehört – oder einer anderen Person, falls sie sich dafür entscheidet, dass wir als Paar mit ihr spielen.

Ich wünsche, ich wünsche, ich wünsche.

Alles Hirngespinste.

Während ich Sloane auf der Harley ficke und einem noch besseren und stärkeren Orgasmus entgegenrase als dem, den sie mir heute Morgen geschenkt hat, weiß ich, dass ich ein totaler Idiot bin, der sich in das richtige Mädchen zum falschen Zeitpunkt verliebt hat.

Kapitel 22

Sloane

Cain zieht mich an seinen Körper, um mich erneut zu küssen. Seine Finger berühren den Rand des Handtuchs, in das ich mich eingewickelt habe.

„Noch einmal", knurrt er an meinem Mund.

„Nein." Ich stütze mich gegen seinen Brustkorb. „Ich habe gerade erst geduscht und will nicht, dass du mich wieder schmutzig machst."

„Ich liebe es, dich zu beschmutzen."

Das stimmt. Nach unserem „Ritt auf dem Motorrad", bei dem der Sonnenuntergang nur durch den fantastischen Orgasmus in den Schatten gestellt wurde, sind wir zu ihm gefahren. Kaum dort angekommen, hat er mich in sein Schlafzimmer gezogen, um mich noch einmal zu nehmen. Allerdings hat er diesmal den „Bridger" gemacht. Hat mich mit harten, brutalen Stößen, die ich sehr gemocht habe, von hinten gevögelt, seinen Schwanz dann rausgezogen, das Kondom runtergerissen und ist überall auf meinem Rücken gekommen. Mit zitternden Beinen bin ich aus dem Bett gerollt und ins Badezimmer gegangen, um mich zu waschen.

„Geh duschen, sonst kommst du zu spät zur Arbeit. Ich brate inzwischen die Schweinekoteletts, damit du etwas essen kannst, bevor du gehst."

Der Ausdruck in seinen Augen ändert sich von heißer, rasender Lust zu Zärtlichkeit. Er lächelt und gibt mir einen süßen Kuss. „Ich mag es, wenn du dich um mich kümmerst."

Ich lächele zurück. Er wäre vollkommen überwältigt, falls er die Freude in mir sehen könnte, die seine Worte bewirken. Cain Bonham hat sich mir auf eine Weise geöffnet, die ich mir bei dem verschlossenen, einschüchternden und vernarbten Kerl nie hätte vorstellen können. Das macht den schmalen Grat, auf dem ich bezüglich ihm und meiner Arbeit wandle, noch heikler, und das mit jedem Tag mehr, der vorbeigeht. Doch ich kann nicht loslassen. Ich kann nicht einfach weggehen, wenn es eine Chance gibt, dass ich eine Möglichkeit finde, ihn, Callie und meine Mutter mit einem Superheldenmanöver zu retten.

Cain geht in die Dusche. Ich nutze die Gelegenheit, um zurück ins Schlafzimmer zu laufen. Dort ziehe ich ein Paar alte Sweatpants und ein langärmliges Tennessee-Volunteers-T-Shirt an. Während ich den Flur durchquere, lasse ich meine Kochkünste Revue passieren. Ich glaube, dass ich noch nie Koteletts zubereitet habe. Ich bin überragend darin, auswärts zu dinieren. Als ich aufgewachsen bin, hatten wir einen Koch, der an uns geliefert hat. Im College gab es Pizza und Fertignudeln. Nach dem Abschluss lebte ich in D.C. und niemand hat auf den winzigen Gasöfen in überteuerten Bruchbuden gekocht. Man ging zum Essen aus und man hat gut gegessen.

Sobald ich das Wohnzimmer betrete, gehe ich zu Cains Laptop. Ich werde einfach googeln, wie man Koteletts zubereitet, um mir das nötige Wissen anzueignen. Ich bin gut darin, Instruktionen zu lesen und sie zu befolgen. Ich habe sogar schon einmal einen TV-Schrank zusammengebaut, der in drei großen Kisten, mit einem Inbus und einer Montageanleitung geliefert wurde.

Ich setze mich auf den kalten Plastikstuhl an seinem Schreibtisch und fahre mit der Hand über das Touchpad, um den Computer aus dem Ruhemodus zu holen. Er leuchtet hell auf und sofort blinkt das Google-Mail-Symbol. Ich bewege meinen Finger, um das Firefox-Icon anzuklicken, damit ich Zugriff auf einen Browser habe, als die Betreffzeile einer Mail mein Gehirn penetriert.

‚Kann es kaum abwarten, mich Freitagnacht mit dir zu treffen!‘

Mein Blick richtet sich auf diese Zeile, die heute Nachmittag vor nicht einmal drei Stunden abgeschickt wurde. Links daneben steht der Name Amy Mason.

Ein Surren füllt meinen Kopf und mein Körper prickelt mit einer Vorahnung. Mein Herzschlag fängt an zu trommeln und mein Innerstes scheint etwas Gefährliches in dieser E-Mail wahrzunehmen.

Kann es kaum abwarten, mich Freitagnacht mit dir zu treffen?

Eifersucht flutet mich, und ich denke an heute Morgen, als Cain und ich im Bett gekuschelt und Pläne für die Zukunft besprochen haben.

„Arbeitest du dieses Wochenende?", habe ich gefragt.

„Ja", hat er schroff erwidert und mir gedankenverloren über den Rücken gestreichelt.

„Willst du, dass ich hierbleibe?" Die Frage an sich war harmlos, da er gewollt hat, dass ich die letzten Nächte bei ihm verbringe.

Er hat nicht sofort geantwortet, hat sich dann allerdings geräuspert. „Nicht an diesem Wochenende. Woolf hat mich gebeten, auf der Ranch zu helfen, und ich muss wirklich früh raus. Wahrscheinlich werde ich sogar in einer der Schlafbaracken der Ranch übernachten, damit ich direkt nach dem Aufstehen loslegen kann."

Es hat sich plausibel angehört und ich habe es nicht angezweifelt. Jetzt jedoch denke ich, dass ich weiß, warum er mich Freitagnacht nicht hier haben wollte.

Ich zögere keine Sekunde.

Ich stelle mein Vorgehen nicht infrage.

Ich respektiere Cains Privatsphäre kein Stück.

Ich doppelklicke auf die Mail und lese sie.

Cain,

die Adresse ist 3424 Fur Trap Road. Ich lasse zwar die Tür unverschlossen, aber alles andere, was du tust, sollte ruchlos darauf abzielen, ins Haus einzubrechen, um mich anschließend hart zu nehmen. Du wolltest Einzelheiten und hier sind sie.

Ich erwarte dich nicht später als 22 Uhr.

Ich will, dass du mich mit einer Pistole, die du mir an den Kopf hältst, aus tiefem Schlaf reißt. Ich mochte, was wir letztes Mal gemacht haben, also zwinge mich auf die Knie und lass mich deinen Schwanz lutschen. Außerdem will ich, dass du die ganze Nacht bleibst, um dich mehrere Male mit mir zu vergnügen, entlade dich ruhig in meiner Kehle. Wir haben danach noch ausreichend Zeit, damit du mich hart ficken kannst.

Handschellen oder Seile sind völlig akzeptabel, genauso wie Augenbinden oder Knebelbälle. Verdammt, ich werde schon geil, wenn ich nur an all die Dinge denke, die dein großer Schwanz mit mir anstellen wird.

Ich hoffe, dass das hier reicht, um dich zu inspirieren, und dir den nötigen Schutz gibt, den du brauchst. Dies ist etwas, worum ich bitte und du gibst es mir. Ich mache das aus freiem Willen.

Deine Amy

PS: Ich habe jede Menge von deinem Lieblingsbier vorrätig.

Das Surren in meinen Ohren wurde mit jedem gelesenen Wort lauter, und jetzt fühlt es sich so an, als würde ein Schwarm Bienen in meiner Gehirnmasse die Zelte aufschlagen. Meine Haut glüht heiß und dann noch heißer, sodass es sich mittlerweile wie ein Inferno anfühlt. Mein Magen ist verknotet und mir ist kotzübel. Obwohl die Masochistin in mir will, dass ich es ein zweites Mal lese, wende ich den Blick ab, da ich es einfach nicht ertragen kann. Das Wissen, dass Cain Pläne gemacht hat, um diese Woche mit einer anderen Frau zusammen zu sein, ist unfassbar für mich. Nach allem, was wir miteinander getan haben, dachte ich, dass ich ihm vertrauen kann.

Gott, nachdem ich zugelassen habe, dass er das mit drei anderen Männern mit mir macht, habe ich ihm so was von vertraut.

Und dann begreife ich es!

Was ich in der Nacht mit ihm und seinen Kumpels getan habe, ist nicht etwas, das Frauen durchziehen, wenn sie einen Mann für länger behalten wollen. Cain betrachtet mich nur als eine weitere großartige Bettgeschichte. Sein nächstes tolles Abenteuer. Niemals würde er mit einer Frau monogam leben, die mehrere Männer vor seinen Augen gefickt haben. Die Übelkeit wird immer stärker, und ich atme tief ein, um sie in den Griff zu bekommen.

„Sloane?", ertönt es hinter mir, und ich drehe langsam den Kopf, um Cain über meine rechte Schulter hinweg anzusehen. Er ist angezogen, sein Haar ist nass und er schaut mich ausdruckslos an. „Was tust du da?"

„Ich wollte nach einem Kotelettrezept suchen", sage ich leise und er entspannt sich. Also fahre ich fort. „Stattdessen habe ich eine E-Mail von Amy Mason gefunden."

„Fuck", murmelt er und tritt einen Schritt auf mich zu.

Ich schnelle vom Stuhl und halte die Hände hoch. „Nicht", zische ich ihn an. „Komm mir bloß nicht zu nahe."

„Sloane, es ist nicht das, was …"

„Fick dich", schreie ich und versuche, an ihm vorbei in den Flur zu gelangen, um dort Schuhe und Tasche zu schnappen. Wenn ich mich beeile, kann ich es schaffen, in zwanzig Sekunden in meinem Auto zu sitzen und auf der Straße sein.

Mit einer schnellen Bewegung fängt er mich an der Taille ab. „Warte eine Minute und lass es mich erklären."

Ich schlage und trete um mich. Mit der Ferse erwische ich sein Schienbein, jedoch tut es mir mehr weh als ihm. „Lass mich los, du blöde Sau."

„Willst du dich wohl verflucht noch mal beruhigen!", brüllt er mich an. „Lass mich erklären, worum es hier geht."

„Ich brauche deine scheiß Erklärung nicht." Meine Stimme zittert. Nachdem der anfängliche Zorn verraucht ist, fange ich an, Trauer und Zurückweisung zu fühlen. „Ich bin lediglich ein minderwertiger Nervenkitzel für dich und deine Freunde. Sicherlich nicht wichtig genug, um dich davon abzuhalten, herumzuvögeln."

„Das ist nicht, worum es hier geht", sagt er frustriert, während ich mich noch immer in seiner Umklammerung winde.

„Lass! Mich! Los!", brülle ich in voller Lautstärke.

„Zur Hölle mit dieser Scheiße." Cain hebt mich hoch, wirft mich über seine Schulter und wirbelt so schnell herum, dass mein Magen sich herumdreht. Ich höre, dass er seine Schlüssel von der Theke nimmt. Dann marschiert er Richtung Tür. Mir wird schrecklich schwindlig, aber ich habe keine Zeit, um mich zu erholen, da er bereits die Stufen der Veranda hinunterstürmt, sodass meine Rippen schmerzhaft mit seiner Schulter kollidieren. Er bringt mich zur Fahrertür des Trucks, öffnet sie und schleudert mich hinein. Auf der Stelle klettere ich über den Sitz, um aus der Beifahrertür zu flüchten, doch die Hand auf meiner Schulter hält mich auf, da er schon auf dem Fahrersitz ist.

Er fasst unter den Sitz, und ich höre etwas klirren, ehe mein linkes Handgelenk in einer Handschelle gefangen ist. Völlig empört will ich aufkreischen, aber nachdem er die andere Schelle um sein rechtes Gelenk befestigt, bringe ich nur ein ungläubiges Quieken zustande.

Cain rammt den Schlüssel ins Zündschloss, startet den Motor und Erde sowie Kies fliegen hoch, als er mit quietschenden Reifen aus der Einfahrt rast.

„Was zum Teufel machst du da?", würge ich endlich hervor. Zaghaft bewege ich den Arm, doch die Fesselung hält.

„Hör auf damit", faucht er, ehe er mich wütend ansieht. „Es sei denn, du willst, dass wir im Straßengraben landen." Cain fährt mit einer halsbrecherischen Geschwindigkeit auf die 191, in die entgegengesetzte Richtung von Jackson.

„Wohin bringst du mich?" Mein Blut kocht vor Zorn und mein Herz schlägt noch immer heftig angesichts seines Verrats.

„Zum *Wicked Horse*", sagt er ruhig. „Ich muss dir erst etwas zeigen, bevor ich dir erklären kann, was los ist."

Was zur Hölle kann er mir im *Wicked Horse* zeigen? Ist Amy eine Kellnerin oder so?

Und dann dämmert es mir.

Im *Wicked Horse* gibt es nichts, was er mir zeigen könnte.

Er wird mir das *Silo* zeigen.

***

Während der restlichen Fahrt bleibt mein Mund fest geschlossen, und das nur, da ich im Moment nichts zu sagen habe, weil mein Gehirn damit beschäftigt ist, alles zu verarbeiten. Ich bin mir nicht sicher, was es mit dieser E-Mail wirklich auf sich hat, doch Cain wird mir vielleicht gleich all die Beweise präsentieren, die ich brauche. Das trotzige betrogene Kind in mir hofft, dass, was immer er mir zeigen wird, ihn hart zu Fall bringt. Der verletzte Teil in mir will Cain anflehen, mich nicht dorthin zu bringen und mir stattdessen eine andere vernünftige Erklärung zu geben. Ich ahne, dass das Innere des runden Gebäudes einfach alles auf den Kopf stellen wird, was ich mir bisher ausgemalt habe.

Cain biegt auf den Parkplatz des *Wicked Horse*, hält allerdings nicht auf seinem Platz an der Straße, sondern fährt am Club vorbei und stoppt an der Rückseite, ungefähr elf Meter vom *Silo* entfernt. Wortlos holt er einen Schlüssel aus dem sauberen Aschenbecher und öffnet die Handschellen, ehe er aussteigt. Er kommt auf meine Seite, reißt die Tür auf und reicht mir die Hände, um mir runterzuhelfen.

Ich schaue auf den Schotter und sage blöderweise: „Ich habe keine Schuhe an."

Als wäre er ein galanter Ritter in glänzender Rüstung, zieht Cain mich vom Sitz und hebt mich auf seine Arme. Die Ironie, von ihm als galant zu denken, ist mir bewusst. Mit der Hüfte schubst er die Tür zu und trägt mich zu einem Schieferweg, welcher mit Solarlampen beleuchtet wird und direkt zum *Silo* führt. Sobald wir den Eingang erreichen, stellt er mich vorsichtig auf die Türschwelle aus Zement. Dann fischt er eine schwarze Schlüsselkarte aus der Tasche, sieht kurz aufs Display und hämmert eine lange Nummer in das Pad neben der Tür. Ich höre ein klickendes Geräusch, als sie entsperrt wird. Cain umfasst den Knauf, doch ehe er sie aufzieht, schaut er mich an.

„In der E-Mail, die du gelesen hast, ging es nur um einen Job, einen, der bereits arrangiert wurde, bevor ich dich kennengelernt habe."

„Versteh ich nicht." Jetzt bin ich total verwirrt. Wie kann eine derartige Verabredung ein Job sein? Sicherlich meint er nicht …

„Geh rein und dann wirst du alles begreifen", sagt er leise, mit einer Stimme, die sich völlig niedergeschlagen anhört, sodass ich ihn aus irgendeinem dummen Grund trösten will.

Das ist wirklich bescheuert!

Der Kerl will in ein paar Tagen eine andere Frau ficken und es vor mir geheim halten.

„Du wolltest mich verarschen, obwohl du versprochen hast, es nicht zu tun. Meine Stimme versagt und ich starre auf den Boden.

„Ich habe das Versprechen nicht gebrochen." Sein Tonfall ist fest. „Ich wollte mit dir vor Freitag Schluss machen."

Mein Herz stürzt noch tiefer in den Abgrund. Irrtümlich hatte ich geglaubt, dass es nicht schlimmer schmerzen könnte. Aber ich lag falsch. Es fühlt sich so an, als würde eine rostige, stumpfe Klinge hineinstechen.

Cain öffnet die Tür und bittet mich rein. „Komm", sagt er sanft. „Willkommen in meiner Welt."

Kapitel 23

Cain

Ich verfluche mich zum hundertsten Mal, dass ich mich jemals auf Sloane Meyers eingelassen habe. Ich habe einen völlig dämlichen Weg eingeschlagen, einen, der von vornerein dazu verdammt war, schmerzvoll zu sein. Dennoch habe ich frohgemut alles von ihr genommen, das möglich war, solange es zur Verfügung stand. Die leisen Klänge von irgendeinem klassischen Mist fluten den Raum. Ich bevorzuge etwas Erotischeres, wenn ich im Silo ficke, doch einige der Stammgäste wünschen sich gehobenere Musik. Als könnte das unsere Handlungen akzeptabler machen.

Ich führe Sloane durch den Korridor in den offenen, runden Bereich in der Mitte. Sobald wir zwischen den Betonwänden hervorkommen, treten zwei andere Geräuschkulissen in den Vordergrund. Die erste ist das Stimmengewirr von circa dreißig Personen. Heute ist hier ziemlich tote Hose, was aber normal für einen Sonntagabend ist. Die zweite ist das Stöhnen von Menschen in Ekstase. Ich schaue auf Sloane herab, die sich gerade umsieht. Sie bemerkt die Gäste, die mit Cocktails herumstehen, die Bar im Zentrum, und dann schweift ihr Blick nach links, wo sie die Fensterfronten entdeckt.

Leise keucht sie auf und ihre Augenbrauen schießen förmlich nach oben. Ich folge ihrer Blickrichtung und sehe in den ersten Raum hinein. In ihm steht nichts außer einem Podium mit einer mit schwarzer Seide bedeckten Matratze. Vier Personen sind im Zimmer: drei Männer, die eine Frau auf drei unterschiedliche Weisen füllen.

Sloane geht an dem Fenster vorbei und blickt in den nächsten Raum, in dem sie wirklich etwas zu sehen bekommt. In ihm stehen weder Möbel noch andere Gerätschaften, mit Ausnahme eines großen, hölzernen Prangers, den Bridger vor ein paar Wochen selbst gebaut hat.

Er hat geplant, ihn vorzuführen, und heute ist anscheinend die Nacht der Nächte.

Eine Frau ist in ihm gefangen. Es ist Catherine, die ein Stammgast des Clubs ist. Sie ist auf den ersten Blick die junge Trophäe eines altersschwachen Milliardärs, der an der Schwelle zum Tod steht. Er hat seiner Gattin die Mitgliedschaft geschenkt, sodass sie ihren Spaß haben kann. Er kann zwar schon lange keinen Ständer mehr bekommen, doch er sieht ihr gern zu, wie sie sich vergnügt. Catherine liebt außerdem einen richtigen Gangbang, und damit meine ich einen Fick, den Sloane sich selbst in ihren schmutzigsten Fantasien nicht hätte vorstellen können. Ich glaube, dass mehr an Catherine dran ist, als zunächst ersichtlich. Sie ist nicht nur wegen des Geldes mit ihm zusammen. Doch so gut kenne ich sie nicht.

Catherines Kopf und Handgelenke stecken im Pranger. Sie ist herrlich nackt und wird genauso herrlich von mehreren Männern geschändet. Es sind sieben Männer anwesend, einige stehen gänzlich bekleidet herum und sehen dabei zu, wie sie gefickt wird. Einer nimmt sie hart von hinten, sodass ihre Schultern gegen den Rahmen knallen, der um ihren Hals ist. Ihre Titten schwingen vor und zurück. Ein zweiter Kerl steht an ihrer Seite und stimuliert ihre Klit. Ich weiß, dass es sich gut anfühlt, da ihre Augen sich förmlich verdrehen, doch sie kann keinen Laut von sich geben, da ein dritter ihr den Schwanz in den Rachen gestopft hat. Der Mann, der Catherine vögelt, packt plötzlich fest ihre Hüften, wirft den Kopf in den Nacken, als sein Orgasmus einsetzt. Er reibt sich an ihr, spritzt noch mehr ab und taumelt dann völlig fertig zurück. Der nächste holt seinen Schwanz aus der Anzughose und rammt ihn einfach in sie hinein.

Der Penis tief in ihrem Mund verhindert jedes Wort. Normalerweise geilt mich der Anblick einer derartigen Szene auf. Ich wäre zusammen mit ihnen in dem Raum, darauf wartend, mich an einer Frau auszutoben, die es liebt, respektlos und hart angefasst zu werden. Ich würde entweder ihre Pussy, ihren Mund oder sogar ihren Arsch ficken, um abzuspritzen, und anschließend dem nächsten Kerl Platz zu machen.

„Warum hast du mich hergebracht?“, fragt Sloane in einem dermaßen schwachen und verletzten Tonfall, dass ich zusammenzucke. Sobald ich mich ihr zuwende, fährt sie fort: „Willst du, dass ich das auch mache?“ Sie richtet ihren Blick auf Catherine.

„Um Gottes willen. Nein“, sage ich entsetzt, nehme ihre Hand und führe sie in den Korridor zurück. Allein die Vorstellung verursacht Übelkeit.

„Was ist das hier für ein Ort?“

Seufzend drehe ich sie, sodass sie sich mit dem Rücken zur Wand befindet, und beuge mich vor, damit ich leise mit ihr reden kann. Wir stehen zwar von der Menge entfernt, doch das hier ist persönlich, und ich möchte nicht, dass jemand zuhört. „Sloane, das hier ist das *Silo* und ein Sexclub, der Bridger gehört. Es ist ein Ort, an dem Menschen in einer sicheren und privaten Umgebung ihre Fantasien ausleben können.“

„Er gehört Bridger allein?“, will sie wissen, und ich finde, dass es eine seltsame Frage ist.

„Ja, er ist der Alleineigentümer.“

„Man bezahlt, um reinzukommen?“

„Eine Jahresgebühr von fünfzigtausend Dollar.“

„Und was ist mit der Frau in dem Raum?“

„Sie ist ein Stammgast. Ihr Mann begleitet sie.“ Doch jetzt, wo ich darüber nachdenke, habe ich den alten Knacker in seinem Rollstuhl nicht gesehen.

„Also, diese Zimmer …“

Inzwischen hört sich ihre Stimme etwas gefestigter und nicht mehr ganz so verletzt an. „Man kann da einfach reingehen und …“

Ich nicke. „Ja. Manche von ihnen sind Themenzimmer, in anderen kann man ficken, während man beobachtet wird. Eigentlich kann man hier alles machen, was man möchte, sofern der jeweilige Partner einwilligt.“

Sie schaut auf den Boden und kaut auf ihrer Unterlippe herum, ehe sie mich wieder ansieht. „Bist du ein bezahlter Prostituierter?"

„Was!? Nein! Warum um Himmels willen fragst du das?"

„Du hast gesagt, dass Amy ein Job für dich sei. Was sonst soll ich denken?"

Da ist was dran. Ich atme ein und aus und beuge mich noch weiter vor. Mit den Händen stütze ich mich rechts und links neben ihrem Kopf ab. „Ich bin der Sicherheitschef des *Wicked Horse*. Das ist meine Vollzeitstelle. Aber ich bin auch ein Mitglied dieses Clubs. Manchmal sind meine Dienste als Fantasy-Erfüller gefragt und dann mache ich Wünsche wahr. Genau das wollte ich Freitag mit Amy tun."

„Eine Fantasie?", fragt sie zweifelnd.

„Eine Vergewaltigungsfantasie." Es ist sinnlos, um den heißen Brei herumzureden. „Amy mag das und normalerweise macht ihr Ehemann mit."

„Ihr Ehemann?"

„Ja. Viele Mitglieder leben in monogamen, vertrauensvollen Beziehungen."

Sie nickt, als würde jetzt alles einen Sinn für sie ergeben. „Und du wolltest dich vorher von mir trennen?"

„Ja, damit ich mein Versprechen dir gegenüber nicht breche."

„Ich verstehe."

„Tust du?" Ich lege meine Finger unter ihr Kinn und hebe ihren Kopf an, bis sie mich ansieht. „Du verstehst, dass es ein Job ist und ich ihn erledigen muss? Eigentlich will ich ihn nicht durchziehen, aber ich bin eine Verpflichtung eingegangen. Ich werde zwar nicht direkt dafür bezahlt, jedoch wird mein Bonus nach der Anzahl der Male berechnet, bei denen nach mir verlangt wurde. Auf diese Weise kann ich gutes Geld verdienen, um die Schulden zurückzuzahlen. Wenn ich diese Last nicht hätte, würde ich mich nicht so verpflichtet fühlen."

„Ich verstehe", sagt sie erneut, dieses Mal verständnisvoll. „Du brauchst mir nichts weiter zu erklären."

Ich trete von ihr zurück und atme tief ein, während ich in den Haupttraum blicke. Im Moment stehe ich an einer Kreuzung, und jetzt, da alles offengelegt ist, suche ich vergeblich nach einem Weg, damit es trotzdem mit ihr funktioniert. „Könntest du mir am Freitag eine Pause geben? Sodass ich diese Fantasie erfüllen kann, wenn du weißt, dass es nur ein Job ist?"

Traurig sieht Sloane mich an und ihre Lippen bilden einen geraden Strich. „Nein, das kann ich nicht. Ich kann das nicht voneinander trennen. Zwar weiß ich, dass du das schaffst, doch ich werde nicht damit fertig, wenn du mit einer anderen Frau zusammen bist. Klar, das ist eine Doppelmoral von meiner Seite aus, aber ich kann das einfach nicht."

Meine Schultern sacken nach unten, obwohl ich keine andere Reaktion von ihr erwartet habe. Schließlich stirbt die Hoffnung zuletzt. Ich halte ihr die Hand hin. „Komm, ich fahr dich zu mir. Du kannst dort dein Zeug holen und …"

„Ich will da wieder mit dir reingehen."

Mein Körper spannt sich an und sie deutet auf den Haupttraum. „Ich will einen der Räume benutzen. Jetzt."

„Warum um alles in der Welt würdest du …?"

„Cain", sagt sie sanft und tritt näher an mich heran. Sie legt eine Hand über mein Herz. „Du hast mir erklärt, was los ist. Und da dieser Ort ein Teil von dir ist, wie du bist und was du bist, will ich diese Erfahrung gemeinsam mit dir machen."

Ich glotze sie einfach nur an, völlig sprachlos darüber, wie sich das hier entwickelt. Sie hat sich von einer zornigen Höllenkatze in eine verständnisvolle gefasste Person verwandelt, die meine ungewöhnlichen Neigungen und Jobverpflichtungen versteht. Sie gibt mir mehr, als ich je zu hoffen gewagt habe. Sie schenkt mir vier weitere Nächte. Allerdings zieht sie eine Grenze. Alles ist in der Sekunde vorbei, in der ich den Job mit Amy Mason annehme. Entweder kann ich mich jetzt von ihr trennen oder das nutzen, was sie mir anbietet.

Ich wäre ein Narr, wenn ich die barfüßige Sloane Meyers mit den noch immer feuchten Haaren und ausgebeulten Sweatpants in einem verruchten Sexclub ausschlagen würde.

„Dann los." Ich bringe sie zurück in den Hauptraum.

Sobald wir ihn betreten, bemerke ich Bridger, der an der Bar sitzt. Ich ziehe Sloane mit mir, während ich mir den Weg durch die Gäste bahne, die sich unterhalten und die Action in den Räumen beobachten. Bridger hebt die Augenbrauen, als er uns sieht, wobei sein Blick über Sloanes zerrupftes Erscheinungsbild wandert.

„Hey", sage ich, als wir in Hörweite sind. „Ich werde etwas zu spät zur Arbeit kommen."

Bridger grinst einfach nur breit und wendet sich Sloane zu. „Du willst heute Nacht einen Abstecher ins Abenteuer machen, Schätzchen?"

„Nur heute Nacht", sagt sie beiläufig. „Morgen tut es dann wieder die gute alte Missionarsstellung."

Das bringt mich fast zum Lachen, denn obwohl Sloane im Vergleich zu mir unerfahren ist, ist sie sicherlich kein Fan der Missionarsstellung. Eigentlich ist sie unter meiner Anleitung in den letzten paar Tagen ziemlich kühn geworden und sogar zu einem anständig großen Buttplug aufgestiegen, wobei ihr das noch nicht reicht.

„Viel Spaß", sagt Bridger.

„Werden wir haben." Ich deute auf den Pranger. „Das ist fantastisch. Scheint so, als würde Catherine gleich vor Vergnügen platzen."

Bridger sieht ein wenig traurig aus. „Ihr Mann ist vor ein paar Tagen gestorben."

„Was?", frage ich entsetzt und Sloane keucht mitfühlend auf.

„Ist wohl im Schlaf passiert. Sie ist ziemlich fertig."

„Höh." Ich bin skeptisch deswegen, denn die große Liebe schien es nicht zwischen ihnen gewesen zu sein. Ich hatte vermutet, dass sie für ihn einfach nur eine Trophäe war und er für sie der Fahrschein aus einem schlimmen Leben.

Wie auch immer!

Im Moment habe ich wichtigere Dinge, über die ich mich sorgen muss.

„Welchen Raum möchtest du benutzen?“, frage ich Sloane.

Kapitel 24

Sloane

Ich kann nicht glauben, dass ich das wirklich machen will.

Höchstwahrscheinlich ist es ein Fehler, den ich aus den völlig falschen Gründen begehe. Trotzdem ziehe ich es durch.

Es ist eigenartig, dass man jemanden kaum kennt und dennoch eine dermaßen heftige Erfahrung mit ihm teilt, die einen so starken Bund formt. Genau das ist mit uns passiert. Ich hatte kein Recht, ihm nach dieser kurzen Zeit zu vertrauen und anzunehmen, dass er sein Versprechen hält, nur mich zu vögeln.

Doch er hat es gebrochen. Natürlich verstehe ich die Logik dahinter, dass es bloß ein Job für ihn ist und kein wirklicher Betrug an mir, da er sich vorher von mir trennen wollte. Allerdings fühlt sich mein Herz noch immer völlig zersplittert an. Er hat mir gegenüber sehr deutlich gemacht, dass seine Arbeit wichtiger für ihn ist, als ich es bin. Und das bestätigt wiederum meine Theorie, dass das Erfüllen meiner Fantasie seinen Respekt für mich geschwächt hat, sodass er keine längere Beziehung mit mir eingehen möchte. Was den Sexclub und seine Verwicklung darin angeht, glaube ich, dass Cain damit gutes Geld verdient, sodass er seine Schulden schneller abbauen kann. Klar, er wird dabei Orgasmen und eine tolle Zeit haben, doch ich bin mir sicher, dass es wirklich nur ein Job für ihn ist. Nichtsdestotrotz verstehe ich, dass der Club ein Teil von Cains Leben ist. Er sagte, dass er Mitglied ist, und das bedeutet, dass er vor mir und auch nach mir dessen Vorzüge genießen wird. Das schmerzt, da für mich kein Platz ist.

Außer in dieser Nacht.

Heute werde ich mir erlauben, ein Teil von Cains kinky Welt zu sein. Ich werde ein sexuelles Hoch erleben, das die meisten Menschen sich nicht einmal vorstellen können. Ich werde jedes schmutzige Detail davon für meine Reportage im *Revealed* verinnerlichen. Cain ist mir gegenüber nicht loyal, also muss ich es ihm gegenüber ebenfalls nicht sein.

Endlich kann ich aufhören, mir darüber Sorgen zu machen, was mein Job ihm vielleicht antun wird. Natürlich hat das Ganze den bitteren Beigeschmack, dass ich Callie den Wölfen zum Fraß vorwerfen muss, doch das ist im Moment unwichtig. Jetzt, da Cain für mich aus dem Rennen ist, existiert für mich keine Zukunft hier. Und das bedeutet, auch keine Freundschaft mit Callie.

Es ist entschieden, obwohl die Schäbigkeit von dem, was ich tue, sich wie eine gezackte Rasierklinge anfühlt, die in meine Seele schneidet. Ich sehe mir die Räume an, um zu entscheiden, in welchen ich gehen will. Es gibt einen, in dem eine Frau an ein großes Kreuz gebunden ist und von einer anderen Frau ausgepeitscht wird. Dann einen weiteren mit einer Frau und drei Männern, die zugange sind, und natürlich den mit der Frau am Pranger. Gerade zieht ein Kerl seinen Schwanz aus ihrem Mund und spritzt ihr aufs Gesicht, ehe der nächste seinen Platz einnimmt.

Ich ziehe eine Grimasse, da Cain völlig recht hatte, dass ich nicht für so was gemacht bin. Doch sie scheint sich wirklich zu vergnügen.

In einem anderen Raum ist eine Frau auf einem Untersuchungstisch festgebunden. Ihre Füße liegen in Halterungen und ihre Beine sind weit gespreizt. Ein riesiger Kerl, der nicht nur von Kopf bis Fuß in Leder gekleidet ist, sondern auch eine Maske trägt, steht zwischen ihren Schenkeln. In der Hand hält er ein elektrisches Gerät, an dessen Ende sich ein gigantischer Dildo befindet, der sich wie ein Presslufthammer in ihrer Vagina rein- und rausbewegt. Sie zappelt und stöhnt, und dann wölbt sie den Rücken, als sie einen Orgasmus bekommt.

Plötzliches Verlangen schlägt zu, und ich erkenne, dass ich bereits von der ersten Minute an erregt gewesen bin, doch erst jetzt habe ich die Freiheit, es zuzulassen. Im nächsten Raum stehen verschiedene Möbel, und drei vögelnde Pärchen befinden sich darin. Das wäre eine leichte Wahl, dennoch zögere ich, da auch das sich nicht richtig anfühlt. Nichts davon würde ausreichen, um Cain zu beeindrucken, sodass er versteht, dass ich ihm in jeder Hinsicht befriedigen kann, sofern er sich allein auf meinen Körper konzentriert. Daher drehe ich mich Cain zu und sage: „Gibt es irgendeine Regel, die es verbietet, dass wir genau hier ficken?“

Cain zuckt zusammen, und Bridger, der noch immer direkt neben uns steht, lacht dunkel. „Da hast du jemand ganz schön Wildes mitgebracht.“

Cain macht sich nicht einmal die Mühe, darauf einzugehen, sieht stattdessen nach links und rechts auf die Gäste. Viele beobachten die Action, doch andere genießen einfach ihre Drinks, während sie zusammenstehen.

„Hier und jetzt?“, fragt er ungläubig.

„Klar. Wo liegt da der Unterschied, außer in einer Glasscheibe, die uns voneinander trennen würde, und einigen nützlichen Möbeln?“ Um meinen Standpunkt zu unterstreichen, klopfe ich mit der Hand auf einen der Drehhocker, die an der Bar stehen. „Du könntest mich darüberbeugen und dich dann ins Zeug legen.“

Cain schüttelt den Kopf. „Das wird nicht passieren …“

Ich quietsche erschrocken auf, als Bridger plötzlich meine Taille umfasst, mich mit Leichtigkeit hochhebt und meinen Po auf die schwarze gelackte Theke setzt. Er deutet auf mich. „Leg los, Cain. Dein Mädchen will genau hier gefickt werden.“

Ich rechne damit, dass Cain herumdiskutiert und mich runterzieht, da ich erkenne, dass ich ihn erheblich aus der Bahn geworfen habe. Das erreicht, dass ich mich gut fühle, weil ich es geschafft habe, die großartige Sexmaschine Meister Cain Bonham durcheinanderzubringen. Jedoch kneift er erst die Augen zusammen, die dann beinahe bösartig vor Entschlossenheit glimmen. Er stellt sich zwischen meine über den Rand baumelnden Beine und legt seine Hände auf meine Knie.

„Genau hier?"
„Genau jetzt", wispere ich zustimmend.
„Wie du willst", sagt er mit einem gemeinen Lachen. Mit einer schnellen Bewegung zieht er mir die Sweatpants aus. Ich muss meine Hände auf die Oberfläche der Bar schlagen, um nicht herunterzufallen, da er mich beinahe zusammen mit der Hose herunterzerrt. Dann reißt er mir das Höschen vom Körper.

Ich nehme mir einen Moment, um mich umzusehen. Dass Bridger mich auf die Bar gesetzt hat, hat die Aufmerksamkeit von allen geweckt, die in der Nähe sitzen. Ein paar der Pärchen schauen uns interessiert an und ich drehe mich Bridger zu. Sein Ellbogen ruht lässig neben meinem Oberschenkel auf der Bar. Er zwinkert mir zu. „Viel Vergnügen, Sloane."

Cain beugt sich vor, presst sein Gesicht zwischen meine Schenkel und leckt über die Mitte. Ein heiserer Ausruf entweicht mir, und ich lehne mich zu einer Seite, um das Gewicht auf den Arm zu verlagern, und lege die zweite Hand auf seinen Kopf, um ihn dort zu halten. Mit nichts anderem als der Kraft seiner Zunge beginnt er, meine Klit entschlossen zu stimulieren.

„Das ist sexy", sagt Bridger.

Meine Lider flattern zu, ehe ich ihn überhaupt ansehe. Dies ist heißer, als ich mir jegliche Aktivität in einem der Räume vorgestellt habe. Zwar ist die Sicht genauso unversperrt, aber ich vermute, dass die Glaswand doch etwas Sicherheit vermittelt, da sie die Kopulierenden von den Beobachtern trennt.

Schmerz explodiert in meiner rechten Brustwarze und ich reiße die Augen auf. Bridger hält meinen Nippel sowie mein T-Shirt zwischen ebenmäßigen weißen Zähnen. Er saugt durch den Stoff daran und leckt ihn, um das Brennen zu besänftigen. Mit einem Zwinkern zieht er sich zurück und dreht uns dann einfach den Rücken zu. Bridgers Desinteresse erhöht das Verruchte seines Vorgehens.

Cains Zunge bearbeitet mich heftig, wobei er zustimmend über meinen Geschmack und Geruch stöhnt. Er bespielt mich hart, knurrt etwas und mein Orgasmus erwischt mich unvorbereitet.

„Fuck!“, kreische ich lauthals und bohre die Finger in seine Kopfhaut.

Auflachend küsst er meine Pussy und stellt sich dann aufrecht hin. Er greift über die Bar, schnappt sich eine Serviette von einem Stapel und wischt sich über den Mund. Er zerknüllt sie und wirft sie neben meine Hüfte.

„Das wolltest du?“, fragt er ernst. „Mochtest du es, dass dir alle dabei zugesehen haben, während ich dich geleckt habe?“

Ich schlucke mühselig wegen der Verärgerung in seiner Stimme, die ich nicht verstehe. Ist das nicht, was er wollte? Das ist doch sein verfluchtes Leben. Er ist Mitglied in diesem Club, und ich wollte ihm beweisen, dass ich ebenso verdorben und schmutzig wie all diese Menschen sein kann. Und als Sahnehäubchen bekomme ich meine Story.

Bevor ich ein Wort sagen kann, zieht Cain mich von der Bar und wirft mich wieder über seine Schulter.

„Hey! Was zur Hölle …“ Allerdings verstumme ich, da er mit einer Hand an der Rückseite meines Oberschenkels nach oben gleitet und von hinten mit einem Finger in mein Geschlecht eindringt. Ich bäume mich auf, doch seine starke Schulter steckt das einfach weg. Er wirbelt herum und läuft zum Korridor, der nach draußen führt. Ich habe keine Ahnung, wohin er geht. Er bleibt stehen, öffnet eine Tür und schaltet das Licht ein, ehe sie hinter uns ins Schloss fällt. Cain beugt sich nach vorn und stellt mich hin, wobei er mich an den Schultern festhält. Ich habe nur einen Moment, um mich umzusehen, und erkenne, dass wir in einem Lagerraum sind. Deckenhohe Regale aus Metall, die mit Kisten, Flaschen, Tuben und Taschen voller Sexzubehör gefüllt sind.

„Warum sind wir …?“ Meine Worte ersterben, da Cains Mund auf meinen kracht, um mich tief und schmerzhaft zu küssen. Sobald er sich von mir löst, befiehlt er mir: „Du wirst nicht reden, Sloane.“

Er zerrt mir das T-Shirt über den Kopf, sodass ich nackt vor ihm stehe, und dann sind seine Lippen wieder auf mir. Seine Hände umfassen meinen Po und er wuchtet mich hoch. Mit den Beinen umschlinge ich seine Taille. Cain läuft rückwärts, bis ich mit dem Rücken an eine kalte Betonwand gepresst bin. Dort küsst er mich so gründlich, dass mir schwindlig wird. Er nimmt mit den Lippen und seiner Zunge Besitz von mir, als wollte er mir mit der Ungezügeltheit seiner Berührungen etwas mitteilen. Mein Herz reagiert darauf und ich schlinge meine Arme um seinen Nacken und erwidere den Kuss.

Die Art, wie seine Zunge über meine streicht und rollt, ist von einer völlig anderen Natur, als wollte er sich bei mir entschuldigen, da es ihm leidtut. Mein Kuss scheint ihm zu sagen, dass ich ihn verstehe, obwohl ich noch immer verletzt bin. Ohne auch nur ein Wort zu reden, spricht unser Kuss Bände.

Ich bin mir der Umgebung kaum bewusst. Vielleicht nehme ich das Geräusch von Cains Reißverschluss wahr, als er ihn öffnet, aber ich bin mir nicht sicher. Doch dann stößt er in mich hinein. Die empfundene Lust bei dieser ersten Berührung und der leichte Schmerz lassen mich keuchen.

„Fuck, fühlt sich das gut an", knurrt Cain und seine Hüften hämmern gegen mich. Er stößt von unten in mich, sodass meine Wirbelsäule gegen die Wand reibt, und stöhnt, verloren in Begierde.

Ich versuche, seinen Namen zu sagen, möglicherweise um ihm mitzuteilen, wie wundervoll es ist, doch er hämmert so hart in mich, dass ich stammele: „Caiiinnn."

Er ignoriert mich, fickt mich unerbittlicher und schneller. Meine Finger bohren sich in seinen Nacken, und ich presse mein Gesicht an seine Schulter, gebe mich ihm ganz hin, als er mich völlig unterwirft. Cain zieht sich zurück, nur um erneut mit Wucht einzudringen, sodass ich aufschreie. Und dann hält er inne. Ich sehe ihn an. Sein Gesicht ist schweißbedeckt und sein Blick drückt eine Zerrissenheit aus, die mir das Herz zusammenkrampft.

„Ich will dich nicht verlieren, Sloane." Und weil wir nicht ignorieren können, dass er in mir ist und alle unsere Nerven erwartungsvoll pulsieren, macht er eine kreisende Bewegung mit den Hüften, ehe er zustößt.

Ich stöhne: „Dann lass es nicht zu."

Bitte, bitte, lass es nicht zu.

„Ich will nichts anderes als diese Pussy."

Meine Muskeln spannen sich reflexartig um seinen Schwanz an, nicht zuletzt wegen der Sehnsucht in seiner Stimme. Er stöhnt noch einmal, dringt ein und zieht sich zurück, immer und immer wieder. Cain erhöht die Geschwindigkeit und stößt tiefer vor, als wollte er in mich hineinkriechen. Ein lustvoller Schauder breitet sich auf meiner Wirbelsäule von unten nach oben aus und umgekehrt und endet mit einem Feuersturm der Erfüllung, der mich völlig überraschend trifft.

„Oh Cain", rufe ich und mein Kopf fällt nach hinten gegen die Wand.

Cain fickt mich härter, wobei er sich fest mit den Füßen abstützt, und dann lässt er sich fallen. Mit dem Gesicht an meiner Schulter, den Fingern, die sich mir in die Hüften bohren, fängt sein Schwanz in mir an zu pulsieren.

Seine Atmung ist harsch, die Schultern sind gekrümmt.

Das Gesicht bleibt verborgen.

Cain atmet tief und abgehackt ein. Als er seine Stirn von mir hebt, sieht er mir geradewegs in die Augen. „Ich werde es nicht tun. Das am Freitag mit Amy. Ich bin Dein, Dein allein, wenn du mich haben willst."

Überrascht starre ich ihn an, da pure Freude in jedem Molekül meines Seins explodiert. „Du meinst das ernst?"

„Todernst. Ich will dich so sehr, Sloane. Ich gebe den Sexclub auf und finde einen anderen Weg, um Geld zu verdienen. Falls ich ins *Silo* zurückkehre, dann nur als Paar, mit dir."

Die einzige Weise, auf die ich zu antworten vermag, ist sein Gesicht zu umfassen, um ihn hart zu küssen. Er bekommt kaum seine Zunge in meinen Mund, als ich mich bereits von ihm löse, um ihn zu mustern, da ich nicht fassen kann, dass er ein derartiges Opfer bringt.

„Das würdest du für mich tun?“

„Du bist unglaublich erstaunlich“, sagt er lächelnd. „Ich weiß, dass wir uns erst seit kurzer Zeit kennen, aber mit dir ist alles anders als zuvor. Ich will mehr davon und werde alles tun, was nötig ist, um es zu behalten.“

Ich schlinge Cain die Arme um den Hals und presse mein Gesicht an seins. Tränen treten mir vor Rührung in die Augen und ich flüstere: „Ich kann das kaum glauben. Das ist mehr, als mir je zugestanden hätte.“

„Also ist alles klar zwischen uns?“

„Ja“, sage ich lächelnd und weiß, dass er es an seiner Wange fühlen kann.

Er drückt mich und stellt mich hin. In der Sekunde, als sein Schwanz aus mir gleitet, tropft Flüssigkeit an den Innenseiten meiner Oberschenkel hinunter.

Ich sehe nach unten.

Cain sieht nach unten. „Fuck!“ Er legt die Hände auf meine Schultern und ich schaue ihn an.

„Es tut mir so leid, Sloane. Gott, ich wollte unbedingt in dir sein, sodass mein Gehirn völlig ausgeschaltet war. Und dann habe ich es bemerkt und musste dennoch in dir kommen. Ich konnte einfach nicht anders. Aber ich schwöre bei Gott, dem Allmächtigen, dass ich sauber bin. Ich muss regelmäßig meinen Gesundheitszustand überprüfen lassen und ich trage sonst immer ein Kondom. Ich schwöre es.“

„Ist schon okay.“ Bei dieser Sache vertraue ich ihm. „Ich bin mir sicher, dass alles gut ist.“

„Nimmst du …?

„Ja, ich verhüte.“

Erleichtert seufzt Cain auf und lehnt seine Stirn für einen Moment an meine.

„Auch ich müsste sauber sein. Ich meine … das ist das erste Mal, dass ich Sex ohne Kondom hatte. Aber ich kann mich testen lassen.“

Ich erkenne deutlich, dass er daran gar nicht gedacht hat. „Ich bin mir sicher, dass alles bei dir in Ordnung ist. Wir könnten uns doch zusammen testen lassen? Und da es nur du und ich sind, könnten wir ab jetzt darauf verzichten, meinen Schwanz einzupacken, einverstanden?"

Ich muss einfach lachen. „Okay. Ich gebe zu, dass es sich besser angefühlt hat."

„Oh ja." Er grinst. „Das war ohne scheiß der Kracher schlechthin."

„Du bist ein wahrer Poet."

„Und dieser Poet muss sich wirklich anziehen, nach Hause fahren und dann zur Arbeit."

„Wirst du Amy eine E-Mail schicken und die Verabredung absagen?", frage ich zögernd.

„Ich weiß was Besseres. Ich werde es Bridger mitteilen, ehe wir gehen. Er kann das mit Amy regeln, und außerdem bin ich mir sicher, dass er einen Ersatz für mich finden wird."

„So wie Logan oder Rand? Ich vermute, dass sie auch Mitglieder sind?"

„Oder irgendein anderes lüsternes Mitglied", versichert er mit einem Nicken. „Der Club hat beinahe einhundertfünfzig Mitglieder. Sie wird nicht unter einem Mangel an Aufmerksamkeit leiden."

„Das ist gut", sage ich mit einem erleichterten Atemzug. Fast erscheint es so, als hätte sich in einem Sekundenbruchteil alles für Cain und mich auf eine drastische Weise geändert. Freude und Hoffnung breiten sich sprudelnd wie Champagner in mir aus.

„Und Sloane", sagt Cain, als er seine Hose schließt, „du darfst niemandem vom Club erzählen, okay?"

Schuld sticht auf mich ein und scheint mir die Eingeweide zu zerreißen, als meine kleine Glücksblase platzt. Die Realität schlägt zu, sodass ich erkenne, dass es unmöglich ist, noch länger auf dem schmalen Grat zwischen Wahrheit und Lüge zu balancieren.

„Natürlich. Ich verstehe, dass es ein Geheimnis ist."

Kapitel 25

Cain

Im Truck sitzend, sehe ich zum kleinen Haus. Mehr war es bisher für mich nicht, doch jetzt, da ich weiß, dass Sloane in ihm ist, hat sich die Energie irgendwie geändert. Ich kann mir vorstellen, dass sie dauerhaft mit mir zusammenlebt und ein Zuhause mit mir gestaltet.

Eines Tages.

Das hat mir gefehlt, seitdem ich mit achtzehn dem *Marine Corps* beigetreten und bei Mom und Walt ausgezogen bin. Auf jeden Fall hatte ich kein Zuhause mit Rachel.

Ich schaue auf die Uhr; es ist 21:30 Uhr. Das bedeutet, dass ich in neunzig Minuten zur Arbeit im *Wicked Horse* erscheinen werde. Allerdings habe ich auch nicht damit gerechnet, dass sich der heutige Abend so entwickeln könnte. Als ich vor circa zwei Stunden Sloane am Computer gesehen habe, konnte ich an ihrer Körperhaltung erkennen, dass etwas Ernstes geschehen war. Aber ich hätte nie gedacht, dass es Amys E-Mail sein könnte. Verflucht! Ich hatte sie bis dahin nicht gelesen, da ich dem Notebook den ganzen Tag keine Aufmerksamkeit geschenkt habe.

Auf der Stelle habe ich vermutet, dass Sloane irgendwelche schlechten Nachrichten bezüglich ihrer Mutter bekommen hatte. Als sie mir dann Amys Namen an den Kopf geworfen hat, hat etwas Schlimmes mein Herz gepackt, da ich sofort wusste, dass Sloane für mich verloren war.

Meine Reaktion war zweifellos impulsiv.

Sie hochzuheben, an mich zu ketten und zum *Silo* zu bringen, war dämlich und gefährlich. Ich hatte kein Recht, den Club zu offenbaren, und das hätte übel ausgehen können. Hätte mich den Job kosten können. Doch ich musste ihr einfach zeigen, dass es zwar ein Sexclub ist, aber auch ein Teil meiner Arbeit. Das war der einzige Weg, um ihr wirklich meine Pläne mit Amy für Freitagnacht zu erklären.

Niemals hätte ich jedoch mit Sloanes Reaktion gerechnet. Ich hatte gehofft, dass sie es verstehen würde, wenn sie es erst gesehen hat. Dass sie an der Sünde teilnehmen wollte, hat mich allerdings völlig überrascht. Schließlich hatte ich gedacht, dass sie mich zur Hölle schicken würde, nachdem sie alles verinnerlicht hat.

Wie hätte ich voraussehen sollen, dass ich sie vor den Augen aller Anwesenden auf dem Bartresen lecken würde? Und das war wirklich heiß. Sobald ich damit durch war und ihr vom Orgasmus gerötetes Gesicht betrachtet habe, wollte ich den Sex privat halten. Man könnte es einen Höhlenmenschenreflex nennen, oder vielleicht war es meine Seele, die seinen Gefährten erkannt hat, ich weiß es einfach nicht, doch ein paar Sekunden später habe ich sie im Lagerraum gefickt, und zwar so tief, wie ich es konnte.

Währenddessen dachte ich, dass es das letzte Mal wäre. Sie war für mich verloren. Ich würde nie wieder so etwas Wunderbares in den Armen halten wie in diesem Moment, und in meinem Kopf ertönte ein Manifest, das so hell erklang wie die Kirchenglocken an einem Sonntag.

Sloane Meyers war die Eine für mich.

Sie war wichtiger als bedeutungsloser Sex im *Silo* oder als gute Boni als Fantasy-Erfüller zu verdienen. Meine Prioritäten verschoben sich deutlich. Glasklar starrte ich auf die Frau, von der ich glaube, dass sie die Richtige für mich ist, ich ihr daher schnell und hart verfallen bin. Tief in ihr habe ich mich deswegen fallen lassen und bin so unfassbar heftig gekommen, dass ich beinahe an ihrer Schulter geheult hätte.

Nachdem ich Sloane zu mir gebracht habe, bin ich mit ihr hineingegangen, um ihr dabei zuzusehen, wie sie sich ins Bett gelegt hat und unter die Decke gekrochen ist. Ich habe sie auf die Stirn geküsst und ihr eine gute Nacht gewünscht, mit dem Versprechen, dass wir am nächsten

Morgen über alles reden würden, auch darüber, was es für uns in der Zukunft bedeutet.

Obwohl im *Wicked Horse* zu arbeiten das Letzte ist, was ich heute machen möchte, bin ich zur Tür hinausgegangen.

Ich fasse nach dem Schlüssel im Zündschloss und fange an, ihn zu drehen, und glotze noch einmal zum Haus. Warte! Das ist jetzt mein Zuhause.

„Scheiß drauf." Ich ziehe ihn raus, greife mein Telefon, um eine Textnachricht an Bridger zu schicken.

‚Ich nehme mir frei. Sag Mikey, dass er für die Sicherheitscrew verantwortlich ist.'

Ich frage Bridger nicht, sondern teile es ihm mit, wobei ich hoffe, dass er mich nicht feuert. Aber verdammt … Ich habe mir noch nie freigenommen, arbeite immer Sonderschichten und stand Bridger jederzeit auf Abruf zur Verfügung, wenn er mich gebraucht hat. Ich glaube nicht, dass eine Nacht problematisch ist.

Die Antwort kommt sofort und offensichtlich ist alles gut. *‚Damit habe ich gerechnet. Viel Spaß.'*

Lächelnd öffne ich die Trucktür. Er mag vielleicht die meiste Zeit hart und einschüchternd sein, aber ich vermute, dass er im Kern seines Herzens etwas Sanftes hat. Möglicherweise nicht für sich selbst, doch er will auf jeden Fall, dass seine Mitmenschen glücklich und zufrieden sind. Ich gehe zum Haus, stecke geräuschlos den Schlüssel ins Schloss und trete leise ein. Das in den Flur schimmernde Licht zeigt, dass die Schlafzimmertür aufsteht. Ich stelle mir vor, wie Sloane in meinem Bett liegt und gerade das Licht ausmachen will, um zu schlafen. Vermutlich ist sie erschöpft, allerdings hoffe ich, nicht allzu sehr. In mir brodelt das unstillbare Verlangen, sie zu nehmen, und ich weiß, dass sie mich nicht abweisen wird.

Möglicherweise ist es auch an der Zeit, ihren Arsch einzufordern. Das wäre eine unglaubliche Weise, um unsere neu entwickelte Verbindung zu festigen. Ich schleiche über den alten, aber weichen Teppich, der meine Schritte dämpft. Als ich näherkomme, höre ich ihre leise Stimme, daher stoppe ich vor der Tür. Ich will sie nicht unterbrechen, falls sie mit ihrer Mom redet. Vielleicht sollte ich in der Küche warten.

„Brant, ich habe ein Update."

Ich erstarre mit erwachter Neugierde und neige den Kopf, um zu lauschen.

„Ich habe tief bei Callie Hayes gegraben und bin sogar im Club gewesen. Doch alles ist wasserdicht und Callies Lippen sind versiegelt. Ich habe nichts."

Mir stockt der Atem in den Lungen und mein Magen scheint mit Blei gefüllt zu sein. Es ist ein paar Momente still und dann kommt ein lang gezogenes Seufzen. Ihre Stimme hört sich erschöpft an, als sie sagt: „Hier ist nichts. Es gibt keine Story. Lass es dabei bewenden."

Was zum Teufel?

Jeder Gedanke, dass ich Sloane ausspioniere, löst sich in Luft auf, und ich betrete den Raum. Sie liegt noch immer im Bett und hat die Knie bis fast zum Kinn angezogen. Mit dem Rücken lehnt sie gegen das Kopfteil. Das einzige Zeichen, dass mein Auftauchen sie überrascht, ist die starke Traurigkeit, die ihren Blick füllt, als sie begreift, dass ich gehört habe, was sie gerade gesagt hat. Sie starrt mich geradewegs an und sagt ins Telefon: „Ich hatte gehofft, dass ich dich anders überzeugen könnte."

Zorn steigt in mir hoch, während ich realisiere, dass Sloane nicht diejenige ist, von der ich glaubte, dass sie es wäre. Ich habe genug belauscht, um zu wissen, dass man sie aufs *Silo* und auf Callie angesetzt hat.

Was bedeutet, dass Woolf ebenfalls ein Ziel darstellt?

Aber wieso?

„Brant, tu, was du tun musst, doch von meiner Seite bekommst du nichts. Bring die Story, wenn du musst. Und das hier kannst du als meine Kündigung betrachten." Sloane zuckt zusammen, da, wer auch immer am anderen Ende der Leitung ist, irgendwelche Obszönitäten von sich gibt. Nach einigen Sekunden unterbricht sie das Gespräch. Kurz starrt sie gedankenverloren das Telefon an, ehe sie wieder mich ansieht.

„Es tut mir leid" ist alles, was sie sagt.
„Wer zum Teufel bist du?", würge ich hervor und balle die Hände zu Fäusten.
Sloane rollt aus dem Bett und lässt das Telefon auf die Matratze fallen. Als sie näherkommt, ist ihr Blick reumütig, aber auch um Verständnis flehend. Sie will eine Hand auf meinen Brustkorb legen, doch ich weiche aus, mit noch immer zu Fäusten geballten Händen.
Die Traurigkeit in ihren Augen verstärkt meine Reaktion.
„Mein Name ist Sloane Preston. Meyers ist der Mädchenname meiner Mom. Ich arbeite … nein, ich habe für eine politische Zeitschrift in D.C. gearbeitet. Ich bin hierhergeschickt worden, um etwas über das *Silo* herauszufinden und eine Verbindung zu Gouverneur Hayes herzustellen."
Mein Atem zischt zwischen meinen Zähnen hervor, als die Wut ansteigt.
„Als ich keine Verbindung zum Gouverneur finden konnte", fährt sie mit schamerfüllter Stimme fort, „war der Auftrag, Schmutz bei Callie aufzuspüren. Sie wollten, dass ich einen schäbigen Artikel über sie schreibe und ihn mit dem Gouverneur verbinde, damit die dünne Geschichte wenigstens etwas Politisches hat, sodass sie sie veröffentlichen können. Sie wollten Verkäufe und Quoten."
„Und was war meine verfluchte Rolle in dem Ganzen?"
Sie schluckt mühselig, hält jedoch den Blickkontakt. „Du warst meine Eintrittskarte in den Club."
„Verdammte Scheiße!", brülle ich, als es mich wie ein Blitz trifft, dass alles, was ich mit dieser Frau hatte, eine grässliche Lüge ist. Meine Hand schnellt vor und ich umklammere ihren Oberarm.
Sie keucht vor Schmerz auf, aber das ist mir egal. Ich zerre sie zum Bett, hebe ihr Telefon mit der freien Hand hoch und werfe es in ihre Tasche, die auf dem Nachttisch steht. Anschließend packe ich die Tasche und ramme sie ihr gegen die Brust. Sie greift ungelenk danach.

Dann ziehe ich sie aus dem Schlafzimmer und zische: „Du gottverdammte Bitch!“

„Warte, Cain“, ruft sie, wobei sie versucht, ihre nackten Füße in den Teppich zu stemmen.

„Ich konnte es nicht durchziehen.“

„Ja, das habe ich mitbekommen.“ Ich reiße so hart an ihr, dass sie stolpert und auf die Knie geht, doch ich schleife sie trotzdem durch den Flur.

„Praktisch für dich, dass du das gesagt hast, nachdem ich ins Zimmer gekommen bin und du wusstest, dass du aufgeflogen bist.“

„Das ist nicht wahr“, platzt es aus ihr.

Ich halte inne, zerre sie auf die Füße und durchs Wohnzimmer.

„Ich habe angerufen, um zu kündigen.“

„Lüg mich nicht an, um dein Gewissen zu erleichtern. Das kaufe ich dir nicht ab.“

„Jetzt warte doch!“, brüllt sie und versucht, ihren Arm loszureißen. Gerade als ich die Haustür erreiche, schafft sie es und tritt zwei Schritte nach hinten.

Ich drehe mich ihr zu, wobei ich in flachen Schüben atme. Mein Zorn flackert unkontrollierbar auf, als ich das betrügerische Miststück betrachte, das auch nicht besser als Rachel ist.

Eigentlich sogar noch schlimmer, da meine Gefühle für sie stärker sind.

„Ich wollte schon vorher kündigen.“ Sie greift in ihre Tasche, sieht hinein und kramt darin herum. Dann zieht sie einen Umschlag heraus, den sie mir hinhält. „Ich habe diesen Brief geschrieben, um dir alles zu erklären. Ich wollte heute Nacht weggehen … das bei dir lassen … dir die ganze Wahrheit sagen. Und ich dachte, falls du mir vergeben könntest, könnten wir vielleicht …“

Ich stürze mich auf sie, lehne jedes Wort ab, das aus ihrem Mund kommt, und weiß, dass ich weder ihr noch irgendeiner anderen Frau jemals wieder vertrauen kann, solange ich lebe. Ich packe sie am Arm und zerre sie grob zur Tür. Sie versucht, sich mir entgegenzustemmen, doch darauf lasse ich mich nicht ein. Ich weiß, dass mein Griff so hart ist, dass er Quetschungen auf ihrer Haut hinterlassen wird.

Das ist mir scheißegal, denn sie passen zu denen auf meinem Herzen. Ich reiße die Tür auf, stoße Sloane hindurch auf die vordere Veranda. Zwar stolpert sie, aber sie fängt sich, ehe sie hinfällt. Sloane wirbelt herum, um mich anzusehen, wobei ihr Haar einen Teil ihres Gesichts verdeckt. Tränen strömen hinab, und ich frage mich, warum zum Teufel sie überhaupt weint.

Erneut hält sie mir den Umschlag hin. „Bitte, lies ihn."

Ich glotze zuerst auf ihre Hand, anschließend auf ihr Antlitz. Ich kneife die Augen zusammen und lege jede Emotion, zu der ich fähig bin, in meine Stimme, als ich sage: „Verpiss dich von meinem Grundstück und komm nie wieder zurück. Falls du es wagst, hinter Callie oder irgendeiner anderen Person her zu sein, die mit dem *Silo* zu tun hat, mache ich dich fertig. Es gibt keinen Ort, an dem du dich vor mir verstecken könntest."

Sloane schluchzt kurz auf und nickt, wobei ihr die Tränen so heftig aus den Augen strömen, dass sie erst auf ihr Kinn tropfen und dann auf die Veranda. „Ich verstehe. Und mach dir keine Sorgen. Ich werde nichts tun, um dir, Callie oder jemand anderem wehzutun. Das war niemals meine Absicht."

Sie beugt sich vor und lässt den Umschlag fallen, dreht sich um und rennt die Stufen hinunter. Sie eilt zu ihrem Auto, und ich glotze ihr nach, bis ich die Rücklichter nicht mehr in der Dunkelheit erkennen kann. Noch einmal sehe ich auf den Umschlag, ehe ich zurück ins Haus gehe.

Kapitel 26

Sloane

Ich fahre auf die 191 Richtung Jackson, doch meine Augen sind so tränenverschleiert, dass ich die Straße nicht erkennen kann. Ich trete auf die Bremse und steuere den Seitenstreifen an. Schotter und Büsche knirschen unter den Reifen. Ich lege meine Hände oben aufs Lenkrad und lehne mit der Stirn auf ihnen, lasse einfach los, sodass die Schluchzer aus mir brechen, lasse mich von dem Schmerz und dem Kummer reinigen, da ich wichtige Dinge erledigen muss, und zwar eher früher als später.

Oh Gott, ich habe nicht gewusst, dass es so schrecklich wehtun würde, wenn Cain die Wahrheit herausfindet. Ich habe nicht gewusst, wie schrecklich es ihm wehtun würde, und seine Reaktion hat mir sehr wehgetan. Er wollte mir weder zuhören noch den Brief berühren, der alles erklärt. Die Leere in mir ist so allumfassend, dass ich mir nicht sicher bin, ob mein Gewissen es jemals verarbeiten kann. Anhand des belauschten Gesprächs mit Brant hat Cain keinen Grund, mir zu glauben. Doch ich habe die Entscheidung, Brant zu sagen, dass er sich verpissen soll, nach dem gestrigen Mittagessen mit Callie gefällt. Ich musste an die Verbindung denken, die ich zu ihr fühle, und an die erstaunliche Beziehung zu Cain. Das habe ich gegen die Abscheu abgewogen, die ich verspüre, zwei Menschen zu schaden, die mir bereits nach einer kurzen Zeit sehr viel bedeuten. Daher konnte ich nicht durchziehen, was Brant von mir verlangt, und ich bin in meine Wohnung gegangen, um die Briefe zu schreiben.

In ihnen steht, wer ich wirklich bin und worauf ich angesetzt war. Der Brief für Cain liegt auf seiner vorderen Veranda, wird wahrscheinlich vom Wind weggeweht und von den Elementen zerstört. Der andere ist für Callie. Ich ließ beide in meiner Tasche, wobei ich mir sicher war, dass ich sie erst überreichen würde, nachdem ich alle Bemühungen ausgeschöpft habe, um Brant zum Rückzug zu bewegen. Allerdings hatte ich keine Ahnung, wie und wann das passieren würde. Jetzt weiß ich, dass heute Nacht mein erster richtiger Versuch war, ihn zur Vernunft zu bringen. Sobald Cain mich zu seinem Haus gebracht hat und zur Arbeit gefahren ist, spürte ich den Drang, die ganzen Lügen fortzujagen, damit ich etwas Wahres mit diesem Mann haben kann, der gerade freiwillig einen großen Teil seines Lebens geopfert hat, um mit mir zusammen zu sein.

Innerhalb von wenigen Stunden dachte ich zunächst, dass Cain der völlig Falsche für mich wäre, anschließend, dass er der Richtige wäre. Ich war bereit, D.C. zu verlassen, hier dauerhaft sesshaft zu werden, um einen neuen Weg zu beschreiten. Ich habe meinen Frieden mit dieser Entscheidung gemacht, wissend, dass ich am Ende das Wichtigste bekommen würde.

Aber verflucht …! Sobald Cain ins Zimmer kam und ich die Verachtung, gepaart mit Hass in seinen Augen gesehen habe, wusste ich, dass meine Zeit abgelaufen war. Ich musste die Verbindungen zu Brant kappen. Kurz bevor ich aufgelegt habe, hat er lauthals gebrüllt, dass er meine Mom und mich fertigmachen würde. Allerdings kann ich mir darüber im Moment keine Sorgen machen. Ich muss damit anfangen, Wiedergutmachung bei den Menschen zu leisten, denen man wehtun würde, und das sind Cain und Callie.

Cain ist emotional zu zerstört. Er hört mir weder zu, noch erscheint es, dass in seinem Herzen Platz ist, um meinen Verrat zu verzeihen. Und ehrlich gesagt erwarte ich auch nicht, dass er es tut. Was ich getan habe, war zu hinterlistig, als dass er überhaupt ein verdammtes Wort von dem hören will, was ich zu sagen habe.

Möglicherweise wird Callie es tun. Da sie schließlich das Ziel dargestellt hat, ist es für mich ebenso wichtig, dass sie versteht, dass ich es von Anfang an nicht durchziehen konnte. Ich weiß, dass Cain mir diesbezüglich nicht glaubt, doch vielleicht tut sie es. Mit zitternder Hand hole ich das Telefon aus der Tasche. Es ist zwar spät, aber ich suche dennoch Callies Nummer aus den Kontakten und drücke auf die Anruftaste.

Sie meldet sich nach dem dritten Klingeln und hört sich aufgekratzt an. „Hey, Süße!"

Mein Herz verkrampft, denn das ist wahrscheinlich das letzte Mal, dass ich einen freundlichen Unterton mir gegenüber höre. „Callie …"

„Was ist los?", unterbricht sie mich und ihre Besorgnis ist klar herauszuhören. Schließlich hat sie das Zittern in meiner Stimme deutlich wahrgenommen.

„Ich muss dich sehen, noch heute Nacht", flüstere ich, wobei sich mir die Kehle zuschnürt.

„Ich komme zu dir. Wo bist du?"

Ich räuspere mich. „Nein. Ich muss mich im *Wicked Horse* mit dir treffen. Und Bridger und Woolf müssen kommen. Ich weiß, dass es spät ist, aber es ist wichtig."

„Woolf und ich machen uns auf den Weg." Sie fragt nicht einmal nach, warum ich sie in der Bar treffen will. „Wir rufen Bridger an, damit er auch dort ist. Sag dem Kerl an der Tür einfach, dass er dich in Bridgers Büro bringen soll."

„Okay", antworte ich, wobei ich einen weiteren Schluchzer unterdrücken muss. „Und Callie?"

„Ja, Babe?"

„Es tut mir wirklich leid."

„Was tut dir leid?"

Jetzt höre ich einen Anflug von Angst in ihrer Stimme.

„Einfach alles." Und dann unterbreche ich die Verbindung.

***

Alle drei sind in Bridgers Büro und starren mich angesichts meines Anblicks besorgt an. Tränenüberströmtes Gesicht, zerknitterte Kleidung und schmutzige nackte

Füße. Meine Schuhe und die Ersatzkleidung sind noch bei Cain.

„Danke, dass ihr gekommen seid“, flüstere ich, greife in die Tasche und hole Callies Umschlag raus, den ich ihr reiche. „Ich möchte, dass ihr das lest. Ich wollte dir das eigentlich erst geben, nachdem ich ein paar Dinge geregelt habe, doch leider muss es jetzt sein.“

Bridger mustert mich neugierig, Carrie sieht mich besorgt an und Woolf starrt mich skeptisch an. „Wo ist Cain?“, fragt er.

„Zu Hause“, antworte ich ruhig und führe es nicht weiter aus.

Callie nimmt den Umschlag und öffnet ihn. Er ist ein bisschen dicker als der für Cain. Warum wird sofort ersichtlich, als sie den Brief und einen kleinen digitalen Rekorder herausholt.

Ihr Kopf schnellt hoch und sie sieht mich verwirrt an.

„Der Brief“, sage ich mit einer krächzenden Stimme. „Er erklärt alles.“

Bridger und Woolf stellen sich an jeweils einer Seite neben Callie und fangen an zu lesen, nachdem Callie ihn auseinandergefaltet hat. Ich beobachte ihre Gesichter und kann anhand ihrer Mimik genau sagen, was sie fühlen.

Fassungslosigkeit.

Verrat.

Wut.

Trauer.

Das Geschriebene teilt ihnen meine Absichten mit, was ich herausgefunden habe, aber auch, und das ist am allerwichtigsten, dass ich es nicht durchziehen konnte. Dass ich die Stadt verlassen und meinen Job kündigen wollte. Ich dennoch wollte, dass Callie alles weiß, was ich getan habe, in der Hoffnung, dass sie mir verzeihen kann. Unterschrieben habe ich mit meinem richtigen Namen, Sloane Preston.

Callie ist zuerst fertig und gibt Bridger den Brief. Sie kommt zu mir und die beiden Männer rücken enger aneinander. Callie fasst nach meinen Händen. Ich kann es nicht ertragen, ihr in die Augen zu sehen, sodass sie sagt: „Sloane, sieh mich an."

Ich zwinge mich dazu. Ich taumele beinahe von der heftigen Enttäuschung zurück, die mir entgegenschlägt. „Was ist auf dem Rekorder?"

„Unsere Unterhaltung im *Merry Piglets*. Es gibt keine Kopie. Es ist die einzige Aufnahme und ich habe meinem Redakteur nichts gegeben", sage ich hastig. „Alles, was ich erfahren habe, ist nur in meinem Kopf und ich werde keiner Menschenseele davon berichten. Du hast nichts von mir zu befürchten."

„Hat dein Redakteur irgendwas, was mich mit dem *Silo* verbindet?" Besorgt runzelt sie die Stirn.

„Nichts, außer einem anonymen Informanten."

„Colton Stokes", sagt Bridger mit absoluter Überzeugung und wirft das Papier auf den Schreibtisch.

„Ich kann meine Quelle nicht verraten", sage ich vorsichtig, hoffend, dass ich ihn überzeugen kann, als ich fortfahre. „Doch ich glaube, dass sie versiegt ist und keine Absicht hat, jemals wieder seinen oder ihren Mund aufzumachen."

„Du begreifst, welcher Gefahr du uns ausgesetzt hast?", knurrt Woolf. Er ist ebenso angepisst wie Cain.

Callie berührt ihn am Handgelenk. „Lass es gut sein, Baby. Sloane hat nicht vorgehabt, uns zu schaden."

„Zuerst wollte sie es." Er zieht seine Hand zurück, stampft zur Couch und lässt sich auf sie fallen, ehe er mich wütend anstarrt.

„Nur damit ich alles richtig verstehe", sagt Bridger und lehnt sich mit dem Gesäß an den Schreibtisch, wobei er die Arme vor der Brust verschränkt. „Laut deinem Brief bist du hierhergekommen, um eine Story aufzustöbern, die Gouverneur Hayes mit dem *Silo* verbindet. Allerdings hast du schnell herausgefunden, dass er nichts darüber weiß, also wurde dir befohlen, Callie und wahrscheinlich auch Woolf damit in Verbindung zu bringen, sodass sie einen Artikel veröffentlichen können, der allein darauf beruht, dass Unwissenheit den Gouverneur nicht vor Strafe schützt?“

„Das stimmt, obwohl ich Woolf nicht auf dem Radar hatte.“

Bridger macht eine Handbewegung in meine Richtung. „Kein Wunder, denn er hat letzten Monat alles an mich verkauft.“

„Verfickt noch mal, Bridger. Erzähl ihr doch gleich alles“, knurrt Woolf.

„Sie wird niemandem davon erzählen“, sagt Bridger mit absoluter Überzeugung.

„Das werde ich nicht. Ich schwöre es. Ich kann es einfach nicht. Und es tut mir schrecklich leid, dass ich euch das alles angetan habe. Ihr könnt euch nicht vorstellen, wie sehr ich mich selbst ankotze.“

Woolf schnaubt ungläubig und rollt mit den Augen.

„Was ich nicht verstehe, ist …“, sagt Callie und ich treffe ihren Blick. „Warum hast du das Ganze nicht in der Sekunde fallen lassen, als du begriffen hast, dass es so gut wie nichts zum Aufdecken gibt?“

„Das wollte ich, habe es sogar versucht, doch Brant hat meine Mom bedroht. Ich habe es nicht niedergeschrieben, damit ihr nicht denkt, dass es meine Taten entschuldigen soll. Ich allein trage die Schuld für mein schändliches Tun, und das solltet ihr wissen, ehe ich die Stadt verlasse.“

„Wie hat er deine Mom bedroht?“, fragt Bridger.

„Mein Vater ist Jared Preston“, sage ich einfach nur und Callie keucht auf.

„Wer zum Teufel ist das?“, will Woolf wissen.

„Ein US-Senator aus Tennessee“, sagt Callie und dreht sich Woolf zu. „Musste vor ungefähr fünf Jahren abtreten, weil er öffentliche Mittel benutzt hat, um seine Affäre mit einer Argentinierin zu finanzieren. Glaube ich.“

„Brasilianerin.“

Callie sieht mich mitfühlend an und fährt fort. „Das war ein Riesenskandal. Es gab Anhörungen für ein Amtsenthebungsverfahren und sein Abgang war eine Schande. Und wenn ich mich richtig erinnere, hat der Faulenzer seine Frau, seinen Sohn und seine Tochter verlassen, die Brasilianerin geheiratet und lebt jetzt mit ihr und seinen neuen Zwillingstöchtern am Strand."

„Das trifft es im Großen und Ganzen", sage ich verbittert.

„Und wo ist die Verbindung zu deiner Mom in der vermeintlichen Story?", fragt Bridger.

„Alles, was ich euch über meine Mom erzählt habe, war wahr. Die Operation, die Schmerzmittel, die Selbstmordversuche. Sie ist, seitdem mein Dad ihr das angetan hat, ein ständiger Gast in psychiatrischen Kliniken. Dad hat sie zerstört. Ihr erster Versuch, sich umzubringen, war, nachdem sie herausfand, dass er eine Affäre hat. Es kam sogar in den Nachrichten."

„Fuck", sagt Woolf mit deutlichem Mitgefühl.

„Brant hat versucht, mich zu erpressen. Falls ich die Story nicht liefern könnte, würde er ein Follow-up des Skandals um Senator Preston herausbringen und sich dabei auf den letzten Klinikaufenthalt meiner Mom konzentrieren, der genau zum Jahrestag ihrer Scheidung war."

„Verfluchter Scheißkerl", knurrt Woolf, als er von der Couch schnellt.

„Oh Sloane." Callie nimmt wieder meine Hände in ihre. „Das ist schrecklich."

Ich löse mich schnell aus ihrem Griff und trete von ihr zurück. „Nicht", sage ich entschlossen. „Wage es nicht, Mitleid mit mir zu haben. Wie man sich bettet, so liegt man. Ja, er hat mich erpresst, und obwohl ich nicht nachgegeben habe, habe ich es erwogen. Ich hätte ihm bereits vor Tagen sagen können, dass er mich am Arsch lecken kann. Doch ich tat es nicht."

„Weil du nach einem Weg gesucht hast, um alle zu beschützen", wirft Bridger ein.

„Das spielt keine Rolle." Ich verschränke die Arme vor der Brust. „Ich wollte euch nur alles erklären und werde für morgen einen Flug buchen."

„Und was ist mit Cain?", fragt Bridger.

Tränen treten mir wieder in die Augen, und ich blinzele heftig, um sie loszuwerden. „Sagen wir einfach, dass Cain meine Rechtfertigungen nicht hören wollte."

Niemand erwidert etwas, da sie nicht wissen, was sie dazu sagen sollen.

Schließlich räuspert Bridger sich und stellt sich gerade hin. „Callie, Woolf. Fahrt nach Hause. Es ist spät und ich möchte mich noch ein wenig mit Sloane unterhalten."

Callie wirkt, als wollte sie Einwände erheben, aber Woolf legt einen Arm um ihre Schultern, um sie zur Tür zu bringen. Doch sie reißt sich los und umarmt mich feste. Dann flüstert sie: „Ich vergebe dir und danke dir, dass du mir die Wahrheit gesagt hast. Das war sehr mutig."

„Danke." Meine Stimme ist erstickt, da die Tränen sich ihren Weg bahnen. Ich erwidere ihre Umarmung, ehe Woolf sie aus dem Raum zieht, wobei er mir kurz zunickt. Sie sind fort.

Ich werde Callie wirklich vermissen.

Sobald ich mich Bridger zuwende, fällt mir auf, dass ich gar nicht darüber nachgedacht habe, dass er mich einschüchtert, jetzt jedoch, als ich allein mit dem riesigen Kerl bin, fühle ich mich ein wenig überwältigt.

„Möchtest du etwas trinken?"

„Nein danke", antworte ich steif. „Ich bin müde und will in meine Wohnung, da ich mich morgen in aller Frühe auf den Weg machen will."

„Geh nicht." Er kommt ein paar Schritte auf mich zu, sodass ich dem Drang widerstehen muss, vor ihm zurückzuweichen. Zwar scheint er meine Story und Entschuldigung zu akzeptieren, doch direkt gesagt hat er es nicht. Er könnte mich in den Boden stampfen. Oh Gott! Vielleicht wollte er nur, dass Callie und Woolf gehen, damit er mich umbringen kann, um anschließend die Leiche irgendwo in Ruhe zu verscharren.

Und dann können sie glaubhaft abstreiten, etwas davon gewusst zu haben.

„Geh nicht?"

„Geh nicht." Bridger bleibt schließlich vor mir stehen. „Gib Cain die Gelegenheit, sich zu beruhigen. Hast du ihm auch einen Brief geschrieben, der alles erklärt?"

Ich nicke.

„Gib ihm Zeit, damit er ihn lesen kann."

„Er wollte ihn nicht", sage ich entschieden, da ich Angst habe, daran zu glauben, dass es eine Zukunft für Cain und mich gibt. Falls ich das glaube, dann hoffe ich auch. Falls ich hoffe, dann wird er mir wehtun, sollte er mich erneut zurückweisen.

„Hör mal", sagt Bridger sanft. „Ihr zwei habt eindeutig etwas Bedeutsames. Es ist zwar noch neu, doch fühlbar. Ich konnte das aus einem Kilometer Entfernung erkennen. Also bleib und gib dem Ganzen verdammt noch mal eine Chance."

Ich weigere mich, Mut zu fassen. „Das ist keine gute Idee. Außerdem weiß ich nicht, ob ich überhaupt mit jemandem zusammen sein möchte, der nicht einmal anständig genug war, mir zuzuhören. Du, Callie und Woolf konnten das und er nicht?"

„Du bist gerade dabei, dich in ihn zu verlieben", sagt Bridger so überzeugend, dass ich ihm beinahe glaube. In Bezug auf Cain habe ich noch nie das „L-Wort" benutzt, daher will ich es auch jetzt nicht. Schließlich bin ich bereits auf dem Weg nach Hause.

„Auf keinen Fall verliebe ich mich in ihn. Er ist zu engstirnig und stur. Eigentlich bin ich froh, so einen wie ihn wieder los zu sein." Jedes Wort ist gelogen, aber das weiß Bridger nicht.

„Du hegst gar keine ernsten Gefühle für Cain?", fragt er skeptisch.

„Nicht wirklich." Die Silben schmecken bitter. „Es hat Spaß mit ihm gemacht, und ich habe angefangen, ihn zu mögen. Das ist alles."

Er macht einen letzten Schritt und seine Zehen berühren fast meine. Mit einer Hand umfasst er meinen Nacken und zieht mich behutsam nach vorn, sodass ich gegen ihn falle. Die andere legt er auf meinen Rücken und presst mich noch enger an sich.

„Dann sei mit mir zusammen", sagt er in einer leisen, verführerischen Stimme und beugt sich herab, bis seine Lippen an meinem Ohr sind. „Ich habe es genossen, dich zu ficken, und da dir Cain anscheinend egal ist, bleib hier bei mir."

Vor Ablehnung versteift sich mein gesamter Körper, und reflexartig trete ich zwei Schritte zurück. Er ist nicht der, den ich haben will.

Bridger lacht einfach nur heiser und hebt eine Augenbraue. „Erzähl mir jetzt bloß nicht, dass du gerade nicht gedacht hast, dass Cain der einzige Mann ist, den du willst."

Offensichtlich wollte er genau das verdeutlichen, aber ich weigere mich, die Erkenntnis zu akzeptieren. Stattdessen stammele ich: „Nun … das … Die Sache ist die … Ich meine …"

„Sloane! Bleib und versuch, die Angelegenheit mit ihm zu klären. Wenn deine Gefühle so stark sind, dann tu etwas dafür und gib nicht auf. Er ist ein sturer Arsch, doch schlussendlich wird er sich beruhigen."

„Ich kann nicht", sage ich automatisch, dennoch muss ich zugeben, dass Bridger Hoffnungen geschürt hat. „Ich habe meinen Job verloren und meine Ersparnisse sind nicht allzu groß. Stephenson zahlt mir nicht genug, um meine Rechnungen zu bezahlen. Das Geld reicht lediglich, um mir ein Flugticket nach Tennessee zu kaufen.

„Hast du jemals gekellnert?"

„Ähm, ja. Eigentlich sehr viel, als ich auf dem College war."

„Fang morgen im *Wicked Horse* an. Das ist die beste Chance, um in Cains Radius zu bleiben. Erinnere ihn daran, weshalb er so ein Dickschädel ist."

Angesichts seines Vorschlags dreht sich mir der Kopf. Soll ich es tun? Ist es überhaupt möglich, dass Cain mir ein derartiges Vergehen verzeiht, besonders da die andere

Frau, die er geliebt hat, ihn dermaßen schlimm betrogen hat? Dann überfällt mich ein Gedanke.

Mit zusammengekniffenen Augen starre ich ihn an und sage: „Warum glaubst du mir? Wieso hast du meine Entschuldigung so bereitwillig akzeptiert?"

„Weil du es wirklich bereust", antwortet er, als wäre das die dämlichste Frage aller Zeiten gewesen. „Jeder konnte erkennen, dass es nicht gestellt war. Zudem hast du die volle Verantwortung übernommen und die Erpressung erst erwähnt, als du danach gefragt wurdest. Dazu braucht man viel Schneid und innere Stärke."

„Aber du kennst mich gar nicht." Ich kann einfach nicht glauben, dass dies hier tatsächlich geschieht. Der Mann, den ich reinlegen wollte, indem ich seinen Sexclub oute, bietet mir einen Job an.

„Doch, das tue ich", sagt er mit einem wissenden Lächeln. „Du wirst von einem Gerechtigkeitssinn getrieben. Vermutlich wegen dem, was dein Vater getan hat. Ich denke, dass deine eigentlichen Pläne für das College ein Abschluss in irgendeinem stinklangweiligen Fach waren. Dann hast du zu Journalismus gewechselt, damit du ein Mittel hast, um korrupte Politiker zu entlarven. Hast wahrscheinlich all diese selbstlosen Vorstellungen gehabt, dass du all die Drecksäcke, die wie dein Vater sind, zur Rechenschaft ziehen kannst. Wolltest unser System von den Betrügern befreien. Als du hier ankamst, hast du darauf gebrannt, dein erstes richtiges Ziel an die Wand zu nageln, allerdings bist du in Schwierigkeiten geraten, weil dein Herz aus Gold dir im Weg stand. Letztendlich hast du dich an einen guten Mann gebunden, der dir gezeigt hat, dass das Leben mehr zu bieten hat als Rache. Außerdem hast du herausgefunden, dass es wundervolle Frauen wie Callie Hayes auf dieser Welt gibt. Sogar als deine Mutter bedroht wurde, hast du schließlich das Richtige getan. All das sagt mir, dass dein innerer Kompass keine Feinabstimmung braucht. Und seien wir ehrlich! Ich weiß genau, wie verdammt gut sich deine Pussy anfühlt, daher weiß ich zweifelsfrei, dass Cain seine Entscheidung, dir so schnell den Laufpass zu geben, bereits hinterfragt.“

Ich starre ihn mit offenstehendem Mund an. „Du bist … ähm … wirklich unheimlich.“

„Ich bin intuitiv und das erschreckt Menschen manchmal.“

„Wenn ich für dich arbeite, erwartest du nicht, dass ich …“

„Entspann dich, Süße“, sagt er mit einem Schmunzeln. „Ich erwarte nur von dir, eine fähige Bedienung zu sein.“

„Dann willige ich ein.“ Plötzlich fühle ich erneute Stärke, alles wiedergutzumachen. Ich bekomme Cain Bonham zurück, egal, wie lange es dauert.

„Sei morgen Mittag hier. Ich werde jemandem sagen, dass er dich einweisen soll.“ Er nickt mir zu und wendet sich dem Schreibtisch zu.

„Danke, Bridger.“ Ich gehe zur Tür.

„Und Sloane“, ruft er.

Mit der Hand auf dem Türknauf halte ich inne und sehe ihn an. „Ja?“

„Ich bin bereit, dich jederzeit vergnüglich zu ficken, falls du und Cain mich in euer Bett einladen wollt.“ Er grinst über beide Ohren und ich fühle ein Kribbeln zwischen den Beinen.

Der Mann bedeutet wirklich Ärger, doch im Moment kann ich mich nicht mit ihm befassen. Mein Verstand ist mit einem anderen Mann beschäftigt, der zurzeit mit weitaus mehr Ärger verbunden ist.

Kapitel 27

Cain

Ich öffne die Tür des Trucks, steige aus und lande direkt in einer Schlammpfütze.

Das passt doch!

Eigentlich ist es verwunderlich, dass es nicht ein Scheißhaufen ist, wenn ich bedenke, wie mein Leben in den letzten – ich schaue auf die Uhr – einundzwanzigeinhalb Stunden verlaufen ist. Wütend knalle ich die Tür zu, stelle mich auf trockeneren Schotter und stapfe auf die Eingangstür zu. Allerdings ist hier sein das Letzte, was ich im Moment will. Viel lieber würde ich in meinem Haus hocken und eine Flasche Schnaps runterkippen, damit ich nicht ständig an Sloane und ihren Betrug denken muss.

Meine Laune ist seit dem Augenblick tiefschwarz, als ich Sloane dabei erwischt habe, wie sie mit Gott weiß wem telefoniert hat über … Ich bin mir immer noch nicht sicher, was verflucht sie eigentlich getan hat. Der gefühlte Zorn war so überwältigend, dass ich nicht verstanden habe, was sie mir gesagt hat, doch ich verstehe das Grundlegende.

Die wichtigen Teile.

Undercover-Reporterin.

Hat mich benutzt, um Callie und ihren Vater zu beschmutzen.

Die verfickte Bitch hat mich benutzt, um ins *Silo* zu gelangen. Mir kommt ihre Fantasie in den Sinn, und ich erkenne glasklar, dass sie mich von Anfang an manipuliert hat. Jedes Mal, wenn ich sie zum Orgasmus gebracht habe, jede sanfte Berührung und jedes zuckersüße Wort von ihr, all das diente nur dem Zweck, mich an der kurzen Leine einen sehr vorbestimmten Weg entlangzuführen. Und sobald ich darüber nachdenke, dass ich erst letzte Nacht die bereitwillige und bewusste Entscheidung getroffen habe, mein Leben zu ändern, damit ich mit ihr zusammen sein kann, wird meine Stimmung noch finsterer und kälter. Beinahe hätte ich alles aufgegeben, um mit einer Frau zusammen zu sein, die mich nur ausgenutzt hat.

Fast hätte ich mein Herz verloren, doch wenigstens das ist wieder sicher hinter Schloss und Riegel verstaut.

Ich stampfe den langen, hölzernen Weg, der an der Vorderseite des Clubs ist, entlang und reiße die Tür beinahe aus den Angeln, als der Zorn sich in meine Handlungen projiziert. Zu dieser frühen Stunde ist der Club so gut wie leer, mit Ausnahme von einigen Gästen, die nach ihrer Arbeit ein paar Drinks oder etwas zu essen wollen.

Die Musik ist leise, und ich kann das Geplapper von den Barkeepern und Bedienungen hören, während sie sich auf den Ansturm vorbereiten, der in circa sechzig Minuten beginnt.

„Wie geht's?", fragt Tank Godwin von seinem Sitz am Ende der Bar. Er ist einer der Arbeiter von der *Double J* und ich kenne ihn schon ewig.

Ich nicke ihm lediglich kurz zu und mache mich auf den Weg zur Rückseite des Clubs, da ich Bridger unbedingt erzählen muss, was geschehen ist. Vermutlich ist Sloane Meyers oder Preston oder wie auch immer ihr verfluchter Name ist, längst verschwunden, falls ich dem Glauben schenke, was sie behauptet hat. Wahrscheinlich kann ich das nicht, dennoch muss ich Bridger über die Trennung informieren. Meine düstere Laune fängt an, mir wie Säure in den Venen zu brennen, weil ich weiß, dass ich unbeabsichtigt Bridger und seinen Club gefährdet habe, bloß da ich der falschen Person vertraut habe.

Gerade als ich den Korridor betrete, der sowohl zum Hinterausgang als auch zu Bridgers Büro führt, halte ich inne, da die Tür aufgeht. Ich rechne damit, dass es eine zufrieden lächelnde Kellnerin ist, stattdessen geben meine Knie fast unter mir nach, weil es Sloane ist. Bridger ist direkt hinter ihr, murmelt etwas, das ich nicht verstehe, und drückt ihre Schulter. Ich erfasse, dass sie eine hautenge Jeans, schwarze Stiefel mit neonblauen Sporen und ein *Wicked-Horse*-T-Shirt mit dem Logo auf der linken Brustseite trägt.

Obwohl ich das alles sehe, kann mein Verstand die Bedeutung nicht begreifen. Doch mein köchelnder Zorn schießt hoch und schäumt über, bis ich sprichwörtlich rotsehe. Mit drei ausgreifenden Schritten bin ich bei ihr. Mit der Hand packe ich ihren Nacken, und da er so schlank ist, umfassen meine Finger ihn ganz mit einem harten Griff. Sie jault erschreckt auf, als ich sie zu mir herumwirbele und dabei auf die Zehenspitzen bringe. Ich beuge mich runter, sodass mein Gesicht fast ihres berührt, und fauche: „Was zum Teufel machst du hier?"

„Arbeiten", piepst sie mit vor Angst geweiteten Augen. Vermutlich sind die sich in ihren Hals bohrenden Fingerkuppen nicht gerade hilfreich.

„Einen Teufel tust du!"

„Lass sie sofort los", sagt Bridger mit einer eiskalten ruhigen Stimme.

Normalerweise folge ich auf der Stelle Bridgers Anweisungen. Schließlich ist er mein Boss. Er ist der Leitwolf unseres kinky Rudels im Sexclub, und wenn ich in einer Gruppe bin, ficke ich, wie er es mir befiehlt. Doch genau in diesem Moment rebelliere ich gegen seine Order und verstärke den Halt um Sloanes Hals. „Du musst wissen, was die Schlampe …"

„Ich bin mir sehr wohl bewusst, was sie getan hat." Sein Tonfall ist zwar noch immer ruhig, aber autoritärer. „Jetzt lass sie los."

Ich tue es so hastig, dass sie gegen mich taumelt. Mit den Händen stützt sie sich reflexartig an meinem Brustkorb ab. Es fühlt sich so an, als würde ich dort verbrennen. Mein Körper reagiert einerseits sofort mit Verlangen auf ihre Berührung, andererseits mit Ablehnung, sodass ich förmlich nach hinten springe und mein Rücken an die Wand kracht.

Sloane fängt sich und weicht ebenfalls rückwärts aus, wobei sie mich mit einer Mischung aus Traurigkeit und Furcht beäugt.

Ich wende mich Bridger zu, versuche, ein gewisses Maß an Respekt zu zeigen. „Du weißt, dass sie als Undercover-Reporterin gearbeitet hat, um das *Silo* ins Licht der Öffentlichkeit zu zerren? Dass sie es auf Callie abgesehen hatte und wahrscheinlich auch auf Woolf? Sie ist eine falsche Schlange, der man nicht trauen kann. Also wirst du sie, da du nun alles weißt, auf der Stelle feuern, oder nicht?“

„Das wusste ich bereits alles, ehe ich sie eingestellt habe“, sagt Bridger und richtet dann seinen Blick auf Sloane. „Geh zu Francine hinter der Hauptbar. Du wirst heute Nacht mit ihr zusammenarbeiten.“

Ich kneife die Augen zusammen, als Sloane unsicher nickt. Sie neigt den Kopf nach unten und eilt an mir vorbei. Meine Finger jucken, so sehr will ich Sloane wieder packen.

Um sie rauszuwerfen.

Oder um sie in die Arme zu ziehen und sie wie wahnsinnig zu küssen.

Oder ein guter harter Fick, ehe ich sie abserviere.

Mein Verstand ist momentan so im Arsch, dass ich nicht weiß, was ich tun soll, daher ist es besser, dass sie weg ist.

„In mein Büro.“ Bridger geht hinein und ich folge ihm pflichtbewusst.

Sobald ich die Tür hinter uns schließe, sage ich: „Komm schon, Mann. Du kannst nicht ernsthaft erwägen, ihr hier einen Job zu geben, nachdem sie dich fertigmachen wollte.“

„Da liegst du vollkommen falsch.“ Er umrundet den Schreibtisch und setzt sich auf den Stuhl. „Den Job hat sie bereits, und sie hat nicht versucht, mich fertigzumachen.“

„Ich habe sie dabei belauscht, wie sie sich mit irgendjemandem über den Club und Callie unterhalten hat. Sie hat mir gegenüber zugegeben, für eine Zeitschrift zu arbeiten.“

„Das stimmt und das hat sie mir auch erzählt." Seine Stimme ist ruhig und sachlich. „Sie hat weder versucht, mich fertigzumachen, noch dich oder Callie. Sie hat das Richtige getan und die Story fallen lassen, hat sämtliche Beweise, die sie hatte, Callie ausgehändigt, damit sie alles zerstören kann, und sie hat ihren Job gekündigt. Auf mich wirkt es, als wäre sie diejenige, die fertiggemacht wurde."

„Aber ihre Absicht war …"

„Und weiterhin", redet Bridger einfach über mich hinweg, „hast du kein Recht, sie zu verurteilen, bis du die ganzen Fakten kennst. Ich vermute, dass du dir nicht die Mühe gemacht hast, den Brief zu lesen, den sie dir geschrieben hat."

Der verkackte Brief!

Ich habe ihn auf der Veranda gelassen.

Die gesamte Nacht über ihn nachgedacht.

War nahezu besessen von ihm, dennoch habe ich mich geweigert, ihn zu lesen. Ich habe gehofft, dass der Wind ihn fortwehen würde, genauso wie ich gehofft habe, dass diese grauenvollen Gefühle vergehen würden. Den ganzen Tag bin ich heute im Haus geblieben, da ich nirgendwo hinmusste und mich lieber im Leid suhlen wollte. Sobald ich die Veranda betreten habe, da ich zur Arbeit musste, hat sich mein Blick wie von allein auf die Stelle gerichtet, an der der Umschlag gelegen hat.

Und er war fort.

Für einen kurzen Moment habe ich ein großes Bedauern gespürt, das sofort von der Empfindung verdrängt wurde, dass ich etwas endgültig verloren habe. Die letzte Verbindung zu Sloane war fort. Ich habe die Umgebung mit den Augen abgesucht, wobei ich vermutete, dass der Wind ihn im Regenschauer von heute Morgen davongetragen hat. Ich entdeckte ihn circa drei Meter seitlich von der Veranda auf nassem Gras.

Die gefühlte Erleichterung war heftig und augenblicklich habe ich mich für meine Schwäche verflucht. Ich habe mich selbst als die dümmste Sau aller Zeiten bezeichnet, dass ich überhaupt einen Gedanken an den dämlichen Brief verschwende.

Echt jetzt! Was könnte er schon aussagen? Wie zum Teufel sollte er ihr Vergehen entschuldigen oder besser machen? Welche mit Bedacht ausgewählten Worte von einer bekennenden Lügnerin könnten meinen Zorn besänftigen?

„Was für einen Unterschied macht das?", frage ich verbittert. „Sie hat mich ausgenutzt."

„Das war vielleicht ihre ursprüngliche Absicht." Er zuckt mit den Schultern. „Aber ich versichere dir, dass es nicht das war, was sie schlussendlich gemacht hat."

„Wie auch immer." Ich verschränke die Arme vor der Brust. „Sie bedeutet nichts Gutes. Du kannst sie hier nicht arbeiten lassen."

„Das tue ich bereits."

Ich glotze ihn einfach nur an, wobei ich mich weigere, es zu glauben. Wo ist seine verdammte Loyalität mir gegenüber geblieben?

„Versteh doch, Cain", sagt er in einem sanfteren Tonfall. „Sie war im Unrecht und weiß es. Zum Ende hin hat sie alles bereinigt. Und was immer es auch wert ist, ich denke, dass sie es wegen ihrer Gefühle für dich und Callie getan hat. Sie konnte euch nicht wehtun."

„Ich habe gehört, wie sie am Telefon jemandem von Callie und dem Club erzählt hat. Sie hat zugegeben, dass sie mich benutzt hat, um hineinzugelangen."

„Nochmals. Das war am Anfang! Ja, da hat sie es getan. Doch es hat sie innerlich aufgefressen, und letztendlich hat sie ihren Job geopfert, um den Club und Callie zu schützen. All das steht in dem Brief."

Ich schnaube und will kein einziges seiner Worte glauben. Es ist viel einfacher, an Hass und Wut festzuhalten. Auf jeden Fall ist es leichter, sie aus dem Kopf zu bekommen und so zu tun, als wäre der ganze Mist nicht passiert. Jedoch kann ich das nicht, wenn sie mir vor der Nase herumspaziert. „Du musst sie feuern", sage ich hartnäckig. „Ich werde hier nicht zusammen mit ihr arbeiten."

„Wenn das so ist, würde ich vorschlagen, dass du in deinen Truck kletterst und nach Hause fährst."

Meine Augenbrauen schießen förmlich hoch. „Ist das dein Ernst?"

„Todernst."

„Wie du willst." Entweder habe ich einen ungeplanten Urlaubstag oder Bridger hat mich gerade entlassen. Allerdings bitte ich ihn nicht um Aufklärung. Ich drehe mich auf dem Absatz um und laufe auf die Tür zu.

„Der Brief, Cain. Tu dir selbst einen Gefallen und lies das verdammte Ding."

Ich ignoriere ihn und stampfe nach draußen, wobei ich fest entschlossen bin, nicht mehr wiederzukommen, bis er ihren Arsch in die Wüste schickt.

***

Ich sitze im Fernsehsessel und zappe gedankenverloren durch die Fernsehsender, doch nichts erweckt meine Aufmerksamkeit. Allerdings bin ich kein großer Fernsehfan, da ich meistens keine Zeit dazu habe. Daher ist es auch nicht verwunderlich, dass es meinen Verstand nicht betäubt.

Ich sehe zur Uhr.

Es ist fast 22 Uhr, und ich denke zum hundertsten Mal, seitdem ich Bridgers Büro an diesem Abend verlassen habe, an den Brief. Er liegt noch immer im Gras. Das weiß ich, da ich, als ich nach Hause gekommen bin, bis zum Ende der Veranda gelaufen bin und ihn im Mondlicht gesehen habe. Ich habe ihn angestarrt, wobei ich einen inneren Kampf ausgefochten habe, ob ich ihn lesen soll oder nicht. Schlussendlich tat ich es nicht. Aber er ist wie ein verdammtes Leuchtfeuer, das mir zuruft: *Lies mich. Lies mich, Cain.*

Gott! Ich kann ihn einfach nicht aus dem Kopf bekommen.

„Scheiß drauf!", brummele ich und schalte den Fernseher aus. Ich stehe auf und die Federn des Sessels quietschen. Ehe ich es mir selbst ausreden kann, gehe ich nach draußen. Der Umschlag ist feucht, als ich ihn hochhebe, sodass ich einen Anflug von Erleichterung spüre, da die Wörter wahrscheinlich verschmiert sind. Doch eigentlich weiß ich gar nicht, ob er dem Regen ausgesetzt war. Er könnte auch nach dem Gewitter fortgeweht worden sein. Ich trage ihn rein und hole mir ein Bier aus dem Kühlschrank. Nachdem ich ein paar Schlucke getrunken habe, setze ich mich an den Küchentisch und starre ihn an. Mein Name steht in schönen, kursiven Buchstaben in blauer Tinte auf ihm, die nur sehr wenig verschmiert sind. Ich stelle die Flasche ab und öffne den Umschlag. Darin sind zwei beschriebene Blatt Papier. Ich atme tief ein und fange an zu lesen.

Liebster Cain,

Wenn du das hier liest und alles nach Plan gelaufen ist, befinde ich mich bereits auf einem Flug Richtung Tennessee. Zwar wäre es sehr leicht für mich gewesen, ohne ein Wort zu verschwinden, doch ich schulde dir die Wahrheit. Vielleicht verschafft dir das etwas Trost, nachdem du herausgefunden hast, was ich getan habe.

Zunächst einmal heiße ich Sloane Preston. Meyers ist der Mädchenname meiner Mutter, und ich benutzte einen falschen Namen, da ich als Undercover-Reporterin nach Jackson gekommen bin, die für das Revealed aus Washington D.C. arbeitet. Ich sollte einem anonymen Hinweis, den mein Arbeitgeber bekommen hat, über einen Sexclub nachgehen, in den Gouverneur Hayes verwickelt ist.

Inzwischen kotzen meine Taten mich an, dennoch muss ich dir einfach die Wahrheit über alles sagen. Zuerst habe ich mich in der Hoffnung an dich rangemacht, dass ich dadurch Zutritt zum Club erhalte. In der ersten Nacht, als wir zusammen waren, habe ich versucht, alles einzufädeln. Ich habe dem Kerl auf der Tanzfläche eine reingehauen, um deine Aufmerksamkeit zu erregen, sodass du mehr über mich wissen willst. Offensichtlich hat es funktioniert. Du hast den Köder geschluckt.

Es tut mir leid, dass ich dir derart wehtun muss. Ich wünschte, dass ich es vermeiden könnte, dir Leid zuzufügen, doch es ist wichtig für mich, dir die Wahrheit zu sagen, damit ich mir vielleicht selbst verzeihen kann.

Nach der ersten Nacht mit dir wusste ich tief im Inneren, dass es ein riesiger Fehler war, mich mit dir einzulassen. Jeder Tag, jeder Moment, den wir zusammen verbracht haben, verstärkte die Verbindung zu dir und somit auch meine Gefühle dir gegenüber.

Bitte stelle niemals meine Gefühle infrage. Obwohl ich versucht habe, eine Story aufzudecken, steckte ich die wahren Anstrengungen in unsere Beziehung. Das Doppelleben hat meiner Selbstachtung und meinem Stolz mit jedem Tag empfindlichere Schläge zugefügt. Dennoch konnte ich es nicht übers Herz bringen, dich zu verlassen. Du wurdest wichtig für mich, und selbstsüchtig suchte ich nach einem Weg, wie ich alles bekommen kann.

Mir war schon ziemlich früh bewusst, dass es keine Story gibt. Ich schwöre dir, dass ich immer und immer wieder versucht habe, die Zeitschrift davon zu überzeugen, dass es nichts aufzudecken gibt. Doch man hat mit Widerstand und deutlichen Befehlen gekontert, dass ich noch tiefer graben soll. In der letzten Woche habe ich verzweifelt nach einem Ausweg aus dem Chaos gesucht. Wie ich meinen Job und meine Beziehung zu dir retten könnte. Wie ich mich selbst im Spiegel betrachten könnte, ohne vor Scham im Boden zu versinken.

Sogar in meiner dunkelsten Stunde warst du der einzige Lichtblick in dieser Katastrophe. Schlussendlich erkannte ich, dass ich dir nicht wehtun konnte, egal, was mein Arbeitgeber von mir verlangt. Ich konnte Callie nicht wehtun. So wichtig war der Job dann doch nicht.

Ich habe zwar gehofft, dass sie sich zurückziehen, aber ich war auch bereit zu kündigen, falls das nicht klappen sollte. Ich schreibe diesen Brief an dich, damit du weißt, dass ich die Absicht hatte, dich, Callie, Bridger und den Club mit allen Mitteln zu beschützen. Wenn du das hier liest, bedeutet es, dass mein Arbeitgeber meine Unfähigkeit, eine Story auszugraben, nicht akzeptiert und ich kündigen muss.

Sobald das geschehen ist, muss ich nach Tennessee zurück. Ich hoffe sehr, dass es nicht dazu kommen wird, doch anscheinend konnte ich nicht alles retten. Nur die Dinge, die mir am meisten bedeuten.

Ich wünsche dir Freude und Glück in deinem Leben. Dass ich dich verloren habe, wird mein Herz für immer brechen, aber ich bete zu Gott, dass du einen Weg findest, mit all dem hier deinen Frieden zu schließen und weiterzuziehen. Du bedeutest mir unglaublich viel, Cain, und es bringt mich um, zu wissen, wie sehr dir das alles Schmerzen zufügt. Ich kann nur hoffen, dass du irgendwo einen Platz in deinem Herzen findest, damit du mir verzeihen kannst, und schließlich jemanden bekommst, der gut genug für dich ist.

In Liebe

Sloane

Ich lege den Brief auf den Tisch und starre ihn an. Fest packe ich die Bierflasche. Ich bin mir nicht sicher, was ich fühle. Allerdings muss ich zugeben, dass sie fast die ganze Zeit die Absicht hatte, Callie, den Club und mich zu beschützen. Sie wollte uns nicht wehtun. Ich verstehe jedoch nicht, warum sie mir nicht einfach sagen konnte, was los war. Anscheinend hat sie doch etwas für mich empfunden.

Wenn ich ihr nur wirklich und aus tiefstem Herzen glauben könnte.

Kapitel 28

Sloane

Ich frage mich, ob es jemals einen Tag geben wird, an dem mein ganzer Körper nicht vergnüglich aufseufzt, sobald ich diesen prächtigen Mann erblicke. Er betritt das *Wicked Horse* selbstbewusst. Ich unterbreche das Abwischen der Theke und bewundere den körpernahen Sitz seiner schwarzen Armeehose und des T-Shirts, das den Schriftzug *Head of Security* trägt. Er hat sich kürzlich die Haare schneiden lassen, jedoch hat er sich heute nicht rasiert. Verlangend erinnere ich mich daran, wie sich die Bartstoppeln an meinen Beinen angefühlt haben. Cain ist dem *Wicked Horse* nicht lange ferngeblieben, eigentlich nur einen Tag. Bridger hat mir am ersten Arbeitstag gesagt, dass Cain verlangt hat, dass er mich feuern soll, und sich weigert, an einem Ort mit mir zu arbeiten. Es hat mich verblüfft, dass Bridger Cain nach Hause geschickt hat. Er war allerdings nicht erstaunt, als Cain am nächsten Abend zur Arbeit erschienen ist.

Und das hat er die letzten drei Nächte gemacht. Er lässt den Blick durch das Innere schweifen, bis er sicher ist, wo sich jede einzelne Person befindet. Er spart sich die Bar immer bis zum Schluss auf, da er weiß, dass ich dort bin.

Jedes Mal starrt er mich wütend an, genau wie er es jetzt macht. Er runzelt die Stirn und seine Augen verengen sich. Die Mimik ist grimmig und die Narbe sticht hervor. Dann wandert sein Blick weiter und er sieht mich den restlichen Abend kaum noch an.

Gestern hat er keine zwei Meter von mir entfernt gestanden, als ein Kunde sich über die Bar gebeugt hat, um mir an den Busen zu grapschen. Einer der Türsteher am anderen Ende des Raums hat es bemerkt und ist zur Tat geschritten. Ich habe Cain angesehen, und er hat mich nur für einen Moment mit kalten Augen angeglotzt, ehe er mir den Rücken zugedreht hat. Die Aussage war deutlich: Ich bedeute ihm nicht einmal genug, um seinen Job zu erledigen.

Er bleibt sich selbst treu, schreitet wie immer an der Bar entlang, nickt ein paar Gästen zu und verschwindet im rückwärtigen Küchenbereich. Er kommt stets mindestens zehn Minuten zu früh zur Arbeit, versteckt sich dann allerdings vor mir, bis seine Schicht beginnt. Ich beende das Reinigen der Theke. Im Moment sind nur drei Kunden in der Hauptbar, und ich überprüfe, ob sie neue Getränke brauchen. In einer Stunde jedoch wird es voll werden.

„Der Mann hat wirklich einen Knackarsch", sagt Tina hinter mir. Sie ist zwar auch neu, jedoch ein paar Wochen länger dabei als ich. Ihr Blick heftet sich an die Tür, durch die Cain gerade gegangen ist. „Ich frage mich, was man tun muss, um seine Aufmerksamkeit zu erregen."

„Einem Kerl ins Gesicht schlagen", murmele ich.

„Was?"

„Nichts", sage ich lächelnd. „Aber ich glaube, er ist schwul. Das habe ich zumindest gehört."

Enttäuschung macht sich in ihrer Mimik breit. Dann huscht ihr Blick über meine Schulter und ihre Augen leuchten auf. „Und was ist mit ihm? Die anderen Bedienungen behaupten, dass er ein wildes Tier sei."

Ich drehe mich um und erkenne Bridger, der aus seinem Büro kommt. Ja, er ist wirklich ein wildes Tier, doch das werde ich ihr nicht sagen. Außerdem glaube ich, dass Bridger nur mit denjenigen spielt, die er selbst aussucht, und nicht andersherum. Er bleibt am Ende der Bar stehen und deutet mir mit einer Kopfbewegung an, dass ich zu ihm kommen soll. Tina atmet hörbar aus. Ich lasse sie zurück und gehe zu Bridger.

„Was ist los?", frage ich ihn.

„Wollte nur nachfragen, wie es läuft." Mit beiden Ellbogen stützt er sich auf die Theke. „Hatte keine Gelegenheit, mit dir zu reden, seitdem du hier angefangen hast."

„Die Arbeit macht mir wirklich Spaß", sage ich ehrlich. „Danke noch mal für den Job."

„Nichts zu danken. Aber ich meinte Cain."

Ich sehe zur Schwingtür, die in die Küche führt. „Anscheinend hat er mich heute zwei Sekunden kürzer wütend angestarrt, im Vergleich zu gestern. Das ist eine Verbesserung, oder nicht?"

Bridger hebt eine Augenbraue. „Und was hat er zu sagen?"

„Sagen?"

„Du hast doch mit ihm geredet?"

„Nein", teile ich ihm mit und glotze ihn blöd an. „Er will nicht mit mir reden."

„Kein Scheiß, Sherlock. Du musst ihn schon unter Druck setzen. Er wird nicht einfach aufwachen und alles ist gut."

Ich mag seine angepisste Haltung nicht, besonders weil ich sehr unter der Situation leide. Der Mann, der mein Herz in einem Würgegriff hält, mustert mich nur mit reiner Abscheu. An einem fremden Ort ohne Freunde zu leben und krank vor Sorge zu sein, welche Auswirkungen meine Handlungen auf Mom haben werden, ist hart. Andauernd denke ich darüber nach, meine Sachen zu packen und zu ihr fahren.

Das ist es, was Mom möchte, obwohl sie es nicht direkt sagt. Falls Brant es wirklich durchzieht, musste ich sie wegen des Artikels vorwarnen, daher habe ich ihr ziemlich alles erzählt. Bis jetzt hat er es nicht getan, aber ich rechne jeden Tag damit. Und eigentlich sollte ich bei ihr sein, wenn es geschieht. Ich habe ihr natürlich auch von Cain und meinen Gefühlen für ihn erzählt. Sie hat mich darin bestärkt, noch eine Weile hierzubleiben, um herauszufinden, ob ich meinen Verrat wiedergutmachen kann.

„Und wann soll ich, deiner Meinung nach, dieses großartige Gespräch mit ihm führen? Ist ja nicht so, als wäre dieser Ort besonders gut für eine ernste Unterhaltung geeignet. Außerdem bin ich mir ziemlich sicher, dass er mich abknallt, falls ich sein Grundstück betrete."

„Im Moment ist es ruhig hier." Er starrt mich durchdringend an.

„Jetzt sofort?"
„Muss ich es wiederholen?"
„Aber ich arbeite."
„Dann mach eine verfluchte Pause, Sloane. Das ist nicht so kompliziert."
Ich verdrehe die Augen. „Auch wenn ich riskiere, dass du mich feuerst: Du bist ein ganz schön verzwickter Kerl."
„Du hast Glück, dass ich tief in meinem Herzen ein dämlicher Romantiker bin."
„Sicher doch. Du bist genauso romantisch wie mein Exfreund, der geglaubt hat, dass es romantisch wäre, mir eine Packung Bierdosen zum Date mitzubringen, um Pluspunkte zu sammeln. Allerdings schätze ich deinen Eifer, damit andere ihr Glück finden."
Erneut die Augenbraue!
„Na schön." Ich werfe das Geschirrtuch auf die Ablage unter der Bar. „Ich mache eine Pause. Aber falls ich in zehn Minuten nicht zurück bin, solltest du lieber einen Trupp losschicken, um meinen leblosen Körper zu suchen."
„Braves Mädchen", sagt er und geht zu seinem Büro. Doch vorher nickt er Tina zu. Offensichtlich hat er sich entschieden, mit ihr zu spielen. Sie eilt hinter ihm her. Die beiden anderen Barkeeper haben alles fest im Griff.
Ich atme tief ein und mache mich auf den Weg. Nachdem ich durch die Schwingtür zur Küche gelaufen bin, schaue ich mich nach Cain um. Da er nicht da ist, frage ich Frank, einen der Köche: „Hast du Cain gesehen?"
„Ist vor ein paar Minuten aus der Seitentür gegangen." Er macht eine Kopfbewegung Richtung Notausgang.
Ehe ich nach draußen gehe, strecke ich den Rücken durch. Kühle Augustluft trifft mich, sobald ich aus dem Gebäude trete, und ich verschränke die Arme, um die Kälte abzuwehren. In Tennessee sind die Nächte im Gegensatz zu hier in diesem Monat warm und schwül.
Ich entdecke Cain rechts von mir, wo er an der Wand steht und auf sein Telefon blickt. Sein Kopf schnellt hoch,

und seine Mimik ist halbwegs freundlich, bis er erkennt, dass ich es bin. Seine Lippen verziehen sich zu einem dünnen Strich.

„Was willst du?"

„Mit dir reden."

„Ich will nichts von dem hören, was du zu sagen hast."

„Pech gehabt! Reiß dich zusammen und setz deine Lauschohren auf."

Cain löst sich von der Wand, um an mir vorbeizugehen, daher platze ich heraus: „Ich habe heute deine Mom besucht."

Cain hält inne und richtet sich zu seiner vollen Größe auf. „Wie bitte?"

„Ich habe deine Mom in ihrem Studio besucht. Für eine Maniküre. Natürlich konnte ich ihr die Einzelheiten nicht verraten, aber ich habe ihr gesagt, dass ich dir sehr wehgetan habe und dass es mir leidtut. Ich habe mich bei ihr dafür entschuldigt, dass ich ihren Sohn verletzt habe."

Er gafft mich mit leicht offenstehendem Mund an, schüttelt den Kopf und setzt sich in Bewegung.

Also sage ich ihm: „Wenn du vor mir davonläufst, folge ich dir einfach hinein und fahre fort. Dann weiß jeder, was zwischen uns los ist."

Er wirbelt herum und knurrt: „Zwischen uns ist gar nichts. Du bist nur eine schreckliche Erinnerung."

Zugegeben, das schmerzt richtig fies, und unbeabsichtigt reibe ich mit den Knöcheln über mein Brustbein, um die Pein zu lindern. „Okay, das habe ich verdient, doch ich verdiene es auch, dass du mich anhörst."

„Das verdienst du nicht."

„Callie, Bridger, Woolf und deine Mom sehen das aber anders."

Cain schnaubt. „Nur weil sie das taten, bedeutet es nicht, dass ich genauso dämlich bin."

„Komm schon, Cain", flehe ich ihn an. „Das schuldest du mir."

„Warum denkst du das?", fragt er fassungslos.

„Weil ich eine Menge für dich geopfert habe", fahre ich ihn an.

„Für mich geopfert?"

„Ja! Ich habe meine Familie in Gefahr gebracht und einen guten Job wegen dir verloren. Eigentlich habe ich alles für dich und Callie aufgegeben. Zumindest kannst du mir zuhören."

Für einen Sekundenbruchteil rechne ich damit, dass er mit den Augen rollt und an mir vorbeistampft, doch dann verschränkt er die Arme vor der Brust und mustert mich skeptisch. Ich nutze die Gelegenheit und presche vor, solange ich seine Aufmerksamkeit habe.

„Es tut mir wirklich leid, was ich getan habe. Ich wollte lediglich die Wahrheit herausfinden und auf keinen Fall jemandem wehtun. Aber sobald ich festgestellt habe, dass es nichts aufzudecken gibt, wusste ich, dass ich das Richtige tun muss. Sehr früh habe ich versucht, eine Lösung zu finden, damit ich alle schützen kann."

„Das stand bereits in deinem Brief", sagt er tonlos und geht einen Schritt in Richtung Tür. „Noch was?"

„Ja", flüstere ich. „Du bedeutest mir viel. Ich vermisse dich."

Ich sehe, dass er über die Worte nachdenkt. Doch dann ändern sich seine Iriden zu einem kühlen Grün und er greift nach der Tür.

„Wünschte, ich könnte dasselbe behaupten."

Der Stich, der diesmal mein Herz durchbohrt, treibt mir Tränen in die Augen. Er bemerkt den Glanz, beißt den Kiefer aufeinander und dreht sich von mir weg, während er die Tür aufmacht.

„Ich gebe nicht auf", sage ich zu seinem sich entfernenden Rücken. „Ich bleibe hier, bis du mir vergibst."

Er antwortet mir nicht und die Tür fällt mir vor der Nase zu. Ich warte einige Minuten, wobei ich blinzele, um die Tränen loszuwerden. Ich nehme einen zitternden Atemzug. Das ist so gar nicht gelaufen, wie ich es mir erhofft habe, und hat meine schlimmsten Erwartungen übertroffen. Die Sinnlosigkeit meines Versuchs, in sein betonummanteltes Herz zu gelangen, trifft mich hart, sodass ich zu Tode erschöpft bin. Mit einer zerstörten Seele, die mich zu übermannen droht, gehe ich zurück in die Küche und zu Bridgers Büro. Ich bin einfach fertig. Cain ist nirgendwo in Sicht, aber das ist unwichtig. Ich habe es versucht, habe versagt, und es ist an der Zeit, Jackson und Wyoming zu verlassen. Als ich Bridgers Tür erreiche, kommt Tina mit einem verklärten Ausdruck hinaus und betupft ihre Mundwinkel. Bridger schließt gerade seine Gürtelschnalle. Mit einem verschmitzten Grinsen sieht er mir in die Augen. Ich trete zur Seite, sodass Tina an mir vorbeilaufen kann, und warte auf seine Erlaubnis, dass ich das Büro betreten darf. Mit einem Lächeln setzt er sich hinter den Schreibtisch.

„Das ging ja schnell", bemerkt er, denn schließlich hat meine Unterhaltung mit Cain nicht mehr als zehn Minuten gedauert.

„Bei dir auch", werfe ich ihm an den Kopf.

„Was soll ich sagen? Tina hat ein ganz schönes Mundwerk."

Ich rolle mit den Augen, da ich mir wirklich nicht vorstellen will, wie meine Arbeitskollegin Bridger einen Blowjob geschenkt hat. Und auf keinen Fall will ich von ihm etwas darüber hören.

„Also, wie ist es gelaufen?" Er legt die Füße auf die Tischplatte.

„Ich habe mich entschuldigt, ihm gesagt, dass er mir sehr viel bedeutet. Aber er hat mir mitgeteilt, dass er nicht so fühlt."

„Aua."

„Ganz genau. Ich habe es satt, dass er mir das Herz bricht. Daher mache ich der Sache ein Ende und fahre nach Hause. Ich werde so lange hier arbeiten, bis du einen Ersatz für mich findest."

Bridger macht eine Handbewegung. „Wenn ich will, kann ich dich in zehn Minuten ersetzen, aber du wirst noch nicht gehen."

„Doch, das werde ich, Bridger." Meine Stimme bricht. „Es hat keinen Sinn. Er wird mir nicht vergeben, und falls doch, wird er mich nie wieder mit denselben Augen betrachten. Ich habe alles zerstört und es gibt keine Rettung für mich."

„Offensichtlich erkennst du nicht, was ich erkenne."

Ich weigere mich zu glauben, dass der allwissende, allsehende Bridger etwas hat, worauf ich meine Hoffnung setzen kann.

„In den letzten Nächten konnte er seinen Blick nicht von dir lösen."

„Er schaut mich nie an!"

„Wenn du beschäftigt bist und deine Aufmerksamkeit nicht auf ihm liegt, beobachtet er dich wie ein Habicht. Und sein Blick ist hungrig, bedauernd und wehmütig. Glaub mir, ich weiß das."

Ablehnend schüttele ich den Kopf. „Dann finde einen Weg, wie er darüber hinwegkommt. Denn meine Worte erreichen gar nichts."

„Wir brauchen mehr als nur Worte." Er nimmt die Füße runter und öffnet eine Schublade. Er blättert durch einen Ordner und holt ein Blatt Papier raus. „Einigen Angestellten des *Silos* biete ich eine silberne Mitgliedschaft an. Ich gebe dir jetzt eine und du musst die Verschwiegenheitserklärung unterschreiben."

„Was?", frage ich verblüfft. „Ich will keine Mitgliedschaft."

„Doch, das willst du", sagt er bestimmt. „Cain braucht einen Anreiz, der ihn zum Handeln zwingt. Und dich im *Silo* zu sehen, wird funktionieren. Vertrau mir."

„Du willst, dass ich dort reingehe, um mit irgendjemandem Sex zu haben?"

„Nein, Schätzchen", sagt er in einem Tonfall, als hätte ich etwas völlig Dämliches gesagt. „Du musst nur so tun, als ob du das wolltest."

„Ihn reinlegen?", frage ich zweifelnd.

„Ihn ermuntern."

„Das wird nicht klappen!" Aber falls doch? Was, wenn genau das notwendig ist? Ein Hoffnungsschimmer flackert auf. Bridger reicht mir einen Stift, und ich beuge mich nach vorn, um das Dokument zu lesen. Dann sehe ich ihm in die Augen und wispere: „War er … du weißt, schon … im *Silo*, seitdem wir uns getrennt haben?"

Bridgers Blick wird weich und er lächelt zuversichtlich. „Nein. Er hat nur die Kontrollgänge während seiner Schichten gemacht. Cain hat nicht einmal darum gebeten, die Vergewaltigungsfantasie mit Amy zurückzubekommen."

Ich atme erleichtert aus und kritzele meinen Namen auf das Schriftstück, ohne es zu lesen. Schließlich brauche ich nicht zu wissen, was drinsteht, denn ich würde den Club an niemanden verraten. Nicht einmal, wenn ich meine Mutter in Gefahr bringe.

„Sehr schön", sagt er mit einem verschlagenen Grinsen. „Mission ‚Schlag Cain gegen den Kopf' beginnt morgen Abend. Nimm dir frei und sei um 22 Uhr am *Silo*. Ich treffe dich dort und gebe dir den Code, damit du hineinkannst."

„Okay", sage ich mit zitternder Stimme. Ich schaffe das. Ich weiß, dass ich es kann.

„Und Sloane!"

„Was ist?"

„Zieh dein aufreizendstes Outfit an. Vorzugsweise keine Unterwäsche. Du brauchst alles aus deinem Arsenal, um den dickköpfigen Mistkerl dazu zu bringen, nachzugeben."

Ich grinse ihn schalkhaft an. „Das kann ich tun."

Kapitel 29

Cain

Ich atme tief ein, um mich zu wappnen, und öffne die Tür zum *Wicked Horse*. Es ist die vierte Nacht in Folge, in der ich die ganze Zeit Sloane beobachten muss, während ich mich frage, was hätte sein können und wieso sie mich so leicht reinlegen konnte. Ich dachte, dass es einfacher wäre, wenn ich meine Schutzmauern oben halte, aber das ist es nicht. Sobald ich nur das kleinste bisschen von ihr hinter der Bar erblicke, zerreißt es mich von innen heraus. Auf körperlicher Ebene will ich sie so sehr, dass ich fast ständig mit einem halb steifen Schwanz herumlaufe. Ich habe mir mehrere Male einen runtergeholt, dabei an sie gedacht, und ich schwöre, dass ich ihr Shampoo rieche, wenn ich in meiner Hand komme.

Wenn ich nicht gerade darüber fantasiere, wie ich sie ficke, rufe ich mir jeden Moment in Erinnerung, den wir zusammen verbracht haben.

Jede Unterhaltung, wobei ich versuche herauszufinden, was mir nicht aufgefallen ist.

Jede Berührung von ihr, wobei ich versuche herauszufinden, ob es echt oder nur gestellt war.

Es treibt mich in den verfluchten Wahnsinn.

Auch Callie treibt mich in den verfluchten Wahnsinn.

Sie hat mich letzte Nacht angerufen, wollte wissen, wie es mir geht. Mit tonloser Stimme habe ich ihr gesagt, dass es mir gut geht. Darauf hat sie mit „Schwachsinn" geantwortet und mir dann zugesetzt, warum ich Sloane keine Chance gebe. Ich habe ihr für ungefähr dreißig Sekunden zugehört und dann aufgelegt. Sie hat mich erneut angerufen, aber ich habe es ignoriert.

Daraufhin hat sie mich angetextet mit ‚Arschloch'.

Ja, das bin ich.

Ich lasse meinen Blick durchs *Wicked Horse* schweifen, und mit einem Anflug von Aufregung, für die ich mich hasse, schaue ich zur Bar, um mir die Schönheit von Sloane Preston einzuverleiben.

Sie ist nicht da!

Ich sehe mich noch einmal vergeblich um. Dann laufe ich zur Bar, tippe mit den Fingern auf die Theke und frage Tina: „Wo ist Sloane?"

„Hi Süßer", singt sie beinahe.

Was zum Teufel! Denkt sie, dass ich schwul bin?

„Sie hat heute frei."

„Oh", sage ich, wobei mir bewusst ist, dass ich ziemlich enttäuscht bin. Ich schüttele den Kopf und gehe auf die Küche zu. Ich bin fest entschlossen, einfach nur meinen Job zu erledigen und es vielleicht zu schaffen, länger als zwei Minuten über die nicht so süße und unschuldige Sloane Preston nachzudenken.

***

Es ist ungefähr 22:30 Uhr und der Club ist zum Besten voll. Der abendliche Wet-T-Shirt-Wettbewerb ist gerade vorbei, und ja, es hat mir gefallen, ihn zu beobachten. Eigentlich erinnert es mich daran, dass ich zurück in den Sattel muss. Es ist an der Zeit, Sloane aus meinem Verstand zu ficken, und ich sollte Bridger darum bitten, mich auf die Fantasy-Liste zu setzen. Wenn ich weder Sloane haben kann noch all die Dinge, die ein neues glückliches Leben versprochen haben, kann ich auch wieder das machen, was ich am besten kann.

Wenn man vom Teufel spricht! Die Hintertür, die zum *Silo* führt, schwingt auf und Bridger kommt herein. Er zieht sie hinter sich zu und geht Richtung seines Büros. Ich verlasse meinen Posten, wissend, dass meine Crew übernehmen wird. Ich erreiche Bridger, als er gerade den Code eingibt. Er bemerkt mich und sieht mich lächelnd an. „Was liegt an, Mann?"

Er öffnet die Tür und ich folge ihm hinein. „Nicht viel. Ist ein ziemlich ruhiger Abend."

„Das ist gut." Er setzt sich an den Schreibtisch, lehnt sich vor und schaut auf seinen Laptop. „Willst du irgendwas?"

„Ja", sage ich und kratze meinen Nacken. *Sag es einfach. Mach schon.* „Ich möchte zurück auf die Liste."

Bridger hebt den Kopf an und grinst. „Klar doch. Werden sich so einige darüber freuen."

Und warum freust du dich deswegen nicht?

„Prima", sage ich, um Zeit zu schinden.

Bridger richtet seine Aufmerksamkeit wieder auf den Computer. Ich verlagere mein Gewicht von einem Fuß auf den anderen, sodass er mich anschaut. „Noch was?"

„Ähm … Habe mich gefragt, wie es mit Sloane läuft." Innerlich zucke ich angesichts der einfallslosen Antwort zusammen. Hoffentlich höre ich mich nicht wie ein Idiot an.

Seine Augen leuchten auf. „Sie macht sich großartig. Hinter der Bar ist sie ein wahres Ass. Es war die richtige Entscheidung, sie einzustellen."

„Glaubst du, dass sie bleiben wird?"

Bridger zuckt mit den Schultern. „Vielleicht. Sie arbeitet hart und ist engagiert. Daher habe ich darauf bestanden, dass sie sich heute freinimmt."

„Oh", sage ich unschlüssig, da ich nicht weiß, was er meint.

„Habe ihr eine silberne Mitgliedschaft als Bonus geschenkt. Dank deiner Einladung zu dieser kleinen Fantasie mit ihr wusste ich, dass ihr das gefallen würde."

„Du hast was?!", schnauze ich ihn an und drücke die Wirbelsäule durch, während ich meine Hände zu Fäusten balle.

„Ja, obwohl sie sich etwas unsicher deswegen fühlt, doch sie ist ein quirliges Mädchen. Sie ist gerade im *Silo*, vermutlich um genügend Mut zu sammeln, um sich ins Abenteuer zu stürzen. Rand und Logan sind bei ihr und schwänzeln um sie herum."

Was zum Teufel denkt der sich?

„Alles in Ordnung mit dir?“, fragt er mit einem unschuldigen Gesichtsausdruck.

„Ich bin verflucht noch mal nicht in Ordnung.“ Ich drehe mich auf dem Absatz um und stampfe aus dem Büro. Meine langen Beine legen die Strecke zum *Silo* in kürzester Zeit zurück. Dort hämmere ich den Sicherheitscode so hart ein, dass sich eine Taste verklemmt, doch daran verschwende ich keinen Gedanken. Ich reiße die Tür auf und stürme hinein, bereit um … was zu tun?

Ich habe keine verfickte Ahnung.

Sobald ich im Barbereich bin, mustere ich die Menge. Es ist an diesem Freitag sehr voll. Auf der Stelle entdecke ich Sloane, die an der Bar sitzt. Und heilige Scheiße! Sie sieht aus wie ein Fahndungsposter für die Sünde auf zwei Beinen. Sloane trägt ein hautenges, kirschrotes, trägerloses Kleid, das kaum ihre Titten bedeckt. Es ist ihre Schenkel hochgekrochen, da sie ein Bein über das andere geschlagen hat. Passende hochhackige Sandalen mit roten Bändern, die sich um ihre Waden winden, und ein leuchtend roter Lippenstift, welchen ich nur zu gern verschmiert nach einem Hardcore-Blowjob auf meinem Schwanz und ihrem Gesicht hätte.

Rand steht neben ihr, als sie an einem Drink nippt, und streichelt ihre nackte Schulter. Logan ist auf der anderen Seite, mit einem Ellbogen auf der Theke und den Lippen dicht an ihrem Ohr. Ich könnte darauf wetten, dass er etwas Schmutziges flüstert.

Rage trübt mir die Sicht, als ich mir den Weg durch die Menge bahne, und ich bin nicht nett, wenn mich jemand dabei stört. Logan bemerkt mich zuerst. Er zieht die Augenbrauen hoch und ein scheiß Grinsen macht sich auf seinem Gesicht breit. Er sagt etwas, sodass Rand mich anglotzt, mit dem gleichen selbstgefälligen Ausdruck, aber nimmt seine Hand von ihrer Schulter.

Schlauer Junge!

Sloane muss mich irgendwie spüren, denn sie wird stocksteif und dreht sich auf dem Barhocker um. Sie sieht mich von oben bis unten an und ihr Blick ist freundlich und einladend.

Das kaufe ich ihr nicht ab.

Wie von allein schnellt meine Hand vor und ich packe ihren Oberarm. Dann ziehe ich sie runter und sie taumelt auf den hohen Absätzen. Rand will sie stützen.

„Berühr sie und ich schneide ihn dir ab.“ Ich sehe ihn nicht einmal an. Der Ficker kichert gehässig, doch er zieht den Arm zurück.

Ich bringe mein Gesicht dicht an ihres, wobei mein Blick sich zornig in sie bohrt. „Brauchst du es so nötig, dass du ins Bett des nächstbesten Kerls hüpfst?“

Sie schüttelt nachdrücklich den Kopf, sodass die blonden Locken hin und her fliegen. „Nein! Ich will nur dich.“

Ich lache laut auf und ziehe sie durch das Gebäude, bis wir die Ausgangstür erreichen. Sobald die Nachtluft uns trifft, zische ich: „Du steigst in dein Auto und fährst nach Hause.“

Sloane verlässt den Schieferweg und bohrt ihre Absätze in die Erde. Sie reißt sich los. „Ich gehe nicht nach Hause.“

„Du gehst auf keinen Fall wieder ins *Silo*.“

„Dann nimm mich hier“, flüstert sie.

Jede Zelle in mir schwillt vor Lust an, obwohl Wut durch meinen Körper schwappt. „Das würde dir so gefallen, nicht wahr?“ Ich will sie für ihre Schamlosigkeit erniedrigen, aber bei Gott … Ich will sie so verflucht sehr.

„Nur dich“, sagt sie ernst. „Ich will nur dich.“

Ich muss es einfach fragen. „Ist das hier ein abgekartetes Spiel?“

Im Licht der Lampe neben der Tür erkenne ich, dass sie rot wird. Doch sie sieht mir geradewegs in die Augen. „Ja, das war Bridgers Idee, um dich zum Handeln zu zwingen. Und ich habe zugestimmt.“

Fuck!

Das Arschloch! Mir mit der Versuchung direkt vor der Nase herumzufuchteln, wobei er genau weiß, dass mein Schwanz seine eigene Sprache spricht.

„Du willst also, dass ich dich an Ort und Stelle ficke?" Ich lege gerade genug Hohn in die Stimme, damit sie noch einmal errötet.

„Ich würde es bevorzugen, wenn du mich mit in dein Haus nimmst, aber falls ich dich nur hier haben kann, dann ja. Wo auch immer du es willst. Wie auch immer du es willst."

Hätte sie etwas anderes gesagt, wäre ich möglicherweise ruhig geblieben. Vielleicht hätte ich sogar die Eier gehabt, von ihrem sexy Körper und ihren sehnsüchtigen Blicken fortzugehen.

Doch: wie auch immer ich es will?

Unglücklicherweise will ich es hart und schnell, und zwar genau in dieser verdammten Minute. Meine Optionen sind begrenzt, also wäge ich sie ab. Zurück ins *Silo*, wo ich sie wieder in den Lagerraum ziehen kann. Noch besser wäre allerdings, sie vor den Augen aller in einem der Räume zu ficken und sie anschließend stehen zu lassen.

Aber das erscheint mir nicht richtig.

Wenn ich meine Prinzipien verwerfe, muss ich es im Privaten machen. Daher nehme ich ihre Hand und führe sie halb um das Gebäude herum, bis wir in absoluter Dunkelheit sind. Ich drehe sie, sodass sie mit dem Gesicht zum *Silo* steht. Ich lege die Handflächen an die Stützen, stelle mich hinter sie, presse meine Lippen an ihr Ohr und wispere: „Ich kann dich haben, wie auch immer ich es will?"

Sie atmet zitternd ein und nickt. „Ja."

Ich fasse an den Saum ihres Kleids und ziehe es über ihren Hüften, bis es um ihre Taille liegt, und dank des Spandex im Gewebe bleibt es dort. Ich neige den Kopf zur rechten Seite und betrachte sie im Mondlicht.

Sie trägt keine Unterwäsche.

So schrecklich perfekt.

Ich berühre ihren süß gerundeten Arsch, schiebe meinen Mittelfinger zwischen die Backen und reibe ihn über die Ritze. Sie stöhnt und ruckt gegen mich.

„Kann ich heute Nacht deinen Arsch haben? Würdest du ihn mir überlassen?“

Aus ihrer Kehle kommt ein Geräusch, halb Schluchzen, halb Stöhnen. „Wenn es das ist, was du willst.“

Mein gnadenloses, finsteres Herz, das immer noch schmerzt und sich betrogen fühlt, lacht leise und mit einem Anflug von Grausamkeit auf. „Nee. Das war etwas Besonderes, das wir geteilt hätten, aber daran bin ich nicht mehr sehr interessiert.“

Das ist eine verdammte Lüge. Hätte ich Gleitmittel, würde ich sie so was von in den Arsch vögeln! Doch da ich keins habe, will ich keine Verletzungen riskieren. Außerdem ist es zeitintensiv, und auch dieser Luxus ist aus meiner Reichweite. Das hier wird ein harter, schneller, unpersönlicher Fick, damit meine Eier eine Erleichterung bekommen. Schließlich haben sie sich, seitdem ich sie heute Nacht das erste Mal gesehen habe, verknotet. Ihre Wange ist gegen die Wand gepresst, und als ich sie ansehe, glänzen ihre Augen vor Tränen.

Und ich fühle mich verdammt noch mal schuldig, dass ich gerade ihre Gefühle verletzt habe.

„Schh“, sage ich zärtlich, um sie zu beruhigen. Mit dem rechten Arm umfasse ich sie und schlüpfe von vorn mit meinen Fingern zwischen ihre Beine. Leicht streichele ich an ihrer Pussy entlang, die nass und einladend ist. „Nicht weinen, Sloane. Ich werde es gut für dich machen.“

Eine Träne tropft herunter. Ich kann das einfach nicht aushalten und presse einen Finger in sie, sodass sie niedlich stöhnt.

„Ja, das fühlt sich großartig an, nicht wahr?“ Mit der linken Hand ziehe ich das Oberteil des Kleids nach unten, entblöße ihre Brüste und umfasse eine. Mit der Fingerkuppe meines Zeigefingers reibe ich über den Nippel und dringe mit dem anderen tiefer ein.

„Was willst du, Sloane?“, frage ich liebenswürdig, während ich mir all die Stellungen vorstelle, in der ich sie jetzt vögeln könnte. „Sag mir, was es ist, und du bekommst es von mir.“

Sie löst ihr Gesicht von der Wand und reckt den Hals, bis sie mich ansehen kann. Ihre Augen glänzen noch immer. „Ich will, dass du mir verzeihst."

Mein Schwanz zuckt als Erwiderung auf ihre Worte, oder möglicherweise ist es nur der Gedanke, in diese enge Nässe einzudringen, doch das Arschloch in mir bricht durch. Ich sollte ihr sagen, dass das nie geschehen wird. Allerdings nimmt sie mir den Wind aus den Segeln.

„Bitte", fleht sie mich an. „Bitte verzeih mir."

Für einen verzweifelten Moment will ich es tun.

Vielleicht sollte ich ihr vergeben.

Aber die Worte ersticken in meiner Kehle.

Stattdessen küsse ich sie.

Kapitel 30

Sloane

Sobald sein Mund meinen einfordert, seufze ich innig und schmelze vor Erleichterung. Zwar hat er nicht die Wörter gesagt, die ich brauche. Doch dieser Kuss bedeutet etwas, oder nicht? Er dringt tief mit der Zunge ein, während ich den Hals strecke, um den richtigen Winkel beizubehalten, damit er ihn nicht unterbricht. Ich schiebe die Hüften nach hinten, da ich mehr Berührung will, und er stöhnt, als mein Po gegen seine Erektion reibt.

Schwer atmend löst er sich von mir und umfasst mich an den Hüften. Er tritt einen Schritt zurück und zieht mich mit. Eine starke Hand legt sich auf die Mitte meines Rückens.

„Beug dich vor."

Meine Lippen kribbeln noch immer von dem Kuss, und Blut rast durch meine Adern. Ich gehorche, wohl wissend, dass je tiefer ich mich vorbeuge, desto besser die Neigung meines Hinterns ist. Ich stütze mich an der Betonwand ab. Seine Hände sind fort, und ich höre das unverkennbare Geräusch des Reißverschlusses, als er ihn öffnet. Ich keuche auf, als ich seine Eichel an meinem Eingang spüre. Er dringt leicht ein, flucht unterdrückt und packt wieder meine Hüften.

Fest schließe ich die Augen.

Er kreist mit dem Unterkörper und arbeitet sich langsam vor. Cain hört nicht auf, bis er ganz in mir ist und sein Becken gegen meinen Po presst, sodass der Schieber des Reißverschlusses sich in meine Haut bohrt.

„Gott, Sloane", murmelt er und sein Atem fächert über meinen Rücken.

Er fühlt sie so gut an.

So richtig.

„Cain." Ich versuche, all meine Gefühle in das eine Wort zu legen.

Er hält mich fest, zieht sich zurück, nur um wieder einzudringen, wobei sein Schwanz jeden einzelnen empfindlichen Nerv in mir berührt, sodass ich am ganzen Körper erschauere.

„Das gefällt dir?", fragt er barsch.

„Ja. Tu es noch mal."

„Gierig." Ich meine, ein Lächeln herauszuhören.

Er zieht ihn raus, gleitet mit Bedacht wieder hinein, tut es immer und immer wieder, als hätte er keine Eile. Ebenso wie ich, da ich jede Sekunde verinnerlichen möchte, in der er in mir ist. Das hier ist vielleicht meine letzte Chance und ich will nichts davon vergessen. Diesmal rammt er so heftig in mich hinein, dass das Aufeinanderklatschen unserer Haut die Stille durchbricht.

„Fuck, ja", keucht er und beschleunigt die Bewegungen.

Ich lasse meinen Kopf nach vorn fallen und starre auf den Boden. Meine Brüste schwingen durch seine immer stärker werdenden Stöße hin und her und ich sehe die Spitzen meiner Schuhe. Ich kreise die Hüften, da ich ihn noch tiefer in mir will. Meine Atmung wird flach und abgehackt, und mein Körper verkrampft sich, als ich mich dem Orgasmus nähere. Und dann beugt sich Cain über mich, gleitet mit einer Hand von vorn zwischen meine Schenkel. Er zupft an meiner Klit, während er mich fickt. Die andere umfasst meinen Hals und drückt mich etwas nach oben.

Ohne den Rhythmus seines pumpenden Schwanzes zu unterbrechen, murmelt er an meinem Ohr: „Ich werde nicht lügen, Sloane. Ich habe es vermisst, diese Pussy zu vögeln."

Obwohl sein Tonfall gefühlvoll ist, sind die Worte lediglich dazu gedacht, mir mitzuteilen, dass Sex das Einzige ist, woran er interessiert ist. Das schmerzt heftig, und doch kann ich meine eigene Stimme nicht finden, um darüber zu streiten. Ich will ihn einen Lügner nennen, ihm sagen, dass wir so viel mehr geteilt haben. Allerdings nebelt mein Verstand mit jedem Stoß mehr ein.

Cain redet weiter. Eine seltsame Mischung aus sexueller Hitze und eiskaltem Hohn.

Bin mir nicht sicher, ob ich je etwas Besseres als das hier finde, aber die Hoffnung stirbt zuletzt.

Ich werde so hart in dir kommen, dass du es für den Rest deines Lebens spüren wirst.

Mein absoluter Favorit ist jedoch: *Ich hasse mich schon jetzt dafür, aber ich werde mir noch für eine längere Zeit bei dieser Erinnerung einen runterholen.*

Endlich hält er die Klappe. Und das ist auch gut, da ich ihn schlagen will, weil er das hier ruiniert. Die Verbitterung und bissigen Kommentare verursachen Finsternis in mir. Beinahe habe ich die innere Kraft, mich von ihm loszureißen, doch dann reibt er grob meine Klit und fickt mich hart.

„Gott, du zerstörst mich, Sloane."

Mein Orgasmus bricht aus, weigert sich, unterdrückt zu werden, und explodiert wegen der unfassbaren Leidenschaft, die zwischen uns brodelt, unabhängig davon, wie viel Schmerz darunterliegt. Cain fängt an zu zittern, als er kommt. Er beugt den Kopf, bis seine Stirn auf meinem Rücken ruht, und flüstert: „Verflucht zerstört."

Tränen treten erneut in meine Augen. Ich blinzele einmal, und sie rinnen meine Wangen hinunter, bis sie auf seine Hand tropfen. Verzweifelt schnappe ich nach Luft. „Auch ich bin zerstört."

Cain erstarrt und seufzt auf. Zärtlich küsst er meinen Hinterkopf, sodass sich Hoffnung in mir ausbreitet.

Er lässt meine Kehle los und zieht die Hand zwischen meinen Beinen hervor. Dann richtet er sich auf und gleitet aus mir. Sofort läuft sein Samen aus mir, eine schmerzliche Erinnerung daran, dass wir wieder einmal eine tiefe Intimität ohne Schutz geteilt haben.

Ich stelle mich aufrecht hin und bringe mein Kleid in Ordnung. Als ich ihn ansehe, stopft er sich gerade den Penis in die Hose und schließt anschließend den Reißverschluss. Endlich schaut er mich mit traurigen Augen an. „Ich vergebe dir, Sloane. Ich verstehe, dass du nur deinen Job gemacht hast, den du schlussendlich geopfert hast."

Ein Lächeln breitet sich auf meinem Gesicht aus und ich mache einen schwankenden Schritt auf ihn zu. Doch er hebt den Arm und hält mir die Handfläche entgegen, um mich aufzuhalten, ehe er nach hinten ausweicht. Er schüttelt den Kopf und sein Blick wird kalt. „Da ist nichts zwischen uns."

„Nein", platzt es aus mir. „Das ist nicht wahr. Hast du es nicht gefühlt?"

„Ich habe einen unglaublichen Orgasmus gefühlt." Unversöhnlichkeit tränkt seine Stimme. „Das ist alles. Gott hilf mir, Sloane, ich vertraue darauf, was dein Körper für mich tun kann. Das habe ich nie infrage gestellt. Doch das ist der einzige Teil von dir, dem ich vertraue. Und das ist einfach nicht genug für mich."

„Aber …"

„Ich muss noch arbeiten." Er nickt mir zum Abschied zu. „Pass auf dich auf."

„Cain", rufe ich verzweifelt. „Bitte gib uns eine Chance."

Er antwortet nicht, sondern verschwindet in der Dunkelheit.

***

Die nächsten sieben Stunden sind verschwommen.

Ich bin mit zitternden Beinen zum Parkplatz gegangen und dabei wegen der hohen Absätze dreimal auf dem unebenen Schotter umgeknickt. Allerdings bemerke ich diesen Schmerz kaum, da mein gebrochenes Herz meine ganze Aufmerksamkeit hat. Ich brauche nur etwas länger als dreißig Minuten, um zu meiner Wohnung zu fahren. Weitere fünf, um online einen Flug zu buchen, der mich um 7:31 Uhr aus Jackson bringt, mit einem Verbindungsflug nach Denver und anschließend nach Nashville. Ich brauche zwanzig Minuten, um zu duschen, meine Haare zu trocken und einen Schlafanzug anzuziehen.

Eine weitere Stunde brauche ich, um meine armseligen Habseligkeiten zu packen. Vier Stunden lang habe ich mich anschließend im Bett herumgewälzt, mit Tränenattacken, denen ich nicht nachgebe, die mir aber den Hals zuschnüren.

Rote Augen und offensichtliche Erschöpfung bewirken, dass die Leute zweimal hinschauen, als ich durch den kleinen, rustikalen Flughafen zum Security-Bereich laufe. Eine kurze Nachricht schickte ich an Callie, da sie die Einzige ist, die sich wirklich um mich sorgt. Außerdem habe ich nur Cains Nummer und ihre.

‚Ich steig gleich ins Flugzeug und fliege nach Hause. Könntest du es bitte Bridger sagen? Ich wusste nicht, wie ich ihn so früh erreichen kann. Es tut mir sehr leid, was ich getan habe.'

Callie, die Frühaufsteherin, antwortete innerhalb von Sekunden.

‚Warum? Was ist passiert? Ich kann zu dir kommen und dann reden wir.'

Ich schrieb zurück: *‚Nein, ist schon gut. Das zu tun, ist das Richtige. Pass auf dich auf und es tut mir leid.'*

Ich schaltete das Telefon aus, ehe sie zurückschreiben konnte. Sobald ich an Bord war, habe ich den ganzen Flug nach Denver geschlafen. Während ich auf den Weiterflug gewartet habe, habe ich drei Tassen Kaffee getrunken, und auf dem Flug nach Nashville habe ich mit erheblichen Angstzuständen gekämpft.

Nach der Landung habe ich weinend meine Mom angerufen und ihr gesagt, dass ich bald zu Hause bin. Sie hat auch geweint. Ohne auf die Textnachrichten zu sehen, schaltete ich das Telefon wieder aus. Dann habe ich einen Leihwagen gemietet und bin die neunzig Minuten zum Haus meiner Mom in Sewanee gefahren. Um 16 Uhr war ich daheim und um 17 Uhr auf der Couch mit meiner Mutter. Ich habe ihr alles erzählt.

Wir haben zusammen geweint.

Kapitel 31

Cain

Mit einer Mission stolziere ich ins *Silo*.

Das ist die einzige Möglichkeit, um Sloane aus meinem Kopf zu bekommen. Ich muss komplett mir ihr brechen und dazu muss ich die letzte Verbindung zu ihr kappen. Das bedeutet, dass ich jemand anders ficken muss, damit ich wieder ich selbst sein kann.

Sobald ich das getan habe, kann ich aufhören, mich an jedes winzige Detail von gestern Nacht zu erinnern und es immer wieder durchzuspielen. Das eigentümliche Gefühl, das ich gespürt habe, als ich ins *Wicked Horse* gekommen bin und sie nicht hinter der Bar war.

Die Fassungslosigkeit, als Bridger mir gesagt hat, dass sie im *Silo* ist. Die Wut, als ich gesehen habe, mit welchem Hunger Logan und Rand sie angestarrt haben. Der glückliche Gesichtsausdruck, als sie mich bemerkt hat.

Die verfluchte Weise, wie sie mir gesagt hat, dass sie nur mich will.

Und wie sie sich so richtig in meiner Welt angefühlt hat, als ich in sie eingedrungen bin.

Ja, dieser ganze Mist muss aufhören. Es ist an der Zeit, all das aus meinem Verstand zu jagen, um endlich mein Leben weiterzuführen.

Das Zischen einer Peitsche weckt auf der Stelle meine Aufmerksamkeit, als ich den kreisförmigen Aufenthaltsbereich betrete. Ich wende mich dem Geräusch zu und entdecke in einem der Räume Bridger, der mit einer einhundertzwanzig Zentimeter langen Singletail eine Frau bearbeitet, die an ein Andreaskreuz gefesselt ist.

Bridger trägt nur eine Jeans und einen Schweißfilm, als er einen weiteren präzisen Schlag auf ihrem Arsch platziert, welcher bereits ein Kreuzmuster aus roten Streifen aufweist. Mit stoischer Ruhe erträgt sie das Leder, doch ihr Rücken wölbt sich vor Pein.

Bridger ist ein Künstler mit den Werkzeugen, und ich habe schon öfters gesehen, wie er es geschafft hat, dass seine Spielpartnerinnen durch ein paar wohlüberlegte Hiebe auf ihre zarte Haut gekommen sind. Ich verstehe nicht, wieso manche Menschen Schmerzen brauchen, um Erfüllung zu finden, aber ich kann nicht leugnen, dass es höllisch erotisch ist, dabei zuzusehen. Ich wende der Show den Rücken zu und bekomme am Rande mit, dass die Peitsche noch zweimal surrt, ehe ich die Bar erreiche. Ich bestelle ein Hoback Hefeweizen, setze mich auf einen Barhocker und checke das Angebot ab.

Catherine ist hier, und sie trägt ein romantisch aussehendes Kleid aus weißer Seide und Spitze, das ihre Schultern nicht bedeckt. Ihr dunkles Haar ist lang und wellig. Hinters Ohr hat sie sich ein Gänseblümchen gesteckt. Mein Schwanz zuckt leicht, da sie heute einen süßen, unschuldigen Look hat, und das bedeutet, dass sie von dem, der sie fickt, besudelt werden möchte.

Wäre eine Möglichkeit.

Aber eigentlich sollte ich mich lieber von süß und unschuldig fernhalten, da es zu sehr wie Sloane ist. Ein Schrei kommt aus dem Raum mit Bridger, und ich sehe, dass der ganze Körper der Frau zittert, als sie vor Ekstase stöhnt. Bridger lässt die Peitsche fallen, läuft zu ihr und löst die Fesseln um ihre Fuß- und Handgelenke. Sie sinkt zu Boden und lächelt ihn dankbar an. Er nickt ihr kurz zu. Das ist für Bridger schon gefühlsbetont, wenn er seinen Kink auslebt. Dann nimmt er ein schwarzes T-Shirt von einer Bank, zieht es sich über den Kopf und über den Schwarm Amseln auf seinem Oberkörper. Ohne sie noch einmal anzusehen, geht er hinaus und verschwindet für einen Moment im rückwärtigen Korridor, ehe er in den Barbereich kommt.

Er sieht mir sofort in die Augen und verzieht die Mundwinkel zu einem stummen Gruß nach oben. Sogar er weiß, dass ich sprichwörtlich zurück in den Sattel muss.

Bridger läuft auf mich zu, wobei er sich der hungrigen Blicke, sowohl von den Frauen als auch von den Männern, nicht bewusst ist. Aber die wenigsten werden ihn bekommen, da er wählerisch und teuer ist. Obwohl die meisten verruchten Aktivitäten innerhalb dieser Mauern im Mitgliedsbeitrag eingeschlossen sind, muss für Bridgers Dienste ein saftiger Preis bezahlt werden. Und das ist keine Prostitution, da er keinen bezahlten Sex mit ihnen hat. Nein, er rötet einfach nur ihre Haut, wobei manchmal sogar etwas Blut fließt, falls es das ist, was sie für einen grandiosen Orgasmus durch den Schmerz von Leder brauchen. Daher bezahlen sie ihn gerne mit ihrem schwer verdienten Geld.

„Schön, dass du dich auch mal wieder hier blicken lässt", sagt er trocken und nimmt neben mir Platz. Bridger nickt einem der Barkeeper zu, der weiß, dass er eine Flasche Mineralwasser möchte, nachdem er sich angestrengt hat.

„Es wurde Zeit." Ich nippe am Bier. Wenigstes behauptet mein Verstand das, doch mein Schwanz behauptet etwas anderes. Er hat zwar eine leichte Regung gezeigt, als ich gerade an Catherine gedacht habe, aber ich befürchte, das war nur der Ähnlichkeit zu Sloane geschuldet. Normalerweise wird mein Schwanz auch halb steif, wenn ich Bridger beim Spielen zusehe, allerdings bin ich so weich wie ein Gänsedaunenkissen.

Kein Grund zur Beunruhigung, denn ich habe es nicht eilig, mich auszutoben. Eigentlich plane ich sogar, mir dabei Zeit zu lassen, damit es etwas bedeutet. Ich will sicher sein, dass es all diese schrecklichen Gefühle, die in mir herumwirbeln, auslöscht, besonders jene, die Sloane betreffen, als sie gestern Nacht geweint hat.

Warum bloß hat es so furchtbar geschmerzt, sie stehen zu lassen, obwohl meine Worte richtig erscheinen? Warum hat es sich so angefühlt, als würde ich etwas Wichtiges zurücklassen? Etwas, das sich ein wenig nach mir angefühlt hat. Ich trinke einen größeren Schluck, würge ihn hinunter und nehme noch einen. Vielleicht muss ich mich einfach nur betrinken.

„Charles Mason ist von seiner Geschäftsreise zurück", sagt Bridger auf einmal, als wenn es ein ganz normaler Tag im Büro wäre. „Wollte wissen, ob du dich mit Amy und ihm in einer der Fantasy-Hütten treffen möchtest."

„Klar", antworte ich abwesend und schütte weiterhin das Bier in mich hinein. „Meinetwegen."

„Sei nur nicht so begeistert", sagt er tonlos.

Überrascht glotze ich ihn an und probiere es dann mit meiner besten Cheerleaderstimme, während ich meine Hände vor der Brust umklammere. „Ich würde es lieben, Mr. Payne."

„Klugscheißer", brummelt er grinsend.

„Willkommen zurück, Arschloch", höre ich, als zwei Hände auf meine Schultern klatschen. Rand ist hinter mir, und seine Finger bohren sich kurz in meinen Muskel, ehe er mich loslässt. Logan begibt sich an Bridgers andere Seite und setzt sich hin.

„Ich nehme an, dass zwischen uns alles in Ordnung ist?", fragt Logan mit einem hinterhältigen Grinsen. „Die Dinge habe sich offensichtlich gestern gut für dich entwickelt, oder nicht?"

„Was ist gestern passiert?", fragt Bridger mit leichter Neugierde. Er sieht dabei Logan an.

„Miss Bonham hier war ziemlich angepisst, als er uns beim Flirten mit Sloane erwischt hat", sagt Rand mit einem verspottenden Lachen.

Bridger schaut kurz zu ihm, ehe er seinen Blick auf mich richtet. „Stimmt das?"

Ich antworte nicht, da ich nicht möchte, dass diese Mistkerle mich mit meiner offenkundigen Zurschaustellung von Eifersucht aufziehen. Darauf will ich nicht herumreiten, besonders, da es unter normalen Umständen ungewöhnlich für mich ist und einfach nur furchtbar bizarr, wenn ich bedenke, dass ich Sloane nicht ertragen kann.

Obwohl … Ich kann sie ertragen. Eigentlich verzehre ich mich nach ihr. Allerdings war ich wütend auf sie und wollte nichts mit ihr zu tun haben. Deshalb war es gestern Nacht so verflucht eigenartig.

„Oh ja“, erklärt Rand Bridger, der ihn ansieht, um zuzuhören. „Ist reingekommen, hat sie wie ein Neandertaler nach draußen gezerrt und ist nicht mehr zurückgekommen. Deswegen nehme ich an, dass der kleine Bonham heiße Action erlebt hat und Miss Sloane daher heute ein zufriedenes Lächeln auf dem Gesicht hat.“

Mir entgeht der Wechsel an Emotionen auf Bridgers Gesicht nicht. Geringes Interesse ändert sich in offenen Zorn. Diesen Blick richtet er auf mich. „Was zum Teufel hast du ihr angetan?“

Angesichts der Bedrohlichkeit, die er ausstrahlt, rucke ich etwas nach hinten, doch ich halte die Stellung. „Was zur Hölle soll das denn jetzt? Und was soll diese Haltung von dir?“

„Ich war mir nicht sicher, was passiert ist, aber nun ist es eindeutig. Du hast etwas getan und sie damit in die Flucht getrieben“, sagt Bridger, wobei ihm förmlich Eis von der Zunge fällt.

„In die Flucht getrieben?“, frage ich dämlicherweise, da ich nicht verstehe, was er meint.

„Sie ist wieder zu Hause, in Tennessee. Sie hat heute Morgen vom Flughafen eine Nachricht an Callie geschickt, dass sie weggeht. Callie und Woolf sind zu ihrer Wohnung gefahren und sie ist leer.“

„Sie ist fort?“ Meine Zunge fühlt sich beim Sprechen taub an.

„Ja, sie ist fort. Und ich will verflucht noch einmal wissen, was du getan hast, um sie in die Flucht zu schlagen.“

Mir schwirrt der Kopf, sodass mir schwindlig ist. Zu diesem Zeitpunkt weiß ich nicht, ob ich es heute wirklich durchgezogen hätte, jemanden zu ficken. Doch eins ist mir deutlich bewusst, während ich darüber grübele, was ich gerade erfahren habe: Im Leben hätte ich nicht gedacht, dass sie fort sein könnte.

Ich habe einfach angenommen, dass sie hierbleiben würde, um mich weiter zu bearbeiten. Außerdem habe ich es gehasst, was gestern zwischen uns passiert ist.

Oh! Wen will ich eigentlich verarschen? Ich habe jede verfluchte Sekunde mit ihr geliebt. So sehr, dass ich vermutlich im Unterbewusstsein darauf gesetzt habe, dass es erneut geschieht. Vielleicht sogar gehofft, dass meine Schutzmauern durch jeden Orgasmus mit ihr immer mehr bröckeln. Also weiß ich jetzt glasklar, dass ich heute niemand anderes vögeln kann.

„Cain!", brüllt Bridger und ich zucke zusammen, richte den Blick vom Bier zu ihm.

„Ich habe nichts getan", würge ich hervor. „Ich habe sie gefickt. Sie mochte es. Ich bin gegangen."

„Versuch's noch mal!"

„Ich habe ihr gesagt, dass ich ihr vergebe, aber dass zwischen uns nichts mehr ist. Direkt danach bin ich gegangen und habe weitergearbeitet."

„Kein Wunder, dass sie geflüchtet ist", sagt Rand leise.

„Du bist ein ganz schöner Scheißkerl", bemerkt Logan. „Sie ist so ein süßes Mädchen. Ich hätte nichts dagegen …"

„Führe den Gedanken zu Ende und ich reiße dir die Mandeln raus."

Logans Mund klappt zu und er starrt mich wütend an.

„Und warum zum Teufel seid ihr alle auf ihrer Seite?" Nacheinander sehe ich sie an. „Sie ist eine falsche Schlange. Eine Lügnerin. Eine Verräterin."

„Mein Freund! Du solltest deine zarten Empfindlichkeiten in den Griff bekommen", zieht Bridger mich auf. „Das Mädchen ist mit einer folgenschweren Absicht nach Jackson gekommen – ein unersättliches Bedürfnis nach Gerechtigkeit. Du hast ihre Welt in wenigen Tagen auf den Kopf gestellt. In dieser kurzen Zeit hat sie ihre Rache und ihr Gerechtigkeitsgefühl für dich und Callie aufgegeben. Sie hat sich entschuldigt. Sie hat alles geradegebogen. Und so, wie ich Sloane kenne, und ich wette, dass ich das tue, hat sie dir ihr Herz ausgeschüttet, damit sie dir wieder etwas bedeutet. Und du hast sie einfach tränenüberströmt stehen lassen. Sie hat ein Herz aus Gold, und du bist ein dämlicher Vollidiot, der sie fortgejagt hat."

Rache? Gerechtigkeitsgefühl? Wovon zur Hölle redet er?

Doch darüber kann ich jetzt nicht nachdenken, da Schuld mich überwältigt. Denn genau das ist passiert. Gestern Nacht habe ich einen Anflug davon gespürt, aber mittlerweile lastet sie schwer auf mir. Allerdings bin ich nicht bereit, kampflos unterzugehen. Außerdem brauche ich es, dass zumindest einer von ihnen zugibt, dass ich das Recht habe, mich verraten zu fühlen und wütend zu sein. Es würde helfen, wenn wenigstens einer meiner verfluchten Freunde mir ein bisschen den Rücken stärkt.

Daher versuche ich, mein Verhalten besser zu erklären. „Ich verstehe, dass Sloane sich in einer schwierigen Situation befand, auch, dass sie ziemlich schnell eingesehen hat, dass ihr Handeln falsch ist. Ich verstehe sogar, dass sie schlussendlich alles in Ordnung gebracht hat, und deswegen verzeihe ich ihr. Doch es tut mir leid. Sie hätte es schon eher aufklären müssen, besonders als ich … sie … wir anfingen, Gefühle füreinander zu entwickeln. Wenn sie nur früher ihren Verrat aufgegeben hätte, dann könnte ich es leichter ertragen."

„Das konnte sie nicht", sagt Bridger. „Sie hatte keine Wahl."

Ungewollt kommt mir ein höhnisches, schnaubendes Geräusch aus Nase und Mund, welches sich ganz und gar nicht nett anhört, doch es unterstreicht meinen Standpunkt. Sie hatte auf jeden Fall eine Wahl, und sie hat schlecht gewählt. Das kann ich einfach nicht unbeachtet lassen.

„Sie wurde erpresst." Die Verärgerung in Bridgers tonloser Stimme schlägt mir mit Wucht in den Magen und ich zweifele seine Worte nicht für eine Sekunde an.

„Erpresst?"

„Ja! Ihr Redakteur hat damit gedroht, eine Horrorstory über den letzten Klinikaufenthalt und die Selbstmordversuche ihrer Mom zu schreiben."

Erneut wird mir schwindlig und meine Verwirrung ist wie eine dickflüssige Pfütze aus Klebstoff.

„Warum zur Hölle sollte ihr Redakteur sich für die Selbstmordversuche ihrer Mom interessieren?“

„Weil ihre Mom mit irgendeinem Senator verheiratet war, der sie betrogen und öffentliche Gelder benutzt hat, um seine Affäre zu finanzieren. Der Skandal hat ihre Mutter zerstört. Das Arschloch hat damit gedroht, die Geschichte wieder aufzurollen, falls Sloane keine Beweise gegen Callie und den Club findet.“

Rache? Gerechtigkeitsgefühl? Jetzt ergibt alles Sinn.

„Verfluchte Scheiße“, keuche ich, wobei ich mich fühle, als hätte die Luft in meinen Lungen sich eine Auszeit genommen. Ich presse mir die Fingerspitzen gegen die Schläfen und schließe die Augen. Das hier geschieht nicht wirklich! „Warum hat sie mir nichts gesagt?“

„Sie wollte nicht, dass du glaubst, dass sie nach Ausflüchten sucht. Sloane hat gedacht, wenn sie ehrlich ihre Fehler beichten würde, wäre es ausreichend.“

„Aber sie hat es dir gesagt“, bemerke ich verbittert, öffne die Augen und bohre einen hitzigen Blick in Bridger.

„Das stimmt wohl. Aber wir haben bereits vorher unseren Frieden mit ihr geschlossen.“

Mein Schuldgefühl lodert auf. „Hätte sie doch nur etwas gesagt …“ Mir stockt die Stimme. Moment! Das ist nicht richtig. Wenn ich den ganzen Shitstorm unvoreingenommen betrachte, ist es völlig einleuchtend, dass Sloane es mir nicht gesagt hat. Sie ist die Art Mensch, der zu seinen Fehlern steht und Verantwortung dafür übernimmt. Ich habe immer ihre Integrität bewundert, und das ist wahrscheinlich auch der Grund, weshalb es schrecklich geschmerzt hat, als ich erkannt habe, dass diese vielleicht von vornerein gefehlt hat. Aber jetzt verstehe ich glasklar, wieso sie sich nicht die Mühe gemacht hat, mir die ganze Sachlage zu erklären. Sie wollte, dass ich ihr aufgrund ihrer Gewissensbisse vergebe, dass sie mir wehgetan hat, und nicht, weil jemand sie zu Handlungen gezwungen hat.

„Gott“, murmele ich und presse fester gegen meine Schläfen, da mein Gehirn rast. „Hat der Arschlochredakteur die Story gebracht? Ist das der Grund, warum sie nach Hause gegangen ist?"

„Nein, sie ist gegangen, weil du ein Vollidiot bist, der nicht gerade der Hellste ist, was die Neuigkeiten angeht." Bridgers Tonfall ist vollkommen sarkastisch. Doch dann nehmen seinen Augen einen schelmischen Glanz an, und er gluckst beinahe, als er sagt: „Der Arsch wird sie nicht veröffentlichen. Ich habe ihn überzeugt, es nicht zu tun."

Ich glotze ihn blöd an. „Wie das?"

„Es ist erstaunlich, was fünftausend Dollar bei einem guten Detektiv erreichen können. Innerhalb von zwei Tagen, nachdem Sloane mir von der Ratte erzählt hat, fand ich heraus, dass er etwas Junges nebenbei laufen hat, von dem seine Frau nichts weiß."

„Er hat eine Affäre?", fragt Rand mit einem Lachen.

„Mit einem Mann, einem jungen Kongressberater", sagt Bridger fröhlich. „Ich habe die Fotos, um es zu beweisen. Und wisst ihr was? Er hat sofort den Rückzug angetreten und lässt Sloane in Ruhe."

Das sollte mich glücklich machen. Doch aus irgendeinem Grund breitet Dunkelheit sich in mir aus.

Weil Bridger derjenige war, der sie beschützt hat.

Sie gerettet hat.

An sie geglaubt hat.

Fuck! Er war all das, was ich offensichtlich nicht bin, und von meiner Blödheit wird mir kotzübel.

Ich stehe auf, ziehe die Brieftasche raus und werfe ein paar Scheine auf den Tresen. Bridger hebt für einen Moment erstaunt die Augenbrauen, was seltsam ist, denn es ist fast unmöglich, ihn zu überraschen. Doch dann lächelt er mich wissend an. „Guten Flug."

Kapitel 32

Sloane

Ich reibe mir mit dem Handrücken über die Stirn, um mir den Schweiß und den Staub abzuwischen, und atme keuchend aus. Warum ich auf den Dachboden meiner Mom gegangen bin, um in Kisten aus der Collegezeit herumzuwühlen, ist mir ein Rätsel. Doch hier bin ich, in einem Schlafanzug, bei mindestens fünfunddreißig Grad Celsius und leide, während ich es tue. Wahrscheinlich fühle ich einen verzerrten Anflug von Nostalgie. Vielleicht habe ich einfach das Bedürfnis, mir Dinge anzusehen, die mich in eine glücklichere Zeit meines Lebens zurückbringen. Der Sommer zwischen meinem ersten und zweiten Jahr an der *University of Tennessee.*

Ehe Dad dabei erwischt wurde, dass er seinen Penis woanders reinsteckt.

Ehe unsere Familie in einen nationalen Skandal verstrickt war.

Ehe Mom versucht hat, sich umzubringen.

Das waren die guten Tage, und ich greife nach ihnen, wobei ich verzweifelt auf der Suche nach ein paar Fotos von meinen Collegefreunden und mir bin. Einige beweisen meine Fähigkeiten als Bierzapferin auf mehreren Partys der Studentenverbindungen. Das war, ehe die Blase aus Naivität und Glück geplatzt ist. Bevor ich mich auf den Weg nach Jackson gemacht habe, um mir das Herz auf die schlimmste Weise brechen zu lassen. Ich dachte, ich könnte Erinnerungsstücke und Fotos herauskramen, um sie in Moms Gästeschlafzimmer aufzustellen, in dem ich gerade verweile. Natürlich hat mir Mom angeboten, dass ich so lange bleiben kann, wie ich will. Eigentlich hat sie die Worte „für immer" benutzt. Aber ich muss herausfinden, wie es mit mir weitergehen soll.

Selbstverständlich liebe ich Tennessee, er ist mein Heimatstaat und hier finde ich Trost. In diesem Haus bin ich nicht aufgewachsen, doch Mom lebt hier, seitdem sie sich von Dad getrennt hat, also ist es jetzt auch mein Zuhause. Es wäre nicht realitätsfremd von mir hierzubleiben, mir einen Job zu suchen und mich umzuorganisieren.

Jedoch liebe ich ebenso D.C. und den Trubel, die Kultur, eine anständige Anzahl von Freunden, die zwar keine Busenfreunde sind, aber mit denen ich ausgehen und Spaß an den Wochenenden haben kann. Es war ein gutes Leben. Zugegeben, meine Arbeit ist eine Scheißwahl gewesen, doch ich könnte D.C. zu meinem Zuhause machen. Dort gibt es auf jeden Fall mehr Jobangebote, falls ich weiterhin als Journalistin tätig sein möchte, obwohl die Vorstellung ziemlich bitter schmeckt. Zurzeit bin ich zynisch genug, um zu glauben, dass die Medien tatsächlich bösartiger als mein Vater sind.

Ein Stich Sehnsucht trifft mich, als ich mit Bedauern an Jackson denke. Noch in der letzten Woche träumte ich davon, in dem Ort zu bleiben, beim *Revealed* zu kündigen, die Beziehung mit Cain zu retten und vielleicht eine Anstellung bei der idyllischen Lokalzeitung zu bekommen. Ohne Zweifel ist Wyoming der schönste Ort, an dem ich je gewesen bin, und ich könnte mir wirklich vorstellen, dort für immer zu leben.

Was die Winter angeht, war ich mir ein wenig unsicher, habe mir aber dann ausgemalt, dass es nicht so schlimm sein würde, wenn ich mich mit Cain während der kalten und verschneiten Tage verkrieche. Meine Luftschlösser waren riesig, mein Optimismus beispiellos.

Ich war eine Idiotin, zu glauben, dass etwas dermaßen Gutes halten könnte, obwohl es auf Lügen aufgebaut wurde. Wieso ich überhaupt darüber nachgedacht habe zu bleiben, nachdem mein Komplott enthüllt wurde, um die Dinge mit Cain in Ordnung zu bringen, ist mir jetzt unverständlich. Nie würde ein Mann wie Cain, mit seinen strengen Grundsätzen und der bitteren Vergangenheit mit Rachel und all den Abscheulichkeiten, die sie getan hat, mich zurücknehmen. Die bösartige Bitch und ihre Taten sind der Hauptgrund, warum ich nach meinem Verrat nie wieder bei Cain landen konnte.

Die Treppen zum Dachboden knarren und deuten an, dass Mom hochkommt. Ihr Kopf erscheint im rechteckigen Ausschnitt des Fußbodens und sie lächelt. „Was in aller Welt machst du da?“

„Ich stöber durch die Kisten mit dem alten Collegekram.“ Ich ziehe ein paar Notizbücher hervor, die mit Gekritzel von langweiligen Vorlesungen gefüllt sind.

Sie klettert die restlichen Stufen hoch und setzt sich mit dem Hintern auf den Holzfußboden, sodass ihre Beine über den Rand baumeln. Meine Mom ist eine wunderschöne Frau. Ich habe nie verstanden, warum Dad sich eine Jüngere mit größeren Brüsten gesucht hat. Vielleicht war es Fernandas exotischer Akzent oder ihr Bauchnabelpiercing. Oder sie ist einfach gut im Bett. Wer weiß das schon? Doch was ich meiner Stiefmutter zugestehe – und ich würge bei dem Gedanken, sie mir in diesem Kontext vorzustellen: Sie ist eine atemberaubende Frau – die dennoch mit der anmutigen Schönheit meiner Mutter nicht mithalten kann. Mom ist eine Südstaatenschönheit im Grace-Kelly-Style, feingliedrig und mit leuchtenden blauen Augen, die ich geerbt habe. Sie strahlt eine solche Anziehungskraft aus, dass sich in einem bevölkerten Raum alle Augen auf sie richten, sobald sie ihn betritt. Einerseits ist sie witzig, geistreich, charmant und intelligent, sodass sie sich mit jedem Fremden unterhalten kann. Ihre Freundlichkeit und Großzügigkeit kennen keine Grenzen.

Andererseits mag sie ein emotionales Wrack sein, allerdings bemerkt man ihre Dämonen, die sie willkürlich quälen, nur dann, wenn sie die wirklich dunklen Plätze in sich aufsucht. Ich habe keine Zweifel daran, dass sie diese Dämonen die meiste Zeit erfolgreich in Schach gehalten hat. Doch die Kombination von verschriebenen Schmerzmitteln, die sie dazu benutzt hat, um ihre psychische Schwäche zu kurieren, mit dem in der Öffentlichkeit ausgetragene Betrug meines Vaters einschließlich des nachfolgenden Skandals war zu viel. Sie konnte es einfach nicht mehr schaffen, sich zusammenzureißen. Jetzt hat sie ihre guten und schlechten Tage. Ich bin glücklich darüber, dass ich sagen kann, dass ihr Lächeln seit meiner gestrigen Ankunft aufrichtig und zufrieden wirkt. Vielleicht sollte ich hierbleiben, um einem Leben in einer Kleinstadt in den Südstaaten eine Chance zu geben.

„Hast du das Bedürfnis, in Erinnerungen zu schwelgen?" Sie stützt sich auf einen Arm und dreht sich etwas, damit sie mich beobachten kann. Meine Mom ist immer noch in exzellenter Form, zierlich und strahlend. Möglicherweise findet sie eines Tages wieder Liebe. Obwohl ich hoffe, dass sie nicht glaubt, dass es sie heilen würde. Das ist kein Grund, um mit jemandem zusammen zu sein.

Ich zucke mit den Achseln. „Eventuell helfen mir ein paar Dinge, mich an eine friedlichere Zeit in meinem Leben zu erinnern."

„Ist das nicht einfach verfickt wahr", sagt sie und schneidet eine Grimasse.

Mein Blick huscht von dem Notizbuch von einer Vorlesung, das ich *„Der Aufbau einer Story im digitalen Markt"* genannt habe.

„Mom!", sage ich vorwurfsvoll.

Sie hebt die Augenbrauen und sieht mich unschuldig an. „Was?"

„Du hast ein F-Wort benutzt – oder eher ein V-Wort."

„Verfickt richtig", antwortet sie grinsend. „Ich bin erwachsen. Ich darf das."

„Aber nicht vor deiner Tochter. Es gibt einige Dinge, die man als Mutter nicht tun darf."

„Also wirklich, Sloane. Hör auf, von mir als eine prüde Person zu denken. Ich gehe gleich mit Chester Cheetah spazieren. Willst du mitkommen?"

Chester Cheetah ist ihr drei Pfund schwerer Chihuahua. Ich habe keine Ahnung, wo der Name herkommt, doch sie liebt den Hund mehr als alles andere und verwöhnt ihn ebenso.

„Nein, aber danke, dass du gefragt hast." Ich lege die Blöcke zurück in die Kiste, da mich nichts anspricht. Jetzt habe ich nur ein paar unstete Gefühle darüber, dass ich einen Abschluss bemacht habe, der möglicherweise völlig nutzlos für mich ist. „Ich glaube, ich geh duschen und mach mir dann Eier mit Bacon. Möchtest du auch was?“

Sie schüttelt den Kopf. „Ich habe vor sieben Stunden gefrühstückt. Bald ist Zeit fürs Abendessen.“

„Das habe ich wohl alles verschlafen.“ Grinsend schiebe ich die Kiste zur Seite. „Ich hatte in der Hinsicht einiges aufzuholen.“ Und das stimmt, denn ich habe bis 15 Uhr geschlafen. Sobald ich aus dem Bett gerollt bin, habe ich mich hier oben verkrochen.

Ich folge meiner Mutter die Stufen hinunter, und sie hilft mir dabei, die Leiter zusammenzuklappen. Sie küsst mich auf mein schmutziges Gesicht und begibt sich nach unten, um Chester zu holen. Ich gehe zurück ins Gästezimmer, hole mir Kleidung und Toilettenartikel aus dem unausgepackten Koffer und gönne mir die längst überfällige Dusche. Mein Magen knurrt, als ich mir die Mühe mache, mich aufzuhübschen, indem ich meine Haare föhne und etwas Mascara auftrage. Egal, wie schlimm ich mich im Inneren fühle, es geht mir immer besser, wenn ich mein Äußeres pflege.

Ich sammele meine Klamotten zusammen, gehe aus dem Badezimmer und laufe den kurzen Flur hinunter, der in mein Zimmer führt. Obwohl dieses Haus schön ist, ist es viel kleiner als der exklusive Wohnsitz in Nashville, den wir außerhalb der Sitzungsperioden meines Vaters bewohnt haben. Auf jeden Fall hat es nicht die exquisite Einrichtung des Hauses in Washington, in dem wir während der Sitzungsperioden gelebt haben. Doch für Mom ist es perfekt, und sie genießt es, wieder in ihrer Heimatstadt zu sein.

Eventuell sollte auch ich hier sein. Es fühlt sich ein bisschen richtig an, aber das ist wahrscheinlich einfach nur die Geborgenheit, bei Mom zu sein. Als ich mein Zimmer betrete, denke ich, dass es vielleicht helfen würde, es mehr nach meinem Geschmack einzurichten.

Ich schreie gellend auf, da jemand auf dem Bett sitzt. Eine riesige Gestalt, die die Matratze stark einwölbt.

„Hallo Sloane“, sagt die tiefe Stimme.

Mein Herz schlägt noch immer in einem wilden Galopp, nachdem ich begriffen habe, dass es Cain ist.

Cain!

Der umwerfende, vernarbte, sexy Cain, der nicht wertschätzt, was wir hatten, obwohl er behauptet hat, mir vergeben zu haben.

„Was machst du denn hier?“ Ich presse die Hand, die mein Höschen hält, an mein Brustbein und reibe darüber, um den unregelmäßigen Herzschlag zu beruhigen.

Sein Blick bohrt sich in mich hinein. Er sitzt nach vorn gebeugt, wobei seine Ellbogen auf den Knien ruhen und er seine Hände dazwischen umklammert. Seine Mimik ist ernst, traurig und sogar entschuldigend. „Du bist gegangen, ohne dich zu verabschieden.“

Ich laufe zum Schrank und werfe die Schmutzwäsche auf den Boden. Irgendwann muss ich mir einen Wäschekorb kaufen. Mit ihm zugedrehten Rücken sage ich: „Ich dachte, wir hätten uns vorgestern Nacht verabschiedet.“

„Das stimmt nicht. Ich habe mich verabschiedet, doch das wolltest du nicht akzeptieren.“

Ich wirbele herum, da Zorn in mir hochkriecht. Wow … Bis zu diesem Moment wusste ich nicht, wie zornig ich wirklich bin. „Du hast mich an der Wand eines Sexclubs gefickt und mir sehr deutlich mitgeteilt, dass ich nicht gut genug für dich bin. Dann bist du einfach gegangen. Warum zur Hölle sollte ich mir danach die Mühe machen, mich von dir zu verabschieden?“

„Weil ich einen Fehler gemacht habe“, sagt er nur. Als wäre das die Antwort auf all unsere Probleme.

Ist sie das?

„Wie bist du denn darauf gekommen?“ Wenn ich eins über Cain gelernt habe, dann dass er brutal ehrlich ist. Er hält seine Schläge nicht zurück, auch wenn er weiß, dass sie schrecklich wehtun werden.

„Deine Mom ist wirklich nett.“

Er ignoriert einfach meine Frage!

„Sie war zwar auf dem Weg, um mit einem Meerschweinchen von Hund spazieren zu gehen, aber nach unserer fünf Minuten langen Unterhaltung kann ich dich jetzt völlig verstehen."

„Was verstehen?", frage ich komplett verwirrt.

„Dass du sie beschützen wolltest. Warum die Erpressung deines Redakteurs so viel Macht über dich hatte. Wenn das meine Mom wäre, hätte ich genau dasselbe wie du getan." Er sieht mich an, ohne mich zu verurteilen, und sein Blick drückt äußerstes Mitgefühl aus. Dann steht er auf, ragt zu seiner vollen Größe auf und kommt zu mir. Mit den Fingerknöcheln streichelt er meine Wange und murmelt: „Du hättest es mir sagen sollen."

Mit geschlossenen Augen genieße ich die Berührung. Als ich sie wieder öffne, sage ich ihm mit blanker Ehrlichkeit: „Ich wollte nicht, dass du denkst, dass es eine berechtigte Entschuldigung für meine Handlungen gibt. Die Erpressung schwebte nicht von Anfang an über mir. Sie kam erst später dazu. Ich habe aus sehr unaufrichtigen und falschen Gründen was mit dir angefangen."

„Das ist wohl wahr", sagt er und nimmt seine Hand weg.

Ich muss mich davon abhalten, sie zu packen, um sie wieder an mein Gesicht zu pressen. Er läuft zum Fenster, das auf die Straße hinausgeht. „Doch du hast versucht, alles in Ordnung zu bringen. Du hast zwar nicht in der richtigen Reihenfolge gehandelt, aber du hast getan, was du für richtig hieltest, und wolltest niemandem wehtun. Du hast zum Schluss versucht, alle zu retten, und das muss ich respektieren."

Ich halte den Atem an, und habe Angst davor, auch nur daran zu denken, was das hier schlussendlich bedeutet.

Er ist hierhergeflogen, um mich zu sehen.

Meine Entschuldigung zu akzeptieren.

Mir Verständnis entgegenzubringen.

„Es war falsch von mir, im Zweifelsfall nicht zu deinen Gunsten zu entscheiden", sagt er leise, während er nach draußen schaut.

Er entschuldigt sich? Bei mir?

„Nein, das ist nicht wahr“, sage ich hastig und umklammere meine Hände vorm Körper. „Du hast in deiner Vergangenheit eine schreckliche Erfahrung gemacht, und das hat dich gelenkt. Die Frau, die du geliebt hast, hat dich auf eine schlimme Weise betrogen. Ich verstehe, warum du nicht so einfach zu meinen Gunsten entscheiden konntest.“

Mit zusammengekniffenen Augen dreht er mir den Kopf zu. „Ich habe Rachel nie geliebt.“

„Hast du nicht?“ Wie ist das möglich?

Er zieht an der hölzernen Jalousie, um einen besseren Blick zu erhaschen. „Ich habe für sie nie das gefühlt, was ich für dich empfinde.“

Mir wird schwindlig. Ein Keim Hoffnung breitet sich aus und explodiert dann in meiner Brust.

„Das hier ist eine nette Gegend. Ich kann mir vorstellen, hier zu leben.“

„Was?“, frage ich völlig perplex.

„Falls du nicht mit nach Jackson kommen willst, könnte ich hierherziehen.“ Er wendet sich vom Fenster ab und sein Blick ist ehrlich.

„Ich verstehe nicht“, piepse ich.

Ich verstehe ja so was von nicht, was hier los ist.

Mit zwei langen Schritten ist er bei mir. Er umfasst mein Gesicht, zieht mich zu sich und beugt sich zu mir runter. „Sloane, ich weiß nicht, ob ich wirklich verstehe, was Liebe ist. Doch in meinem Inneren fühle ich etwas, das ihr nahekommt. Vielleicht ist sie es. Ich weiß nur, dass ich mich laut Bridger wie ein dämlicher Vollidiot benommen habe. Ich bin zu der Überzeugung gelangt, dass ich dich in meinem Leben haben muss. Und ich kann keinen einzigen weiteren Tag ohne dich sein. Es tut mir sehr leid, dass ich nicht eher zu dieser schwerwiegenden Erkenntnis gekommen bin. Daher bin ich hierhergeflogen mit der Hoffnung, dass ich dich dazu überreden kann, mit mir nach Wyoming zurückzukehren. Aber falls du nicht willst, kann ich mich hier ansiedeln, vorausgesetzt, dass du mich willst und mir verzeihen kannst, dass ich solch ein kolossales Arschloch zu dir war, und mir trotzdem eine Chance gibst."

„Oh wow." Jede gefühlte Hoffnungslosigkeit und mein Elend tränken diese Wörter. „Einfach nur wow."

„Tust du es?", fragt er sanft. „Mir verzeihen?"

„Ja", flüstere ich. Ich lege meine Hände gegen seinen Brustkorb und fühle den gleichmäßigen Herzschlag.

„Kannst du es?" Er streift mit seinen Lippen über meine.

„Was kann ich?" Ich packe sein Shirt, als meine Knie anfangen nachzugeben.

„Mich lieben?" Eine weitere Berührung seiner Lippen an meinen.

„Ja", antworte ich lächelnd. „Ich kann das so was von machen."

Dann küsst er mich tief und hält mein Gesicht fest, damit ich mich nicht zurückziehen kann.

Aber das würde ich niemals tun.

„Wirst du?", sagt er an meinem Mund, wobei seine Lippen sich auf meinen bewegen. Er löst sich von mir, sodass er mir in die Augen sehen kann.

„Was werde ich?"

Sein Blick ist fast flehend. „Mit mir nach Wyoming zurückkehren und dort ein neues Leben mit mir beginnen?"

Kapitel 33

Cain

„Ich bin so verflucht heiß auf dich, dass ich dich garantiert in der Sekunde anfalle, in der wir im Haus sind“, sage ich zu Sloane, und das meine ich absolut ehrlich.

„Wieso denn nur?“

Ich biege in meine Einfahrt und schalte den Motor aus, sobald ich angehalten habe.

„Weil du auf der Fahrt vom Flugplatz hierher die ganze Zeit auf dem Sitz herumgerutscht bist. Und dann dieses leise Stöhnen … Du hast zwar versucht, es zu unterdrücken, doch ich habe es trotzdem deutlich gehört. Mein Schwanz fühlt sich so an, als würde er gleich durchbrechen.“

„Das geschieht dir nur recht, schließlich warst du derjenige, der darauf bestanden hat, dass ich den Buttplug trage“, motzt sie. Allerdings lächelt sie dabei leicht, sodass ich weiß, dass sie ihn nicht allzu sehr hasst.

Es stimmt, ich bin verflucht geil, weil ich weiß, dass sie ebenso wild auf mich ist und sich höchst sexy windet, mit dem Toy tief in ihr drin. Doch sie muss dafür bezahlen, dass sie mich die letzten beiden Tage im Haus ihrer Mom nicht rangelassen hat. Obwohl Sloane keine Bedenken hatte, mit mir nach Wyoming zu kommen, und ihre Mom froh war, dass Sloane glücklich war, sind wir noch geblieben, damit sie etwas Zeit miteinander verbringen konnten.

Mit Vergnügen habe ich ihnen von Bridgers kleinem Gespräch mit Sloanes Redakteur erzählt und dass sie sich keine Sorgen mehr wegen ihm machen müssen. Also ja … Es war eine absolute Folter, mit Sloane in einem Bett zu liegen, ohne sie ficken zu dürfen. Sie hat gesagt, dass es aus Respekt ihre Mutter gegenüber sei, und das verstehe ich. Aber verdammt!

Meine Eier schmerzen vor Verlangen nach ihr, besonders da ich weiß, dass der Plug sie für mich vorbereitet.

Sobald wir in Jackson das Flugzeug verlassen haben, habe ich sie zu den Toiletten gezogen, in die Reisetasche gegriffen und sowohl das Spielzeug als auch eine Flasche Gleitgel herausgeholt. Ich gab ihr beides und sie hat es beinahe fallen lassen. Sloane war so verblüfft, hat sich wie eine Wahnsinnige umgeschaut, während sie beides fest gepackt hat, hoffend, dass niemand es sieht.

„Geh auf die Toilette und schieb das rein." Mein Schwanz war bereits geschwollen und wölbte sich peinlich in der Jeans. „Wir werden den Deal besiegeln, indem du mir deinen Ort der Jungfräulichkeit überlässt, sobald wir in unserem Zuhause sind."

Für einen kurzen Augenblick konnte ich in ihren Augen jede Menge Ab- und Auflehnung erkennen, doch offensichtlich war sie so gerührt von den Wörtern „unserem Zuhause", dass sie mir mit roten Wangen zugenickt hat und in den Waschraum gestürzt ist. Ich musste mich davon abhalten, mir über den Schritt zu reiben, denn ich habe mir natürlich vorgestellt, wie sie sich das Ding ganz allein reinschiebt. Ich weiß, dass es nicht einfach ist, aber mit ein bisschen Mühe ist es machbar. Da er eine Nummer größer als der letzte ist, musste sie schon beharrlich sein.

Mit einem knallroten Gesicht und einem seltsamen Gang kam sie wieder heraus. Ich habe sie gefragt, wie sie sich fühlt, und sie hat mich angeknurrt.

Ich ziehe den Schlüssel aus dem Zündschloss und Sloane sieht mich an. Mir ist bewusst, dass ihr gerade ziemlich unbehaglich zumute ist, aber sie schaut mich mit Hingabe an. „Ich bin froh, dass du mich geholt hast."

„Willkommen daheim." Ich beuge mich zu ihr und küsse sie zärtlich. Sie seufzt verzückt, doch ich löse mich von ihr, denn die süße Romantik ist für den Moment vorbei. Ich bringe sie ins Haus und wir lassen ihr Gepäck im Truck. Ich bin mir nicht einmal sicher, ob ich die Vordertür hinter uns geschlossen habe, da ich sie inzwischen durch den Flur ins Schlafzimmer zerre.

Ich reiße ihr die Klamotten förmlich vom Körper.

„Aufs Bett mit dir." Ich ziehe mir das eigene Shirt aus. Ist zwar nicht gerade sehr verführerisch, aber ich habe noch mein restliches Leben, um ihr all die Arten zu zeigen, wie ich mit ihr sein kann.

Sloane kriecht aufs Bett, während ich mich meiner Hose und Schuhe entledige. Hastig krame ich in der Schublade des Nachtschränkchens herum, bis ich die Flasche mit dem Gleitgel finde.

Sobald ich Sloane ansehe, stöhne ich und entlade mich fast auf der Stelle. Sie ist auf den Knien, mit den Ellbogen auf der Matratze und einem weit hochgestreckten Arsch. Eine Wange aufs Kissen gepresst, grinst sie mich an. Eine Strähne liegt über ihrem leuchtend blauen Auge. „Der Ihnen rechtmäßig zustehende Popo erwartet Sie, Sir."

Ich gehe zum Bett und streichele ihren Rücken und die Rundung ihres Arsches, die ich kurz drücke. „Sosehr ich dich auch in dieser Position mag, dreh dich um, Baby. Wir machen das Angesicht zu Angesicht, damit ich dir in die Augen sehen kann, wenn ich deinen Arsch entjungfere."

Sie stöhnt zwar wegen meiner direkten Worte, doch dreht sich auf den Rücken, wobei sie die Schenkel prüde zusammenpresst. Ich stelle mich ans Bettende, werfe das Gel neben ihre Hüfte, packe ihre Knöchel und ziehe ihre Beine auseinander. Eine Hand liegt auf ihrem flachen Bauch, die andere gebeugt an ihrem Kopf und sie hat den Zeigefinger zwischen ihren weißen Zähnen. Scheu sieht sie mich an, und es ist das Schönste, was ich je gesehen habe. Deswegen zögere ich, einfach weil ich das erstaunliche Geschöpf verinnerlichen will. Sie gehört ganz mir.

Für immer.

Ja! Für immer!

Ich knie mich zwischen ihre Beine und lege mich auf sie, sodass sie ihre Hand von ihrem Bauch nimmt. Ich neige den Kopf, presse meinen Mund auf ihren und küsse sie leidenschaftlich. Sie packt meinen Nacken, wölbt sich mir entgegen, als sie meine Zunge akzeptiert. Mit einer Hand schlüpfe ich zwischen ihre Beine, streichele sie mit geschickten Fingern zwischen ihren Schamlippen und bin nicht im Geringsten überrascht, dass sie klatschnass ist. Ich ahne, dass der Plug während der Fahrt ein bisschen unbequem war, allerdings weiß ich auch, dass er die ganze Zeit lustvolle Schauder durch sie gejagt hat. Dass sie so nass ist, zeigt mir deutlich, dass ich ihr Geschenk nicht einfach nur nehme, sondern dass sie es mir mit wahrer Wollust gibt.

Obwohl das ultimative Ziel Sloanes letztes jungfräuliches Element ist, will ich im Moment viel zu sehr in ihr sein. Ich kreise die Hüften, und sie spreizt ihre Beine noch weiter, sodass ich in ihre Pussy eindringe.

„Mhmm“, murmelt sie an meiner Zunge. „Mehr.“

Und ich gebe ihr und mir mehr. Diese feuchte Hitze, die mich ins Nirwana befördert, fühlt sich einfach zu gut an. Daher versenke ich mich ganz in ihr. Jedes Mal, wenn mein Becken sich an ihres presst, wird ihr Hintern in die Matratze gedrückt, sodass der Plug in ihr sich bewegt. Ich habe keinen Plan, außer dass Sloane sich gut fühlt. Und dadurch fühle ich mich natürlich auch gut.

Ich fange an, sie zu stoßen, und wir stöhnen beide. Ich schiebe eine Hand zwischen unsere Körper und finde Sloanes Klit, reibe sie, während ich sie härter ficke. Sie keucht in meinen Mund, da ich sie weiterhin küsse. Ich kann ihren rasenden Herzschlag durch Haut und Knochen, die uns voneinander trennen, an mir spüren, da wir aneinandergepresst sind.

„Ich komme, Cain!“

Ich nehme sie fester. Ihre Hüften heben sich vom Bett, da sie den Rücken wölbt. Ekstatisch schreit sie auf und beginnt zu zittern. Ich stütze meine Knie auf die Matratze, lege eine Hand unter ihren Arsch und hebe ihn an. Mit der anderen fasse ich den Plug und ziehe ihn langsam raus, während ihr Körper bebt. Ihre Augen fliegen auf, und sie schreit noch einmal heiser auf, als sie sich mir entgegenbäumt.

„Oh Gott! Oh Gott!“, murmelt sie immer wieder und wirft den Kopf hin und her.

Höllisch sexy.

Ich ziehe meinen Schwanz aus Sloanes Hitze. Sie ist so tief in ihrem nicht enden wollenden Orgasmus gefangen, dass sie es anscheinend nicht bemerkt. Ich fasse nach dem Gleitgel und klappe den Verschluss mit dem Daumen auf. Anschließend spritze ich eine Ladung auf ihre Pussy. „Heb deine Beine hoch, Baby. Spreiz sie für mich.“

Sloane hebt den Kopf von der Matratze und sieht mich mit verschwommenen Augen an. Ich stecke meinen Finger in das Gel, nehme etwas auf und werfe die Flasche zur Seite. Dann verteile ich es auf ihrer Pussy und sie erschauert. Ich schlüpfe tiefer, reibe es über ihr empfindliches Fleisch, bis ich das enge Loch erreiche und es sanft mit winzigen Kreisen massiere.

„Fühlt sich gut an.“ Sie fasst sich unter die Knie und hilft dabei, ihre Beine zu spreizen. Es ist schamlos, verrucht und mein Schwanz zuckt gierig. Apropos Schwanz … Ich packe ihn mit glitschigen Fingern, stütze mich mit einer Hand auf der Matratze ab und lehne mich nach vorn. Ich positioniere die Eichel an ihren Anus, reibe darüber und sie stöhnt verlangend auf.

„Tief einatmen, Sloane.“

Sie saugt ihre Lungen voll Sauerstoff. Das lenkt meine Aufmerksamkeit zu ihren perfekten Titten mit den geschwollenen Nippeln.

„Langsam ausatmen.“

Sie tut es, und ich schaue wieder zum erotischen Anblick meines harten Schwanzes, der sich bereitmacht, ihren Arsch zu erobern. Ich beiße die Kiefer aufeinander, presse mich nach vorn, direkt durch den engen Ring, der durch den Plug etwas gelockert ist. Jetzt betrachte ich ihr Gesicht. Ihre Stirn glänzt vor Schweiß und ihre Unterlippe ist zwischen ihren Zähnen. Sie hat ihren Kopf hochgehoben und sie sieht an sich runter, mit geweiteten Augen, die eine Mischung aus Neugierde und ängstliche Erwartung ausdrücken.

„Ganz ruhig“, besänftige ich sie und dringe weiter ein.

„Oh, warte … aua …“, keucht sie.

Ich halte inne, mustere sie, während ihr Körper sich anpasst. Bis jetzt ist nicht mehr als der fette Kopf meines Schwanzes in ihr, doch ich weiß, dass sie mit sich ringt.

„Soll ich aufhören?“, flüstere ich.

Energisch schüttelt sie den Kopf. „Nein. Es fühlt sich besser an, als dass es wehtut. Gib mir mehr.“

Dem Himmel sei Dank. Ich bezweifele, dass ich aufhören könnte. Schweißperlen laufen mir über Schläfe und Kinn. Ich presse mich hinein, ein, zwei, drei weitere Zentimeter. Sloane keucht lustvoll und mein Schwanz gleitet an all ihren empfindlichen Nervenenden vorbei. Sie hat den Punkt überwunden, an dem es schmerzt. Das weiß ich, da sie die Hüften anhebt, damit ich noch tiefer eindringe.

Ich gehorche und bin ganz in ihr drin, wobei ich aufstöhne. „Oh fuck, fühlt sich das gut an.“ Ich stütze mich jetzt auch mit der zweiten Hand ab und halte still. Sloanes Lider flattern vor beinahe unkontrollierbarer Ekstase zu. Ich ahne, dass sie sich bald nicht mehr beherrschen kann. Allerdings muss ich vorher sicherstellen, dass sie etwas sehr Wichtiges versteht.

„Sloane, Baby.“

Langsam öffnet sie ihre Augen und sie fokussieren sich schlussendlich auf meine. „Dieser Arsch gehört mir und sonst keinem. Jemals.“

Sie runzelt die Stirn. „Was meinst du damit?“

„Ich meine, falls du möchtest, dass Bridger, Rand oder Logan noch einmal mit uns spielen, ist das für mich in Ordnung, solange niemand diesen Arsch berührt.“

„Du willst das weiterhin tun?“, fragt sie erstaunt.

Normalerweise bin ich kein Kerl, der sich während einer Arschentjungferung gerne unterhält, doch dies muss einfach klargestellt werden.

„Vielleicht“, sage ich ausweichend. „Wir beide sind Mitglieder des Clubs. Ich mag so einen kinky Scheiß, und jetzt weiß ich: du auch. Ich stehe dem aufgeschlossen gegenüber."

Schließlich hat Bridger ihr den Job im *Wicked Horse* freigehalten. Ich glaube zwar nicht, dass sie dort für immer arbeiten wird, aber ich könnte sie in unseren Pausen für einen kurzen Fick ins *Silo* entführen, falls ich das will. Und das hier ist das eigentlich Wichtige, das sie hören muss, und es hat nichts damit zu tun, dass wir mit anderen rummachen. „Ich vertraue dir. Bedingungslos. Ich kann den Kink von Liebe trennen. Also wenn du etwas im *Silo* ausprobieren möchtest, dann lass es mich einfach wissen und ich ermögliche es."

Sloane hebt den Kopf noch weiter an, starrt mich an und scheint im Moment vergessen zu haben, dass mein Schwanz tief in ihrem Arsch steckt. „Warum vertraust du mir? Wie? Nach allem …"

Ich schneide ihr das Wort ab, indem ich sie einmal stoße, und das erinnert sie daran, was in ihr ist. Sie stöhnt, doch ich ignoriere es. „Wegen allem, was du riskiert und geopfert hast. Du hast mich über deine Karriere, deine Mutter gestellt. Du wolltest mich, obwohl ich so ein erbärmliches Arschloch gewesen bin. Ich liebe dich, und das geht mit bedingungslosem Vertrauen einher. Wenn du etwas außerhalb des Normalen willst und es bewirkt, dass du dich gut fühlst, werde ich es dir immer geben."

Sloanes Blick wird so zärtlich, dass mein Herz wie die Rute eines Welpen schlägt. Sie schüttelt leicht mit dem Kopf und sagt: „Ich glaube, mit den anderen Männern, da passe ich. Du bist mehr als genug für mich. Jedoch bin ich nicht abgeneigt, mit dir im Club zu spielen."

Und das ist etwas, womit ich sehr glücklich leben kann.

„Hört sich wie ein Plan an", sage ich lächelnd.

Sie richtet sich noch weiter auf, sodass ich sie küssen kann.

Mein Leben ist vollkommen.

Epilog

Rand

Ich laufe durchs *Silo* und schalte auf meinem Weg die Lichter aus. Normalerweise ist das Bridgers oder Cains Aufgabe, doch keiner von ihnen ist heute Nacht hier. Bridger ist auf irgendeiner Party auf dem Gelände des Motorradclubs *Mayhem's Mission*, was bedeutet, dass er eine ungebundene Pussy, die nichts mit dem *Silo* zu tun hat, ficken kann. Obwohl das hier Bridgers Baby ist, habe ich bisweilen das Gefühl, dass seine hiesigen *Pflichten* ihn auslaugen.

Manchmal wirkt es so, als würde er es eigentlich hassen, anderen Menschen *dienlich* zu sein, doch vielleicht interpretiere ich nur etwas hinein.

Cain ist heute aus Tennessee zurückgekehrt und hat sich mit Sloane in seinem Haus eingenistet. Er ist bestimmt dabei, sich auf angemessene Weise zu entschuldigen, und das hat Sloane auch verdient.

Sie sind ein süßes Pärchen. Ich dachte, dass von uns Kerlen er, angesichts seiner Vorgeschichte mit Rachel, einer der letzten wäre, der zu Boden geht. Aber was weiß ich schon? Ich habe immer Pech in der Liebe, doch es ist für mich in Ordnung, wenn sie mir nie über den Weg läuft. Ich habe Freunde, einen tollen Job und all die kinky Fickerei, die ich mir niemals hätte vorstellen können.

Kinky Fickerei.

Das hat irgendeine Mieze letztens gesagt, als Logan und ich sie beide gevögelt haben. Wir dachten, es wäre urkomisch. Sie meinte, dass es eine Redewendung aus einem ihrer Lieblingsbücher sei. Ist auch egal, denn es beschreibt exakt, was innerhalb der runden Mauern dieses Gebäudes geschieht.

Ich gehe den kurzen Korridor entlang und erreiche den Ausgang. Dort schalte ich die Wandfackeln ab und schiebe die Tür auf. Die Luft ist frisch und riecht belebend. Sie reinigt meine Seele. Ab und zu, wenn ich aus dem *Silo* komme, denke ich, dass sie von den Dingen, die ich tue, befleckt ist.

Aber was soll's! Vielleicht fühle ich mich hin und wieder schmutzig, doch so einiges, in das ich meinen Schwanz tauche, fühlt sich verdammt geil an. Ich ziehe die Tür zu und stelle dabei sicher, dass sie ins Schloss fällt. Sicherheit ist wichtiger denn je geworden, seitdem der Idiot Colton Stokes geplaudert hat. Allerdings könnte man auch sagen, dass es eine gute Sache war, da es Sloane Preston in unsere Ecke des Landes gelockt hat. Sie ist nicht bloß ein fantastischer Fick, sondern sie hat meinen Freund superglücklich gemacht. Also hat Colton Stokes es vielleicht verdient, dass man nur seinen Arsch auspeitscht, anstatt ihn umzubringen, da er unser aller Existenz bedroht hat.

Der Parkplatz ist so gut wie leer, weil das *Wicked Horse* vor fast einer Stunde um 2 Uhr geschlossen hat. Das *Silo* ist theoretisch 24/7 geöffnet, für alle, die ihren verruchten Gelüsten nachgehen wollen, aber die Barkeeper hören um dieselbe Zeit auf wie die aus dem *Wicked Horse*. Ich bin der Letzte an Bord, da mir die wunderschöne Carol, die fantastische Drinks zubereiten kann, kurz vor Schluss den Schwanz gelutscht hat. Sie ist vor fünfzehn Minuten davongewackelt und hat mir noch ein bissiges *Auf Wiedersehen* zugerufen. Ich hätte den Gefallen erwidern sollen, doch sie hat mir den Blowjob geschuldet, da sie eine Wette auf das Yankees-Spiel verloren hat. Sie stammt aus New York, und ich hasse die Yankees, daher wette ich immer gegen sie, egal, was der mögliche Preis ist.

Ich richte den Blick auf meinen Suburban, den ich neben dem Schieferweg zum *Wicked Horse* geparkt habe, der aus der Hintertür zum *Silo* führt. Nachdem ich auf die Funkfernbedienung gedrückt habe, gehen die Lichter an und die Türen entsperren. Ich fasse nach dem Griff, öffne die Fahrertür, und gerade, als ich einsteigen will, schaue ich kurz zu einem Mercedes Coupé, der zwei Reihen hinter und drei Plätze neben mir steht. Es ist Catherines Wagen.

Ich weiß, dass sie das *Silo* vor ungefähr einer halben Stunde verlassen hat, nachdem sie allen eine gute Show geliefert hat. Seitdem ihr Mann vor einer Woche gestorben ist, hat sie das *Silo* jede Nacht aufgesucht, wobei sie bei jeder verruchten sexuellen Handlung mitgemacht hat, die man sich vorstellen kann. Nicht, dass sie das nicht bereits vorher getan hat, aber aus irgendeinem Grund scheint sie nach dem Tod des alten Knackers noch offenherziger zu sein. Eventuell sogar fest entschlossen, sich jedes Mal zu verausgaben. Ich vermute, dass sie verzweifelt ist, und habe schon immer gedacht, dass sie emotional viel mehr zu bieten hat, als man glaubt. Man sollte sich nicht von den eigenen Vorurteilen leiten lassen. Oft täuscht ein oberflächlicher Eindruck gewaltig.

Heute habe ich förmlich gesabbert, als sie einen Raum ganz allein für sich beansprucht hat und mit einer Ansammlung von elektronischen und mechanischen Toys gespielt hat, die Bridger zusammengesammelt hat. Sie hat sich direkt vor die Glaswand gestellt, um sicher zu sein, dass ihr alle zusehen konnten. Ich glaube, sie ist mindestens sechs Mal gekommen, ehe sie mit schweißbedeckter Haut und schlaftrunkenen Augen auf dem Boden zusammengesunken ist. Als sie sich wieder gefangen hat, hat sie sich angezogen und ist aus der Tür geschlendert, wobei sie noch zum Abschied gewunken hat. Danach war ich so erregt, dass Carol nicht lange gebraucht hat, um mich zu einem unglaublichen Orgasmus zu bringen. Seltsamerweise habe ich mir dabei vorgestellt, dass es Catherine wäre, die mir den Schwanz lutscht.

Eigentlich ist das nicht verwunderlich, denn Catherine hat das gelegentlich bei mir gemacht und ich habe sie auch des Öfteren gefickt. Ich glaube nicht, dass sie sich wirklich von all den anderen sexuellen Begegnungen, die ich hatte, unterscheidet. Doch aus irgendeinem Grund habe ich darüber fantasiert, ihr dunkles Haar in meiner Faust zu halten anstelle von Carols erdbeerblonden Locken.

Vielleicht hat Catherine ihren Wagen stehen lassen und ist mit jemandem nach Hause gefahren. Das muss es sein.

Ich will mich gerade abwenden, da erfasse ich eine Bewegung im dunklen Inneren des Autos. Ich starre genauer hin, versuche, im Schimmer des in der Nähe stehenden Sicherheitshäuschens etwas zu erkennen. Ich habe mich nicht geirrt, da ist was gewesen.

Was zur Hölle?

Ich schließe meine Tür und überquere schnell den Parkplatz. Als ich näherkomme, sehe ich, dass der Fahrersitz ganz nach hinten geneigt ist und Catherine auf ihm liegt. Wahrscheinlich hat sie sich von einer Seite auf die andere gedreht. Sie liegt mit dem Rücken zu mir und ihre Hände sind an ihrem Gesicht. Ihre langen dunklen Locken fließen über Rücken und Schultern.

Ich klopfe leicht gegen das Fenster, wobei ich weiß, dass ich sie erschrecke, jedoch kann ich nichts dagegen tun. Ihr Oberkörper schnellt nach oben und sie starrt mich mit angstgeweiteten Augen an. Sobald sie mich erkennt, seufzt sie erleichtert auf. Sie stellt den Sitz gerade und öffnet das Fenster. Erst jetzt bemerke ich, dass der Motor eingeschaltet ist.

„Hi", sagt sie und ihr Blick huscht über den Parkplatz.

„Was machst du hier?", frage ich. Ich bin völlig perplex, dass sie in ihrem Auto schläft. Ich weiß, dass sie nicht betrunken ist, denn Catherine trinkt nicht. Niemals!

Im Club macht sie zwar verrückten Scheiß, aber sie will nicht, dass jemand denkt, dass sie es nicht aus freiem Willen tut. Sie hat die Herrschaft über ihre kinky Fickerei und sie beherrscht sie gut. Ich glaube auch nicht, dass sie Drogen nimmt, daher ist es noch verwunderlicher, sie hier auf diese Weise vorzufinden.

„Ähm … Nur …" Ihre Stimme erstirbt, und sie mustert ihre zierlichen Finger, die sie fest ineinander verschränkt hat.

„Catherine, wolltest du die Nacht etwa hier draußen verbringen?"

Sie stößt frustriert einen Atemzug aus und sieht mich resigniert an. „Ja."

Das ist alles.

Ich hebe eine Augenbraue an. Catherine und ihr verstorbener Mann lebten in Vegas, doch ihm gehörte zudem eine luxuriöse Blockhütte etwas außerhalb von Jackson, in der sie zusammen eine Menge Zeit verbracht haben, seitdem er ihr die Mitgliedschaft im *Silo* gekauft hat.

„Hat dein Auto den Geist aufgegeben?"

Sie schüttelt den Kopf und schaut auf ihren Schoß.

„Was ist denn dann los, verflucht?" Ich bin gereizt und auch erschöpft von den nächtlichen Aktivitäten. Ich will nach Hause und ein Nickerchen machen. Mein Job beginnt früh. Um 10 Uhr muss ich das Tattoostudio aufmachen, in dem ich arbeite.

Sie bleibt stumm, sodass ich schon glaube, dass sie mir die Antwort verweigert, doch dann erreicht ihre leise Stimme meine Ohren. „Ich kann nirgendwo hin."

„Ich verstehe nicht. Dir gehört ein zweitausend Quadratmeter großes Anwesen nicht einmal dreißig Minuten von hier."

Sie schüttelt den Kopf und ihr Haar verdeckt wie ein Vorhang ihr Gesicht. Es ist ein wunderschönes Gesicht, mit hohen Wangenknochen und exotischen mandelförmigen braunen Augen. Es ist ein Antlitz, das in Filmen oder auf Zeitschriften sein sollte. Ein Gesicht, das schön genug ist, dass sie sich einen reichen Ehemann an Land gezogen hat, der an der Schwelle zum Tod stand. Sie sollte jetzt in Geld schwimmen.

„Catherine", bohre ich nach und ziehe an der Türklinke. Die Tür ist verschlossen, sodass ich hineingreife, sie entsperre und sie dann aufziehe. Ich gehe in die Hocke und lege meine Hand auf ihren Oberschenkel. „Was ist los?"

Sie atmet zitternd ein, hebt eine Hand und streicht ihr Haar hinters Ohr. Jetzt kann ich in ihre traurigen Augen blicken. „Er hat mir nichts hinterlassen. Nur dieses Auto, welches er auf meinen Namen angemeldet und erworben hat."

„Wie bitte?"

„Samuel hat alles seinen beiden Kindern gegeben. Mir war zwar klar, dass er ihnen etwas vererbt, doch er hat mir versprochen, sich um mich zu kümmern. Dass ich immer einen Ort habe, an dem ich leben kann. Sein Anwalt ist vor zwei Tagen mit einer Verfügung, dass ich ausziehen muss, im Jackson Haus aufgetaucht. Ich durfte noch meine Kleidung einpacken. Und das war's.“

Mein Atem entweicht mit einem Zischen durch meine zusammengebissenen Zähne, und ich wünschte mir, dass das Schwein noch leben würde, damit ich seinen verwitterten, verkrüppelten Arsch in den Boden stampfen könnte. Der verfluchte Wichser!

Ich stelle mich hin und reiche ihr eine Hand. „Komm. Du kannst heute Nacht bei mir schlafen. Ich helfe dir dabei, eine Lösung zu finden.“

„Wirklich?“ Ihre Augen sind geweitet und ihre Lippen zittern. „Schließlich keinen wir uns kaum.“

„Ich war das eine oder andere Mal tief in dir, Catherine. Ich denke, dass ich dich wenigstens ein bisschen kenne“, sage ich mit einem neckenden Lächeln.

Sie errötet, und fuck, das ist bezaubernd. Ich habe das noch nie bei Catherine gesehen, und sie hat einige Dinge getan, die sogar den experimentierfreudigsten Mistkerlen die Schamesröte ins Gesicht getrieben hat.

„Bist du dir auch sicher“, fragt sie zögernd.

„Auf jeden Fall.“ Ich strecke ihr meine Hand noch mehr entgegen.

Sie schaltet den Motor aus und nimmt sie, wobei sie diese langen nackten Beine herausschwingt. Catherine trägt einen schwarzen Lederminirock. „Ich würde dich gerne bezahlen. Du weißt schon, mit Sex oder so. Ich besitze nur fünfzig Dollar.“

Mein Schwanz macht sich bei dem Gedanken bemerkbar. Obwohl ich müde bin, würde ich es nicht ablehnen, sie heute Nacht zu ficken. Stattdessen entscheide ich mich jedoch, ein Gentleman zu sein. „Du schuldest mir gar nichts. Jetzt lass uns zu mir fahren, damit du dich ausschlafen kannst. Morgen reden wir über alles und versuchen, dein Problem zu lösen.“

Beschämt steigt sie aus. Sie legt eine Hand gegen meinen Brustkorb und stellt sich auf die Zehenspitzen, vermutlich um mich leidenschaftlich zu küssen. Doch sie streift mit den Lippen nur meine Wange. „Danke, Rand. Du bist ein Lebensretter."

Hmmm … Ich mag, wie sich das anhört.

Ende

Autorin

Seit ihrem Debütroman hat Sawyer Bennett mehr als 30 Bücher von New Adult bis Erotic Romance veröffentlicht und es wiederholt auf die Bestsellerlisten der New York Times und USA Today geschafft.

Sawyer nutzt ihre Erfahrungen als ehemalige Strafverteidigerin in North Carolina, um mitreißende und sexy Geschichten zu schreiben.

Sie mag ihre Helden stark und mit Ecken und Kanten. Wenn sie nicht gerade die Figuren ihrer Romane zum Leben erweckt, ist Sawyer Chauffeurin, Stylistin, Köchin, Putzfrau und die persönliche Assistentin ihres lebhaften Kleinkindes sowie Vollzeitbetreuerin zweier niedlicher, aber ungezogener Hunde. Sie glaubt an das Gute im Menschen, und auch daran, dass ein schlechter Tag durch ein Workout oder ein Stück Kuchen - gerne auch durch beides - besser wird.

Website: www.sawyerbennett.com
Facebook: www.facebook.com/bennettbooks

Sawyer Bennett
The Wicked Horse 1: Wicked Fall
Erhältlich als Taschenbuch & eBook

Schmutzig, heiß, verdorben: Im „The Wicked Horse" geschehen Dinge, die du dir in deinen kühnsten Träumen nicht ausmalen könntest. Komm rein! Woolf Jennings lässt auch deine wildesten Fantasien Wirklichkeit werden …

Woolfs Leben ist eine Täuschung: Eine verführerische Mischung aus Multimillionär und höllisch heißem Rancher aus Wyoming. Die, die glauben, ihn zu kennen, bewundern seine Fähigkeiten als CEO des Rinder- und Ölimperiums seiner Familie. Doch nur wenige Auserwählte wissen, was der wahre Auslöser des gierigen Glitzerns in seinen blauen Augen ist – denn nur sie wissen, dass er am Fuße der Teton Mountain Bergkette einen privaten Sexclub mit dem Namen "The Wicked Horse" eröffnet hat.

Callie Hayes ist nach Wyoming zurückgekehrt, und freut sich darauf, ihr Leben neu zu beginnen. Woolf ist der Mann, dem sie einst leichtsinnigerweise ihre Jungfräulichkeit angeboten und die er geradewegs abgelehnt hat. Nun jedoch erkennt Woolf, dass Callie in jeder Hinsicht erwachsen geworden ist und obendrein eine leidenschaftliche Seite hat, die ihn ebenso verwirrt, wie sie ihn anzieht. Callies verruchte Wünsche und ihr süßes Herz gehen ihm unter die Haut, sodass er alles infrage stellt, was ihn bisher ausgemacht hat ...